U0541087

汉译世界文学名著丛书

山上的耶伯

霍尔堡喜剧五种

〔丹麦〕霍尔堡 著

京不特 译

商务印书馆
The Commercial Press

Ludvig Holberg
Jeppe på Bjerget
Ludvig Holbergs fem Komedier
Copyright © 2016 by Aarhus Universitetsforlag
根据奥胡斯大学出版社 2016 年版译出

路德维·霍尔堡
(Ludvig Holberg, 1684—1754)

汉译世界文学名著丛书
出版说明

1902年，我馆筹组编译所之初，即广邀名家，如梁启超、林纾等，翻译出版外国文学名著，风靡一时；其后策划多种文学翻译系列丛书，如"说部丛书""林译小说丛书""世界文学名著""英汉对照名家小说选"等，接踵刊行，影响甚巨。从此，文学翻译成为我馆不可或缺的出版方向，百余年来，未尝间断。2021年，正值"汉译世界学术名著丛书"出版40周年之际，我馆规划出版"汉译世界文学名著丛书"，赓续传统，立足当下，面向未来，为读者系统提供世界文学佳作。

本丛书的出版主旨，大凡有三：一是不论作品所出的民族、区域、国家、语言，不论体裁所属之诗歌、小说、戏剧、散文、传记，只要是历史上确有定评的经典，皆在本丛书收录之列，力求名作无遗，诸体皆备；二是不论译者的背景、资历、出身、年龄，只要其翻译质量合乎我馆要求，皆在本丛书收录之列，力求译笔精当，抉发文心；三是不论需要何种付出，我馆必以一贯之定力与努力，长期经营，积以时日，力求成就一套完整呈现世界文学经典全貌的汉译精品丛书。我们衷心期待各界朋友推荐佳作，携稿来归，批评指教，共襄盛举。

商务印书馆编辑部
2021年8月

喜剧作家路德维·霍尔堡

——从历史和当代角度看霍尔堡的重要性

克努特·欧维·阿尔恩岑 [1]

路德维·霍尔堡（Ludvig Holberg，1684 年生于挪威卑尔根，1754 年卒于哥本哈根）在丹麦和挪威的戏剧和文学史上具有重要地位，他的喜剧在瑞典、德语地区和波罗的海地区也有着极大影响。作为哲学家和历史学家，他也是启蒙时代哲学思想的重要传播者，我们能够从他的讽刺文集、哲学和历史著作中看出这一点。从语言史的角度看，正是由于他的努力，丹麦语才在德语的长期强势统治下完成了其现代化过程而成为一种真正的文学语言。他在语言学方面的贡献还体现在挪威书面语上，这种语言后来在形式上得以现代化，被称为博克马尔挪威文（Bokmål）。我们尤其应当从法国古典主义戏剧的角度出发来看待霍尔堡作为剧作家所做的努力，因为法国古典主义戏剧在许多方面就是意大利文艺复兴时期戏剧在法国的延续。

---

[1] Knut Ove Arntzen，挪威卑尔根大学荣休教授。——译者

霍尔堡生平简介

路德维·霍尔堡是克里斯蒂安·尼尔森·霍尔堡（Christian Nielsen Holberg）中校的儿子。路德维一岁的时候，中校就去世了。路德维·霍尔堡的母亲名叫卡伦·莱姆（Karen Lem），在卑尔根属于中产市民阶层。当时的卑尔根是一座非常国际化的城市，霍尔堡就在卑尔根长大。卑尔根的主要商业活动是鱼类贸易，挪威北部的鱼干从卑尔根销往欧洲中部各国，而汉萨同盟是鱼类贸易的重要中间商。后来，汉萨同盟的一些商人在卑尔根定居下来，最后，卑尔根的贸易就逐渐落入挪威人手中。

霍尔堡在其1737年出版的《挪威贸易名城卑尔根描述》一书中对卑尔根进行了描述。在一开始，卑尔根并不能算是一座文化之城，更确切地说，它是一座贸易之城，但后来德国的旅行剧团来到了卑尔根，使这座城市发生了变化。1702年，卑尔根市发生大火，路德维·霍尔堡就读的学校，卑尔根拉丁学校被烧毁了。在那之后，他就去了丹麦挪威二元君主制王国的首都兼大学城哥本哈根，并进入哥本哈根的大学继续研学。在哥本哈根没多久，他的钱就用完了。于是他回到挪威，在沃斯（Voss）和克里斯蒂安桑（Kristiansand）做了几年家庭教师和助理牧师，其间去哥本哈根参加了神学正式考试。1706年他离开挪威，再也没有回去。他多次南下欧洲各国，包括德国和英国。在英国，他在牛津和伦敦住了一段时间，是当地图书馆的常客。在英国的驻留让他在理性思维方面受到了启发。从1710年起，他将目光投向了哥本哈根的学界，开始了自己的学术生涯。在语言方面，他精通拉丁语、德语和荷兰语。1711年，26岁的霍尔堡侥幸躲过了哥本哈根的瘟疫。完成学业后，他开始了自己的职业生涯，并于1714年被任命为无薪教授。他在1714—1716年间多次前往法国和意大利，甚至徒步往返于巴黎和罗马之间。这些旅行使他熟悉了意大利的艺术喜剧，而在巴黎，他则深入了解了法国喜剧传统和莫里哀的喜剧。1719年，他以笔名汉斯·米克尔森（Hans Mickelsen）发表了自己的处女作，讽刺喜剧史诗《彼得·坡尔斯》（*Peder Paars*），引起了广泛关注。斯德哥尔摩和哥本哈根的法国宫廷剧团前团长，法国人勒内·德·蒙太古（René de Montaigu）因为这首诗而与他联系并询问他是否愿意创作喜剧。他在1718年成为形而上学教授，在1720年成为拉丁语诗歌专业的有薪教授，从1730年起成为历史学全职教授。霍尔堡总共创作了33部喜剧，这些喜剧赋予了他在戏剧史，尤其是丹麦和挪威戏剧史中的特殊地位。1747年，霍尔堡被授予男爵头衔（参见Heggelund，1982年）。

霍尔堡时代的历史背景和文化背景

长期以来，北欧或斯堪的纳维亚国家一直被认为是欧洲的边缘，尽管如此，它们的文化发展始终与欧洲（欧洲中部），尤其是德国、法国和意大利联系在一起。霍尔堡来自挪威西部，挪威这个国家也许比丹麦更像一个边缘国家。然而，他的故乡城市却是欧洲最有名的挪威城市，在霍尔堡时代，它是丹麦挪威二元君主王国（又称丹麦国，那时历代国王都称自己为丹麦和挪威国王）的第二大城市。两个王国间的联盟可以追溯到1380年的国王共同体，并在16世纪联合成一个共同国家。从1660年起，这个王国实行国王专制政治，旧贵族阶层的权力被旁置，市民阶层拥有了影响社会的更多可能。拿破仑战争后，丹麦和挪威的联盟解体，君主专制的联合王国不得不在1814年割让出挪威，这使得挪威的民主得以发展。丹麦直到1849年才废除君主专制。挪威与丹麦的文化共同体一直延续到19世纪，路德维·霍尔堡是这一共同文化中最重要的共有诗人、散文作家和喜剧作家。当然，在丹麦和挪威，霍尔堡喜剧的表演方式各有不同的传统。在丹麦和挪威，17世纪和18世纪初的主要印痕是迷信。但在法国，理性正带着对理解新科学的要求凸显出来。这为艺术带来了新的理想，而法国古典主义正是这种理想的体现。霍尔堡通过自己旅行为挪威与丹麦的文化共同体带来了这些全新的理性脉动。

丹麦戏剧的历史背景

1718年，法国演员兼剧团团长勒内·德·蒙太古与另一位法国人艾蒂安·卡皮昂（Etienne Capion）一起向丹麦挪威国王申请在哥本哈根经营一家剧院。他们一开始演出木偶剧和德国喜剧，但在1721年，卡皮昂买下了一块地皮，建造了一幢专供演戏的剧院大楼。这块地皮位于一条名为小绿街（Lille Grønnegade）的街道上，而德·蒙太古就是在这条街上产生了用丹麦语演戏的想法。他获得了皇家许可，并于1722年开设了名叫"丹麦舞台"（Den danske Skueplads）的剧院，打算用丹麦语上演喜剧。当然，除了学习丹麦语的法国演员外，他还需要丹麦演员。然而，问题是如何找到这些新的丹麦演员？他的法国宫廷演员固然学习了丹麦语，但还是不够的。因此，他在大学里招聘学生做演员。另外，除了翻译法国戏剧，是不是该有新的丹麦戏剧呢？通过联系路德维·霍尔堡，蒙太古解决了这些问题。霍尔堡曾用汉斯·米克尔森的笔名创作了讽刺叙事长诗《彼得·坡尔斯》，并于1719年出版。在德·蒙太古的邀请下，霍尔堡开始了他的诗意狂想之旅，就是说，他在很短的时间内创作了一系列剧本，所用的笔名仍然是汉斯·米克尔森，他用这个笔名出版了他的全部喜剧作品。法国剧作家莫里哀是霍尔堡的理想。1722年，小绿街的丹麦舞台剧院上演了莫里哀的喜剧《吝啬鬼》（*L'Avare*）。在那之后，霍尔堡最初写的一些喜剧就进入了演出剧目单，并在1725年剧院破产前的短时间内全部上演了（参见Jensen，1972年）。

游走于滑稽闹剧、高雅喜剧和理性之间的喜剧

古希腊哲学家亚里士多德写过一本关于戏剧的书，名叫《诗学》。这本书描述了古典戏剧，尤其谈到了悲剧的结构。法国古

典主义理论家对亚里士多德理论的解读是：时间、地点和情节应当一致地在整体上符合单一原则①。戏剧应当有五幕，悲剧和喜剧不可混合。情节上的单一意味着一次只应当讲述一个故事。莫里哀是霍尔堡的榜样之一，莫里哀的喜剧符合这些规则。结合霍尔堡五部喜剧的中文版出版，有必要指出的是，路德维·霍尔堡不仅是在文学史的意义上具有重要性，而且他是以现代民间语言来创作戏剧文学的，因而他在戏剧史上也具有同样重要的意义。在16世纪，欧洲就已经出现了一种肢体戏剧传统，称为"艺术喜剧"（Commedia dell'Arte），有着非常成熟的面具使用技艺。这一传统可与中国戏曲传统相比较（中国戏曲在过去和现在的表演风格中都带有肢体性和戏剧性）。在这一传统之中特别有影响力的，是意大利艺术喜剧中的主要人物哈莱金②。这是一个仆人角色，但经常会主动做决定；他是其他角色的帮手，同时又与那些被称为"老旧人物"的角色，尤其是潘塔隆③和卡皮塔诺④有着针锋相对的矛盾。在莫里哀的喜剧和霍尔堡的喜剧中，男仆的形象都有哈莱金的痕迹。

对霍尔堡产生影响的喜剧传统是滑稽类型的，而作为喜剧

---

① 也就是西方戏剧结构理论中所谓的"三一律"或者"时间、地点、情节三者的整一律"：它要求戏剧所演的故事发生在同一昼夜之内，地点处于同一场景之中，情节在同一个主题之下发展。——译者

② Harlekin，意大利喜剧中的一个仆人丑角，后来这个词成了喜剧丑角的代名词。——译者

③ Pantalone，意大利喜剧中吝啬鬼的丑角形象。——译者

④ Il Capitano，意大利喜剧中大嘴的牛皮丑角，通常是士兵或水手。——译者

作家，霍尔堡同时也受到法国古典主义和莫里哀的启发。滑稽戏和闹剧是这一喜剧传统的重要组成部分，从戏剧史的角度来看，人们能够在悠久的哑剧传统中找到其渊源，可以追溯到古希腊时代的萨堤尔戏。"滑稽"意味着：剧目是粗俗的，着重于夸张的喜剧效果。滑稽也可以理解为某种民间流行的东西。滑稽戏艺术家通过夸张性模仿来调侃权力和公共宗教活动。闹剧这个名词通常就是被用来标示一种带有滑稽元素的夸张的喜剧性戏剧。滑稽和闹剧成分是霍尔堡喜剧的重要组成部分，而与此同时，霍尔堡喜剧也带有古典主义规范的烙印，这规范要求艺术应当以心理学意义上强有力的类型描写来起到教育和训诫作用。这恰恰符合法兰西学院在17世纪中叶建立起的"艺术应具有教育性和训诫性"的严格规范。要遵从这一规范，喜剧就必须是平衡而理性的。因此，艺术创作方面的规则就产生了。就戏剧创作而言，重要的是不能给予观众过于强烈的印象，以免观众失去平衡。于是，残忍或暴力要通过一些信使来转达就很重要。这方面的事情由信使讲述，不必被直接呈现出来。于是，三一律与合理性的规范就被建立起来，这意味着表达内容和表达方式应当相互对应，由此我们可以说，在戏剧创作中有了一个朝着"对或然性要求"的转向。

在法国古典主义影响下，人们试图在戏剧中驯服滑稽和怪诞的元素。然而，作为剧作家，霍尔堡之所以如此令人着迷，却还是因为他在喜剧中兼顾了这两者，也就是说在理智和理性占主导地位的地方，他也允许滑稽和通俗的东西出场（参见 Arntzen，2005 年）。这使得他的喜剧即使在我们这个时代也能上演，因为我们这个时代的戏剧特征并不带有那么多理智和理性。但在 17 世纪的法国，人们认为戏剧应以理性为特征，这一倾向的意义在于，在戏剧的影响下，人们对心理学有了一种曙光破晓般的理解，我们在他的喜剧中也可以看出这种心理学成分。这些作品游戏于喜剧元素之间，俏皮轻松。它们显然是受到了一种悠久传统的影响。

作为喜剧作家的霍尔堡："霍尔堡家庭"

路德维·霍尔堡儿时在卑尔根至少看过一次巡演剧团演出的德国喜剧，后来他又从旅行以及沿途所看的一些演出中获得了一系列创作方面的想法。除此之外，他还在丹麦舞台剧院观看最初上演的那些戏。他所获得的各种印象都成了他喜剧灵感的来源，虽然他清醒地带着理性努力地追随法国风格，但仍有着滑稽风格的烙印。1722 年秋，他的第一部喜剧作品《变幻不定的人》（*Den vægelsindede*）上演了。霍尔堡在写这部戏时使用了一系列文学范本，尤其是取用了拉丁语喜剧创作传统中的一些东西。他在这一创作传统中找到模式和范本，并以自己的方式对之进行改编，使之符合自己的时代。他还从各种来自异域的逸事中获得灵感，用家乡人熟悉的风格进行改写。在霍尔堡的喜剧中，我们应该特别注意的是他的类型人物。在同样于 1722 年首演的喜剧《让·德·法郎士》中，我们见到了被称为"霍尔堡家庭"的人物：父母是耶罗尼姆斯和玛格德罗娜，女儿埃尔斯贝特和她的爱人安东尼。在 1723 年首演的《阿拉伯粉末》中，小辈人物被称作莱欧诺拉和勒安德尔。这些类型人物在很大程度上代表了典型的哥本哈根市民家庭，在这些喜剧中反复出现。霍尔堡从他的法国喜剧作家榜样莫里哀那里借鉴了这种经常在不同喜剧中改头换面的固定类型人物模式。霍尔堡笔下最有名的一对仆人可能是亨利克和帕妮乐。亨利克这个角色的特点是思维敏捷、语言表达能力强，这也是霍尔堡成长的故乡城市卑尔根的市民特点。出演最初几场喜剧的那些学生曾在大学学习过修辞学，而教他们的可能就是霍尔堡自己。

关于本书中的剧本选择

本书选取的都是直接从丹麦语翻译的喜剧，旨在代表霍尔堡所写的一共 33 部喜剧。这些作品的代表性还在于它们蕴含了大量对早期资产阶级社会的讽刺和社会批判。尤其是《埃拉斯姆斯·蒙塔努斯》(*Erasmus Montanus*)，它被证明是最不限于时代、讽刺最到位的喜剧之一。

根据从丹麦文译成中文的译者自己的说法，此前在中国已有两位翻译家将几部霍尔堡喜剧从俄文译本译成中文。由俄文转译的霍尔堡喜剧有四部，分别是《让·德·法郎士》、《山民耶比》[①]、《六月十一日》和《贫穷与傲慢》。这些转译本被用作中国戏剧专业学生的教材。

---

① 即《山上的耶伯》。——译者

《政治补锅匠》、《山上的耶伯》和《埃拉斯姆斯·蒙塔努斯》

霍尔堡主要是写一些带有闹剧和面具元素的个性人物喜剧，从心理学角度看，主角大多是一些有着自身特征的个性人物。配角，如仆人，或"霍尔堡家庭"，则更多是类型人物。个性人物在心理学意义上也是更为类型化的。霍尔堡的喜剧《政治补锅匠》（Den Politiske Kandestøber）的情节围绕一个商人及其政治思考和梦想展开。该剧于1722年上演，1723年以单行本形式出版。喜剧的主题是，政治梦想如何让一个市民很夸张地觉得自己非常重要，乃至他把工匠们在政治方面的参与和投入弄成了笑话。从各个方面看，这都是一部关于一个自以为更高明的市民的政治喜剧，而斯堪的纳维亚语言中的"补锅匠"一词就是用来形容那种发表超出自己所知言论的人的。喜剧《政治补锅匠》中情节展开的环境是一个以哥本哈根市民阶层为参照对象的市民家庭，尽管故事情节的灵感来源是发生在德国北部汉堡市的一些政治事件（当时汉堡的政府形式比哥本哈根更自由）。补锅匠（丹麦语：Kandestøber，挪威语：kannestøper）这个词在斯堪的纳维亚语中是一个贬义词，指一个人不知道自己在说什么，尽管它从严格意义上讲是对制作水壶的锡匠的称呼（参见 Kruuse，1964年）。

《山上的耶伯》（Jeppe på bjerget）改编自雅克布·比得曼（Jakob Bidermann）于1640年以《乌托邦》为名出版的一部拉丁语

长篇小说。这部小说描述了一场关于一个愚人节王子的狂欢庆典。在霍尔堡喜剧中，耶伯是西兰岛的一个农民，他的妻子妮乐让他去为家里买肥皂，但他半路在小酒馆里喝酒花完了买肥皂要用的钱。一些贵族家的人在水沟里发现了他，并把他带到男爵的城堡里，放在男爵的床上。贵族家的人们和他玩得很开心，他开始命令他们服侍他，而他们则让他以为自己到了天堂。不多久，贵族家的人们又把他放回了他们最初发现他的沟里，同时他们还指控他僭越狂妄，说他是一个煽动者。他们判了他死刑，而就在他们架起绞刑架貌似已经绞死了他的那一刻，妮乐却在玩笑开大的瞬间找到了他，并把他带回了家。这是一出滑稽闹剧，讲述的是一个酗酒无度的人的故事，而他面对一个强势凶悍的妻子的处境则透露出他酗酒并非是没有原因的。这部喜剧上演后，耶伯这个人物就成了丹麦和挪威喜剧传统中的核心角色。《山上的耶伯》首演于1722年，出版于1723年，它描述了一个酗酒并遭到贵族愚弄的农民形象。除了"酒后惹事"的总体寓意之外，这部喜剧还非常清楚地展示了贵族在丹麦农村有着怎样的权势，几乎可以对农民颐指气使。然而，霍尔堡在大多数喜剧中描述的都是城镇的市民阶级，而且是在君主专制制度下获得了一定自由的市民阶级。

《埃拉斯姆斯·蒙塔努斯》是一部讽刺性的个性人物喜剧，它将学术文化中的修辞术和"谁能在辩论中胜过谁"的问题表现得淋漓尽致。因此，它是对学院派传统的批判，在这种传统中，辩术比辩论的内容更重要，也就是说，讨论比讨论所围绕的东西更重要。主人公埃拉斯姆斯从大学放假回到家乡。他在一个村庄长大，父母都是农民。回来后，他把学到的所有关于辩论和逻辑的

xiii

知识都用在了与周围人的几场言辞对决上,他的父母更是成了他进行逻辑练习的对象。埃拉斯姆斯想用逻辑论证的方法证明他的母亲妮乐是一块石头,而证据是母亲妮乐不会飞而石头也不会飞,这就意味着母亲妮乐是一块石头。霍尔堡想告诉人们,如果只有理性才能决定对错,那么事情就会变得错得离谱。这部喜剧可以理解为对以纯粹或盲目理性为特征的教育理想的抨击。他的弟弟雅克布听得懂他,但也批评他。正如佩尔·比约纳·格兰德(Per Bjørnar Grande)在《卑尔根时报》(参见 Grande,2007 年)上发表的一篇文章中所说的那样,该剧的潜台词是:只要智慧和正直消失,各种教育理想就毫无用处。《埃拉斯姆斯·蒙塔努斯》于 1723 年上演,1731 年出版。

《假面舞会》和《忙碌不息的人》

《假面舞会》(*Mascarade*)的主人公是勒安德尔和莱欧诺拉,他们在化装舞会上偶然相遇,并相互发誓永远相爱。他们的父亲按照家庭决定结婚对象的传统给他们安排了结婚对象(也就是我们今天常说的"理性婚姻")。勒安德尔告诉他的贴身仆人亨利克,他的父亲耶罗尼姆斯打算让他娶莱欧纳德的女儿莱欧诺拉,他很绝望。剧情的发展揭示出事实:父母希望能够促使结婚的两个人正是在面具背后相爱的同样的两个人,亦即勒安德尔和莱欧诺拉,这时的喜悦是超乎寻常的。《假面舞会》是一部喜剧,讲述了年轻人沉迷于假面舞会和夜生活,也讲述了当相爱的人最终相互得到对方时，偶然性是如何发挥作用的。该剧于1724年上演并出版。

喜剧《忙碌不息的人》(Den Stundesløse) 也同样有着身份错认的情节，灵感是来自莫里哀的《无病呻吟》(Le malade imaginaire)，同样被视作霍尔堡最优秀、最具现实意义的作品之一。故事讲述了一个富有的、承受着巨大压力的市民菲尔格希莱，他把自己埋没在琐事和自以为重要的固执中。菲尔格希莱总是忙碌着，终日心神不定并且迂腐不堪。他想把女儿莱欧诺拉嫁给簿记师彼得·埃里希森，尽管莱欧诺拉非常想嫁给勒安德尔。莱欧诺拉的女仆帕妮乐和勒安德尔的朋友欧尔弗斯帮助莱欧诺拉解决了危机，最终她得到了勒安德尔。《忙碌不息的人》于1726年首演，1731年出版。

丹麦舞台剧院破产和剧场禁令

丹麦舞台剧院（即位于哥本哈根小绿街的剧院）始建于1722年，但早在1725年就已破产。尽管如此，剧院仍又重新运作起来，并且一直经营到1728年。剧院的正厅观众席（即舞台前方）可容纳200人。包厢区域第一排有14个包厢，包厢区域第二排有16个包厢，舞台上配有布景。最初，贵族观众有权坐在舞台上与演员同台相处，但这种共处严重影响演出效果，一段时间后就被废止了。1726年，剧院改组为宫廷剧团，负责为宫廷演出。

1728年火灾，哥本哈根大部分地区被烧毁，但剧院建筑却完好无损。当时的虔信主义和虔诚文化在克里斯蒂安六世治下的宫廷中占据主导地位，人们将这场大火解释为上帝的惩罚。从1730年起，在虔信主义思潮的影响下，丹麦和挪威两地都禁止一切戏剧活动。虔信主义是基督教新教中的一场运动，强调虔诚和节俭，认为娱乐是多余的，甚至是亵渎神明的。1737年，小绿街剧院的创立者勒内·德·蒙太古在贫困中去世，但喜剧作家路德维·霍尔堡却凭自己在哥本哈根大学的教授职务过着很滋润的日子。作为一名学者，霍尔堡甚至在1747年被册封为男爵而成为贵族。1746年，国王弗雷德里克五世解除了对剧院的禁令。1748年，哥本哈根开了一家新的专业剧院，霍尔堡本人作为顾问参与了这家剧院的筹建工作。这座新剧院被命名为"皇家丹麦舞台"。1760年代末，剧院濒于破产，1770年，国王接手了剧院运营的全部财务责任。丹麦由此有了自己的国家剧院。剧院的建筑是在1748年完工的，1774年的改建使得剧院的观众席视角更合理，布景设计比以前更高级。新的国家剧院在一开始主要演出霍尔堡和莫里哀的作品，剧院的名字也变成了皇家剧院，位于国王的新广场（Kongens Nytorv）。到今天，它已持续运营了250多年。剧院目前的建筑是在1874年建成的。丹麦国家剧院的演出包括戏剧、歌剧和芭蕾舞剧，并拥有自己的交响乐团。

进一步阐述霍尔堡的意义

从戏剧史的角度看，霍尔堡的意义在于他早在1770年就为丹麦建立国家剧院做出了贡献。在他的帮助下北欧地区形成了一种独特的戏剧传统。此外，他作为作家的重要意义还在于他的讽刺史诗著作，如《彼得·坡尔斯》，以及后来的长篇小说《尼尔斯·克里姆的地下世界之旅》(*Nils Klims reise til den underjordiske verden*)，这本书于1741年在莱比锡以拉丁文出版。现实生活中的尼尔斯·克里姆是卑尔根的一名敲钟人，传闻他消失在山中的一个洞穴里，进入了另一个世界，那里的一切都与我们所知的世界不同。这部长篇小说可以被解读为霍尔堡与丹麦和挪威虔信主义的交锋。霍尔堡的历史和哲学著作为丹麦王国理性主义和启蒙运动的突破做出了巨大贡献。霍尔堡在1729年出版的《关于丹麦和挪威的描述》(*Dannemark og Norges beskrivelse*)一书中将丹麦和挪威描述为国家，并在1732—1735年出版的《丹麦王国史》(*Dannemarks Riges Historie*)中对丹麦历史进行了重要论述。他还撰写了大量关于理性的文章，强调理性在社会发展理解中的必要性，而他的讽刺作品则是批判性思维给社会的重要警示。因此，他也被认为是将启蒙时代的思想引入北欧地区的人。而从我们的角度来看，霍尔堡作为喜剧作家的最大意义尤其在于，他通过使用三一律创作规则和类型与面具人物角色之外的个性人物将法国古典主义引入戏剧。他通过参与小绿街的丹麦舞台剧院的工作，为丹麦国家剧院的发展做出了贡献。这家剧院的成立是丹麦戏剧诞生的象征，丹麦在2022年庆祝了丹麦戏剧诞生300周年。挪威到1850年才有了第一家纯挪威语剧院，但霍尔堡通过他的戏剧著述和喜剧对挪威戏剧也产生了影响，特别要提到亨利克·易卜生在卑尔根的挪威剧院（Det Norske Theater，成立于1850年）学习戏剧技艺时研读了霍尔堡的著作并受到了他的启发。霍尔堡塑造的个性人物和类型人物在丹麦和挪威具有不同的辨识方式，这是因为他将两种文化都融入了自己的创作。他为他所生活的社会贡献了一种早期的现代认同性，并对整个北欧地区的文学和戏剧发展产生了决定性影响。

参考文献

Arntzen, Knut Ove, «Holbergs teater mellom kunst og liv—fra burleske paradokser til reteatralisering», i *Den mangfoldige Holberg*, red. Eivind Tjønneland. Aschehoug, Oslo 2005.（克努特·欧维·阿尔恩岑:"介于艺术和生活之间的霍尔堡戏剧——从滑稽的悖谬到再剧场化"，载于艾文·琼讷兰德编:《丰富多样的霍尔堡》，奥斯陆，阿谢候格出版社，2005年。）

Grande, Per Bjørnar, «Erasmus og det moderne dannelsesidealet», kronikk i *Bergens Tidende*, Bergen, 4. april 2007.（佩尔·比约尔纳尔·格兰德:"埃拉斯姆斯和现代的文化教育理想"，《卑尔根时报》2007年4月4日专栏。）

Heggelund, Kjell, «Ludvig Holbergs dikteriske gjennombrudd», *Norges litteraturhistorie* bind 1. Bokklubben Nye Bøker, Oslo 1982. S. 455–526.（切尔·赫格伦德:"路德维·霍尔堡在创作上的突破"，摘自《挪威文学史》第一卷，奥斯陆，图书俱乐部，1982年。第455—526页。）

Kruuse, Jens, *Holbergs Maske*. Gyldendal, København 1964.（彦斯·克鲁斯:《霍尔堡的面具》，哥本哈根，金色山谷出版社，1964年。）

Jensen, Anne E., *Teatret i Lille Grønnegade 1722–1728*. Nyt nordisk forlag Anton Busck, København 1972.（安娜·伊·延森:《小绿街的剧场，

1722—1728年》，哥本哈根，新北欧出版社安东·布斯克，1972年。）

Sivertsen, Gunnar, «Om Holbergs komedier», *LUDVIG HOLBERGS HOVEDVÆRKER: Komedier.1*, Det Danske Sprog- og Litteraturselskab og Aarhus Universitetsforlag, 2016. S.9-25.（古纳尔·西维尔岑："关于霍尔堡的喜剧"，《霍尔堡重要著作：喜剧卷一》，丹麦语言文学学会与奥胡斯大学出版社，2016年。第9—25页。）

目　录

政治补锅匠（1723年）…………………………… 1

山上的耶伯（1723年）…………………………… 103

假面舞会（1724年）……………………………… 185

埃拉斯姆斯·蒙塔努斯（1731年）……………… 283

忙碌不息的人（1731年）………………………… 379

路德维·霍尔堡：生平、作品、影响…………… 481

译者的话…………………………………………… 496

政治补锅匠[①]

五幕喜剧

（1723 年）

[①] 书中注释主要是由译者根据丹麦霍尔堡研究专家们所作丹麦语网络免费共享版《霍尔堡全集》中的注释编译而出（如无特殊情况，在脚注中以**宋体**表示），但也有个别不多的脚注是译者自己所作（如无特殊情况，在脚注中以*仿宋体*表示）。为这部剧本作注的专家为芬·西尔斯哈尔斯（Finn Hirshals）。

题解[1]

形容词"政治"在这里有着多重意义。一般是指与"对一个国家内外关系的处理"有关的各种想法，譬如我们说"国家政治"或者"政治家"。用在个人身上，可以指这个人懂得国家事务，也可以指一个人狡猾而善于耍阴谋。这部喜剧名字中的形容词"政治"被用在一个工匠的身上，构建出一种讽刺性的不协调，如剧中人安东尼所说，"这两者，相互间可不算怎么和谐啊"。（第一幕第二场）。同时霍尔堡又为这部喜剧所针对的这一类政治业余爱好者找到了一个贴切的比喻——"政治的补锅匠[2]"，这个比喻呈现在亨利克第四幕第一场的独白中："在补锅匠和如此高位的官员之间，我看不见有任何一致的地方。除非：也许这是因为，正如一个补锅匠把旧的盘子罐子扔进一个模子把它们重新铸成新的器皿，在共和国崩溃的时候，一个好的市长也能够通过好的律法来重铸共和国。"

这部戏的首演应当是在1722年9月25日，在哥本哈根的小绿街剧场上演。

---

[1] 书中各剧本的题解皆由为该剧本作注的专家所撰写。
[2] 这里所说的补锅匠，是一种制作和修补锡制器皿的工匠。可以译作"锡匠"、"锅匠"、"铸锅匠"或"补锅匠"，为了强调剧中的喜剧效果，译者取"补锅匠"。

剧情简介[1]

主人公赫尔曼是汉堡的一个补锅匠。他常和其他工匠聚在一个小酒馆讨论国家大事。他们老在那里攻击国王、公侯、政要和将军，批评市政议会，认为市长一直在做一些错误的决定、认为自己可以做市长。

议会有人认为应当惩罚这个补锅匠，而两位演艺人则建议演一场喜剧来作弄赫尔曼。他们假扮议会的使者到赫尔曼家，通知他说，议会选他做了市长。补锅匠以为自己成了市长。他要求自己家里的人都要有市长家人的腔调。市长要做市长的事情，于是不断有人拿着各种难办的案子来让赫尔曼裁决。这些案子让赫尔曼感觉到做市长不是容易的事情。最后他解决不了问题，不断有人要来找他麻烦。

赫尔曼无法承受压力，决定上吊。但在他上吊之前，他未来的女婿告诉他：他当市长的事情只是演艺人的一个恶作剧。赫尔曼得知这个消息，松了一口气，他不用上吊了。现在，他非常庆幸自己不是市长而是补锅匠。

---

[1] 书中各剧本的剧情简介皆由译者所撰写。

剧中主要人物[①]

赫尔曼·冯·布莱门

格丝可　　　　　冯·布莱门之妻

恩琪尔可　　　　冯·布莱门之女

安东尼　　　　　恩琪尔可的求婚者

仆人亨利克

女孩安妮可

[①] 原文中有一些在剧中出场的角色没有被列出。下同。

第一幕

第一场

安东尼　我可以发誓,我的心都在嗓子眼了,跳得这么厉害。因为我要去同赫尔曼师傅面谈,向他求娶他的女儿。她和我在很久以前就已经订了婚,不过那叫私订终生,是秘密的。

　　这是我第三次出发上路了。前两次,我都是走到半途又重新转身往回走。如果不是因为这会很丢人,还会招来我妈的责骂,那么,我这一趟同样又会是半途放弃。这是我天生的弱点,我克服不了的怯懦。每一次,在我想要去敲门的时候,我就会犹豫,仿佛有人在那里抓住我的手往回拉。

　　但是,鼓起勇气啊,安东尼,无畏的勇气是生命的一半养料①!没有什么人能够帮得上你,你必须自己去完成。

　　我有必要先稍稍打扮一下,因为我听说,赫尔曼师傅不

---

① 这句话是丹麦的谚语。

知在什么时候变成了一个非常注重细节的人。

［他脱下围巾，重新戴上，从口袋里拿出梳子梳头。系紧鞋带。

现在，我想，这样应当是可以了。到了该敲门的时候了。看！可真要命啊，不是吗，这就像是有人在拉住我的手。不，你要鼓起勇气，安东尼，我知道，你没有做错什么。就算事态糟糕到了极点，你至多也不过就是得到一个"不行"而已。

［敲门。

第二场

亨利克、安东尼

亨利克（吃着一片黄油面包） 在下为您效劳[1]。安东尼师傅。您找谁?

安东尼 我想同赫尔曼师傅谈一下,如果他现在是自己一个人在家的话。

亨利克 哦,当然。他确实是一个人在家。但他坐在屋里看书呢。

安东尼 那,他可是比我更虔诚更敬神啊。

亨利克 如果有出台一项规定,说赫尔克鲁斯传说[2]可以算是一本

---

[1] 原文中用的是法语 Serviteur(服务者,仆人)。在问候语或者签名中这个法语词被用来表示谦卑。这里是工匠间的交往语言,所以译者将之译作汉语"在下为您效劳"。后面补锅匠夫妇觉得自己需要用到上层社会的礼仪,还会出现更长的法语谦词 votre très humble serviteur(您的非常卑微的仆人),译者将保留法语原词。

[2] 亨利克将赫尔克勒斯(Hercules)错说成赫尔克鲁斯(Herculus)。赫尔克勒斯是一个简化的书名,这本书的全名是《基督教条顿大王公赫尔克勒斯和波西米亚皇家小姐瓦丽丝卡的奇迹小说》(Des christlichen teutschen Gross-Fürsten Herkules und der böhmischen königlichen Fräulein Valiska Wunder-Geschichte),一部所谓的国家小说。除了小说的情节之外,这本书还有许多文化和政治方面的启蒙材料。这部涉及面极广的小说是由德国神学家安德烈亚斯·海因里希·布赫霍尔茨(Andreas Heinrich Buchholtz,1607—1671年)写的,1659—1660年在不伦瑞克(Braunschweig)出版。在第一幕第四场中赫尔曼·冯·布莱门提及的另一部小说《赫尔克利斯库斯》也是同一个作者写的类似的小说。

布道集①的话，那么我想他倒可以是一个合格的布道师。

安东尼 可是，他在工作之余还有时间阅读这一类书籍吗？

亨利克 您要知道，我们东家有着两份职业：他既是补锅匠又是政治家。

安东尼 这两者，相互间可不算怎么和谐啊。

亨利克 我们可是想到一起去了。因为，在他做一些什么工作的时候——当然，他很少工作，他的工作看上去总有着政治色彩，所以若是他做了什么工作，我们就不得不重新从头再做一遍②。不过，如果您想要和他谈什么事的话，直接去客厅就行。

安东尼 我是有一件很重要的事情，亨利克，我们私下说吧，是这样的：我是想要向他求亲，我和他女儿早就订婚了。

亨利克 确实啊；我想这确实是重要的事情。但是听我说，安东尼师傅！恕我冒昧，有一件事我要提醒您一下：如果您想要让自己求亲成功，那么您就必须在语言上提高修养，要能够作出优雅的演说，因为他最近变得非常古怪。

安东尼 不，我才不这样呢，亨利克。我是一个正直诚实的工匠，我从来就不曾学会过恭维奉承。我就直说，我爱上了他女儿，并且希望求得她做我的妻子。

亨利克 难道就没有别的？那么，我敢用我的人头来赌，您肯定

---

① 用于家庭祷告的布道集，正式标题是拉丁语 Post illa verba evangelii（"在这些福音之语的后面"），包括对教会年之中的《圣经》经文的解说，分冬季部分和夏季部分。从中世纪到20世纪，布道集作为祷告文学在一般人中很普遍。

② 在这一幕的第五场，格丝可说："如果他自己做了什么，做完后学徒工们不得不重新做过。"

得不到她。至少，在开始说话的时候，您要说"鉴于"或者"既然"这样的词。您要知道，安东尼师傅，您是在同一个有学问的人打交道，他可是日日夜夜都在阅读着各种政治书籍，读得差不多快要发疯了。他最近老是责备家里人做错了什么，他说得最多的就是，我们身上全都有着一种粗鄙的品格。特别是我，他提到时我总这样说："你这个下流无耻的无赖。"上星期，他就像是魔鬼附身，坚持要让家主母穿上阿德里安娜长裙①，当然他最终并没有成功，因为家主母是一个虔诚的传统妇女，她是死也不会脱去她那翻领紧身胸衣的。我们东家，唉，真是可怕，鬼知道他在想些什么名堂。所以啊，如果您想要让自己求亲成功的话，就听我一句忠告吧。

安东尼 我才不会拐弯抹角呢，我就对他直话直说。

---

① Adriane，法语是 andrienne，一种松散的宽裙，松散的后摆着地，在当时是很时髦的服装。但是在外面它也让一些人看不惯，因为它根本就像家里穿的晨裙或者便裙，在 18 世纪初这款裙子成为时尚时曾让许多人愤慨。之所以叫作"阿德里安娜长裙"，是因为 1703 年著名法国女演员 Marie Carton Dancourt 穿着这裙子在法语版的喜剧《安德罗斯女子》（古罗马剧作家泰伦提乌斯的喜剧作品）中扮演 Andrienne。霍尔堡使用当时的时尚来反映他所描绘的社会阶层的文化特征。

第三场

亨利克（一个人） 求婚，最难的地方就是，一个人必须想出他在一开始所要说的话。我自己就曾经求过婚，但那时我想了十四天却还是没能想出我该说什么。我当然知道，我应当以"鉴于"或者"既然"之类的词作为开场白，但不幸的是，我就是找不到与这"鉴于"相连的其他词儿。我不愿再让自己为此费更多脑筋，就花八斯基令① 去雅克布校长那里买了一份样板，——他就是以这个价钱出售这段话的。但后来，我也真够倒霉的，又出了麻烦。我把这演说开展到一半，可就是记不得剩下的该怎么说，我只好羞惭地从口袋里掏出纸来。我发誓，我本来是背得出的。不管是在事前还是在事后，我都背得滚狗烂熟②，就像主祷文那段马太福音。可在我真的要用

---

① 在那个时代，一个斯基令是最小值的硬币，可以买三两面包，两个斯基令可以在小酒店过夜，一至四个斯基令可以在酒馆买一杯烈酒，三个半斯基令可以买一斤牛肉，二十八个斯基令可以召妓。这样看，一个斯基令所买的东西相当于中国市场十块钱买的东西，所以八斯基令约合人民币八十元。

② 原文中亨利克把 perfect（完美）说成 profect，所以译者在这里把"滚瓜烂熟"写成"滚狗烂熟"。

上它的时候,它就卡住了。这段话的内容是这样的:

在下,亨利克·安德森,谨以谦敬之心祝您身体健康,出自在下的深思熟虑与自由意愿,在下来此,告知于您:与他人相比,在下绝非心如木石,盖世间万物,乃至不识言说的野兽,均怀情爱,因此,在下,尽管资格不配,却仍心怀上帝之名及荣誉来此,请求您首肯,唯愿得到您为我心至爱。

难道各位上生①不觉得这段话值八斯基令吗?如果你们中有人付还给我八斯基令,我愿意把这份样板给他。因为,我就是这样看的:如果有什么人能够精彩地把这段话演说出来的话,那么,不管他想要向什么高贵人家求亲,他都能够得到他想要的这家女儿。

好好好,这样吧,你们给我六斯基令总可以吗?老实说,我自己可是为它付了八斯基令的。如果再要低于这价钱,那可就实在说不过去了。

可是,现在,老东家②来了。我得跑了。

---

① 原文中亨利克把法语 Messieurs(先生)说成 Mossiørs,所以译者在这里把"先生"写成"上生"。

② 原文中用的是 Vatter。仆人佣人们称呼东家 Vatter,工匠和平民家庭称呼或者谈论一家之主时也用 Vatter。外人称家中的家长也可以用 Vatter,比如下一场安东尼就称呼赫尔曼 Vatter(东家)。

第四场

赫尔曼·冯·布莱门、安东尼

赫尔曼 非常感谢,安东尼先生,感谢您来求亲,您是一个英俊正派的小伙子。我相信,我女儿和您在一起,必定能够得到很好的照顾。但是,我非常希望我的女婿是一个研学过政治学的人。

安东尼 可是,我亲爱的赫尔曼·冯·布莱门先生,一个人并不能够靠政治学来养活妻子和孩子啊。

赫尔曼 不能吗?难道您认为我是打算作为补锅匠死去吗?在半年之内,您将看见,政治学会为我们带来什么。我希望,在我读完了《欧洲预言》[①]之后,人们会催促我去议会里获取一个位子。我已经开始翻读《政治餐后甜食》[②],但这本书中所讲的道理是不充分的。有点可惜了,这个作者,他本应把内容写得更全面的。您肯定知道这本书吧?

---

① 德文书名是 *Der europäische Herold*(1688 年),作者是 Leutholf v. Franckenberg(这是笔名,真名是 Bernhard von Zech),萨克森的枢密顾问,死于 1720 年。

② 德文书名是 *Der politische Nachtisch*(1695 年第二版)。这本书由各种与社会学说有关的问答构成,是针对一般市民和农民的读物。

安东尼　不，我不知道。

赫尔曼　那我可以把我的这本借给您。这是一本很薄但很不错的书。我的政治学理论主要都是来自这本书，当然，还有《赫尔克勒斯》和《赫尔克利斯库斯》。

安东尼　您最后提及的这本，只是一部小说吧？

赫尔曼　是啊。真希望世界充满这一类小说。我昨天去了某个地方，一位高贵的人在我耳边低语说："如果有谁是带着理解力阅读了这本书的，他就能够履行最伟大的职责，是的，能够统治整个国家。"

安东尼　是的，东家。但是我要是去读这些书的话，我就会荒废了我的生意。

赫尔曼　我对您说，先生，我不打算再在补锅这个行当中继续了。按理我在很久以前就该离开这行当了。因为，在这城里，好几百个有身份的人曾对我说过："赫尔曼·冯·布莱门，您应当是做别的事情的人。"是啊，就在一两天之前吧，一位市长[①]在议会里说了这些话："赫尔曼·冯·布莱门完全可以有资格做别的事情，而不应当只是一个补锅匠，这个人颇为内秀，是我们议会中的许多人所缺少的。"由此您可以推断出，我不应当作为补锅匠死去。因此呢，我很想有一个投身于政治事务的女婿。因为，我希望，到了某个时刻，他和我都能够进入议会。现在，如果您以阅读《政治餐后甜食》作为开始，那么，在每星期六晚上，我都将考核一下您阅读与理解

---

① 在当时的汉堡，市议会里一共有四个市长。

的进展。

安东尼 不，我是绝不会去读这书的！我的年龄太大了，不可能重新上学。

赫尔曼 好吧。那么您就不是一个适合于做我女婿的人。再见。

第五场

冯·布莱门之妻格丝可、安东尼 ①

格丝可 我丈夫现在这副样子真是太可怕了。他从不在家打理自己的生意。我倒是愿意出钱雇人去弄明白,他到底在搞些什么名堂。

但是看,安东尼先生,您是一个人来这里的吗?您不进来坐?

安东尼 不,谢谢家主母。我太卑微,所以不配。

格丝可 不,这是什么话?

安东尼 您丈夫胸有政治抱负,心怀大志。他不再看得起做工匠的,我和我这一类人自然不会再被他放在眼里。他自己觉得他比公情公务员 ② 还聪明。

格丝可 这个傻瓜,这个白痴!您别把他放在心上。我看呐,他不

---

① 本场出场的还有两个男孩,但没有列出。原文即如此,因此不做添加。同理,后文还有一些场次所列出场人物却在该场次没有台词,也不做删除。

② 安东尼要说的是"公证公务员"。在原文中,霍尔堡让安东尼不习惯说拉丁语,这样,安东尼把拉丁语的 notarius publicus(公证公务员)说成了 Notarius Politicus,所以这里译者把"公证公务员"写成"公情公务员"。

会成为市长,他倒是有可能成为乞丐去讨饭吃。亲爱的安东尼,您别在意他。您可别忘了对我女儿的感情啊。

安东尼 冯·布莱门发誓说,如果一个人不是政治家,她女儿就绝不嫁。

格丝可 我宁可拧断她的脖子也不让她嫁给政治家。以前人们把骗子称作"政治家"。

安东尼 我也不想要成为这种人。我只想实在地靠马车匠的手艺来养活自己。我去世的父亲以此为生,我希望我同样能够以此为生。

这里有一个小男孩,估计是想要和您说什么。

格丝可 您想要什么,我的孩子?

男孩 我想要找赫尔曼师傅说话。

格丝可 他不在家,您可以同我说吗?

男孩 我家夫人[①]让我来问,她三星期前订的盘子有没有做好。我们来问过无数次了,每次他都搪塞我们。

格丝可 我的孩子,代我请求您家夫人不要生气。明天肯定能够做好。

另一个男孩 我想知道,那些汤盘到底能不能做出来。在我们订了以后,它们按理说应该已经做好并且抛了光。我们家主母发誓说,你们再也不会从我们这里得到任何加急订单了。

格丝可 听我说,我心爱的孩子,以后,如果您再订什么东西,您要到我这里来订。我丈夫有时候会心不在焉魂不守舍,所以

---

① 原文中是法语词 Madame,一般用来称呼普通市民阶层的已婚妇女。

同他说是没用的。相信我说的话，星期六一定会做好。再见。

您看这里，我亲爱的安东尼，我们家的情况就是这样。因为我丈夫的疏漏，我们失去了一份又一份订单。

安东尼 难道他从来就不在家里吗？

格丝可 很少在家。就算他在家，他也只想着怎样建造空中楼阁，所以他不会去想工作。其实，除了让他监察一下工人们之外，我对他也没有什么别的要求。因为，如果他自己做了什么，做完后学徒工们不得不重新做过。看，那是佩特，他可以证实我说的话。

第六场

佩特、格丝可、安东尼

佩　　特　有一个人在外面等着，家主母，是来讨钱的，我们昨天买八桶煤的钱。

格丝可　我该去哪里弄钱？我们只好让他等着，要等到我丈夫回家才行。你能不能告诉我，佩特，我丈夫白天都在什么地方？

佩　　特　差不多现在这时候，他是在雅克布·冯·吕贝克家的酒馆，在穆伦布鲁克桥①旁。那地方整天都在搞同人集会②，人称是政策集会③，有十二个人，或者更多，聚在一起讨论国家政治事务。昨天我在那里，但在另一个厅里。我看见他们全都坐在桌前，我们东家就坐在桌子的一头。

格丝可　你认识他们中的什么人吗？

佩　　特　可不是嘛，我全都认识。让我看：我们东家和店主，这是两个，假发匠法郎茨是第三个，漆匠克里斯多夫是第四个，

---

① Muhlenbruck，汉堡的一座桥，位于市议会厅和圣尼古拉教堂附近。

② 指一些有着共同兴趣的人的集会。在这里集会者们的共同兴趣是政治。

③ 佩特要说的是"政治集会"。在丹麦语剧本中，霍尔堡让佩特把拉丁语的 politicum（政治）说成了 Polemiticum，所以这里译者把"政治集会"写成"政策集会"。

裱糊匠吉尔贝特第五个，染工克里斯蒂安第六个，毛皮加工师格尔特第七个，酿酒人海宁第八个，海关检查员①西维尔特第九个，货品税务登记员②尼尔斯第十个，校长大卫③第十一个，制刷人理查第十二个。

安东尼 谈论起国家政治，他们可全都是很能干的人啊。您听到他们谈论些什么？

佩　特 我倒是听了挺多；但我只明白其中的一丁点。我听他们说好像是要把皇帝、国王和选帝侯④赶下台，要把其他人推到他们的位置上。有时候，他们谈论关税，有时候谈论商品税和消费税⑤，有时候谈论议会⑥中缺少有能力的人，有时候谈论汉

---

① 原文中用的是对海关检查员的蔑称——"查看口袋的人"，因为海关检查员的工作就是在城门口检查人们所带的袋子。

② 原文中用的是"书写者"，但不明确是书写什么。当然，这书写者也可以是教人写字的、也可以是帮人写字的，但是作为海关检查员的同事，他"书写下"货品登记单，比较符合逻辑。所以，他应当是货品税务登记员，为带货品进城的人们出证明，然后他的同事海关检查员就可以根据他所出的证明单核查人们袋子（当然也可以是货车）里的货物是否与这证明单上的货名相符。

③ 在霍尔堡时代的哥本哈根有一个大卫校长，全名叫大卫·莱西（David Reich），霍尔堡住在他的院子里。

④ 当时德国是由许多小的公侯国组成。这些公侯中有一部分是所谓的"选帝侯"，也就是说可以参选德国皇帝。这是中世纪的制度，直到1875年，这种选帝侯的头衔和功能才消失。

⑤ 当时这三种税收是非常不受欢迎的，在哥本哈根更甚于在汉堡。

⑥ 汉堡由参议院（通常称作"议会"）和全体公民治理。自给自足的议会由四个市长和二十四个议员组成。另外，有些人是没有选举权的。市长之中有一个是首席市长。"全体公民"是由全部有公民权的人构成。议会与"全体公民"的下层部分发生了一系列政治冲突，这在1712年导致了这样的结果：一个人拥有公民权的前提必须是他拥有相当大的一部分土地。议会是至高的权力部门，但与197个由全体公民在各个教区选举出并被议会召集到全体会议开会的公民代表一同治理汉堡。可以想象，霍尔堡在写这个剧本的时候确实是考虑到了汉堡的行政结构。

堡的发展和贸易的发展。有时候他们翻查书本，有时候他们看着地图。制刷人理查手上拿着一根牙签，哈哈，我是说鹅毛笔，所以我觉得他肯定是这集会的书记。

安东尼 哈哈哈。一旦我碰上他，我保证会对他说："您好，书记先生！"

佩　特 好。但不要说是我说的。让这些人去见鬼吧，他们要把国王和公侯们，甚至市长和议会，都推翻掉。

格丝可 我丈夫也在那里同他们一起说这些事吗？

佩　特 他说得不是很多，他只是坐在那里思量着，在别人说话的时候吸吸鼻烟，等别人说完了之后，他做出决定。

格丝可 他没有认出你吗？

佩　特 他看不见我，因为我在另一间里，即使他看见了我，他的体面也不允许他认识我，因为他的表情就像是一个行政圈军队里的上校①，或者像一个首席市长接见外交使节时的表情。这些人，一旦进入了这集会，就似乎是眼前起了一团雾，什么都看不见了，哪怕是他们最好的朋友，他们也看不见。

格丝可 唉，我这可怜的人！这人肯定会让我们倒霉，如果市长和议会知道了这样的事情，知道了他坐在那里想要改革国家，唉！在汉堡，本分的好人是不想要什么改革的。看吧，到时候，我们自己都不知道怎么回事，就会有卫兵在我们家外面

---

① 当时的德国被分成十个行政圈，在打仗或者有骚动的时候，每个行政圈都有义务派出有一定数量的士兵、由行政圈上校带领的军队。1708—1712年间，各个行政圈的军队曾驻扎在汉堡来"令公民顺从"。

　　　　监视，我的好丈夫赫尔曼·冯·布莱门就被拖进了监狱。
佩　　特　这完全有可能，因为自从军队驻扎进了汉堡之后，议会就有了前所未有的权力。全体公民联合起来都没办法为他辩护。
安东尼　荒唐！这些人只会成为别人的笑柄。一个补锅匠、一个漆匠或者一个制刷人能够知道什么国家大事？我看哪，议会才不会害怕他们，倒是可能会觉得很可笑。
格丝可　我打算马上就过去，把他们这些人全都好好教训一下。来，我们走。

第二幕

第一场

［在一家酒馆里。政治集会的会众被推介出来。

毛皮加工师格尔特　到了下一届帝国议会[1]，一切就都明朗了。真希望我在那里待上一小时。我本来是想要在美茵茨选帝侯[2]耳边悄悄地说一些会让他感谢我的事情。那些好人啊，他们真是不明白什么才是对德国有好处的事情。你在哪里听说过这样的事情，像维也纳这样的一个大帝国的皇城[3]，居然不拥有一支舰队？至少该有一艘军舰吧？他们总应当具备一支帝国舰队来保卫这帝国吧？人们不是都交了足够的战争税吗，还有

---

[1]　在包含了整个德国的"神圣罗马帝国帝国议会"（Der Reichstag des Heiligen Römischen Reichs）之中，汉堡有其独立的代表。

[2]　美茵茨选帝侯是当时"帝国议会"的主席。

[3]　维也纳是德意志神圣罗马帝国皇帝居住的城市。

诸侯们所交的罗马皇家每月补贴①。看，人家土耳其人岂不是要狡猾得多？我们从来就没能够更好地向他们学习怎样打仗。在奥地利和布拉格都有足够多的森林，如果人们想要使用木头来造船，或者说造桅杆，那当然是没问题的。如果我们在奥地利或者在布拉格有一支舰队，那么土耳其人和法国人就会放弃围困维也纳，而我们就能够马上奔向君士坦丁堡。但就是没有人这样想。

海关检查员西维尔特　对，根本就没有什么人这样想。我们的祖先要聪明得多。一切都关系到预防措施。现在的德国没有比往昔的德国更大，想当年我们不但光荣地抵抗了我们所有邻国的侵犯，而且还占领了法国的很大一部分土地，从陆地上和海上包围了巴黎。

假发匠法郎茨　可是，巴黎并不是海港城市啊？

海关检查员西维尔特　那么，肯定就是我的地图有问题。我当然知道巴黎在哪里。这里，我手指所在的地方当然就是英格兰，这里是海峡所在的地方，这里是波尔多，这里是巴黎。

假发匠法郎茨　不，兄弟，这里是德国，往那边过去马上就是与德国接壤的法国，所以说，巴黎当然不会是靠海的城市。

海关检查员西维尔特　难道法国边上没有海吗？

假发匠法郎茨　没有，当然没有。一个法国人，如果他不去国外旅行，那么他就绝对不知有大船也不知有小船。这只要问一下

---

① 每月的罗马皇家补贴是诸侯按月付给皇帝的税，原本是作为德意志罗马皇帝去罗马的旅行费用的。

赫尔曼师傅就会明白。我说得对不对,赫尔曼师傅?

赫尔曼 我觉得我们应当停止争论了。店主先生,借用一下您的欧洲地图。您肯定是有丹克瓦尔特版的地图①吧。

店　主 这里有一张,您可以拿去,但有点破了。

赫尔曼 没关系。我当然是知道巴黎在哪里的,但只是想用这地图来为别人证明一下。看吧,西维尔特,这里是德国。

海关检查员西维尔特 对,没错。我可以看见,这里是多瑙河。

〔在他指向多瑙河的时候,他用胳膊撞翻了杯子,地图被弄脏了。

店　主 这多瑙河流得有点过于湍急了。

〔他们全都哈哈大笑起来。

赫尔曼 听我说,朋友们,我们谈论了这么多国外的事情,也让我们谈论一下与汉堡有关的事情吧。这个话题够我们讨论很久了。我常常想着,为什么我们在印度就没有什么地盘,因而不得不向别人购买各种货物。这是市长和议会所必须考虑的事情。

制刷人理查 我们就别谈论市长和议会吧。如果要等他们去考虑这个问题,我们就得等到不知猴年马月。这里,在汉堡,一个市长只会因为一件事情而受赞美:以强制手段来令公

---

① 荷兰人尤斯图斯·丹克尔特的廉价地图在当时是非常普及的。许多出版者都认定了,赫尔曼把荷兰人尤斯图斯·丹克尔特混淆成了卡斯帕尔·丹克瓦尔特,后者出版了一本描述石勒苏益格和荷尔斯泰因的书。但也有人提出,赫尔曼听人说起过丹克瓦尔特上校,这位上校在 1719 年投降把马斯特兰德交给了托尔登斯基尔德(Tordenskjold)。

民守法①。

赫尔曼　我认为，我的朋友们，现在还不算太迟，因为，印度国王②给了荷兰人那么好的贸易便利③，为什么他就不能给我们同样的便利呢？而这些荷兰人能够往那里运送的，除了奶酪和黄油之外没有别的，而且这些东西通常还会因为在路上时间太长而变质。我认为，我们该做的事情，就是向议会提交这方面的议案。我们这里有多少人？

店　主　我们只有六个人，因为我估计另外六个人不会来了。

赫尔曼　这完全够了。您怎么看，店主先生？让我们投票吧。

店　主　我完全不赞成这议案，因为这样的贸易令许多朋友离开我们的城市，而我平时所赚的就是这些朋友的钱。

海关检查员西维尔特　我认为，大家应当更多地关心国家的发展，而不是自己的利益，赫尔曼师傅的建议是史上曾有过的最好的建议。我们越是发展贸易，这座城市就越繁荣。到我们这里来的船只越多，对我们这些小公务员来说就越有利。然而，这却不是我支持这一议案的原因，城市的福祉和发展才是令我推荐这一类议案的动力。

毛皮加工师格尔特　我完全无法同意这议案，但我倒是支持在格陵兰和戴维斯海峡建立一些公司，因为这样的贸易对我们的城市有用得多，也更容易做好。

---

① 指1712年之前在汉堡发生的一系列政治事件。
② 当然，这"印度国王"是不存在的东西。
③ 指荷兰的印度公司在东南亚的贸易。

假发匠法郎茨　我感觉格尔特的表决更多是倾向于自利,而不是共和国的最佳福祉,因为,一个人去印度旅行,不像去北欧旅行那样需要用到毛皮加工师的工作。我自己觉得,与印度的贸易是一切事务之中最重要的。因为在印度,人们常常可以用一把刀、一把叉、一把剪刀和当地的野人交换同样分量的黄金。我们必须好好设计一下我们要提交的这些议案,它们看上去不能像是带有私人目的的,否则的话,我们就无法通过这些议案来做成什么事情。

制刷人理查　我与货品税务登记员尼尔斯意见一致。

赫尔曼　你表决时也像个制刷人①。货品税务登记员尼尔斯可并不在场啊。

　　哎,那个女人来这里干什么?见鬼,是我老婆啊。

---

①　指很不理智。"制刷人"可以用作贬义,意思是:一个粗鲁和愚蠢的人。

第二场

格丝可、政治集会会众

格丝可　别人要到这个地方才找得到你们,你们这些混日子的家伙。如果你们能在家里干点活,或者,至少是能在家里监督一下你们要管的工人,那倒也还算说得过去。但你们什么都不管,结果就是我们失去了一个又一个订单。

赫尔曼　安静,老婆,你到时候不知不觉就会变成市长夫人[①]。你觉得我这是在外面混日子吗?你说干活,对啊,对啊,比起你们所有这些在家里的人,我可是有着多出十倍的事情要做。你们只会用手工作,而我则是用头脑工作。

格丝可　所有疯子也都是这样用头脑工作的,就像你们一样,建造空中楼阁,为疯狂而愚蠢的念头绞尽脑汁,幻想着自己在做重要的事情,而事实上这些事情根本就不是什么事情。

毛皮加工师格尔特　如果这是我老婆的话,那她就再也别想第二次

[①]　这个"夫人"是丹麦语的 Frue,不同于法语的 Madam 或 Madame(用于平民阶层),Frue 用于丈夫是有衔位的或者是贵族的已婚妇女。如果赫尔曼成为市长,那么格丝可就会从工匠之妻,一个普通夫人(Madam),升为一个贵夫人(Frue)。

这么说话。

赫尔曼 唉,格尔特,政治家不可以把这当一回事。一年前,或者三年前,若我老婆说这种话,我就会修理她。但是,自从我那时开始翻看各种政治书籍,我就学会了鄙视这样的行为。一个古代的政治家这样说过,Qui nescit simulare, nescit regnare(拉丁语:无伪不治)[①]。这人可不是什么蠢人。我想,他的名字应当是阿格里帕[②],或者是阿尔巴图斯·马格努斯[③]。这句话是世上一切政治的基础。一个易怒而疯狂的老女人说出些恶毒的话,这很正常,如果一个人连这样的小事都忍受不了,那他根本就不能胜任高位。冷静是最伟大的美德,是最适合

[①] 即"不会伪装的人,无法统治"。这句拉丁语格言的渊源不明,但在古典拉丁文学之中是有模板的。它可以被视作意大利历史学家和政治思想家马基亚维利《君主论》中一些思想的表述。马基亚维利在霍尔堡的时代是人所周知的,并且可以说在许多人眼中是"臭名昭著的",因此我们可以肯定,当时的观众会把这句格言与马基亚维利联系起来。因此在这里让这个自称熟读了政治理论家书籍的补锅匠为这句表述给出几个错误的出处(这句表述与后面提及的阿格里帕和阿尔巴图斯·马格努斯都没有任何关系),会产生更多娱乐效果。

[②] 内特斯海姆的阿格里帕(Agrippa Von Netlesheim,1486—1535年),名为海因里希·考尔那利乌斯·阿格里帕(Heinrich Cornelius Agrippa),德国哲学家和神学家;一个有争议并且颇为传奇的形象,他作为士兵、医生和教师在欧洲到处旅行,写了许多神秘主义著作,认为魔法是关于隐秘世界的学说,应当与数学、物理学和神学并列。他的命运多变,有时候是在王公们的手下做事,有时候被关进狱中或被作为异端通缉。

[③] 阿尔巴图斯·马格努斯(Albertus Magnus,或"伟大的阿尔巴特",1200—1280年),德国神学家和哲学家,托马斯·阿奎那的老师。他是把神秘主义神学介绍给德国新柏拉图主义思想家们的重要人物。他对自然哲学、生物学和炼金术也有兴趣。在死后被视作魔法师,并被人认为写下许多关于魔法的书籍。

28

于装点君王和官员的宝石。因此，我认为，一个人，不管是谁，如果他冷静的自制力没有经受考验，如果他没有向人展示出自己有能力承受辱骂、拳头和耳光，那么他就不应当跑到这座城市里来当议员。我是天生性急的人，但是我努力通过学习来克服这急性子。我读过一本名叫《政治鳕鱼》①的书，书中的前言说，在一个人怒火攻心的时候，他就该数数，数到二十。怒火常常就随着时间消失。

格尔特 换作我，数到一百都没有用。

赫尔曼 是啊，所以说您做不了别的，只能做下属。店主先生，给我妻子来杯啤酒，送到她坐的那张小桌上。

格丝可 哎，你这个混蛋，你以为我到这里来是喝酒的吗？

赫尔曼 1、2、3、4、5、6、7、8、9、10、11、12、13，现在这一切都过去了。听我说，家主母，你不可以这样凶巴巴地对你丈夫说话。这样说话非常不像话。

格丝可 难道求你就是高贵的做法吗？不管家里的事情，让自己的妻子和孩子受苦，任何一个作妻子的，若有一个这样混日子的丈夫，难道不是都有足够的理由骂街吗？

赫尔曼 店主先生，给她一杯烧酒吧，她太激动了。

格丝可 店主先生，给我丈夫，这混蛋，两个耳光吧。

---

① 这是汉堡牧师约翰·瑞梅尔（Johann Riemer）在1681年写的一部爱情小说。这里"鳕鱼"（Stockfisch）这个词在丹麦语词典中也有"未被捕捉之鱼"的意思，所以这里的形容词"政治"就有狡猾的意思。在《政治鳕鱼》的前言里并没有"数到二十，怒火就会消失"的说法。在莫里哀的喜剧《太太学堂》（*L'École des Femmes*，1662年）里有类似的说法。

店　主　这事儿您可得自己去做。这样的委托我只能谢绝。

格丝可　好吧，我自己来做。

　　　　［她打他耳光。

赫尔曼　1、2、3、4、5……（一直数到）20。

　　　　［他做出想要打的姿势，但又重新开始数到 20。

　　　如果我不是成了政治家的话，那你可就得挨上这一下了。

毛皮加工师格尔特　如果您搞不定您的妻子的话，我可要教训她了。

　　出去，给我出去！

　　　　［格丝可出去，继续骂着。

第三场

政治集会会众

毛皮加工师格尔特　下次我会再教她怎样老老实实在家里待着。我承认：如果政治家所做的事情就是让自己的老婆扯头发的话，那么我永远都成不了政治家。

赫尔曼　唉！嗨！无伪不治，——Qui nescit simulare, nescit regnare，说起来容易啊，但是要付诸实践就不是那么容易的事情了。我承认，我老婆这样待我，是对我极大的不敬。我想我是应当再追出去在大街上打她一顿。但是1、2、3、4、5、6、7、8、9、10、11、12、13、14、15、16、17、18、19、20，现在事情就过去了。让我们谈别的事情吧。

假发匠法郎茨　在我们汉堡，女人们话太多。

毛皮加工师格尔特　是的，确实是这样。我常常想着，要弄出一个这方面的议案。但是要同她们辩论，这可是一件难事。本来，这议案倒是挺好的。

赫尔曼　议案的内容是什么？

毛皮加工师格尔特　这议案由不多的条文构成。

第一、我认为婚姻契约①不应当永远持续,而是只应当持续几年。这样,若一个男人对自己的妻子不满意,他就能够与另一个女人建立新的契约,但是,这契约应当与租房契约一样,有着法律约束力。并且,如果要解约的话,就也像搬家这种事情一样,要提前三个月提出解约,而这解约行为生效的日子应当是在复活节或者米迦勒节②。如果他对她感到满意,那么,这契约可以延期。相信我,如果这样的法律条文被定出的话,那么在汉堡就不会再有什么凶恶的妻子了,一个都不会有。而每一个做妻子的都会尽最大的努力来顺从自己的丈夫,以求让契约得以延续。朋友们,对这条你们有什么反对的意见要说吗?法郎茨,你笑得那么狡猾,你肯定有反对意见,说给我们听听。

假发匠法郎茨 然而如果这男人对她很不好,或者这男人游手好闲只知吃喝,不想去为养活老婆孩子而工作,难道妻子就不能在什么时候感受到与丈夫离婚的好处吗?或者,她可能想要同另一个男人好,结果把丈夫弄得很不高兴,结果他只好很不情愿地让她离开。我觉得这样的协议会弄出更大麻烦。当然,要制服老婆,我们是有着各种方法的。如果每个人都像您,赫尔曼先生,挨了一个耳光就数到二十,那么我们就会

---

① 关于婚姻契约的建议其实是当时社会的一个讨论话题。霍尔堡在自己所写的法学书《自然法与人民法》(Natur- og Folkeretten,1734年)第297页中反对"把婚姻当成临时安排"的观念。

② 9月29日是大天使米迦勒节,直到1770年都是法定节日。在霍尔堡的时代就是契约(或合同)生效和到期的法定日子。

有一大堆美好的妻子了。我自己认为，最好的方法是：在妻子无法无天的时候，丈夫可以威胁她，独自一个人睡，不与她同享一张床，直到她有所改进为止。

毛皮加工师格尔特 我可受不了这样。这样的事情对许多丈夫来说，会像对妻子一样难熬。

假发匠法郎茨 这样，丈夫可以另外找方向嘛。

毛皮加工师格尔特 这样，妻子当然也可以另外找方向。

假发匠法郎茨 但是，格尔特，让我们听一下其他条文吧。

毛皮加工师格尔特 好吧，让我看。也许你还想要再继续调侃？如果一样东西没什么毛病可让人挑剔，那么这肯定不是好东西。

赫尔曼 现在让我们谈论别的议题吧。听过我们演说的人会以为我们是在举行事务委员会或者季答法庭的判决会议[①]。

昨晚我睡不着，就想着，怎样才能够把汉堡的政府安排得最好。比如说，有一些家庭，其成员生来就是市长和议员之类，而通过这样的安排，我们就能够把这些家庭排除在政府的至高职位之外，这样，我们就能引进一种完美的自由。

我觉得市长的人选来源应当常常变动，有时候我们可以从这一个行会[②]、有时候从那一个行会选取市长，这样，全体

[①] 应当是"事务委员会或者季度法庭的判决会议"。在丹麦，到1771年为止都是如此：婚姻案子均由事务委员会（亦即哥本哈根大学由校长和教授们组成的委员会）在特别的法庭上判定，这个法庭一年开庭四次，所以叫"季度（拉丁语quatemper）法庭"。但是有研究者指出，在汉堡并不存在这一机构。剧中这些人把拉丁语 quatemper 说成 tamper，所以译者写成"季答法庭"。

[②] 也就是工匠们在行业内组织的协会。

公民各阶层就都参与了政府，所有的社会阶层就都会繁荣起来。比如说，如果一个金匠成为市长，那么他就会关注金匠们的利益，一个裁缝专注于裁缝们的发展机会，一个补锅匠则关心补锅匠们的福祉。任何人做市长的时间都不应当超过一个月，这样，一个行会就不会比另一个行会更有影响力。如果我们的政府是以这样的方式得以安排的，那么我们就可以被称作是一个真正自由的民族了。

全体 这个议案太好了。赫尔曼师傅，您演说起来就像是一个所罗门[①]。

假发匠法郎茨 这议案是不错。但是……

毛皮加工师格尔特 你总是要来一个"但是"。我简直怀疑你父亲或者母亲是"但是派信徒"[②]。

赫尔曼 让他尽管说出自己的意见。你想说什么？你的"但是"是

---

① 所罗门是公元前10世纪的以色列王。根据《圣经·旧约》的记载，他有智慧而公正的名声，人们把他说成是箴言、传道书和雅歌的作者。

② 这里译者所译的"但是派信徒"，丹麦语原文是Mennist。丹麦语的"但是"是men，所以Mennist可以说是"但是派信徒"。然而，Mennist在德文中也是"门诺派信徒"的意思。门诺派是16世纪荷兰神学家门诺·西蒙斯（Menno Simons，1496—1561年）创立的基督教和平主义教派。门诺派信徒从他开始。在丹麦语中，"门诺派信徒"是mennonitter或者mennonister，德语才是Mennist，但汉堡当然是使用德语的，而汉堡作为商业港口也有不少门诺派信徒、犹太人和其他有自己信仰的信徒（尽管在一开始他们无法在汉堡城内获得贸易权利而只能在阿尔托纳港交易，而且一直无法在汉堡获得公民权）。所以霍尔堡在这里使用了Mennist，有着双重含义：德语的"门诺派信徒"和丹麦语的"但是派信徒（亦即，总是要提反对意见的人）"。

什么意思？

假发匠法郎茨　我想着：从每一个工匠行会里选取一个好市长，在一些时候会不会很麻烦？赫尔曼师傅是不错，因为他很有学问，但是，他死了之后，我们该去哪里找另一个有能力这样治理城市的补锅匠？一只盘子或者一只水壶坏了，我们固然能够重新修铸，但是如果共和国瘫痪了，重铸就不是那么容易的事情了。

毛皮加工师格尔特　这根本就不重要！我们会找到能干的人，就在工匠里找。

赫尔曼　听我说，法郎茨，你还是一个年轻人，因此还不能够像我们其他人那样深刻地看事物，尽管我能够感觉到，你头脑聪明，并且随着时间的推移能够成为一个人物。我只想简单地为你描述一下：单是站在我们这些人的立场看，你的这种异议是没有基础的。我们这个行会的成员超过十二个人，全都是工匠。我们这些成员中的每一个人都能够看出议会所犯的几百个错误。设想一下，现在，如果我们之中的一个当上市长并且去纠正这些错误，就像我们平时所经常谈论的那样，去纠正议会所无法看到的这些错误。难道汉堡会因为这样的市长而蒙受什么损失吗？我的朋友们，善良的先生们，如果你们也是这样想的话，那么，我就把这份议案提交给议会吧。

全　体　好，同意！

赫尔曼　就这个话题我们已经谈得够多了。时间好快，我们还没有阅读各类报纸①呢。店主先生,请把新近的报纸拿给我们。

店　主　这里是新近的报纸。

赫尔曼　拿给制刷人理查,通常是他读报纸。

制刷人理查　来自莱茵河主营地的报道说,人们正等待招募新兵。

赫尔曼　唉,这事情他们已经连续写了十二次。跳过莱茵河的事情吧。听见关于这些事情的报道,我心里烦透了。有什么来自意大利的报道?

制刷人理查　意大利方面的消息是,欧根亲王拔营出发,渡过波河②,绕过了所有要塞③,突袭了敌人的军队。敌军因此急速后

---

① 这里所说的报纸是当时的新闻报刊,一般有四到八页,每周两份,由邮局(邮局也负责订阅报刊事务)发送。报纸内容主要是战争和宫廷新闻、各种启事和少量广告。对当时的观众而言,剧中赫尔曼所翻阅的是一些老报纸了,因为根据剧中其他内容判断,剧情是发生在1712年之后。报纸上所谈论的东西则是西班牙王位继承战争(因为西班牙哈布斯堡王朝绝嗣,法兰西王国的波旁王室与奥地利的哈布斯堡王室为争夺西班牙帝国王位,从而引发的一场欧洲大部分君主制国家参与的大战)中的事情:1705—1706年,萨伏依的欧根亲王统领的奥军与旺多姆公爵的法军在意大利交战。赫尔曼所谈论的欧根亲王与马尔博罗公爵率领的奥英盟军(其中有丹麦军队的参与)在巴伐利亚的豪什塔特得胜,击败了法国与巴伐利亚的军队。

② 波河在意大利北部。欧根亲王在1706年渡过波河袭击法军。

③ 这里所说的是:欧根亲王所率联军没有去攻打法军的要塞而是迅速攻击法军主力,这样,他就把自己的军队置于敌人的兵力之间。这一冒险的战术有悖于通常的战争方式,因为在一般情况下,作战双方都会避免血腥的对决,相互都试图消耗掉敌方的资源。

　　欧根亲王在意大利战役上大获全胜并且在1707年把法军驱赶出意大利,这些事情是1722年的观众肯定都知道的,这就使剧中赫尔曼·冯·布莱门的判断显得很糟糕了。

退了三四十公里。在撤退的时候，旺多姆公爵①在自己的领地到处放火，一路破坏。

赫尔曼 唉，唉！亲王大人的这步棋走错了，我们完了。我不想为在意大利的全部军队压上四斯基令的钱。

毛皮加工师格尔特 我坚信亲王所做的事情是正确的，因为这一向就是我的想法，上次我是不是这样说的，法郎茨·克尼夫斯梅德？他就应当这样做。

假发匠法郎茨 不，我不记得这事情。

毛皮加工师格尔特 我相信，这话我说了一百次，为什么要让军队闲置着？我敢发誓说，亲王的做法是对的。我可以和所有不同意的人辩论，捍卫我这看法。

赫尔曼 店主先生，给我一杯烧酒。我能够发誓，我的先生们，在我听您读出报纸上的这些新闻时，我简直是两眼发黑。祝您健康，先生们。现在，我得承认，我是这样想的：亲王绕过各个要塞，这是一个致命的错误。

海关检查员西维尔特 我可以这样说，如果这军队被交到我手上的话，我也会这样做。

假发匠法郎茨 是啊，这就要看，人们在什么时候会让一个海关检查员变成将军！

海关检查员西维尔特 你不用嘲笑。如果我成为将军，不会比其他任何人差。

毛皮加工师格尔特 我发誓说，西维尔特说的是对的：亲王直接向

---

① 旺多姆公爵是法军的统领。

敌人进攻，这一仗打得很漂亮。

赫尔曼 格尔特，我的朋友，您太自以为是。您还需要学习啊。

毛皮加工师格尔特 但不管怎么说，我也不该去向法郎茨·克尼夫斯梅德学习啊。

　　〔他们突然就开始争吵起来，从椅子上站起来，威胁着，叫喊着。赫尔曼拍着桌子喊着。

赫尔曼 安静，安静，先生们，让我们别再谈这个了，每个人都能够保留自己的意见。听我说，先生们，安静。您以为这是因为怕旺多姆公爵撤退了在乡村里放火吗？不，这家伙读过亚历山大·马格努斯的编年史①，因为，在大流士追击亚历山大的时候，亚历山大就是这么做的，而且他打了一场胜仗，就和我们在豪什塔特的这场胜利②一样伟大。

店　主 现在邮政大楼的钟敲响了，十二点钟③。

赫尔曼 好吧，那我们得走了。

　　〔他们在走出酒馆的时候，仍然辩论着，为刚才的话题而大声喧哗争吵着。

---

① 这是一部罗马作家柯提乌斯写的关于马其顿国王亚历山大大帝（公元前356—前323年）的书。但是，在这本书中是反过来，波斯王大流士被亚历山大追击的时候使用了放火的战术。

② 这一战役被称作"布伦海姆战役"。

③ 事实上距霍尔堡在哥本哈根所住地不远的邮政局就有一座大钟。

第三幕

第一场

亚伯拉罕斯①、山德鲁斯、克里斯多夫尔、耀崆②

亚伯拉罕斯 现在,我要给您讲一个童话故事,全城的人都会觉得这故事有意思。您可知道我与城里几位高贵的先生一同设计出了一个什么样的计划吗?

山德鲁斯 我不知道。

亚伯拉罕斯 您知道赫尔曼·冯·布莱门吗?

山德鲁斯 是不是就是那个极度沉迷于政治的补锅匠。

亚伯拉罕斯 对。就是这个人。我最近和一些议员在一起聊天。议员们对这个人大为光火,因为他在酒馆里激烈地抨击政府,

---

① 在后面又被称作亚伯拉罕和亚伯拉罕森。在第四幕第五场他的妻子以亚伯拉罕森夫人的名字出场。

② 克里斯多夫尔和耀崆是亚伯拉罕斯和山德鲁斯的侍者。

还说要对一切事务进行改革。这些议员们觉得我们有必要让人做卧底监视他，收集他的言论，这样我们就能够让他受到惩罚，以儆效尤。

山德鲁斯 是应该的，这样的家伙应当受惩罚。因为他们整天坐在酒馆里捧着一杯啤酒，老在那里攻击国王、公侯、政要和将军。他们说的那些话，听上去让人觉得好可怕。而且这也是很危险的。因为这些小民毫无自知之明，根本就不会考虑到这有多么荒谬：一个补锅匠、一个做帽子的和一个做刷子的，他们凭什么谈论这类事情。他们根本就没有理由去管这类事情。他们还说自己看出了整个议会看不出的问题。真是岂有此理。

亚伯拉罕斯 确实是这样。就是这个补锅匠。他一面制作锡盘一面要改革整个罗马帝国①，他是一下子既要做补国匠②又要做补锅匠啊。但是我不同意这些议员大人们的计划，因为，如果去惩罚或者逮捕这样的人，这只会引起小民们的反感，使得这样的白痴更受人重视。所以我的意见是，我们最好同他演一场喜剧，这样会有更好的效果。

山德鲁斯 这喜剧该怎么演？

---

① 当时德国的正式名称叫"德意志民族神圣罗马帝国"。这个帝国是962—1806年在西欧和中欧的封建君主制帝国，版图以德意志地区为核心，包括一些周边地区，在巅峰时期还包括了意大利王国、勃艮第王国和弗里西亚王国（今低地国家）。帝国的实权往往是在各诸侯国自己的手里，皇帝的权威只是一个形式。

② 丹麦语 Landestøber（"铸国者"，在这里被译者写作"补国匠"）和 Kandestøber（补锅匠）的区别只是第一个字母 L 和 K 的区别。

亚伯拉罕斯　我们派一个代表去找他，假装是议会特派的代表，祝贺他得到市长的职位，并且马上弄一些麻烦的事情让他处理，这样，我们就能够看见他会变得多倒霉，他自己就会明白，"谈论一种职责"与"履行一种职责"是不同的。

山德鲁斯　但结果将会是怎样的呢？

亚伯拉罕斯　结果会是：他要么是出于绝望而逃离这座城市，要么就是谦卑地要求辞职并且承认自己的无能。我就是为此来找山德鲁斯先生，想要得到您的帮助来实施这个计谋的，因为我知道您的技艺，这样的事情对您来说很容易。

山德鲁斯　行，没问题。我们就自己扮演这代表，马上去找他。

亚伯拉罕斯　是的，这里就是他家。耀崆或者克里斯多夫尔，去敲门，说有两位议员大人在外面想要和赫尔曼·冯·布莱门谈一下。

　　［他们去敲门。

第二场

赫尔曼、亚伯拉罕斯、山德鲁斯、克里斯多夫尔、耀崆

赫尔曼 您找谁?

耀　崆 这里有两位来自市议会的大人,他们向您致意,为能够拜访您而深感荣幸。

赫尔曼 我的天,这是怎么一回事?我模样糟糕得像头猪。

亚伯拉罕斯 我们是您忠实的仆人,尊敬的市长大人。我们受议会派遣,前来祝贺您荣任本市市长职务,因为议会更重视的是您的能力而不是您的出身阶层和境况,并且选定了由您来担任市长一职。

山德鲁斯 议会认为,一个如此有智慧的人要为如此糟糕的职业忙碌并把自己的伟大才能埋没在地底下①,这是不合理的。

---

① 在原文中"才干"使用的是 Pund(磅)这个词,这个词通常用于描述外国钱币。这一说法是指向《马太福音》(25∶14—30)中的比喻。"……一个人要往外国去,就叫了仆人来,把他的家业交给他们,按着各人的才干,给他们银子,一个给了五千,一个给了两千,一个给了一千,就往外国去了。那领五千的随即拿去做买卖,另外赚了五千;那领两千的也照样另赚了两千;但那领一千的掘开地,把主人的银子埋藏了。……"

赫尔曼　尊敬的议会同人，请向值得尊敬的公正的议会转达我的问候和感谢，并且代我向他们保证我尽责的意愿。我很高兴人们这样考虑，我这样想，只是为这城市的福祉，而不是为了我自己的缘故。因为，如果我把社会地位很当一回事的话，也许早就是一个重要人物了。

亚伯拉罕斯　尊敬的市长大人，议会和城市公民们所期待的只能是在像您这样一位有智慧的执政者治下的城市的福祉。

山德鲁斯　因此，议会就没有去考虑申请这一至高职位的许多其他富有而高贵的人们。

赫尔曼　是啊，是啊。我希望他们也不会为这一选择后悔。

亚伯拉罕斯和山德鲁斯　我们一致希望能得到市长大人的栽培。

赫尔曼　我当然也很高兴能够为您做一些什么的。请原谅，我就不送您了。

山德鲁斯　啊，市长大人也确实应当留步。

赫尔曼　（招呼仆人）听我说，我的朋友，你们把这拿去喝一罐子啤酒吧。

克里斯多夫尔和耀崆　哦，不不，您太客气，我们不喝，大人。

第三场

赫尔曼、格丝可

赫尔曼 格丝可！格丝可！

格丝可（在里面） 我没有时间。

赫尔曼 出来，我要对你说一件你一辈子都想不到的事情。

格丝可 现在吗，什么事？

赫尔曼 家里有咖啡[①]吗？

格丝可 说什么呢！我上次用咖啡是什么时候的事啊？

赫尔曼 现在你马上就要用上咖啡了。不过半个小时，所有市政议员的夫人们就都会来拜访你了。

格丝可 我想这个人是在做梦。

赫尔曼 是啊，我就是这样做梦：我为我们梦见了一个市长的职位，市长的项链[②]就落在脖子上。

---

① 从16世纪起咖啡已经为欧洲人所知。但直到18世纪上半叶，咖啡在欧洲仍是昂贵的奢侈品。

② 作为市长职责象征的项链。挂在市长办公室或者（在市长带着自己的市长身份在公共场合出场时）挂在市长脖子上。新市长上任，前任市长要把这市长项链正式递交给新任市长。

格丝可　你听着，不要再惹我发火了。你知道上次我发火的结果吧？

赫尔曼　你难道没有看见刚才两位先生带着他们的仆人来我们家吗？

格丝可　是啊，我看见了。

赫尔曼　他们来我们家，是为议会传送消息，说我当上了市长。

格丝可　见你个鬼了。

赫尔曼　现在，我们看，亲爱的夫人，从今以后，你要努力改善你的气质仪态，再也不能搞以前那些补锅匠的把戏了。

格丝可　噢，真的是这样吗，我亲爱的丈夫？

赫尔曼　真的是这样，就像我是真的站在这里。我们家马上就会站满来祝贺的人，你会不断听见"您的忠实侍从"[①]、"我的荣幸"和"能不能亲吻您的手"[②]之类的话。

格丝可（跪下）　哦，我亲爱的丈夫，原谅我，如果说我以前有待你不好的地方，你可要原谅我。

赫尔曼　一切都已得到了原谅。只是你要努力让自己的举止变得优雅高贵，那样，你就会得到我的喜爱。然而事情来得突然，我们该赶紧去哪里找个仆人来呢？

格丝可　在我们能买到仆人的制服之前，我们得先去找一些您的衣

[①] 上层社会问候和告别时所用的谦卑套话。
[②] "我的荣幸"和"能不能亲吻您的手"在原文中用的是变形后的古怪法语 Jemerecommaner（亦即 Je me recommande）和 Baselemaner（亦即 Je vous baise les mains）。

服给亨利克穿。但是，听我说，我亲爱的，既然您是市长了，那么我想要提出这个请求：毛皮加工师格尔特必须为他今天对我的冒犯而受惩罚。

赫尔曼　哦，我亲爱的妻子！市长的夫人①不可以想着要去为补锅匠的妻子所受的伤害做出报复。让我们去把亨利克叫来。

---

① 这个"夫人"是丹麦语的 Frue，也就是"贵夫人"了。

第四场

格丝可、赫尔曼、亨利克

格丝可 亨利克!

亨利克 哎!

格丝可 亨利克,今后你不可以这样应答了。你可知道我们家里发生了什么事吗?

亨利克 不,我不知道。

格丝可 我丈夫当上了市长。

亨利克 哪里的市长?

格丝可 哪里的?汉堡的市长。

亨利克 这真是见鬼了,对一个补锅匠来说,这可是天大的飞跃啊。

赫尔曼 亨利克!说话要有礼貌。你要知道,你现在是一个大人物的仆人了。

亨利克 仆人!这样看来,我几乎就没有得到什么提升啊。

赫尔曼 你慢慢会得到提升的。到时候你会成为驭骑侍仆[①]。只是你

[①] 原文中为 Reutendiener,本应是德语 Reitendiener,即"骑着马的仆人"。汉堡的参议院有十六人的卫兵队,在节庆场合穿着漂亮的制服作为荣誉卫兵骑行,但在平时也是议会的侍仆。另外还能够在人们的婚礼和葬礼上出场赚钱。

要安静一点，别说话。这几天，你要扮演一下穿制服的仆从的角色，直到我能有一个正式的仆人。

  亲爱的，在专门的制服做好之前，他就穿我棕色的礼服吧。

格丝可 但我怕这礼服太长了些。

赫尔曼 是的，这也确实是太长了。没办法，要赶时间，我们就尽力吧。

亨利克 啊。天哪！这礼服拖到我的后脚跟了。我看上去简直就像是一个犹太人的拉比。

赫尔曼 听着，亨利克。

亨利克 是，师傅。

赫尔曼 你这个不上台面的家伙，不要再这样称呼我。今后在我叫你的时候，你要回答说"大人"。如果有什么人问起我，你要说"冯·布莱门菲尔德[①]市长在家"。

亨利克 不管大人是不是在家，我都要这样回答吗？

赫尔曼 你在胡说八道些什么！如果我不在家，你就应当回答说"冯·布莱门菲尔德市长大人不在家"；如果我不打算在家，

[①] 德语姓名中的"冯（von）"本意是介词"来自……"，一般是用在贵族或者公民的姓之前，或者在祖籍地名之前。工匠赫尔曼称自己是冯·布莱门，就只是在表明他的祖籍是布莱门（通常译作"不来梅"）。同样，酒店老板叫雅克布·冯·吕贝克也是如此。在喜剧中有许多人物的姓是带"冯"的。霍尔堡常常通过让普通市民的姓加"冯"来调侃想要提高自己身价的人。比如说，后来亨利克也想要在自己的姓名里加"冯"。赫尔曼把自己的"冯·布莱门"改成"冯·布莱门菲尔德"是在"布莱门"后面加上"菲尔德（Feld，德语是'田地'的意思）"，就是说，他让自己从平民"来自不来梅的赫尔曼"变成了贵族"拥有布莱门菲尔德这块地的赫尔曼"。

那么，你就应当回答说"今天市长不接待人"。

听我说，亲爱的，你要马上去做点咖啡，这样，在议员夫人们来的时候，你就可以有一些用来招待她们的饮品了。今后我们的声誉就要靠这个：让人们能够说，"冯·布莱门菲尔德市长让人听到很好的建议，他的夫人则让人喝到很好的咖啡"。您[①]慢慢就会习惯进入这种身份，我亲爱的，我只是怕您在习惯之前会把一些事情弄砸了。

亨利克，你马上去弄一张茶桌和一些杯子来。让女佣先暂时买上四斯基令的咖啡，反正我们以后随时可以买更多。

亲爱的，您应当把这看成是一种规则：在您学会以优雅的谈吐与人交谈之前，不要说太多的话。您也不要过于谦卑，而是带着自己的尊严，尽自己最大的努力，把过去头脑里的补锅匠品质去掉，要让自己觉得自己仿佛做了很多年的市长夫人。在早上，要为访客们准备一桌茶，下午则是一桌咖啡，大家可以喝着咖啡在桌上打牌。

有一种牌叫作奥伯尔牌[②]。我会拿一百塔勒[③]出来让您和我

---

① 这里赫尔曼开始对妻子使用尊称"您"，前面让妻子准备咖啡时，还在说"你"。因为平民夫妻间称"你"，而贵族或者上等人夫妻间则称"您"。

② 原文是 Allumber，这个词由法语 jouer à l'hombre 衍生出来。jouer à l'hombre 是一种法国的纸牌游戏，中文一般译作"奥伯尔牌戏"。

③ 塔勒（Daler）源于低地德语 Taler，是 Joachimstaler 的简称，一种 1519 年在波希米亚的 Joachimstaler 铸出的银币，在 1566 年成为德意志神圣罗马帝国的通用货币。一个塔勒是九十六斯基令，按一个斯基令换成十元人民币计算，一百塔勒就是九万六千元。

们的女儿恩琪尔可小姐①去学打这种牌。在您看别人玩这牌的时候，您要认真留意，这样您就能学会了。

　　早上您要在床上躺到九点或者九点半，因为只有下等人才在夏天太阳升起的时候②起床。不过，星期天您就要起得早一点，因为我考虑要在这天去见医生。您要随身携带一只漂亮的鼻烟盒③，在您打牌的时候可以把这鼻烟盒放桌上。在有人喝酒说"祝您健康"的时候，您别说"感谢"，而是要说"tres humble servitør"（法语：谦卑的仆人）。在您打哈欠的时候，不要用手掩着嘴，因为这在上等人的圈子里已经过时了。最后，在社交场合里，您不要过于循规蹈矩，不要有拘谨的感觉……听我说，我倒是忘了一件事：您也要去弄一只宠物小狗抱在怀里，要像爱自己的女儿一样地爱这只小狗，因为这也是优雅时尚的。我们家的邻居阿丽安可④有一只很美丽的小狗，在您自己弄到一只狗之前，先让她把她的借给您。您要为狗取一个法语名字，等我有时间好好考虑一下的时候，

----

①　这个"小姐"在丹麦语中是Frøken，在霍尔堡的时代是用来称呼上层家庭的女儿的。而平民阶层家庭的女儿则用Jomfrue（译为"姑娘"，字面意义是"处女"、"少女"）。其实本来Jomfrue也是属于贵族阶层的称呼，只是后来被Frøken取代了，Jomfrue就变成了平民家庭姑娘的称呼。

②　汉堡的夏天，早上五六点钟太阳就升起了。

③　在当时，使用鼻烟是很普遍的现象，女人也用，但是，一只漂亮的鼻烟盒则标示着一种高雅的生活方式。在打牌的时候把漂亮的鼻烟盒放在桌上，就是在传达一种"来自上等阶层"的信号。

④　后面有一个"铁匠的妻子阿丽安可"出场，但格丝可不愿意在议员夫人面前认识她。

我会想出一个这样的名字的。这狗罢一直在您的怀里坐着,有外人来访的时候,您至少亲吻十次怀里的狗。

格丝可 不,我亲爱的丈夫,我不可能这样做!因为你不可能一直知道一条狗在什么地方躺过,在什么地方弄脏了自己。你总不能把自己的嘴巴弄得满是污泥和跳蚤吧。

赫尔曼 哎,不要胡说!如果您要做贵夫人,那么您就得有贵夫人的仪态。另外,这样的狗也能够为您提供与别人交谈的机会,您可以讲述您这只狗的品质和德性。就按我说的做,我亲爱的。我比您更清楚地了解上流社会。以我作为您的榜样。您将看见:在我身上不会再剩下任何一丁点过去的习气。我的情形绝不会像某个成为了议员的屠夫。那位屠夫议员,在他写完了一页纸要翻过来写反面的时候,他把笔放在嘴里,就像他习惯于把切肉刀咬在嘴里那样。

[他们离场。

第四幕

第一场

亨利克（一个人。他为自己的礼服[①]的两个袖子都缝上了饰带。这礼服一直下垂到脚后跟,并饰有白色的纸） 这议会是怎么想到把我们东家弄成市长的,如果我能搞得清楚这个问题,那我就真是一个混蛋了。因为,在补锅匠和如此高位的官员之间,我看不见有任何一致的地方。除非:也许这是因为,正如一个补锅匠把旧的盘子罐子扔进一个模子把它们重新铸成新的器皿,在共和国崩溃的时候,一个好的市长也能够通过好的律法来重铸共和国。但是,如果这些好人选我们东家的依据是这个的话,那么他们就没有注意到:我们东家可是汉堡最糟糕的补锅匠了,所以他也将成为我们有过的市长之中最糟糕的一位。这一选择

[①] 这外套在霍尔堡的丹麦语中叫 Kiolen,现代丹麦语叫 kjolen。作为男装,它是一种类似于夜礼服的男装,两边收紧,前短后长,后面长摆的下方开叉。

的唯一好处就是，我因此而成为驭骑侍仆；因为我天生有才能，适合这个职位，并且我也有愿望去获得这个职位。因为，从我还是孩子的时候起，就很喜欢看见别人被逮捕并带走。对于一个知道如何能在其中游刃有余的人来说，这也是一个好职位。首先，我必须让人觉得我是一个在市长这里有很多事情要说的人，然后，在人们脑子里有了固定印象之后，亨利克每年就可以由此赚得至少一百或者二百塔勒。我接受这钱，不是因为贪婪，我只是为了让人看见：我明白我的职务，我知道驭骑侍仆该怎样工作。如果有人要见市长，我就说"他不在家"。如果他们说他们看见他在窗户里面，那我就回答"这说明不了什么，他仍然不在家"。汉堡的人们马上就会知道这意味着什么：就是说，只要他们在亨利克手里塞上一个塔勒，那么，大人马上就回家了。如果他身体不适，那么，他就马上恢复健康。如果他家里有客人，那么，这些客人马上就会离开。如果他躺着，那么，他马上就会起身。

我时常和一些高贵的侍从们交往，对这一类府邸里发生的事情，我知道得太多了。从前，在人们还蠢得像马像驴的时候，他们管这样的事情叫作"违法乱纪"①，但是现在这叫作额外小费或者灰色收入。

哦，看，安妮可来了，她对这变化仍一无所知，因为她仍有着这种"补锅匠特有的粗俗表情和步伐"。

---

① 丹麦语剧本中是用了拉丁语 Nefas，意思是"不对的事情"。

第二场

安妮可、亨利克

安妮可 哈哈哈!他这样看上去真像个鬼啊。我想,他身上穿的是一条阿德里安娜长裙。

亨利克 听我说,你这个补锅的贱女人,难道你以前就没有见过一套制服或者一个侍从?我敢说,你们这些粗俗的人就像畜生,在看见别人穿着与平时不一样的衣服时,就只会张口瞠目地站在那里,好像是一群母牛。

安妮可 好吧,玩笑归玩笑,对严肃的事情还是要严肃。你知道吗,今天我学会了算命。今天在这里有一个为人看手相的老妇人。我给了她一片面包,所以她就教了我这技艺,可以从一个人的手上看出他所经历的事情。我可以看你的手掌吗,这样,我马上就能够说出你的命运。

亨利克 是啊是啊,安妮可,亨利克可不像你所想的那么傻。我已经闻出气味了。你肯定听到一些传言了吧,关于我被许诺要得到提升的事。

安妮可 没有,我发誓,我不知道你说的事情。

亨利克 看她这不动声色的表情。我敢说你绝对是听说了,正因此，你才变得会算命。嗬，亨利克见过的世面多了去了，他才不是一个那么容易被人牵着鼻子走的人。

安妮可　我以最严肃的态度发誓：我不曾听说过任何，哪怕一丁点，与你所说的有关的事情。

亨利克　你近来没有同市长夫人说过话？

安妮可　我想这孩子是疯了。我认识市长夫人吗？

亨利克　那么，我想是小姐对你说了。

安妮可　唉，不要再这么胡闹了，亨利克。

亨利克　看，这里，安妮可，我的手，现在你尽管按你的意愿来算命吧。我能够感觉得到你对这些事是有所风闻的，尽管你装出这么一副一无所知的样子。不过，你这么狡猾，这也不会有什么坏处。我们全家今后都应当这样。现在，你在我手上看见了什么？

安妮可　我看见，亨利克，东家的棒子挂在铁炉后面，它今天要到你背上跳上一场欢快的舞蹈啦。你真是欠揍，家里有这么多活要做，你倒是好，在这里胡闹，还把东家的礼服弄成这副样子。

亨利克　听我说，安妮可，我不用看手相就能算命。我算出你是一个贱女人，你这不知羞耻的脸上会挨上两个或者四个耳光（完全视情况而定）。看！一下子就成了事实，这命算得准不准？（打她耳光）

安妮可　噢，噢，噢。你会为你打我这些耳光付出代价的。

亨利克　你要学会在下一次好好尊重大人的仆从。

安妮可　你等着吧，一会儿家主母马上就来了。

亨利克 就凭我是市长最高贵的仆人,我再给你一下。

安妮可 她会在你的背上把这债讨回来的。

亨利克 就凭我是驭骑侍仆,我再给你一下。

安妮可 好,好,我再说一遍,你会为你打我这耳光付出代价的。

亨利克 就凭我是一个在市长身边有影响力的人,我再给你一下。

安妮可 噢,噢,我以前从不曾在师傅家里挨过打。

亨利克 就凭我是一个从今以后要让全体公民来爱抚并吻手①的人,我再给你一下。

安妮可 我想这小子是完全疯了。哎,家主母!家主母,来啊!

亨利克 嘘,你只会在家主母那里招麻烦。我倒是感觉到了,你确实是不知道这里发生了一些什么。因此,作为一个基督徒,我原谅你的错。议会以多数票选了我们的东家做市长,让我们的家主母做市长夫人,判定恩琪尔可不再是姑娘并赋予她小姐头衔。因此,你很容易就能明白了,"再做更多工作"的说法是不适用于我的。因此,我也穿上了你所看见的这套制服。

安妮可 哎,别站过来。另外也别来忽悠我。

亨利克 事情就是像我所说的这样,安妮可。看,小姐来了,她能够证实我所说的话。

---

① 原文这里是两个有错的法语词 Caresser(法语词 caresse,"抚摸")和 Baselemaner(胡乱压缩的法语句子 Je vous baise les mains,"我亲吻您的手")。

第三场

恩琪尔可、安妮可、亨利克

恩琪尔可　唉,愿上帝帮助我这可怜的人吧,现在看来所有的希望都破灭了。

亨利克　哎,小姐,您父母有了这样的鸿运,难道现在是哭泣的时候吗?

恩琪尔可　闭嘴你个亨利克,我才不想做什么小姐呢。

亨利克　那么,您该是什么呢?您当然不再是姑娘了,那么您就必须是小姐。在一个人告别自己的姑娘身份①时,这当然就是在登上荣誉的下一个台阶。

恩琪尔可　我宁可当一个农人的女儿②,那样的话,我就能够确定地得到那个人,那个我中意喜爱的人。

亨利克　哎呀!小姐不就是在为这件事哭泣吗:她想要结婚了。现

---

① 这里亨利克在拿"姑娘"开低级玩笑。告别"姑娘身份"(Jomfruedom)在这里可以理解为从"姑娘"的社会身份升到"小姐"的身份,但是在一般理解中"姑娘身份"是处女童贞的意思,所以告别"姑娘身份"可以理解为"不再是处女"。

② 按照以前的等级排列,农民的地位低于普通公民(包括工匠)。恩琪尔可希望自己是农民的女儿,如果那样,她就可以没有门户等级的顾虑,想嫁谁就嫁谁了。

在她当然能够尽快地结婚，而且她的手指指向谁，她就能够得到谁。因为这城里有一半人都会涌到府上想当市长女婿。

恩琪尔可 我和安东尼订了婚。我只想要他。

亨利克 哎，不可以。姑娘，难道您现在还想要一个马车匠吗？哪怕我只是一个小小的驭骑侍仆，我也不想再与他有什么关系了。不，从今以后，您可得另有更高的期盼啊。

恩琪尔可 给我闭嘴，你这愚蠢的家伙。我宁可死也不会让自己被迫去和别人结婚的。

亨利克 现在，冷静，我高贵的小姐。我们会看，我和市长，我们是不是能够帮助安东尼得到一个职位，那样的话，您就能够得到他了。

〔安妮可哭泣。

亨利克 你哭什么，安妮可？

安妮可 我是高兴得哭呀，我为这降临在我们家的幸运而高兴呀。

亨利克 确实，安妮可，你有理由高兴。不是见了鬼的话，有什么人会想得到呢，你这样的一头母猪居然会成为小姐侍女？

安妮可 也真是见鬼了，又有什么人会想到，你这猪猡居然会成为驭骑侍仆？

亨利克 听着，你这小孩子，这一次我没时间再继续和你说下去。市长夫人等着客人呢。我要去做咖啡了。看，她在那里了。我得赶紧去搬咖啡桌了。

第四场

亨利克、格丝可

[亨利克拿着咖啡桌进来,非常忙。

格丝可 听我说,亨利克,你在咖啡里加糖浆①了吗?

亨利克 没有,家主母!

格丝可 不要再称呼东家或家主母了,亨利克。我最后一次这样说了。赶紧出去拿糖浆,把糖浆放在罐子里。

[亨利克出去取糖浆。

以前从来就不曾有过这样的忙乱。但是我相信,在我习惯了以后,就会容易得多。

亨利克 这里是糖浆。

格丝可 放到罐子里。圣贤在上啊,有人敲门了!现在你看,可能是议员夫人们来了。

亨利克(在门前) 你们找谁?

---

① 糖浆是穷人用来替代价格昂贵的糖的廉价替代品。格丝可没有想到,她使用糖浆来代替糖恰恰暴露出自己不属于上流社会。

一个女孩　对你家师傅说，他撒起谎来比十个补锅匠还厉害。就是为了这菜盘子，我来来回回已经磨坏两双鞋子了。

亨利克　我说，你们找谁？

女　孩　我们找布莱门师傅。

亨利克　你们找错地方了。这里住的是冯·布莱门菲尔德市长。

女　孩　真是太可怕了。我没办法回家交差，这就不说了，可现在，我还要让自己被一个可恶的补锅匠耍。

亨利克　如果你有什么要投诉补锅匠，那你就去市议政厅投诉。在那里，别人肯定就会说你是对的，尽管我是认识冯·布莱门菲尔德的。

两个侍从　我们夫人很想知道市长夫人是否方便，这样，她们很希望拥有拜访侍候市长夫人的荣幸。

亨利克（对女孩子说）　现在你听见了吧，贱胎，根本就没有什么补锅匠住这里。

　　（对侍从说）我去看一下，市长夫人是不是在家。

亨利克（对格丝可）　这里有两个议员夫人想要同家主母说话。

格丝可　让她们进来吧。

第五场

亚伯拉罕森夫人、山德鲁斯夫人①、格丝可、亨利克

[两位夫人亲吻格丝可的围裙②。

亚伯拉罕森夫人　今天我们来这里是为了表达我们卑微的祝贺,并且展现我们诚挚的喜悦,我们为您的晋升感到由衷的高兴。我们也同时希望在未来得到您的栽培和关怀。

格丝可　tres humble servitør（法语:作为您非常卑微的仆人）③。您请赏光品尝咖啡。

亚伯拉罕森夫人　多谢市长夫人,我们这次来只是为了祝贺。

格丝可　但是,tres humble servitør,我知道您是喜欢喝咖啡的。也许您会听我的劝请。请坐。咖啡已经好了。亨利克!

---

① "亚伯拉罕森夫人"和"山德鲁斯夫人"所用的"夫人"称呼是法语的 Madame,一般用于平民的"普通夫人"称呼。

② 这是一种向上等女士表示敬意的方式。

③ 格丝可按赫尔曼的吩咐做了,但法语有阴阳性区别,这句 tres humble servitør 应当是由男性说的,女性的说法是 tres humble serviteuse。所以格丝可使用男性用语其实就出错了。

亨利克　高贵的夫人！

格丝可　你在咖啡里加了糖浆了吗？

亨利克　是的，我加了。

格丝可　请，夫人们，不客气。

山德鲁斯夫人[①]　感谢市长夫人好意，请原谅我们，我们一向不喝咖啡。

格丝可　哎，这是什么话！我知道你们喝的。您请坐呀。

亚伯拉罕森夫人　啊，ma soeur（法语：我的姐妹），想到这种糖浆我就想要呕吐。

格丝可　亨利克！到这里来倒咖啡。

山德鲁斯夫人　够了，倒太多了，师傅[②]。我只能够喝半杯。

亨利克　我要请求市长夫人到市长大人房间里去一下。只一小会儿。

格丝可　请原谅，我亲爱的夫人们，我要稍稍离开一下。您马上就又会荣幸地见到我了。

[①] 在这里原文写的是 Sanderius，而前面出现时则叫作 Sanderus。译者统一译作山德鲁斯。

[②] 原文中用的是 Cammerad，一般是同事间的称呼（也有"同志"的意思），除了用于地位平等者间称呼同志或同行，这个词也被用来称呼仆人或下属。

第六场

［议员夫人们单独在场。

议员夫人甲　哈哈哈哈哈哈哈哈，现在是谁被愚弄得最厉害，姐们儿。到底是我们坐在这里打心底里取笑的她，还是不得不喝带糖浆的咖啡的我们！
议员夫人乙　看在上帝的份上，姐们儿，别再提那糖浆了，在我想到这糖浆的时候，我的肚子简直就要被我呕出来了。
议员夫人甲　你有没有注意到，在我们亲吻她的围裙的时候，她脸上的表情？哈哈哈哈哈，我这一辈子，只要还活着，就永远都不会忘记这"tres humble servitør"，哈哈哈，哈哈哈！
议员夫人乙　笑声不要太大，姐们儿，我怕他们能听见。
议员夫人甲　啊，姐们儿，让自己忍住不笑是一门艺术。她手臂上抱着的不也是一只最可爱的狗吗？在这一类可以让人拴在门前的看家狗里，它可是最美丽的一只了。另外，我能够确定，这狗的名字肯定叫作尤丽。哦，老天，人们这样说可是真的：再也没有什么人是比那种直接从垃圾堆里冒出来就立马坐上荣誉宝座的人更傲慢的了。因此，也就没有什么事情是比这样的疾速变化更危险的了。如果一个人是来自贵族阶层并受过高贵的训练，一般都会保持不变，是的，有时获得职位上的升迁，他反而变得更谦卑。而那些从乌有之中像蘑菇一样迅速冒出来的人，他们的傲慢就像是他们的自然天性。①

议员夫人乙 为什么事情会这样？在我看来，这样的人们，如果他们回想一下自己以前的地位，理应变得更谦卑。

议员夫人甲 这之中的原因必定会是这个：出身高贵的人不曾怀疑有任何人鄙视他们，因此他们不在乎自己是怎样被人接受的。相反卑贱的人则怀疑一切人，他们觉得，每一句话、每一个表情都是一种影射，在责备着他们从前的境况，因此，他们试图通过权威和暴政来维持他们的尊严。相信我，姐们儿，在家庭出身可敬的人们身上毕竟有着某种东西。如果我有机会，我会稍稍翻读一下这方面的各种历史，找出各种高低不同的政要人物的例子，来证实我的看法，是的，我也会在"日常经历的事件"这部大书②中阅读这方面的内容。我曾读过一本很老的罗马历史书，是已经被翻译成了德语的。书上写道：在某个共和国里，粗俗的村民们闯入政府，要求在政府官员中除了工匠之外不可以有别的人，仿佛这样才是真正的自由。然而，由于这些工匠统治者们的残酷和粗暴，村民们自己没多久就厌倦了这一切，然后想要重新获得从前的政府形式；因为……但是现在那男孩回来了。我们最好还是别说下去了。

---

① 这一段话和《山上的耶伯》结尾处对该剧总结性的诗句，蕴含的意思相同。
② 这看来是一个比喻，亦即"生活"这本大书。

第七场

亨利克、两个议员夫人

亨利克 尊敬的夫人们,请不要失去耐心。我们市长夫人马上就会回来。市长大人赠送了一个新的狗项圈,给她的狗戴。但这项圈太大了点,所以我们请裁缝来为狗量一下脖围。等他们忙完之后,她就会回来的。不过,我想对尊敬的夫人们提出一点小请求,但愿您不会不高兴。您愿不愿意稍稍意思一下,善意地关心我一下,因为我有一份很忙碌的工作,并且在这府邸里如牛马般地拼命干活。

议员夫人甲 这是当然的,这里有一枚银币①,如果您不嫌弃。

亨利克 啊,最由衷的感谢。我愿我能够再为您服务。现在夫人不在,您可以随意喝。我肯定地说,喝多了她也不会生气;即使她生气,我也会帮您搞定。

议员夫人甲 啊,师傅,您能为我们提供的最大服务,就是不来劝我们喝。

---

① 一枚银币的价值差不多是三分之二塔勒。

亨利克　正如我说的，尊敬的夫人，市长夫人绝不会不高兴的。您放开了喝。也许还不够甜吧，那我们再加更多糖浆。但是，市长夫人自己过来了。

第八场

市长夫人格丝可、两个议员夫人、亨利克

市长夫人　请原谅我离开了这么久。两位夫人怎么一点都没喝啊。我们可要把这一壶全都喝完的,等我们喝完了咖啡,您再品尝一下我们的啤酒。不是我在夸,这啤酒就和城里任何地方的啤酒一样好。

山德鲁斯夫人　唉,我真的感觉很不好。市长夫人请原谅[①],我不能再待更久。我的姐妹会留在这里,她可以品尝一下啤酒。

亚伯拉罕森夫人　唉,真遗憾,我只好让我的姐妹先走了。我们愿为市长夫人效力,希望得到您的关爱。

市长夫人　真的,您该喝上一杯烧酒,然后身体马上就会恢复过来,这酒能够祛风。亨利克,马上跑去弄一杯烧酒来,夫人感觉不太好。

山德鲁斯夫人　不用了。请您原谅我,市长夫人,我得走了。

[①] 这个"原谅"她用的是丹麦化了的法语 pardonnerer。

第九场

另一位议员夫人、格丝可、亨利克

议员夫人 您谦卑的仆人,尊敬的夫人。我尽我的义务来向您表达我衷心的祝贺。

［格丝可向她伸出自己的手。她亲吻格丝可的手。

格丝可 如果我或者市长大人能够为您效劳,这会是我的荣幸。您请坐。请不要客气,您就如同是和您的自家人在一起。

议员夫人 我由衷感谢,尊敬的夫人。

［坐下。

格丝可 您的一些女同人①刚刚来过我这里,和我一同喝咖啡。我想应该还有剩下了几杯,如果您喜欢喝咖啡的话,底下的部分是最好的。我可以发誓,我是再也喝不下了,因为我已经喝得太多,我的肚子已经像一面鼓了。

议员夫人 我最谦卑地感谢。我刚喝过咖啡。

---

① 原文中使用的是Med-Colleginder,在一般的意义上是指"女同事",但在这里是指与其他人一起组成一个议事群的人,有点像第二幕中工匠的政治集会(Collegium Politicum)。因此,这可以说是"议会夫人同人圈"之同人的另一种说法。

格丝可　如您所愿。我们上等人不劝请别人。但是听我说,我亲爱的Madam(法语:夫人)[①],您能不能帮我推荐一个法语老师教我女儿法语。我希望她学法语。

议员夫人　是的,尊贵的夫人,我认识一个非常好的。

格丝可　好。但是我希望她事先知道,如果她像法国人习惯的那样叫我Madam,我会受不了。不是因为我傲慢,而是因为我对此有我自己的想法。

议员夫人　好的,她不可以这样称呼。但我能不能有这样的荣幸,亲吻一下小姐的手?

格丝可　由衷地感到高兴。亨利克,去叫小姐,并且说,这里有一位议员夫人想要亲吻她的手。

亨利克　我想她来不了,因为她坐在那里补她的袜子。

格丝可　听听吧,这个笨蛋,他就站在那里胡说八道。哈哈哈,他想说的是"在刺绣"。

　　〔铁匠的妻子阿丽安可,由男演员扮演[②],进来。

阿丽安可　我亲爱的好姐妹格丝可,你丈夫当上市长了吗,是真的

---

① 这是对平民阶层妇女所用的"夫人"称呼。译者本应将此译作"夫人",但是这里关联到格丝可的下一句台词"如果她像法国人习惯的那样叫我Madam,我会受不了",所以译者保留了这个Madam。在她称议员夫人为Madam的同时,她学会了向更上阶层看:她希望别人称自己Frue,而不是Madam。

② 绿街剧场只有三名女演员。在表演这一幕时,女演员不够,因此要用一名男演员扮演,而男演员将铁匠的粗犷特征形象化地表现在一个女人身上,反而使这种不得不采取的变通手段成了加分项。

吗？我真是高兴啊，感觉就像是有人给了我两马克①。现在让我看一下，你是不是变得傲慢起来，不再认识你的老姐妹了。

〔格丝可不回答，一句话都不说。

阿丽安可 你丈夫什么时候成了市长的，姐们儿。

〔格丝可仍默不作声。

阿丽安可 你坐着想什么呢，姐们儿，我问你，你丈夫什么时候成了市长的。

议员夫人 您必须尊敬，女士，对市长夫人要尊敬。

阿丽安可 不，我发誓，我根本不用和我的姐们儿格丝可讲什么礼数，因为我们俩的关系曾像是身体和灵魂的关系。怎么回事，姐们儿？我觉得你还是变得有点傲慢了呀。

格丝可 这位太太，我可不认识您啊。

阿丽安可 好吧，上帝认识我。在你缺钱的时候，你倒是认识我。你怎么知道我丈夫在他死前就不会变得像你丈夫这样呢？

〔格丝可发晕，拿起香水蛋②嗅着。

亨利克 出去，你个铁匠婆，你以为你是站在一个铁匠铺子里说话吗？

〔拉着她的手，把她引出去。

格丝可 啊，夫人，跟这些粗俗的人们交往真是一件尴尬事。亨

---

① 一马克是十六斯基令。

② "香水蛋"，或称"嗅盐蛋"、"海绵皿"，一个蛋形的容器，里面有海绵和抗头晕的香水。18世纪各阶层女性普遍用它来消解晕眩和头痛。

利克，今后，如果你让这种市井女人进来的话，你就会有麻烦了！

亨利克 她喝醉了，这母猪；她脖子里全是烧酒。

议员夫人 我真心为这事感到难过，我怕市长夫人会过于激动。有很多东西是上等人忍受不了的。一个人地位变得越高，他的身体就变得越文弱。

格丝可 是啊，我可以发誓，我现在的健康状况远不及我在以前身份中的健康状况。

议员夫人 这我是相信的。今后，尊贵的夫人，您要每天去医生那里看看，所有其他的市长夫人都曾这样做过。

亨利克（对观众） 啊，圣母玛利亚，自从我成了驭骑侍仆之后，我也觉得我的健康不如以前了。我挨了一针，噢，噢，就在我的左边。您觉得这好笑，但确确实实，这真的是很严重的。我真的害怕，我的脖子怎么不知不觉就痛风了。

议员夫人 市长夫人应当每年都为全家安排一个医生，这医生能够给您几滴药水，不管您用得上用不上，至少可以装在一个瓶子里放在家里。

格丝可 是啊，我一定会按您的建议去做。亨利克，过一会儿你赶紧去赫尔梅林医生那里，请他在有可能的情况下来我家拜访一下。

议员夫人 现在我得走了，尊敬的夫人，愿今后多多得到您的关爱。

格丝可 当然，当然，我亲爱的议员夫人，您有什么需要帮忙的，请尽管直接对我和赫尔曼师傅说，哦，我是说冯·布莱门菲尔德市长，请尽管直接对我们说。如果我们能够为您和您所爱的人做一些什么，绝没有问题。

〔议员夫人亲吻格丝可的围裙并且说"您谦卑的仆人"。

格丝可　再见[①]！

〔下场。

[①]　这里的这个"再见"在原文中是一个由法语的 adieu 经过丹麦民间变形后的 Adios。

第五幕

第一场

亨利克、两个律师

亨利克　圣贤在上啊，我可是要赚钱了。现在是接待来访的时间。朋友们①，你们可以看，有什么人，哪怕他供职了二十年，能够比我更适合这职位的！我听见有人敲门。您找谁？

律　师　我们希望能够有这荣幸与市长大人谈一下。

亨利克　他还没有起床。

律　师　下午四点还没有起床？

亨利克　噢，他估计是起床了，但他出去了。

律　师　我们刚刚在门前碰上一个和他谈完了话的人。

亨利克　他确实是在家，但他身体有点不舒服。

　　　　（轻声）这些家伙蠢得像牲畜，他们怎么就不明白我的意

---

① 这里是对着观众说的："朋友们"或者"好心的观众"。

思呢。

律师（轻声） Mon Frere（法语：我的兄弟），我感觉得到，这家伙想要拿贿赂。我们得在他手心里塞上一块银币，然后，市长肯定马上就会出现。

  听我说，师傅，您要不要拿两块银币去为我们的健康喝一杯？

亨利克 噢，不，我的大人，我可是从来不收礼物的。

律 师 我们该怎么办，Monfrere①。那么我们就走吧，下次再来。

亨利克（向他们招手）哎，先生②们，您咋这么着急呢。为了您的缘故，我就接受这两枚银币了。否则的话，您会以为我傲慢，另外，我们府邸也不应当被人说什么难听的话。

律 师 看，师傅，这里是两块银币，如果您不嫌弃。现在，请您帮我们安排会见吧。

亨利克 您谦卑的仆人！为了您的缘故，我尽我的全力。现在，市长大人终于精神好得就像一匹马了，不过他的精神也不是好到能够与所有人都见面的程度。但既然现在想要见他的是您，先生们，那就是另一回事了。请您稍等片刻，先生们，我随后就去报告。但现在又有人敲门了。请问，您找谁？

一个男人（手在裤袋里掏东西）我希望有这荣幸见到市长大人。

亨利克（轻声）这个人明白道理，他马上就在裤兜里掏了。

---

  ① 法语 Mon Frere 的两个词被并在了一起。

  ② 在原文中亨利克把法语 Messieurs 说成丹麦语发音的 Messiørs。后面与律师对话中出现的"先生"也是如此。

（大声）啊，我的大人，他在家，您马上就能够见到他。

［亨利克伸出手，但来人却没有掏出钱来，而是从裤兜里掏出表，说："我看，已经是四点钟了。"

亨利克　这位先生想要见谁？

男　人　市长大人。

亨利克　他不在家，先生。

男　人　您刚才还说他在家。

亨利克　我可能说过，先生，但是，如果我说过的话，那就是我说错了。

［这男人离开。

亨利克（轻声）　看吧，这骗子。呵，你以为市长是要听你的命令啊。

（对两个律师）我马上就去为您通报。

律　师　看这混蛋，他现在在这职位上可是已经游刃有余了啊。保持友善的表情，Monfrere，现在，要开始让这位好补锅匠头痛的，就是我们了。我们的一些同事则会将这个故事讲完。看，这个补锅匠来了。

第二场

市长布莱门菲尔德、两个律师、亨利克

律师甲 我们诚挚祝愿尊敬的市长大人在我们城市的尊贵职位上顺风如意,并且,既然大人不是通过财富、亲戚关系或者朋友关系,而只是通过您众所周知的、在政治事务上的伟大美德、博学和见识,开辟出走上这一尊贵职位的道路,我们也希望您在仁慈、远见和警觉等方面绝不落后于您的任何前任。

布莱门菲尔德 tres humble servitør。

律师乙 我们尤其感到高兴的是,我们现在得到了这样的政府首脑,他不仅仅有着几乎是神圣的理解力……

布莱门菲尔德 我感谢上帝。

律师乙 而且也有着这样的名声:友善地对待所有人,喜欢听取人们的投诉并且为他们主持公道。我可以这样说,在我最初听说了这职位的选择是落在冯·布莱门市长大人身上时,我几乎是喜极而晕啊。

亨利克 先生们,您要说冯·布莱门菲尔德。

律师乙 我谦卑地请求您的原谅,我是想要说,冯·布莱门菲尔德市长。现在我要说,今天我们到这里,首先是为了表达我们

恭敬的祝愿；其次是为了就一个有争议的问题咨询尊敬的大人的看法。这一争议出现在我们的客户之间，我们两个人都已经一致同意，这一争议要依据国家的法律和规章来裁决。但后来我们考虑了一下，为了避免法庭裁决过程所产生的时间和费用上的浪费，我们决定遵从市长大人的决定。我们承诺遵守这决定。

［布莱门菲尔德坐下，听由别人站着。

律师甲　我们的客户是邻居，但是有一条水沟把他们的田地分开，三年前发生了这样一件事：这水沟把我客户田地上很大一片土冲掉了，而这流失的泥土淤积到了对方客户的田地里。现在他是不是应当保留这小块土地？难道不是说 nemo alterius damno debet locupletari（拉丁语：盖损人利己不可为也）[①]吗？现在对方客户不就是通过我方客户的损失来使自己变得更富有吗，这 aperte（拉丁语：甚明甚了）违反 æquitatem naturalem（拉丁语：天意人理）[②]。这事情是不是这样，市长大人？

布莱门菲尔德　对啊，要求这小块土地，当然是不合理的。您是对的，先生。

律师乙　查士丁尼大帝[③]很明白地说过 libro secundo Institutionum

---

① 即"任何人都不应当让别人付出代价来令自己致富"。

② 即"明显违反自然的合理法则"。

③ 查士丁尼大帝（Justinian），罗马皇帝（527—565年在位）。下令编纂了一部汇编式法典《民法大全》（Corpus juris civilis），其中包括这里所提到的《法学总论》（或译《法学阶梯》，Institutiones）。两个律师的拉丁语引文都是来自这本书，当然，都是稍稍作了歪曲。

titulo primo de alluvione（拉丁语：《法学总论》第二卷第一章：盖此亡土）①……

布莱门菲尔德 不管是查士丁尼大帝还是亚历山大大帝说过什么，他们是活在汉堡被建之前几千年的时代，天知道他们的话和我有什么关系？他们又怎么能够判定在他们的时代里根本不存在的案子？

律师乙 但是我还是希望尊敬的大人不要无视整个德国都遵从的法律。

布莱门菲尔德 我不是这个意思，您没有真正明白我，我只是想说……（他咳嗽起来）请继续说出您的断言。

律师乙 查士丁尼大帝的话是这样说的：quod per alluvionem agro tuo flumen adjecit, jure gentium tibi acquiritur（拉丁语：川流淤土于宅，宅土也）②。

布莱门菲尔德 律师先生，您说得也实在是太快了，请说得更清楚一些。

［律师缓慢地重复上面所说的话。

布莱门菲尔德 唉，先生，您的拉丁语有着一种该死的糟糕发音，说您的母语吧，这样您更容易让人听懂。我这样说，并非是因为我恨拉丁语，因为有时候我好几个小时坐着就同我的仆人说拉丁语。是不是，亨利克？

亨利克 听大人说拉丁语真是一件奇妙的事情，我可以发誓，我一

---

① 即"关于被冲掉的土地"。

② 即"一条河因冲击而积留在你土地上的东西根据人民法是属于你的"。

想起来就热泪盈眶。这就像是您听豌豆在锅里煮,那些话就是如此迅速地从嘴里跑出来。连魔鬼都搞不明白一个人怎么会说得如此流利。但是通过长时间的练习,又有什么事情是做不到的呢?

律师乙 查士丁尼大帝的话,尊敬的大人,是这样的:"一条河通过冲击别人的土地带走并留在你土地上的东西,这东西就成了你的。"

布莱门菲尔德 是啊,查士丁尼大帝在这方面是对的。他是一个很出色的人,我对他尊敬得五体投地,因而无法质疑他的裁决。

律师甲 但是,市长大人,我的反对方读法律就像魔鬼读圣经。他忘记了在那后面紧接着的是 per alluvionem autem videtur id adjici, quod ita paulatim adjicitur, ut intelligi non possit, quantum quoquo temporis momento adjicitur(拉丁语:淤土者,流土集聚而为田,积少成多时日无人知)。①

布莱门菲尔德 先生,请原谅,我得去市政厅了,现在钟敲四点半了。亨利克,你想想办法,你能不能在门口帮他们调解这案子。

律师甲 啊,市长大人,用一句话来对我们说出您的看法吧。

布莱门菲尔德 先生们,你们两个,各以自己的方式看,都是对的。

律师乙 我们怎么会都是对的?我认为,如果我对了,那么我的反

---

① 即"但是'被冲带积存的土地'的意思就是说,这土地是这样一点一点地积存,以至于人们无法认识到,在某一个时间里,积存了多少"。

对方就不对。查士丁尼律法是非常明确地证明我是对的。

布莱门菲尔德 请原谅我,我马上要去市政厅了。

律师甲(抓着市长) 我可是证明了查士丁尼的话在说我是对的。

布莱门菲尔德 是啊,确实是这样,查士丁尼说您两个都对,见鬼了,为什么您就不能和解呢?调和一下这案子吧。您对查士丁尼的了解不会像我这么全面吧。他的双肩上可都是披着斗篷的,这完全就是在说:出去,你们这些装腔作势的家伙,在你们的案子里和解吧。

律师乙 市长大人,要正确地领会立法者的意思,一个人当然要拿一个条文与另一个条文作比较。接下来的一段不是在说paragrapho: quod si vis fluminis de tuo prædio(拉丁语:斯言为据:川疾,遥乎)[1]……

布莱门菲尔德 哎,放开我,你们这些讼棍!你们听见了没有,我要去市政厅了。

律师甲 哎,市长大人,现在让我们听一下胡果·格劳秀斯[2]是怎么说的。

布莱门菲尔德 我让你们和胡果·格劳秀斯一起见鬼去死吧!我和胡果·格劳秀斯又有什么关系?他是一个亚美尼亚人[3]。那

---

[1] 即"出自段落:如果河水的冲量距离你的地"。

[2] 胡果·格劳秀斯(Hugo Grotius, 1583—1645年),荷兰重要的法学家和律师,他的主要著作《战争与和平法》(*De Jure Belli Ac Pacis*)在欧洲意义重大。

[3] 赫尔曼混淆了"亚美尼亚人"(Armenianer)和"阿民念追随者"(arminianer)。后者是荷兰神学家雅克布·阿民念(Jacob Arminius, 1560—1609年)创立的宗教教派的追随者,而格劳秀斯曾在《论基督教真理》(*De veritate religionis Christianae*, 1627年)之中发表过一篇宗教思考的文章,与阿民念的神学有很多相似之处。

些人在他妈遥远的亚美尼亚弄出来的法律和我们又有什么关系？亨利克，让他们马上出去。

〔他们出去。

〔亨利克留在门外，和人对骂，被推得踉跄地跑进来，身后跟着一个男人扮演的女人。

女　人 （抓住市长的前胸叫喊着） 噢，什么样的政府啊，颁出这样见鬼的法律，说一个男人可以有两个妻子？您以为上帝的惩罚不会落在您身上吗？

布莱门菲尔德　你发疯了吗，婆子，见鬼，谁会想得到这种事呢？

女　人　嘿嘿嘿，如果我不看见你心里的血，我是不会走的。

布莱门菲尔德　噢，救命啊！亨利克！佩特！

〔佩特进来，把女人拉出去。本来躲了起来的亨利克最后也出来帮上一手。

第三场

布莱门菲尔德、亨利克

布莱门菲尔德 亨利克,如果你老是放各种恶婆或者律师进门的话,那你可就要有麻烦了,因为他们是以各自的方式来害我。如果有别人来找我说话,那么你就要对他们说,他们要留意了,不要说拉丁语,因为我出于某种原因放弃不说拉丁语了。

亨利克 我也出于同样的原因放弃不说了。

布莱门菲尔德 你可以说我只说希腊语。

　　〔又有人敲门。亨利克走到门口,然后又拿着一大包纸进来。

亨利克 这里有一堆来自顾问理事①的文件,是需要市长翻阅并且提出看法的。

　　〔市长在桌前坐下并且翻动着这些文件。

布莱门菲尔德 亨利克,做市长可不是像我原先所想的那么容易。这里有一些事务我要仔细看一下,这可是一些连魔鬼自己都

---

① 原文中是拉丁文 syndicus,指市政府或者其他代表大会的法律理事成员或者顾问。汉堡议会会有四个没有投票权的 syndici(拉丁文 syndicus 的复数)。

无法弄明白的事情。

　　〔开始写。站起来擦汗。又坐下,划掉前面所写的东西。亨利克!

亨利克　市长大人!

布莱门菲尔德　你在发出些什么噪音?你就不能够安静地站着吗?

亨利克　我可是一点都没动啊,市长大人。

布莱门菲尔德(又站起来,擦汗,就像刚才一样。把自己的假发①扔在地板上,他尝试着是不是能够用自己的光头更好地思考问题,踱步经过假发,一脚把它踢到一边,又坐下写。喊叫)　亨利克!

亨利克　市长大人!

布莱门菲尔德　如果你不安静地站着,那你就要有麻烦了。这是你第二次打乱我的想法了。

亨利克　除了我把我的衬衫塞进去并且量一下我的脚看我的制服外套到底长出了多少之外,我真的没有做任何动作。

布莱门菲尔德(又站起来,用手敲着自己的脑门以求集中思想)　亨利克!

亨利克　市长大人!

布莱门菲尔德　走出去对那个在街上叫卖牡蛎的女人说,她不可以在我住的这条街上叫喊,因为这打扰我的政治事务。

亨利克(对着门把这话喊三遍)　听着,你们这些卖牡蛎的女人!

----

① 在霍尔堡的时代,使用各式样的假发在各个社会阶层、在男女两性中都很普遍,假发几乎是一种不可缺的"服饰"。

你们这些垃圾！你们这些贱女人！你们这些丈夫们的婊子！你们敢这样在市长的街上大声喊叫打扰他的事务，难道不感到羞耻吗？

布莱门菲尔德　亨利克！

亨利克　市长大人！

布莱门菲尔德　闭嘴，你这个畜生。

亨利克　我再叫喊也没有用，因为城里全是这样的人。一个刚离开，下一个马上就又出现了，因为如果……

布莱门菲尔德　不要再说话了，安静，闭嘴。

〔坐下，划去他所写的东西，又重新写，站起来，发着火蹬地板，叫喊：

亨利克！

亨利克　市长大人！

布莱门菲尔德　如果市长这职务去见鬼的话，我会很高兴。如果你处在我的位置上，会愿意做市长吗？

亨利克　那我真的是遭殃了。（轻声）那想要这职位的人同样也遭殃。

布莱门菲尔德（想要坐下再重新写，但在思索中坐错地方跌倒在地板上，叫喊）　亨利克！

亨利克　市长大人！

布莱门菲尔德　我躺在地板上。

亨利克　我看见了。

布莱门菲尔德　过来扶我站起来。

亨利克　市长大人可是说过，我不可以走动。

布莱门菲尔德　你真是个该死的家伙。(自己站起来)有人敲门吗?

亨利克　是的。您找谁?

一个市民　我是帽匠行会会长。我有事情要向市长投诉。

亨利克　这里是帽匠行会会长要来投诉一些事情。

布莱门菲尔德　唉,我的头脑里一次只能够处理一件事。问他是怎么回事。

市　民　这事情太复杂了。我得和市长本人说。这在一个小时里可以说完,因为我的投诉只有二十个要点。

亨利克　他说他要和市长本人说,因为他想要说的只是二十个投诉条目。

布莱门菲尔德　唉,上帝帮助我这可怜的人,我的脑子已经完全乱成了一团,让他进来吧。

市　民　唉,市长大人,我这个穷苦人遭受了极大的冤屈,在市长您听我说完之后,您马上就会明白。

布莱门菲尔德　您必须将之写成文字。

市　民　写了,在这里,我写了四大张[①]。

布莱门菲尔德　亨利克,又有人敲门。

亨利克　您找谁?

另一个市民　我有一些事想要向市长投诉,我投诉帽匠行会会长。

布莱门菲尔德　是谁,亨利克?

亨利克　是这个人的反对方。

布莱门菲尔德　让他把投诉书给你。您二位好人,您先留在客厅里。

---

① 指整张、对开或者四开的大纸。

亨利克！

亨利克 好的，大人。

布莱门菲尔德 你能不能帮我一下。我不知道哪一件事情是我首先要去做的。为我朗读一下帽匠的陈述吧。

亨利克（读出投诉信，如下）

> 高贵、博学、严格、坚定的市长大人：
> 作为这座美丽城市所有具备公民权的市民们的受人尊敬的帽匠行会的先驱，我把自己描述为签名者某某，受人尊敬的帽匠行会的不称职的会长，在首先表达了对于"看见一个如此有尊严并且有着极高见识的人被提高到一个如此之高的高度上"的恭敬而爱戴的祝贺之后，带着最深的谦卑，投诉最严重、最危险并且也是最可恶的一种歪风邪气，也就是说，邪恶的时代和更为邪恶的一些人在这座城里将这种歪风邪气付诸实施，我希望光荣的大人会对此进行拨乱反正。事情是这样的：城里的小贩根本就没有任何敬畏，公开兜售一种整件的用海狸毛织出的成衣，是的，他们甚至开始冒天下之大不韪用海狸毛来织袜子；鉴于人所周知，海狸毛只能是属于我们的行当，他们的做法使得我们可怜的帽匠们无法以正常价钱购得作为我们养家糊口之前提条件不可或缺的海狸毛，尤其是由于好人们因此而接受了这种方式，现在很少有人再愿为一顶帽子付出十或者二十塔勒，因而我们的手工艺行业就在声誉和收入上遭受了无法弥补的损失。现在，我们希望这也是市长大人的意愿，对以下的二十个主要原因和理由作出考虑，我们帽匠看来是能够根据这

些原因和理由来推定，只有我们的行当是唯一有权生产海狸毛产品的行当，亦即，第一，自古以来，戴海狸毛的帽子就是普遍习俗和国家传统，不仅仅是这里，全世界都是如此，这可以借助于诸多对历史典故的引用，也可以借助于凭法律立誓的证词来得以证明。1. 根据历史……

布莱门菲尔德　跳过这历史吧。

亨利克　2. 根据证词，阿德里安·尼尔森，79岁能够记得自己的父亲的曾祖父曾经说过……

布莱门菲尔德　也跳过他说的东西吧。

亨利克　第二，使用海狸毛来做袜子和衣服，这是一种无节制的挥霍，与所有美好的秩序与习俗相悖，尤其是在如此多来自英格兰、法国和荷兰的昂贵高级服装进口到了这里之后，这种进口能够令人们因此而得以满足，根本就无需来打破一个诚实的人谋生的饭碗。

布莱门菲尔德　够了够了，亨利克。我能够理解，这会长所说是对的。

亨利克　但是，我听说，一个官员总是要在作出判决之前先听两方面的说法。我是不是要朗读一下反对方的回答？

布莱门菲尔德　对，当然。

　　〔他随后把反对方的投诉交给他。

亨利克（朗读）

　　尊敬的大人，见识至高而极有政治见解的市长先生：

正如您的理解力远远超越其他人的理解力，同样，在我听说了您成为市长的消息后，我的喜悦也超越其他人的喜悦。但是，我到这里来的原因是：帽匠们来伤害我，并且不想让我制作销售海狸毛的衣料和袜子。我当然明白他们的目的是什么，他们想要独占海狸毛的销售，不让海狸毛被用于帽子之外的其他物品；但是他们完全不明事理。戴海狸毛的帽子是很蠢的事情。人们把这帽子夹在胳膊下，既不保暖也不能为人所用，一顶草帽可以起同样的作用。相反海狸毛袜和海狸毛衣则既保暖又柔软，只要市长大人试过（到时候您能够试一下），那么您自己就会感受到这一点。

布莱门菲尔德　停下，够了。这个当然也对。

亨利克　但我知道，他们也不能两个都对吧。

布莱门菲尔德　那么谁对呢？

亨利克　这个，市长大人必定是知道的。

布莱门菲尔德（站起来踱步）　这真是该死的糊涂账。亨利克，你这个愚蠢的畜生，你能不能对我说谁是对的？你这条狗，我为什么要给你提供吃住、给你发工资？（门口喧闹起来，他问）门口是什么事情在喧闹？

亨利克　两个市民在打架。

布莱门菲尔德　出去对他们说，让他们在市长家门前要有恭敬之心。

亨利克　这样最好，大人，让他们打吧。他们也许没多久就又成了好朋友。啊，圣贤在上，我想他们是要闯进来。听吧，他们这么使劲地敲门。

〔赫尔曼·冯·布莱门菲尔德爬到桌下躲起来。

亨利克 谁在敲门？

一个仆从 我是一个国外使节派来的人，一个外国来的 Resident[①]，我们大人有很重要的事情要同市长谈。

亨利克 见鬼，市长去哪儿了？难道魔鬼带走了市长？市长大人！

布莱门菲尔德（在桌下，声音很轻） 亨利克，是谁？

亨利克 一个外国的 President[②]，一个国外来的首席长官，要见大人。

布莱门菲尔德 请他过半个小时再来，就说有两个帽匠在我这里，我必须处理一下他们的事务。亨利克，让那两位市民走吧，让他们明天再来。唉，上帝帮帮我这可怜的人吧，我的脑袋完全乱成了一团，我都不知道自己在说什么做什么。你能不能帮我把事情理清楚，亨利克？

亨利克 除了忠告大人去吊死自己之外，我实在不知道有什么更好的建议。

布莱门菲尔德 出去，帮我把客厅桌上的《政治鳕鱼》[③]拿给我。是

[①] 在原文中就是简单的一句话："我是一个国外使节派来的人，我们大人有很重要的事情要同市长谈。"其实 Resident 就是"使节"，在前面加一个 P 就是 President（首席长官）。但是后面的这种"把使节所派的人"弄成"首席长官"的混淆，只能够通过 Resident 和 President 来表现，所以译者附加了一句带有丹麦语的重复——"一个外国来的 Resident"。

[②] President 在现代语言之中可以是"总统"，但是，这部喜剧的创作年代是 1723 年（美国独立是在 1776 年），那时 President 被用来表示一个集会的首席领导，比如可以是一个市政府的首席长官。

[③] 赫尔曼之所以以为《政治鳕鱼》能够教他怎样接待外国首席长官，是因为他只看过这本书的前言。

一本白色装订的德语书，关于我该怎样接待外国首席长官，我也许能够在这本书中找到答案。

亨利克　市长大人要不要一些芥末和黄油，可以加在鳕鱼上。

布莱门菲尔德　不，那是一本白色封面的书。

　　　［在亨利克走出去的同时，市长魂不守舍地走动并且把帽匠的文件撕烂。

亨利克　书在这里。但是大人撕碎的是什么？我相信这肯定是那个会长的投诉。

布莱门菲尔德　噢，我心不在焉稀里糊涂地就撕了。（他拿起书，扔在地板上）我想，我最好还是听从你的意见，吊死我自己。

亨利克　啊，怎么！又敲门了。（走出去，哭着进来）唉，市长大人！救命啊，市长大人！

布莱门菲尔德　怎么回事？

亨利克　有一整团的水手在门外叫喊着："如果我们得不到公道，那么我们就把市长家的所有窗户都打烂。"他们中有一个用石头砸在我背上。噢噢噢！

布莱门菲尔德（又钻到桌子下面）　亨利克，去请市长夫人出来控制他们。也许他们会对女人有点尊重。

亨利克　是的是的，您会看见船员对女人很尊重！如果她出来的话，他们也许就会强奸了她，这样的结果可就比原先更糟糕了。

布莱门菲尔德　唉，她可是一个老女人了。

亨利克　水手们可不是什么讲情调的人，他们才不会挑拣呢。我是决不敢冒险让我老婆去面对这种事情的。他们又敲门了，我要去开门吗？

布莱门菲尔德　不要。我怕敲门的就是那些船员。噢，我真希望我躺在坟墓里。亨利克，去门那边听一下是谁。

亨利克　看，他们真的进来了！是两个议员。

第四场

亚伯拉罕斯、山德鲁斯、布莱门菲尔德、亨利克

亚伯拉罕斯　市长大人不在家吗？

亨利克　在，他应该是坐在桌子下面。

山德鲁斯　什么？他坐在桌子下面，市长大人？

布莱门菲尔德　啊，我的先生们，我可从来没有申请要做市长。你们为什么要把我送进这种不幸的处境中？

亚伯拉罕斯　您可是已经接受了这职位的。出来啊，市长大人。我们来这里是为了指出您对外国使节所犯下的一个极大的错误，您如此无礼地赶走了使节，我们这座城市可能会因此遭受损害。我们本来以为，市长大人按理应当是对 jus publicum（拉丁语：公共法）和外交礼节有着更好的领会的。

布莱门菲尔德　哦，我的先生们！您完全可以罢免我，这样我就从这副重担之下被拯救了出来，我太虚弱，承受不起这担子，而这样一来，外国使节也就得到了补偿。

山德鲁斯　决不是这样，市长大人，我们决不是要罢免您，您得马上随我们去市政厅同顾问理事商讨如何对这错误作出补救。

布莱门菲尔德　我不去市政厅，哪怕是有人扯着我的头发，我也不

去。我不想做市长,我也不曾申请过要做市长。您最好是杀了我吧。我对着上帝以我的名誉发誓,我是补锅匠,我也想要作为补锅匠死去。

山德鲁斯 您是要把整个议会当傻瓜吗?听我说,Monfrere,他难道当时没有接受市长职位吗?

亚伯拉罕斯 他当然是接受了,这可是我们已经报告上去的事情啊。

山德鲁斯 我们要就这件事进行商议。整个最高参议会可不会让自己就这么受愚弄的。

第五场

赫尔曼、亨利克

赫尔曼·冯·布莱门菲尔德　亨利克!

亨利克　市长大人。

赫尔曼　你觉得这些议员会拿我怎么办?

亨利克　我不知道,我倒是能够看出,他们是非常生气的。让我感到奇怪的是,他们敢在市长家的客厅里使用这样无理的语言。如果我是市长的话,我绝对相信我会以很好的方式对他们说:"闭嘴,你们这些装腔作势的家伙,你们应当把手指插到地板上闻一下你们是在谁家里。"

赫尔曼　但愿你是市长,亨利克!但愿你是市长,哦,哦,哦!

亨利克　如果我可以介入大人的事务的话,那么我想要谦卑地请求一件事,就是:我今后是不是可以称我自己为冯·亨利克。

赫尔曼　哎,你这无耻的家伙!难道现在是说这种无聊话的时候吗?你难道没看见,我现在是走进了纯粹的灾难,被一件又一件麻烦事紧紧缠着。

亨利克　我确实不是为了什么雄心而这么做,只是为了在家里让我的仆人同事尊敬我,尤其是安妮可,她……

赫尔曼　如果你再不闭嘴,我可就要把你的脖子踩烂了。亨利克!
亨利克　市长大人。
赫尔曼　你能不能帮我把事情理顺,你这条笨狗?看吧,如果你不帮我把这些事情搞定的话,那你就得倒霉了。
亨利克　真奇怪啊,大人居然想要让我做这样的事情,您可是这样的一个睿智的人:您是单凭您的智慧被选到这至高的职位上的呀。
赫尔曼　你还要往我伤口上撒盐吗?

　　　［拿起凳子,要用凳子打他。亨利克跑了出去。

第六场

赫尔曼·冯·布莱门菲尔德（独自一人。坐下，两手托着下巴，沉思良久。因内心的不安而跳起来，并说："有人敲门吗？"悄悄走向门口，但什么人都没看见。又坐下沉思，突然哭泣，用纸擦眼泪，再次因内心的不安而跳起来，仿佛是处在暴怒之中，叫喊） 一大堆来自顾问理事的提议！帽匠行会会长！行会会长的反对方！二十点内容的投诉！水手暴动！外国首席长官！议会的弹劾！各种威胁！难道这里就没有现成的绳子吗？有的有的，我想，在炉子后面就有一根。

〔拿起绳子，做成绳套。

有人为我算过命，说我通过我的各种政治研究会得以提升。如果这绳子不断的话，那么这预言就成真了。让议会尽管作出各种威胁吧，如果我死了，那我就什么都不在乎了。不过我还是有一个愿望的，就是希望看见这《政治鳕鱼》的作者吊死在我身旁，脖子上挂着十六卷政治文集和《政治餐后甜食》。

〔从桌上拿起书撕烂。

你这个畜生，再也不要去诱惑任何正直的补锅匠了。就是这样！这是我死前的一小点安慰。现在我得找一个钩子把自己吊起来。在我死后说这样的话，会是特别发人深省的："在汉堡又曾有过哪一位市长是像赫尔曼·冯·布莱门菲尔德那样清醒的——他在整个市长任期里就不曾睡着过一瞬间？"

第七场

安东尼、赫尔曼

安东尼 喂，喂！见鬼了，您在干什么！

赫尔曼 我没有想要干什么，但是为了避免干什么，我想要吊死我自己。如果您想要和我作伴，那我很高兴地表示欢迎。

安东尼 当然不，我才不会。然而，是什么事情使得您产生这样的念头？

赫尔曼 听着，安东尼，谈论这事情解决不了任何问题。我要上吊。如果不是今天上吊，那就是明天上吊。在死前我只有一个请求，请您向市长夫人和小姐表达我的敬意，并且让她们为我刻上这样的墓志铭：

> 请驻足站定，漫步者，
> 这里吊着冯·布莱门菲尔德市长，
> 他在整个市长任期里
> 不曾睡过一分钟。
> 走吧，也去这样做吧。

您也许不知道,亲爱的安东尼,我成了市长,我得到了这样一个职位,我在这职位上分不清黑白,我觉得我完全不能胜任,因为,通过一系列我已经遭遇的麻烦,我感觉到,在"自己做政府首脑"与"谈论政府首脑"之间实在是有着极大的不同。

安东尼　哈哈哈哈哈哈。

赫尔曼　不要笑我,安东尼,您这样做是一种罪过。

安东尼　哈哈哈。我现在知道这是怎么一回事了。我刚在一个酒馆里听人们在为一个恶作剧拼命大笑,他们在这恶作剧里戏弄了赫尔曼·冯·布莱门:一群年轻人忽悠他,让他相信自己成了市长,看他会在这喜剧里怎么继续。我听见这样的事,从心底里感到难过,因此我马上就到这里来提醒您。

赫尔曼　啊!那么,我不是市长?

安东尼　不是。这纯粹是编出来的闹剧,想要让您戒掉您的疯狂,从"评论各种您所不明白的大事情"的习惯中摆脱出来。

赫尔曼　啊!那么外国首席长官的事情也不是真的?

安东尼　不,当然不是。

赫尔曼　帽匠行会会长,也没那回事?

安东尼　这全是编造出来的。

赫尔曼　那些水手们,也没那回事?

安东尼　没有,没有。

赫尔曼　那,就让上吊见鬼去吧!格丝可!恩琪尔可!佩特!亨利克!全都出来。

第八场

赫尔曼、安东尼、格丝可、恩琪尔可、佩特、亨利克

赫尔曼 我心爱的妻子,重新去干你的活儿吧。我们的市长职责完全结束了。

格丝可 结束了?

赫尔曼 是的是的,结束了,那是几个流氓聚在一起耍我们。

格丝可 耍我们,那么这些耍了我们的人要倒霉了,你也要倒霉。

〔她给了他一个耳光。赫尔曼狠狠地打了她一顿。

格丝可 啊,我心爱的丈夫,别再打我了。啊,我心爱的丈夫,停下。

赫尔曼 你要知道,老婆,我可不再是政治家了,所以我挨了耳光之后不再数二十了。我今后打算过另一种生活,把我的书扔到火里烧掉,今后只关心我的手工活。我也彻底警告你们,如果我看见你们中有谁读什么政治书或者把任何政治书带到我家来,那谁就该倒霉了。

亨利克 这对我构不成任何危险,市长大人,因为我既不能读也不会写[1]。

---

[1] 在第五幕第三场亨利克曾展示出自己是能够读书的(他曾为帽匠行会会长朗读投诉信)。但在这里,在"会读写"不被看好的时候,他就表明自己不会读写。

赫尔曼　别叫我市长,就像从前那样,简简单单地叫我师傅就行了,因为我是补锅匠,死也是补锅匠。听着,安东尼先生,我知道您钟情我女儿。我以前的胡思乱想阻碍了您的爱情,如果您仍保持着同样的心念和意图,那么,她的父亲和母亲的同意,您现在就都得到了,所有阻碍都被消除了。

安东尼　是的,我仍心怀同样的意图,并且请求她成为我的妻子。

赫尔曼　对此你也同意吗,格丝可?

亨利克　啊,这根本就不用问。市长夫人一直就是赞成这一对儿的。

格丝可　闭嘴,我自己会回答。我心爱的丈夫,我在三年前就已经同意他们俩的事情了。

赫尔曼　我就不用问你了,恩琪尔可。我知道你爱他就像老鼠爱奶酪。是不是这样?

亨利克　回答呀,小姐。

赫尔曼　如果我知道你是出于恶意来使用这些称呼的话,那你的麻烦就大了。

亨利克　不,我发誓不是,师傅。但是,一个人要迅速摆脱一种习惯还真是不怎么可能啊。

赫尔曼　你们两个人就相互拉手吧。就这样了!现在,这很好,明天你们就举行婚礼。亨利克!

亨利克　市长大人,噢不,请原谅,我在,师傅。

赫尔曼　你去把我的政治书全都烧掉吧,它们把我带进了这些稀奇古怪的念头之中,现在我看见它们就觉得无法忍受。

我们用嘴巴敲打政府首脑，
自己却什么事情都做不了。
明白航海图是一回事，
驾船导航是另一回事。
一个人固然能够
在一本政治书中学习运筹，
但对一个国家进行管理
则要求有更多其他东西。
今天发生在我身上的事
能让每一个工匠明白这道理：
一个批判政府的人自己
恰恰没有政府的能力。
一个补锅匠
实现当市长的理想，
这就像一个政治家
匆匆忙忙想要成为补锅匠。

（剧终）

山上的耶伯[①]

五幕喜剧

（1723年）

[①] 为这部剧本作注的专家为彼特·泽贝尔（Peter Zeeberg）、古纳尔·西维尔岑和彦斯·克利·安德森（Jens Kr. Andersen）。

题解

剧作的全名是《山上的耶伯,或者,被变身了的农夫》。

《山上的耶伯》的主要情节来自雅克布·比得曼(Jakob Bidermann,1578—1639年)的拉丁语娱乐小说《乌托邦》。在小说中,有针对喝醉了的农夫的恶作剧,使得这个农夫变成"一天的国王",然后又遭遇了一次死亡的幻觉。小说中有一个第一人称的"我——叙述者"菲利普斯,这个"我"在一次为人生成长教育而进行的旅行中来到了陌生的虚构国土,并叙述自己在那里见证了这一事件。这部小说最初于1640年在迪林根出版。

"山上"是指耶伯所住的地方,一个地区,农庄或者村庄。"山上"作为村庄名,这情形也出现在霍尔堡的另一个喜剧《埃拉斯姆斯·蒙塔努斯》中,那里也有一个名叫耶伯(埃拉斯姆斯·蒙塔努斯的父亲)的农夫角色。"山上"很可能是一个虚构出来的地名,在这里作为西兰岛上的村名使用。霍尔堡起这样的村名,正如他让农夫叫"耶伯"而让仆人叫"亨利克"一样,都是同一种类型的虚构。

剧中耶伯夫妇所说的"艾瑞克大师",是一根鞭子,耶伯的妻子妮乐常常用这鞭子打耶伯。

这部戏的首演是在1722年的下半年,是作为哥本哈根小绿街剧场第一演季中的节目上演的。

剧情简介

  山上的耶伯是一个喜欢喝酒而怕老婆的农夫。老婆说他偷懒不干活还拿家里的钱去喝酒,所以常常用鞭子打他。这天老婆给了耶伯一些钱让他去城里买肥皂。结果耶伯在半路上进了小酒馆。他把买肥皂的钱都喝了酒,然后醉倒在了路边。

  男爵带着仆侍一路过来,看见还没有醒来的耶伯。他们决定捉弄一下耶伯。他们把耶伯弄到男爵家里,脱光了他的衣服,给他穿上男爵的睡衣,把他放在男爵的床上。

  耶伯醒来,仆人让他以为他自己就是男爵。耶伯一开始不信,但在仆人反复认定他是男爵之后,他真的相信了。

  耶伯以为自己是男爵,他对待秘书、地保、所有下人和农人的方式与真正的男爵完全不同。他没收了所有男爵送给下人的礼物、让为他办事的人把工资交出来、要吊死地保、要睡地保的老婆……

  仆人们不断为耶伯端上美酒,他又醉倒了。在他睡去之后。他们剥去了耶伯的男爵衣服,重新给他穿上旧衣服,把他放回路边原先醉倒的地方。

  耶伯醒来之后,以为自己到过天堂……

剧中主要人物

山上的耶伯

妮乐　　　　　耶伯之妻

男爵尼鲁斯

男爵秘书

鞋匠雅克布

法官

第一幕

第一场

妮　乐　我简直就不相信,在我们村①里还会有什么人能像我老公这样又懒又浑!我抓着他的头发,把他从床上拖出来,但好像还是没能把他弄醒。这浑球,他知道今天是赶集的日子,可还是躺在那里睡懒觉。

前几天,牧师保罗先生对我说:"妮乐啊,你对你丈夫太过分了。他可是一家之主啊,并且,他也应当是一家之主。"但我回答他说:"不,我好心的保罗先生啊,如果我让我先生在家里随着自己的心愿乱来的话,那么,一年下来,要交给

---

① 原文是 Herret,亦即现代丹麦语中的 herred。在霍尔堡的时代,herred 作为一种法定区域,在每一个这样的区域之中都有自己的议会("区议会"或者"村议会"),而作为管理性区域则有着各自的村长作为履行管理工作和警察工作的权威者。同时这些区域也有着各自的教会管理。剧本所设想的耶伯和妮乐所居住的西兰岛,被分成三十个区域。这种划分可以回溯到中世纪初期。

地主老爷的地租钱就没了,要交给牧师的教会捐钱①也没了。因为他呀,时间久了就会把家里的东西全都吃光喝光。他可是随时准备好了,要把自己的全部家当②,加上老婆孩子,再加上他自己,全都卖了换烧酒喝。难道我该让这样一个男人来管这个家?"然后,保罗先生就彻底没话说了,只好尴尬地闭上嘴巴。

地保③觉得我的话很对,他说:"大嫂④,你别把牧师的话当回事儿。在《结婚仪式》⑤上固然说,你对你丈夫要恭顺服从,但是在租约⑥上则写了别的东西。和《结婚仪式》相比,这租约可是近在眼前的东西,上面写得很清楚,你要打理你的地,你要交地租。如果你不是每天都抓着你老公的头发把他拖出来,把他收拾得老老实实去干活的话,这当然就是不可能的。"

---

① 指教区成员们在节庆日的各种仪式上付给牧师的钱,这些钱作为牧师的部分薪资。付给敲钟人和教堂执事的钱也是以这样的方式,作为一种"教会捐钱"来支付的。
② 原文是 Boeskab,在丹麦语中是指家当、各种家具。但是在挪威语中也指家里的牲口和人员。
③ 原文是 Ridefogden,指领主的管地人。地保管理农庄的运作,包括向农夫分派劳役和征收地租等。
④ 原文是 Moorlille,是身份较高的人对身份较低而又年长的女人的一种称呼。
⑤ 原文是 Ritualen,指教堂仪式书,书中对各种仪式(包括结婚仪式)作出规定。此剧中时代的仪式书应当是 1685 年版的。
⑥ 指公簿持有农(租种者为公簿持有者,佃农就被称作是公簿农)与地主之间的契约。这租约规定了佃农对土地和农庄的使用权以及他所要交的租金的数目。

我把他从床上拖出来,然后我走到仓棚里去看看事情忙得怎样了,才不一会儿,等我重新回到屋里,就看见他坐在椅子上又睡着了。不好意思,我就这样直接说了:他一条裤脚管还套在腿上。好吧,我就不得不麻烦那根挂在钩子上的鞭子①下来走一趟,让我的好老公耶伯挨上一顿揍,直到他完全清醒过来。他只害怕一样东西,就是艾瑞克大师。(我把这根鞭子称作艾瑞克大师。)

哎,耶伯,你这笨瓜,难道还没有穿上衣服吗?难道你还想跟艾瑞克大师谈谈心吗?哎,耶伯!到这里来!

---

① 原文是 Crabasken,以窄皮条编结出的鞭子。

第二场

耶伯、妮乐

耶　伯　我穿衣服当然要花时间。妮乐,总不能让我像一头猪一样地不穿衣服裤子就跑到城里去吧。

妮　乐　你这装腔作势的家伙。从我早上把你弄醒到现在,这时间是不是够你穿十条裤子了。

耶　伯　你把艾瑞克大师挂回去了没有?

妮　乐　对啊,我放回去了。但是,如果你不赶紧的话,我知道马上该去什么地方把它找回来的。给我过来!看他这副慢慢爬的样子。给我过来!你要帮我进城去买两磅绿色软皂①回来;看,这是买肥皂的钱。但是听着,如果你在四个小时后没有重新回到这里的话,那么艾瑞克大师就要在你的脊背上跳波兰舞②了。

耶　伯　妮乐啊,要在四小时里面走三十公里③,我哪能走得到啊?

---

① 原文是 to Pund grøn sæbe,这种绿皂是一种纯粹以大麻籽油制成的软皂。

② 原文是 Polsk Dantz,指民间的围圈集体舞。在霍尔堡那里,这种舞常常出现在乡村事件的场景中。

③ 原文是"四丹里"。一丹里相当于 7.5 公里。

妮　乐　谁说是让你走着去了？你是个乌龟①啊！你要跑着去呀！我已经把我该说的都说了；现在你想怎么做，就随你便吧。

　　〔妮乐下。

---

①　这里的表面意思只是普通骂人的话。但在第二场，我们则能够知道妮乐出轨与教堂执事私通。

第三场

耶　伯（一个人）　现在，这母猪回屋里去吃早饭了。我这可怜的人啊，要走三十公里路，而且没有什么吃的喝的。难道还有什么男人会像我这样，有这么一个该死的老婆？我真觉得，她就是魔鬼的表姐妹。这村里的人都说，耶伯喝酒。但他们倒是不说，为什么耶伯喝酒。因为，我充军[①]十年所挨的打加起来都比不上这恶女人一天打我的这么狠，这么多次数。她

[①] 这句原意应当是"从军"，即丹麦语本应是 under Malitsen，但在剧本中是 under Malicien，这个词组直译是"在恶意之下"，就是说，耶伯把 Milits（民兵，带定冠词的形式是 Malitsien）与 Malice（恶意，带定冠词的形式是 Malicien）混淆起来，所以译者将之写成"充军"。农民在军队服兵役，在过去的军队中体罚是很普遍的。

从1701年起，地主们要根据地产大小提供一定数量的年轻农民作为新成立的国土军队的兵丁。他们的军事训练由每星期天两小时训练加上一场一年一度的由一个中尉和一个下士带领的团队操练构成。这在当时是一种后备军力，所以在和平时期，农丁只需参与这些训练和操练，但是在1709—1721年间的北欧大战（Store Nordiske Krig）中作战军团则通过从国土军队中征取兵丁来得到扩充。在第六场中，我们能够知道，耶伯是以这样的方式参战的。可能正是因此，耶伯在军中当兵十年，尽管正常的兵役只是六年。

打我，地保逼着我像牲口一样地干活，教堂执事[1]把我当乌龟。难道我不该喝酒吗？这是大自然赋予我的消愁工具，难道我不该使用这工具吗？如果我是一个傻瓜，那么我就不会把这些事情太当一回事，那么，我也就不会喝酒。然而，我是一个聪明人，这很关键，因此我对这方面的事情比别人敏感得多，所以我就不得不喝酒。

我邻居蒙斯·克里斯蒂安森，因为他是我的好朋友，所以他对我说："你是大肚子里进鬼了。[2]耶伯，你可得还手回击啊，这样你老婆就会老实了。"但是，有三个原因让我不能还手。首先，因为我没有勇气。其次是因为挂在床后面那根该死的艾瑞克大师，我的脊背是一想到它就禁不住要哭啊！第三则是因为，不是我自夸，我可是个心地善良的人，一个从来不思报复的好基督徒，甚至那一再给我戴绿帽子的教堂执事，我也不想报复他。我另外还在他的三个神圣礼拜日[3]给他捐钱。相反，他倒是一点也不厚道，这一年里就只请我喝过一杯啤酒。去年他还对我说了很刻薄的话，再也没有什么说法比这话更伤我心了。我对他说，甚至一头从来不怕人的野牛看见我也会害怕。结果他回答说："你难道不明白，耶伯？这牛看见你有着比它自己的角还更大的角[4]，所以它觉得去同

---

[1] 原文是 Degnen，一个教会的职位。教堂执事是教堂里牧师的助理，同时（尤其是在农村）又担任学校教师。

[2] 丹麦俗语，意思和"见鬼了"差不多。

[3] 即圣诞节、复活节和降灵节。

[4] 旧时丹麦的说法，乌龟额头上有角，是作为其耻辱的标志。

一个比自己更厉害的对手斗角是不明智的。"好心人啊,我请你们作见证:这样的话是不是会刺痛一个老实人的骨髓。①

尽管事情是这样,我可还是厚道人,我从来就没有让我老婆死掉的愿望。恰恰相反,去年她生黄疸病躺在床上,我当时的愿望就是她能够活下来。因为,在地狱里已经挤满了坏女人②,说不定魔鬼实在没办法就要把她送回来,那样一来,她就会变得比本来的她更坏。不过,如果教堂执事死了的话,我倒是会很高兴,既是为我自己的缘故,也为别人的缘故,因为,除了害我,他没对我做过别的事,而且他对教民们来说一点用处都没有。他是个无知的家伙③,因为他连最基本的调子都唱不准,更不用说用模子铸出一支像样的蜡烛了。唉,但他的前任克里斯朵夫倒是另一种类型的人;在当年,他有着这样一种声音,唱出的信约圣诗简直把十二个教堂执事全都盖过了④。有一次我与教堂执事争执起来,当时妮乐自己也在那里听见他骂我是乌龟。我说,鬼才是你的乌

---

① 这句话耶伯是朝着剧场观众说的。

② 这一笑话来自《意大利剧目单》(*Gherardis Le Théâtre Italien* [1694–1700])中的法国喜剧 *La Matrone d'Ephese ou Arlequin Grapignan*,作者 Anne Mauduit de Fatouville,1682年。

③ 直译应当是"没有接受过学校教育的家伙"(en ulærd Dievel)。一个教堂执事是应当有大学学历的,但是在事实上,许多任教堂执事的人没有大学学历。耶伯强调这一点,他觉得一个教堂执事学到的技能应当有:唱歌和铸蜡烛。在唱圣诗的时候,教堂执事往往是领唱。为教堂铸蜡烛也是教堂执事的工作之一。

④ 对此的解释可以是,他作为主唱,在唱路德所写的赞美诗"我们信,我们都信上帝"时,可以保持"我们"这个词的声音持续得比另外十二位教堂执事更久。

龟①，教堂执事！但结果呢？艾瑞克大师马上就从墙上跑下来阻止这争吵，我的脊背就被我老婆暴打了一顿。这样，我不得不请求教堂执事原谅，还要感谢他，因为他作为学识渊博的人为我家带来这荣幸②。从那时起，我就再也没有想过要作什么反抗了。

是啊是啊！蒙斯·克里斯蒂安森，你，还有别的农夫们，既然你们的老婆没有在床后面挂着一根艾瑞克大师，你们当然完全可以这样说话。如果说我在世上有什么愿望的话，那么我就想要请求，要么我老婆没有手臂，要么我没有脊背，至于她想要怎么使用嘴巴来数落，那倒是可以尽管随意。

等一下。我在路上必须到鞋匠雅克布那里去拐个弯，他肯定会赊给我一斯基令的烧酒。我得弄一点什么来解解渴了。哎！鞋匠雅克布！你起床了没有？开门啊，雅克布！

---

① 即"我才他妈不会被你弄成乌龟呢"。
② 指教堂执事和耶伯的老婆睡觉。

第四场

雅克布、耶伯

[鞋匠雅克布只穿着衬衫①。

雅克布　见鬼了,是什么人,这么早就想要进来?
耶　伯　早上好啊,雅克布师傅!
雅克布　谢谢。耶伯,你今天这么早就起身了!
耶　伯　给我打一斯基令的烧酒,雅克布!
雅克布　没问题。给我你的一斯基令!
耶　伯　明天,等我再来的时候,我就能把钱给你。
雅克布　鞋匠雅克布,概不赊欠。我知道,你要拿出个一二斯基令来付账是绝对没问题的。
耶　伯　我可以发誓,我真的没有钱,除了我老婆给我去城里买东西的那点。
雅克布　我知道你有本事讨价还价,这样,你就能够从买东西的钱里省出个两斯基令什么的。你要去干什么?

---

① 即他不是能够接待客人的状态。

耶　伯　要买两磅绿肥皂。

雅克布　咳，难道你不会说每磅你都多给了一二斯基令？

耶　伯　就怕我老婆知道了这是怎么回事，那我就倒霉了。

雅克布　胡说！她怎么会知道？难道你不会发誓说你花完了所有钱？你真是蠢得像头驴。

耶　伯　这倒也是，雅克布，我真是该这么做。

雅克布　拿你的钱出来！

耶　伯　这里，拿去！但你得找我一斯基令。

雅克布　（拿酒杯进来。自己尝一口①）祝你健康。耶伯。

耶　伯　你这一大口喝的，这可是我的酒啊。你这个骗子。

雅克布　别这么说。你知道，这是很正常的习俗：店主要为了祝客人们健康而喝一点。

耶　伯　这我知道。但让那第一个想出这种习俗来的人见鬼去吧。祝你健康，雅克布！

雅克布　谢谢，耶伯！你得再喝上一斯基令的酒，没有可找你的钱，除非等你下次来的时候，我让你喝上一杯补偿你的烈酒。因为我发誓确实没有任何零钱可找了。

耶　伯　这，我可不干！如果要花这钱，那么就应当马上花掉，花在那能够让我感觉有什么落进我肚子里的东西上。但是，如果你再从我杯子里喝的话，那我就不付账了。

雅克布　祝你健康，耶伯！

---

①　雅克布喝了自己为耶伯倒的酒。在当时，酒馆老板这样尝一口客人的酒是很普遍的事情。

耶　伯　上帝保佑我们的朋友，让我们所有的敌人都去见鬼吧。这酒让我的肚子舒畅。咳，咳！
雅克布　一路顺风，耶伯！
耶　伯　谢谢，鞋匠雅克布！

第五场

耶　伯（一个人。感到很高兴并开始唱歌）

　　一只白色的母鸡和一只有花斑的母鸡
　　它们与一只公鸡斗，等等①。

　　唉，但愿我敢再喝上一斯基令的酒！唉，但愿我敢再喝上一斯基令的酒！我想我该去喝这一杯。不，这是会闯祸的。如果我能够让酒馆从我的眼中消失，那我就不会有什么麻烦了。但是，就仿佛是有什么人在拉着我。我得再回到酒馆里去。不不不。你在干什么，耶伯？我简直就看得见妮乐手里拿着艾瑞克大师挡在我面前。我得重新转身，回到路上去。

　　唉，但愿我敢再喝上一斯基令的酒！我的肚子说，你该去喝，我的脊背说，你不要。我该和谁争辩？难道我的肚子不是比我的脊背更重要吗？我认为当然是肚子更重要。我该

---

① 霍尔堡用"等等"来省略掉后面的词，想来这喝酒的小调在当时的丹麦是许多人都会唱的。

敲门吗？喂，鞋匠雅克布，出来！但我不禁又想起这该死的女人。她这样打我，如果不打伤脊梁骨，我倒是无所谓，但是，她打起来就像是……唉，愿上帝可怜我这个倒霉的人。我该怎么办？你要有点自制力，耶伯！为一杯不值钱的烈酒而招致大祸，岂不倒霉？不，这次不能这样了，我得赶路。

唉，但愿我敢再喝上只一斯基令的酒！唉，我的灾难是，一旦我尝到了酒的味道，我就走不掉了。走啊，腿！如果你们不走的话，魔鬼就来扯开你们！不走，真是见鬼了，它们就是不愿走。它们想要走回到酒馆里去。我的肢体，身上的各个部分在相互打仗，肚子和腿想要去酒馆，而脊背则想要进城。走啊，你们，你们这些狗！你们这些畜生！你们这些无赖！不，真是见鬼了，它们想要再回酒馆去，我努力让我的两腿离开酒馆，但这比让我的花斑马走出马厩更艰难。

唉，但愿我敢再喝上就只一斯基令的酒！哦，谁知道呢？也许，如果我花足够的功夫去求他，也许鞋匠雅克布会让我赊欠上一二斯基令？喂，雅克布！再来一杯两斯基令的烈酒！

第六场

耶伯、雅克布

雅克布 看,耶伯!你回来了吧?我刚才就在想,你才喝了这么点。两斯基令的烈酒能管什么用,根本就流不到脖子下面。

耶 伯 就是这么回事儿。再给我来两斯基令烈酒。等我喝下了肚子,他当然就会让我赊着,不管他愿意不愿意。

雅克布 这里是两斯基令的烧酒,耶伯,但是,先拿钱来。

耶 伯 在我喝的时候,你总该让我赊着吧,俗话就是这么说的①。

雅克布 俗话要怎么说就怎么说吧,我们才不管呢,耶伯。如果你不先付钱,那么你一口也喝不到。我们规定了概不赊欠,哪怕地保自己来,也不能赊欠。

耶 伯(哭着) 你完全可以让我赊的嘛,我可是一个诚实的人啊。

雅克布 概不赊欠。

耶 伯 这里是你的两斯基令,你个财迷!现在行了吧,我喝,耶

---

① 丹麦有这样的俗语:在一个人喝着一杯啤酒的时候,你可以让他赊欠这杯啤酒。本来人们是用这俗语表达,要等到一个人的犯罪行为完成之后才给他惩罚。但耶伯在这里是活用这俗语。

伯！喔，过瘾。

雅克布　是啊，这下就把肚子烘热了，烘得出一个无赖。

耶　伯　这烧酒最大的优点就是，一个人喝了它以后就会获得这样一种勇气。现在，我就既不会想我老婆也不会想艾瑞克大师，这样，刚才的这杯酒就改变了我。你会唱这歌谣吗，雅克布？

> 小珂尔丝汀和彼得先生他们坐在桌前。
> 彼特嗨呀！
> 他们说脏话嘴里没空闲。
> 波勒迈呀！①
>
> 在夏天快乐的八哥唱歌。
> 彼特嗨呀！
> 愿魔鬼捉走恶婆娘妮乐。
> 波勒迈呀！
>
> 我在绿色的草地上走。
> 彼特嗨呀！

---

① 耶伯这首歌谣是使用丹麦民谣传统中的一些碎片拼凑出来的，并且加上了他自己咒骂的话。这首歌谣共有五段，每段有两个词句，每个词句后跟着一个重复感叹语，在第一个词句后面是"彼特嗨呀"，在第二个后面是"波勒迈呀"（这些重复感叹语没有什么含义，但交换出现，在正面的关联上是"彼特嗨呀"，在负面关联上则是"波勒迈呀"）。这里的第一段纯粹出自民谣。第二到四段则是民谣碎片加上耶伯自己的咒骂，最后一段则纯粹是耶伯的词句了。

教堂执事是刽子手的恶狗。
　　　波勒迈呀!

　　　我骑上我深灰斑纹的马。
　　　彼特嗨呀!
　　　教堂执事是乌龟王八。
　　　波勒迈呀!

　　　如果你想知道我老婆的名字。
　　　彼特嗨呀!
　　　我告诉你她叫不要脸的婊子。
　　　波勒迈呀!

　　　这歌谣是我自己编的,雅克布!
雅克布　你? 不可能。
耶　伯　我可不像你所想的那么傻。我也唱过一支关于鞋匠们的歌谣,是这样的:

　　　鞋匠带着自己的低音提琴和小提琴。
　　　非啦嘣,非啦嘣!

雅克布　唉,你这个傻瓜! 这是关于提琴手的。
耶　伯　是的,你说得对。听我说,雅克布! 再给我两斯基令的烧酒。

雅克布　天哪！我看得出你是一个好人。在我店里花一斯基令什么的毫不吝啬。

耶　伯　哎，雅克布！就给我四斯基令的烧酒吧。

雅克布　好嘞。

耶　伯（又唱）

> 大地喝水，
>
> 大海喝太阳，
>
> 太阳喝大海。
>
> 世间万物都在喝。
>
> 为什么我就不可以
>
> 同样也去喝？①

雅克布　祝你健康，耶伯！

---

① 这段关于"宇宙之渴"的歌谣原本出自一部古典时代晚期的仿阿那克里翁诗集。阿那克里翁（约公元前570—前465年）是古希腊抒情诗人。这部仿阿那克里翁诗集主要是歌咏美酒、欢宴和爱情。其中相关的诗歌是第二十一首：

Ἡ γῆ μέλαινα πίνει,

πίνει δὲ δένδρε' αὐτήν.

πίνει θάλασσα δ' αὔρας,

ὁ δ' ἥλιος θάλασσαν,

τὸν δ' ἥλιον σελήνη.

τί μοι μάχεσθ', ἑταῖροι,

καὐτῷ θέλοντι πίνειν;

（黑色的大地喝，树木们喝它。大海喝空气，太阳喝大海，月亮喝太阳。那么我也喝啊，朋友们，为什么你们要反对？）

耶　伯　Mir zu!（德语：为我的健康喝上一口！）①

雅克布　一大口祝你年年好，喝掉你一半！

耶　伯　Ich tank（低地德语：我谢谢）你，雅克布，喝吧，喝到魔鬼来把你带走，这是你应得的。

雅克布　我听你会讲德语啊，耶伯！

耶　伯　是啊，我在很早以前就会讲，但是一般我不讲，除非我喝醉了。

雅克布　这么说你也是至少一天讲一次德语。

耶　伯　我曾充军②十年啊，你难道不觉得我应当会讲我的各种语言吗？

雅克布　这我当然知道，耶伯，我们不是在同一个连儿队③里待过两年吗。

耶　伯　这倒是的，现在我想起来了。你有一次被处了绞刑，因为你在维斯马④当了逃兵。

雅克布　我本来是要被绞死的，但得到了赦免。好险啊，有很多人就是这么侥幸，就只差这么一点点，最后还是没死。

耶　伯　真是遗憾，你没有被绞死，雅克布。但是，你难道没有参

---

① 这里耶伯说的是德语。并且他是主动邀请雅克布喝他杯子里的酒。

② 耶伯的意思是说他从军十年。在1773年之前丹麦军队中的军令用语都是德语。

③ 雅克布的意思是说"连队"。但是在原文中，他把"连队"（kampagnen）说成了Campanen，所以这里译者把"连队"写成"连儿队"。

④ 在1701—1721年间的北欧大战中，梅克伦堡（现德国北部）的维斯马城在1716年被丹麦军队占领。

加那次响动①吗，你自己知道，就是荒地里的那一次？

雅克布 怎么，在什么地方我不是一起参加的？

耶　伯 我永远都忘记不了瑞典人射出的第一批炭雨②。我想是有三千个人吧，如果我不说是四千人的话，一下子就全倒下了。这真的是可怕，雅克布！Du kanst wol das ihukommen 记得这个（低地德语+本地语：你肯定是记得这个的）。Ich kan nicht 否定（低地德语+本地语：我不能够否定），daß ik 确实害怕 var in dat 战役（低地德语+本地语：我在那场战役中确实害怕）。

雅克布 是啊，是啊！走向死亡是艰难的事情。当一个人走向敌人，他对神会有敬畏，那么虔诚的敬畏。

耶　伯 是的，真是这么一回事。我不知道怎么会是这样，因为在那场战役开始之前，我一整夜就躺着念大卫的《诗磐》③。

雅克布 我真奇怪，你以前也当过兵，现在怎么会让你老婆把你弄成个胆小鬼。

耶　伯 我！如果她现在在这里的话，你试试看，看我不把她揍扁才怪。再来一杯，雅克布！我还剩八斯基令④。喝完了这八斯

---

①　耶伯的意思是说"那次行动"。但是在原文中，他把"行动"（action），即"战役"，说成了"拍卖"（auction），所以这里译者把"行动"写成"响动"。

②　耶伯的意思是说"弹雨"。但是在原文中，他把"弹雨"（salve）说成了"诗篇"（Psalme），所以这里译者把"弹雨"写成"炭雨"。

③　耶伯的意思是说"大卫的《诗篇》"。但是在原文中，他把"诗篇"（Psalter）说成了"盐罐子"（Psaltkar），所以这里译者把"诗篇"写成"诗磐"。

④　这时，耶伯已经喝了两次两斯基令和一次四斯基令的酒。因此，妮乐给他的钱就应当是十六斯基令（也就是说，一马克）。这样，他在这里要了烧酒和啤酒（四斯基令？），而在再后面，他又说还要四斯基令的酒，然后他就不得不赊账喝了。这里钱的数目是对的。但是霍尔堡在这部喜剧的后面则忘了这本账：在第二幕第二场，耶伯说自己喝了十二斯基令；而在第四幕第二场，妮乐也说她给了他十二斯基令。

基令，我就赊账喝。也给我来一大杯啤酒！

In Leipzig（德语：在莱比锡）有一个男人

In Leipzig 有一个男人

In Leipzig 有一个乏味的男人

In Leipzig 有一个乏味的男人

In Leipzig 有一个男人

这男人他 nam（德语动词过去时：娶）了一个女人。等等。①

雅克布　祝你健康，耶伯！

---

① 耶伯所唱是德语丹麦语混在一起的歌谣"在莱比锡有一个男人……在莱比锡有一个乏味的男人……这男人他娶了一个妻子"："In Leipsig var en Mand……In Leipsig var en Læderen Mand……Die Mand han nam en Fru etc."。事实上，耶伯所唱只有几个词是德语：in（在）、Læderen（丹麦语化了的德语"干巴巴、乏味"）、die（阴性定冠词）和 nam（德语动词过去时"娶"）。"男人"所用的定冠词应当是阳性的 der，所以耶伯用 die 是错误的，弄错了阴阳。

"等等"，即霍尔堡是预期了读者知道这首歌接下来的歌词，但在今天却不可能找到它的全本了。

与这歌词相关的有一支德语大学生歌曲，所谓《狐狸之歌》：

Zu Nürnberg war ein Mann

Zu Nürnberg war ein lederner Mann

Sassa lederner Mann

Zu Nürnberg war ein Mann

Der hatte einen Sohn

…

但是在这首《狐狸之歌》中并没有"男人娶妻"的句子。

127

耶　伯　哈！喝啊！喝啊！祝你健康祝我健康祝所有好朋友健康！喝啊，哈！

雅克布　难道你不想祝地保健康？

耶　伯　当然，当然，再给我来四斯基令的。地保是个值得尊敬的人。如果我们在他掌心里塞上一塔勒，他就会向地主大人发出神圣的誓言说我们付不出地租。现在我真的是一斯基令也没有了，如果有的话，我就是无赖。你让我赊上一杯或者两杯两斯基令的烈酒吧。

雅克布　不行，耶伯！你不能再喝了。我可不是那种人，会想让自己的客人在店里喝醉。客人喝得舒服就行，但不能喝更多。我可不想坏了我的生意，坏了生意是最糟糕的事情了。

耶　伯　哎，再来一杯两斯基令的。

雅克布　不，耶伯，现在我不再给你斟了。想一下，你还要走很长一段路。

耶　伯　杂碎，贱货，畜生，恶棍！再见，再——见！

雅克布　再见。一路顺风！

第七场

耶伯(一个人) 唉,耶伯!你是醉得像一只猪头。我的两条腿是不想再支撑我了。你们能不能好好站着,你们这些恶棍?喂,哎!几点钟了?喂,雅克布,狗贼鞋匠!喂!再来两斯基令的!你们能不能好好站着,你们这些懒狗!如果它们停下的话,就让魔鬼来带走我吧。谢谢,鞋匠雅克布!让我们再来一杯。听我说,哥们儿!哪条路是通往城里?停,我说!看!这畜生醉了。你喝酒喝得像个无赖,雅克布!这是值两斯基令的烈酒吗?……你斟酒的时候好像是有点欺诈啊。

〔他在说话的同时,瘫软下来,倒地不起。①

---

① 在雅克布·比得曼的小说《乌托邦》中,故事的开始就是主人公菲利普斯在旅行中看见一个人醉得无法站立,以至于躺在了粪堆上(第三卷第2章)。

第八场[1]

尼鲁斯男爵[2]、男爵秘书、男爵的贴身侍从、两个穿制服的仆从[3]

男　爵　看来今年的收成会很好。看，这大麦的颗粒可真大。

秘　书　是啊，大人。但这意味着今年一桶大麦不会超过五马克[4]。

男　爵　这不是问题。在丰收年，佃农的境况总是会更好一些。

秘　书　我不知道情况会怎样，我的大人！不管是不是丰收年，佃农们总是会来抱怨，想要让我们给他们种子[5]。如果他们有一点盈余，他们只会喝更多。在这附近有一家小酒馆，老板叫作鞋匠雅克布，他在很大程度上帮助了佃农变穷。据说他在啤酒里放盐，这样，他们喝得越多就越渴，越渴就越想喝。

---

① 在《乌托邦》第四卷第 10—11 章中，一些年轻人在当地爵位继承者的带领下发现了喝醉了的农夫，试图把他弄醒，但没有成功，于是他们就决定让他做"一天的国王"。因此他们把他抬进宫殿并为他穿上王公的衣服。

② 当地的领主。

③ 原文中没有交代艾瑞克是谁。简单推测一下应当是制服仆从中的一个。但也可能列表与实际登台人物有出入。

④ 约合人民币八百元。

⑤ 如果是收成不好的荒年，地主就不得不为佃农提供麦种。

男　爵　这样的家伙，我们是应该开革掉的。哦，那在路上躺着的是什么？是一个死人嘛。除了不幸的事故之外，我们听不到什么别的消息。过去看看，那是什么。

仆从甲　那是山上的耶伯，他有一个恶婆娘。嘿，起来，耶伯！不，他醒不过来，我们拍打他，拉他头发，都没有用。

男　爵　让他去吧，我倒是想要和他开开玩笑，同他演一场喜剧[①]。你们通常都是很有想法的，你们现在就不能想出一些什么能够让我消遣一下的节目来？

秘　书　我觉得，如果我们在他的脖颈上挂上纸做的领子[②]，或者剪掉他的头发，这会很好玩。

贴身侍从　我觉得，如果我们用墨水涂抹他的脸，然后派人去看，在他带着这副样子回家的时候，他老婆会怎么待他，我觉得这会更好玩。

男　爵　这挺好。但是，我们是不是要赌一下，艾瑞克会想出更好玩的点子？说一下你的想法吧，艾瑞克。

仆从艾瑞克　我觉得我们应当把他脱光，让他躺在大人最好的床上，明天早上，在他醒来的时候，我们全都这样待他：让他觉得自己是府邸的主人。这样他就不知道自己是怎么一回事，搞不清楚前因后果了。在我们让他有了各种"他自己就是男爵"的想法之后，再让他喝醉，让他醉得就像现在一样，然

[①] 在这里是指玩闹，但同时也蕴含了一种指向这部喜剧本身的"自指"（meta-reference）。

[②] "纸做的领子"是小丑的标志。

后给他穿上他自己的旧衣服、让他躺在这同一堆粪肥上。如果这样的一个过程在周密考虑之后得以实施的话，就会有一种奇妙的效果。这样一来，他要么会自以为是在梦中达到了这样一种极乐，要么就会以为自己确实是到过了天堂。

男　爵　艾瑞克，你真是个伟大的人，所以你总是会有伟大的想法。但是，如果现在我们不小心把他给弄醒了的话，那该怎么办呢？

艾瑞克　我能够肯定，他不会醒来，我的大人，因为这个"山上的耶伯"是这整个地区最能睡的睡虫之一。去年曾经有人尝试着在他的脖子后面挂上一支火箭，但是后来火箭被点响了，他却没有因此而被从睡梦中惊醒。

男　爵　我们就这么做。马上把他拖走，给他穿上精美的衬衣，让他躺到我最好的床上。

第二幕①

第一场

［耶伯躺在男爵的床上，一旁的椅子上挂着一条金丝织的丝绸长裙袍。他醒来，擦着自己的眼睛，向四周看，变得惊恐不安，再擦自己的眼睛，抱住自己的脑袋，发现自己的手在头上抓到一顶金丝绣边的睡帽。他用唾沫抹上自己的眼睛，再擦，把睡帽翻过来审视，看自己精美的衬衫，看裙袍②，看所有东西，脸上做出古怪的鬼脸。很轻的音乐开始奏起，耶伯合起两手并哭泣。音乐结束后，他开始说话——

耶 伯　哎，这是怎么一回事啊？这是什么样的豪华呀？我怎么会

---

① 这一幕的情节与《乌托邦》第四卷第30—44章中的情节基本相同。
② 在那个时代，对于上层社会和市民阶层，裙袍是很普遍的居家便衣，但在农民阶层则很少见。

在这里?我在做梦吗,还是醒着?我当然是醒着的。我老婆在哪儿呢,我的孩子们在哪儿呢,我的房子在哪里,耶伯在哪里?一切都被改变了,我自己也被改变了。哎,这是怎么回事?这到底是怎么一回事?

(轻声而胆怯地叫着)妮乐!妮乐!妮乐!我想我是到了天堂里了,妮乐,这根本就不是我所应得的。但这是我吗?我想,这是我。然后我想,这不是我。我感觉我的脊背。脊背仍然疼痛,上一次被打之后留下的痛楚。我听见自己在说话,我用自己的舌头顶进我的牙洞,我觉得这是我自己。但是反过来,看我这睡帽,看我这衬衫,看我眼前所有这些华丽的东西,听着这美妙的音乐,如果我能够让我的脑袋觉得这是我自己的话,那就真是魔鬼把我给撕裂开了。不,这不是我。如果这是我的话,那我真的要发誓一千次说自己是个无赖了。

可是,难道我不是在做梦吗?我觉得不是。我试着掐一下我的手臂。如果不疼的话,那我就是在做梦;如果疼,那我就不是在做梦。我是感觉到疼的,我醒着。确实我是醒着的,没有人能够来反驳我。因为,如果我不是醒着的话,那么我就不能够……但是,如果我认真地想一下的话,我又怎么会是醒着的呢?我是山上的耶伯,这是绝不会错的,我当然知道,我是一个贫农,一个奴隶[①],一个穷光蛋,一个乌龟,

---

[①] 一方面指耶伯作为农民被捆绑在自己租的地里辛劳,一方面也是指耶伯觉得自己是妻子妮乐的奴隶。

一只饿坏了的虱子,一条蛆虫,一个小民。我怎么一下子就会是一座宫殿里的皇帝和主人?不,这只会是一场梦。所以说,我最好是要有耐性,直到我醒来。

(音乐重新开始,耶伯再次哭泣)唉,难道一个人能够在睡梦里听得见这样的东西吗?这岂非是不可能?但如果这是一场梦的话,那就愿我永远都不会醒来,如果我发疯了的话,那么,那么但愿我永远都不会再变得正常;如果有什么医生要治好我,那我就要控告他;如果有人唤醒我,我就要诅咒他。但我既没有做梦也没有发疯,因为我能够记得我所经历的一切。我记得我过世了的父亲,我的祖父山上的耶伯;我的老婆名字叫妮乐;她的鞭子是艾瑞克大师;我的儿子是汉斯、克里斯多夫和尼尔斯。

但是看!现在,我明白了这是怎么一回事;这是来生,这是天堂,这是在天国里。看来死亡也并不像人们所以为的那样,是什么难熬的事情,因为我对这死亡什么感觉都没有。现在,就在此刻,也许耶斯贝尔先生①就站在布道台前为我宣读葬礼讲演,并且说:"山上的耶伯最终得到一个这样的结果,他活着是一个士兵,死了还是一个士兵。"人们会讨论我是死在陆地上还是死在水里,因为在我离开这个世界的时候,身上相当湿。唉,耶伯!走三十公里进城买肥皂,睡在麦秸堆

---

① 在前面妮乐的独白中,牧师的名字叫保罗先生,而这里则是耶斯贝尔先生。霍尔堡的喜剧常常有着这样的前后不一致。

里①,被你的老婆打,被教堂执事戴绿帽子,与所有这些相比,这是多么不同的事情啊。你所有艰难痛苦的日子都被改变了,这是怎样的极乐至福啊!唉,我这是喜极而泣,尤其是因为我想着,这不是我应得的,但却发生在我身上。

但是,有一件事老在我脑子里去除不掉,这就是,我是那么渴,渴得双唇黏在了一起。如果我想要重新起死回生的话,那也仅仅只是为了得到一大杯啤酒来浇浇渴,因为,如果我要重新渴死的话,所有这些赏心悦目的美好又会有什么用呢?我记得牧师总是说,在天堂里,一个人既不饿也不渴,而且人们也会在那里找到自己所有死去的朋友。但是,我准备好了让自己渴昏过去,我完全是一个人,我可是什么人都看不见。我至少该找到我爷爷,他是这样一个正直的人,去世的时候不欠领主老爷任何账②。我知道,有许多人活得和我一样守本分。为什么我会一个人进天国?因此,这不可能是天国。那么这会是什么呢?我没有睡着,我不是醒着的,我没有死去,我不是活着的,我没有发疯,我也不是头脑清醒的,我是山上的耶伯,我不是山上的耶伯,我是穷的,我是富的,我是可怜的佃农,我是皇帝。嗷,嗷,嗷!救命啊,救命,救命啊!

〔在这大声叫喊之中一些人进来,但却是躲在那里看他在做些什么。

---

① 耶伯想着自己家里的床。农民的床像匣子一样,里面装满麦秸,再在麦秸上铺褥子和一些床单。

② 即从来不拖欠地租。

第二场

男爵的贴身侍从、一个穿制服的仆从、耶伯

贴身侍从 愿大人早上好，心情愉快。如果大人要起床，裙袍就在这里。艾瑞克，出去拿毛巾和水盆！

耶　伯 啊，尊敬的侍从先生，我很想起床，但我请求你们，不要伤害我。

贴身侍从 上帝保佑，我们绝不会伤害大人！

耶　伯 啊，在你们杀我之前，能不能满足我的一个愿望，告诉我，我是谁？

贴身侍从 大人不知道自己是谁？

耶　伯 昨天我是山上的耶伯，但是今天……唉，我真不知道我该说什么。

贴身侍从 我们很高兴大人今天心情这么好，屈尊同我们开玩笑。但上帝保佑我们，为什么大人哭了？

耶　伯 我不是你们的大人，我可以对着上帝发誓，我不是，因为根据我所能够记得的，我是山上的耶伯·尼尔森，男爵的一个佃农。你们能不能去把我妻子找来，然后你们就能听她说。但让她不要带艾瑞克大师。

艾瑞克 奇怪，这是怎么回事？大人大概还没有醒，因为大人平时可不这么开玩笑。

耶　伯 我是不是醒着，我没法说；但是，我知道这个，而且我能够说，我是男爵的一个佃户，名叫山上的耶伯。我这一辈子，从来就不曾是男爵或者伯爵什么的。

贴身侍从 艾瑞克，这会是怎么回事？我怕大人是得了什么病。

艾瑞克 我看他是睡着了，因为，有一些人，尽管他们起床、穿衣、说话、吃饭和喝水，但却仍是在睡梦里。

贴身侍从 不，艾瑞克。我觉得大人是因为一种病而有了幻觉，马上去找两个 doctores（拉丁语：医生）……唉，大人，大人不应当有这种想法！现在这样，大人是让全家人都害怕呀。难道大人不认识我了吗？

耶　伯 我连自己都不认识。怎么会认识你们呢？

贴身侍从 唉，这怎么可能，我居然从我的大人嘴里听到这话，还看见他有着这样的状态？唉，倒霉的男爵府啊，居然遭此不幸！难道大人不记得昨天他骑马出去打猎的时候所做的事情了吗？

耶　伯 我可是从不曾私自去抓过什么或者说偷猎[①]，因为我知道，这样的事情，如果被抓住了的话，会被送去布莱门霍尔姆船厂强制劳动[②]。没有人能够证明我曾在大人的领地里捕猎过，

---

① 耶伯这样说是因为在霍尔堡的时代，狩猎是王公贵族们的特权，直到1851年狩猎法在丹麦颁布，这项特权才被取消。

② 即作为惩罚，罪犯会被送往哥本哈根的布莱门霍尔姆船厂（丹麦海军舰队的船厂）强制劳动。根据克里斯蒂安五世的丹麦法律（5-10-31），对偷猎者确实有这样的惩罚。

哪怕是一只野兔子。

贴身侍从　啊，我的上帝！我昨天可是自己随着大人一起去狩猎的呀。

耶　伯　昨天我坐在鞋匠雅克布那里，喝了十二斯基令①的烈酒。我怎么可能去打猎？

贴身侍从　啊，我跪在自己赤裸的膝盖上请求大人不要再这样说。艾瑞克，去找了医生了吗？

艾瑞克　是的，他们马上来。

贴身侍从　让我们为大人穿上裙袍。因为，如果他到外面走走的话，也许就会感觉好一点。大人，请穿上裙袍，可以吗？

耶　伯　好啊，我很愿意。只要你们不杀了我，要让我做什么都行，因为我是无辜的，就像在母亲子宫里的孩子那么无辜。

---

① 见前面的相关注释。按累计计算结果看，应当是十六斯基令。

第三场

两个医生、耶伯、男爵的贴身侍从、
一个穿制服的仆从、艾瑞克

医生甲 我们很痛苦地得知大人身体不舒服。

贴身侍从 唉,是啊,医生先生!他情况很糟。

医生乙 您感觉如何,我的大人?

耶 伯 相当不错!只是因为昨天我在鞋匠雅克布那里喝了烧酒,所以有点渴。你们能不能给我一大杯啤酒,让我走,然后就让你们和所有的医生一起全都被吊死吧,因为我不需要任何药。

医生甲 我说这是纯粹的幻觉,同行先生!

医生乙 越是严重,发作的时间就越快。让我们搭一下大人的脉搏。Quid tibi videtur, domine frater?(拉丁语:怪哉怪哉,吾兄之意何如?)[1]

医生甲 我认为应当马上为他放血[2]。

---

[1] 即"你怎么看,兄弟先生?"。

[2] 放血,就是通过放出一定量的血来治疗疾病或者疯狂。这种疗法在18世纪的欧洲很普遍,几乎被用于一切病症,其依据是:"病邪的东西"应当从身体之中驱排出来。通常放血的是理发师,在那个时代,理发师常常也被视作可以进行外科手术的人。

医生乙　我可不这么想，因为，这样一种奇怪的虚弱状态必须以另一种方式来治疗。大人有过一场荒诞古怪的梦，这梦使血流得厉害，并且使大脑糊涂，这样，他就以为自己是一个佃农。我们要设法让大人在自己平时最喜欢做的事情中得到消遣，给他喝他最喜欢喝的酒，给他吃他最喜欢吃的东西，并且为他演奏那些他喜欢听的音乐。

　　[一段欢快的曲子奏起。

贴身侍从　这可是大人平生最喜欢的音乐，是不是？

耶　伯　完全有可能。在这庄园里总是有着这样的娱乐吗？

贴身侍从　经常是这样，只要大人喜欢，因为大人支付我们全部费用和工钱。

耶　伯　但是很奇怪，我记不得自己以前曾做过的事情了。

医生甲[①]　这病有这样的症状，大人，病人会忘记自己以前所做的一切，我记得一些年前，我的一个邻居因为喝烈酒喝糊涂了，以至于他在两天的时间里一直以为自己没有脑袋。

耶　伯　我真希望地区法官[②]克里斯多弗也会这样，但他必定是有一种相反的病，因为他以为自己有一个大脑袋，其实他什么

---

① 后来有不少的丹麦语版本把这个地方改为"第二个医生"，亦即"医生乙"，因为在耶伯打断了这段话之后，是"医生乙"接着说下去——"……但我还是继续说下去……"。但是我们也不能够排除医生甲开始讲故事，然后被打断，医生乙又接着继续的可能性。一些迹象表明，事实上剧本的思路是两个医生要交替着说话，因为在这场的开始，"医生"有着编码（带着"甲乙"），到后来则变成了没有编码的缩写（Doct:）——"医生"（不带"甲乙"），不再明确区分是有一个还是多个医生。

② 在霍尔堡的时代担任地区法官的人们常常是没有接受过什么教育的人。

都不知道，在他的判决书里我们看得出这点。

［他们全都为此而大笑：哈哈哈！

医生乙 听大人说笑话真是一件愉快的事。但我还是继续说下去：那人在城里到处走，向人打听有没有发现他所丢失的头。但是幸好他后来恢复了健康，现在他在日德兰，在教堂里做管事的①。

耶　伯 他当然能恢复健康，哪怕他再也没有找到自己的脑袋。

［他们全都大笑：哈哈哈！

医生甲 哎，我的同行先生，您记不记得十年前的那个故事，那人以为自己脑袋里全是苍蝇，他就是改变不了自己这想法，别人怎样对他说都没用，直到一个聪明的医生以这样的方式治好他病：医生在他头上贴了一片膏药，上面粘满了死苍蝇，过一会儿，把膏药揭下来给他看上面的死苍蝇，于是这病人就以为这些苍蝇都被抽吸了出来，从此就恢复了正常。

我也曾听说过关于另一个人，在发烧了很久之后突然有了一种想法，觉得如果他撒尿的话，洪水就会在全国泛滥。没有人能够让他打消这个念头，因为他说他准备好了打算为公益而死。他是被这样治好的：人们给他送去一个消息，说这消息来自司令官，消息说这座城被敌人围困，大家都很害怕，因为护城壕里没有水，他想用水灌满护城河阻止敌人进城。这样，病人就很高兴自己能做出一举两得的行为，既是为祖国又是为自己做了好事，而这样一来，他就既排泄了尿

---

① 在《乌托邦》中不是"在教堂里做管事的"，而是"在市议会里做议员"。

液,又祛除了病症。

医生乙 我可以另外给出一个例子,这故事发生在德国。有一次,一个贵族住进一家酒馆,在他吃完饭想要睡觉的时候,他把自己平时戴在脖子上的金项链挂在客房的墙上。老板对此特别留心了,送他上床睡觉并对他说晚安。在感觉到这贵族已经睡着了之后,老板悄悄溜进房间,从金项链上取下六十节,又把它挂回墙上。第二天早上客人起床,为马装上马鞍,穿上自己的外套。但是在他要在脖子上戴上自己的金项链的时候,他感觉这项链在长度上少了一半,于是就开始叫喊说自己遭窃了。那位站在门外一边偷看一边等待着的老板马上跑进来,作出一副极受惊吓的样子,叫喊着:"啊,多么可怕的变化!"在客人问他为什么有这样的反应时,他说:"啊,我的大人,您的头变得比昨天大了一倍。"然后他抬出一面变形的镜子,那种让各种各样东西在镜像之中放大一倍的镜子。然后,这贵族在镜子里看见自己的头是如此之大,就痛哭起来,并且说:"唉,现在我知道为什么我的项链会变得这么短。"然后他跨上自己的马,用斗篷裹起自己的头,这样,一路上就不会有人看见他的头。有人说,自那之后很多天他都一直闭门不出,他无法摆脱各种怪念头,以为那不是项链太短,而是头太大。

医生甲 这样的幻觉有着无数例子。我也记得有人对我说过,一个人幻想自己的鼻子有十尺[①]长,他警告所有遇上他的人不要离他太近。

[①] 一"丹麦尺"相当于31厘米。

医生乙　Domine Frater（拉丁语：吾兄君）[①]肯定听说过一个人幻想自己死了的故事吧？一个年轻人突然有了个古怪的念头，觉得自己死了。因此他自己躺进一口棺材，不吃不喝。他的朋友们尽可能让他明白他的行为是痴愚的，并且使用一切方式来让他吃东西，但都没用，因为他只是以大笑来否决他们，声称吃喝是违背一个已死之人的所有规则的。最后，一个经验丰富的医界人士以一种奇妙的方式治好了他：他让一个仆人也假装死掉，让他和病人躺在同一个地方。两个人先是在一起躺了很久，相互看着对方。在一段时间之后，病人开始问另一个人他在这里干什么，他回答说他死了。然后他们开始相互问起他们是怎么死的，两个人都作出了详细的描述。然后，一些被指示好了该怎么做的人进来，为后者带来了他的晚餐，他就从棺材里坐起来吃了很好的一顿餐，并且对病人说："你是不是马上也该吃饭了。"病人对此感到奇怪，问，一个死人吃东西是不是得体，得到的回答是，如果他还不吃饭的话，他就不能够再处于死亡状态。因此他就先让自己相信这后来的人并与他一同吃饭，然后睡觉，起床，穿衣服，事实上他模仿另一个人所做的一切，直到他重新恢复活力并且头脑变得清醒。我能够给出无数这样的幻觉的例子。这次我们仁慈的大人幻想自己是个穷佃农，也是这样的情形。但是大人必须把这些想法从脑子里驱逐出去，然后马上就会重新清醒过来。

[①]　即"兄弟先生"。

耶　伯　但是，难道这会是可能的，难道这会是幻觉？

医　生[①]　是的！大人已经听到了这些故事，知道幻觉能够造成的后果。

耶　伯　难道我不是山上的耶伯吗？

医　生　不，当然不是。

耶　伯　难道恶毒的妮乐不是我老婆？

医　生　绝对不是，因为大人是鳏夫。

耶　伯　她有一根鞭子，名字叫作艾瑞克大师，难道这也是纯粹的幻觉？

医　生　纯粹的幻觉。

耶　伯　我要去城里买肥皂，难道也不是真的？

医　生　不是真的。

耶　伯　我在鞋匠雅克布那里喝酒，把钱都喝光了，也不是真的？

贴身侍从　不是，昨天一整天大人都和我们在一起打猎。

耶　伯　我也不是乌龟？

贴身侍从　当然不是，夫人已经过世多年了。

耶　伯　哦，我已经开始明白了，我真是犯傻了！我不再去想那个佃农了，因为我能够感觉到，一场梦把我带进了幻觉。真奇怪，一个人居然会掉进这样古怪的想法里。

贴身侍从　大人要不要在花园里散步，我们去弄早饭？

耶　伯　好的，但是要快，因为我实在是又饿又渴。

---

① 这里在原文中是缩写的 Doct:，不再明确区分是一个还是多个医生。因此在这里有两种可能，可以是两个医生继续交替地说话，也可以是两个医生一起说。

第三幕①

第一场

〔耶伯和自己的随从们一同从花园走进来。一张小桌被铺设好了。

耶 伯 哈哈,看,餐桌都摆设好了。
贴身侍从 是啊,一切都弄好了。请大人入座。
〔耶伯坐下。其他人站在桌前,并且因他没修养的行为而发笑:他把五指都插进碟子,在桌上打嗝,用手指擤鼻涕然后擦在衣服上。
贴身侍从 大人想要喝什么样的酒?
耶 伯 你们自己可是知道的,我通常在早上喝什么酒。

---

① 与第一幕类似,第三幕开始与结尾的情节是建立在《乌托邦》的故事上的,但霍尔堡进行了扩展,在这幕中反映出了第一幕中的一些主题,并对之进行了展开。

贴身侍从　有莱茵河红酒,这是大人通常最喜欢喝的。如果大人不喜欢,我们马上为大人换另一种酒。

耶　伯　这酒味道太酸。你们可以在里面加一些蜂蜜烈酒,然后就会很好,因为我很喜欢甜的。

贴身侍从　这里是加那利酒①,如果大人要尝一下它的话。

耶　伯　这是很好的酒。大家一起干杯啊②!

　　　〔他每喝一口,喇叭就吹一次。

　　　嗨,小伙子们,打起精神啊!再来一杯假奶粒酒③,你们明白了吗?你手上戴的戒指,你是从什么地方弄来的?

秘　书　这是大人自己送给我的。

耶　伯　这个,我记不得。还给我吧,我肯定是在喝醉了酒之后给你的。这样的戒指,一般人是不会拿它送人的。我要检查一下,你们都曾得到过一些什么别的东西。除了费用和工钱,仆人们不应当有什么别的东西。我发誓,我根本就不记得我在什么时候特别地赠送过你们一些什么东西,因为,我为什么要送东西给你们?这戒指值十几塔勒④。啊……,你们这些好小子们,不能这样,不能这样,你们可不能利用你们主人

---

① 出产于加那利群岛的甜酒。这里所谈的也许是一种雪梨酿的烈酒。

② 也有后来的出版者(如 Boye)认为这里的丹麦文稿有笔误,在自己的版本中将这里改为"干杯,为所有人的健康!"。

③ 原文中耶伯把"加那利"(Canari)说成"恶棍"(Carnalie),所以译者在这里写成"假奶粒"。

④ 约合人民币一万多元。所以相对于一枚戒指的价钱而言,十几塔勒还是太少,这就是说,耶伯根本不知道上层社会是怎么一回事。

的脆弱和昏醉来为你们自己谋利啊。在我喝醉酒的时候,我可以给人一切,乃至我的裤衩;但是,在我一觉睡醒后,我不再昏醉了,我就把我送给别人的东西都要回来。否则的话,我老婆妮乐就会给我带来灾难。可是,我说了什么了?现在我又落回到我的疯狂想法之中记不得自己是谁了。再给我一杯假奶粒。干杯,和刚才一样,为所有人的健康,干杯!

[喇叭又吹响。

听我说,小子们!我想从此以后你们要明白这个规定:我在晚上喝醉之后送出的东西,你们必须在第二天早上送回来①。如果仆人得到了比他们能吃掉的量更多的东西,他们就会骄傲得目中没有主人。你的工资是多少?

秘　书　大人此前一直是给二百塔勒一年。

耶　伯　见鬼,从现在起,你不可以再拿二百塔勒一年的工钱了!拿着二百塔勒,你做了些什么?我不得不自己像牲口一样,从早上到晚上一直站在仓房里,几乎不能够……看,现在我又落进该死的佃农幻觉里了!再给我一杯红酒。

[他又喝,喇叭又吹响。

二百塔勒!这可是在剥你们领主的皮啊。听着,你们知道吗,你们这些好小子们?在我吃完饭之后,心里就想着在院子里把你们中的一半人吊死。你们要知道,在钱财方面我

---

① 霍尔堡在自己所写的法学书《自然法与人民法》中讨论并得出结论:一个人在喝醉了之后许下的诺言不应当是有效的。

148

可不是一个可以开玩笑的人。

贴身侍从 我们会把大人赏赐的一切交还给大人。

耶 伯 是呀,是呀!大人,大人!这年头,各种恭维和吻手礼太不值钱了。你们想要用"大人"来谄媚我,直到你们偷走了所有钱,然后你们成为我的大人。现在,你们嘴里可能是在说"大人",心里可是在说"傻瓜"。你们不说你们的真心话,小子们!你们这些仆人啊,就像押尼珥,跑来对罗兰说,"致敬啊,我的兄弟!"却同时把匕首刺进他的心脏。[①] 放心吧,我耶伯可不是什么傻瓜。

[除耶伯外的其他人全都跪下请求宽恕。

耶 伯 站起来吧,小子们,现在就这样,一直到我吃完饭!然后我会根据情况来看,谁应当被吊死,谁不应当被吊死。现在你们设法让我高兴就行。

---

① 在《圣经·旧约》的《撒母耳记下》中有"押尼珥回到希伯仑,约押领他到城门中间,要与他私下交谈,就在那里刺穿了他的肚腹"。(3:27)以及"约押对亚玛撒说:'我的弟兄,你平安吗?'他就用右手抓住亚玛撒的胡子,要亲吻他。亚玛撒没有防备约押手里拿着的刀;约押用刀刺入他的肚腹,他的肠子流在地上,约押没有再刺,他就死了"。(20:9—10)。而罗兰则是公元 800 年前后卡尔大帝传说中的英雄之一,后来罗兰的业绩被写入 12 世纪的法语《罗兰之歌》和 15 世纪丹麦语《卡尔大帝纪》中。这里,耶伯把许多不同故事里的东西混在了一起。

第二场

耶伯、男爵的贴身侍从、地保、秘书

耶　伯　我的地保在哪里?

贴身侍从　他在这里。就在门外。

耶　伯　让他马上进来。

地　保（穿着一件银扣子的袍子，束着佩剑腰带）　大人有什么命令吗?

耶　伯　除了你应当被绞死之外没有什么别的命令。

地　保　我可是没有做什么坏事啊，大人！为什么我要被绞死?

耶　伯　难道你不是地保?

地　保　是的，我是地保，大人！

耶　伯　你倒还问，你为什么要被绞死?

地　保　我可是勤勤恳恳地为大人做事，我一直努力尽职，大人也一直表扬我说比别的仆人更好。

耶　伯　是的，你确实是很尽职，可以从你的银扣子上看得出来。你的年薪是多少?

地　保　五十塔勒①一年。

耶　伯　（漫不经心的前后踱步）　五十塔勒吗？是的，你应当马上被绞死！

地　保　这可是最低的了，大人，一年的辛苦工作啊。

耶　伯　正是因为你一年只有五十塔勒。你有钱穿银扣子大衣，有钱戴花边袖饰，有钱戴背后头发里的丝袋②，并且一年只有五十塔勒。你这个可怜的穷人，如果你不是在我这里偷盗的话，你的钱又是从哪里来的？

地　保　（跪下）啊，仁慈的大人！不要啊，请看在我可怜的妻子和还没长大的孩子的份上宽恕我吧。

耶　伯　你有几个孩子？

地　保　我有七个活着的孩子，大人！

耶　伯　哈哈，七个活着的孩子？来，吊死他，秘书！

秘　书　啊，仁慈的大人啊！我可不是刽子手啊。

耶　伯　你不是刽子手，你可以去成为刽子手。看起来你好像是一个样样都会的人。等你吊死了他之后，我会自己来吊死你的。

地　保　唉，慈悲的大人！难道不能赦免吗？

耶　伯　（又踱步走起来。坐下来喝酒，又站起来）五十塔勒，妻子和七个孩子！如果没别人吊死你，那么我就自己来吊死你。我知道你们都是些什么样的家伙，你们这些地保！我知

---

① 约合人民币四万八千元。
② 一个丝绸的假发袋。假发袋本来是用来把假发的后发部分收起来打蝴蝶结的袋子。但在霍尔堡的时代，这种假发袋只是一种装饰。

道你们怎样对待我和其他可怜的佃农的。不，现在那些可恶的关于我是佃农的幻觉又来了！我想要说，我太清楚你们的本性和行为了，就像我知道自己有几根手指，如果有这个需要，我自己可以做地保。你们从牛奶之中得到奶油，实话实说，做领主的得到的可就是粪便。我想，如果世界继续这样地存在下去，地保们就会全变成领主，而领主们则全会变成地保。如果佃农们在你们或者你们的老婆的手心里塞上一些东西，你们到领主这里说的话就会是："这个可怜的人很有心也很努力，但却遭遇各种不幸的事情，所以他付不出钱来。他有一块很贫瘠的地，他家的牲口又生了疥疮"，或者诸如此类，你们用这样的话来耍领主，让他相信你们。我这样说了，你们瞧吧，我是不会被你们牵着鼻子耍的，因为我自己就是一个佃农，是佃农的儿子。看，这幻觉又来了！我说，我自己就是佃农的儿子，因为亚伯拉罕和夏娃，我们最初的父母[①]，都是佃农。

秘　书　（跪下）啊，仁慈的大人！请仁慈地对他，看在他可怜的妻子的份上，因为如果他被吊死了，他老婆和孩子们靠什么活下去呀，他们都得吃饭啊？

耶　伯　谁说他们要活下去了？我们完全可以把他们也一起吊死啊！

秘　书　啊，大人，这可是一个美丽可爱的妇人啊。

耶　伯　哦？也许你是爱上她了，既然你这样为她说话。让她进来。

[①] 耶伯把"《创世记》中的亚当夏娃，最初的人类"与"亚伯拉罕，以色列人的祖先"混在了一起。

第三场

地保的妻子、耶伯、其他人

［地保的妻子上场，吻耶伯的手。

耶　伯　你是地保的妻子吗？
地保妻　是的，我是，仁慈的大人！
耶　伯（去抓她的乳房）你很漂亮。今天晚上愿不愿意和我一起睡觉？
地保妻　大人的命令是一切，因为我是大人的仆人。
耶　伯（对地保）你愿意允许我今晚和你老婆睡觉？
地　保　这是大人为寒舍带来的荣耀。
耶　伯　这里！给她一张椅子，让她和我一起吃饭。

　　　　［她在桌前坐下，与他一同吃饭喝酒。他对秘书产生嫉妒并且说：如果你看她，那么你就要倒霉了！

　　　　［他朝秘书看。他一看秘书，秘书马上就把目光从她那里移开看地上。在他移向桌前坐到她身边的时候，他唱着一首从前的爱情歌曲。耶伯命令演奏一支波兰舞曲，和她跳舞，但三次因醉而跌倒，第四次他终于躺着不动并且睡着了。

第四场

男爵、其他人

男　爵　他已经睡熟了。现在我们玩赢了我们的游戏。但我们自己几乎就变成了最受愚弄的人，因为他在想着要暴虐我们。如果让他继续下去，那么，我们要么就不得不让我们的故事穿帮，要么就不得不遭受这粗野佃农的虐待。从他的所作所为看，我们可以知道，一个这样的人，一旦他疾速地从底层的粪堆进入了荣耀和权势，会是多么地残暴而不可一世。这几乎就是一个很不幸的时刻，我扮演了秘书这个角色①；不是吗，他会让人来打我。这样一来，整个故事就失败了，因为人们就会来笑话我，而不是笑话这个佃农。在我们让他重新穿上肮脏的佃农衣服之前，我们最好还是让他再睡一会儿。

---

① 这句话的意思从理论上讲也可以翻译成"在一个不幸的时刻，我差一点去扮演秘书这个角色"，就是说，男爵差一点扮演秘书，但却没有。但在最后一幕最后一场艾瑞克说："如果他真的像他所威胁的那样，真的打了大人……"在某种意义上证实了，这句话应当是"这几乎就是一个很不幸的时刻，我扮演了秘书这个角色"。不管怎么说，男爵自己是扮演了一个角色的。

艾瑞克　唉,大人!他睡得很死,就像一块石头。看,我这样打他,他也没有感觉。

男　爵　把他弄出去,结束这喜剧吧。

第四幕①

第一场

〔耶伯穿着他自己原本的佃农衣服，躺在粪堆上，醒来并且叫喊：

耶　伯　喂，秘书，贴身侍从，仆从！再来一杯假奶粒酒！
　　（看周围，就像第二幕第一场那样揉眼睛，抱着自己的头，抓到自己的旧宽檐帽，揉眼睛，把帽子翻过来。各边都翻开。看着自己的衣服，重新认出自己，开始说话）亚伯拉罕在天堂里的时间②有多久？现在我知道了。但糟糕透了。一

---

　　①　除了第三至五场，第四幕的情节与《乌托邦》中的情节基本相同。第一至二场平行于《乌托邦》第四卷第47章。第六场平行于《乌托邦》第五卷第33、52和54章，并用到了第五卷第46—51章中的一个故事。
　　②　在这里，耶伯又把亚伯拉罕和亚当混淆了。《创世记》故事中是亚当和夏娃最初在伊甸园里，后来因吃了禁果而被逐出乐园。亚伯拉罕则是以色列人的祖先。

切又回到老样子，我的床、我的外套，我老旧的乌龟帽①，我自己。这完全不同于用镶金的杯子喝假奶粒，耶伯，不同于坐在桌前有一大堆仆从和秘书在你的椅子后面站着。糟糕透了，好景总是不长。唉，唉，我片刻之前还是这样一个"仁慈的大人"，现在，看我这倒霉的境况，我豪华的床变成了粪堆，我的金丝帽变成了旧乌龟帽，我的仆从成了猪，我自己则从一个尊贵仁慈的大人又重新变成了一个可怜的佃农。

我本来以为，重新醒来的时候，我手指上戴着金戒指，但是现在，有一句说一句，我的手指是被什么别的东西粘着。我本来以为，我是要和我的仆人们算账的，但现在我要让我自己的脊背准备好回家为我自己的行为买单。我以为在我醒来之后可以拿起一杯假奶粒，但老实说，我现在手上所抓的是一把粪……

唉，耶伯，你在天堂里的居留是短暂的，你的幸福这么快就结束了。但是谁知道呢，如果我再躺上一会儿，也许这同样的事情还会再发生？哦，但愿吧！唉，但愿我能够重新回到那个地方！

［躺下继续睡。

---

① 据说乌龟是戴着一顶很宽的帽子来隐藏额头上的"乌龟角"。

第二场

妮乐、耶伯

妮　乐　我倒是奇怪了,他是不是遇上了什么倒霉事儿?那又会是什么呢?要么是魔鬼抓走了他。要么,我最怕的就是,他坐在酒馆里把钱全都喝光了。我真是犯蠢了,一下子把十二斯基令①全交给了这个酒鬼。

　　　　等一下,我看见什么了?他不是躺在那边的粪堆里打呼噜吧?唉,我真是倒霉啊,有这样一个畜生做老公!这下子你的脊背要好好付账了,便宜不了你!

　　　　〔悄悄地走过去,用艾瑞克大师在他的屁股上猛击一下。
耶　伯　喂,喂!救命,救命!这是什么?我在哪里?我是谁?谁在打我?为什么要打我?喂!
妮　乐　我马上就告诉你这是什么。

　　　　〔又打他,抓住他的头发拖拽。
耶　伯　啊,我的心肝妮乐!不要打我了,你不知道我经历了一些什么。

---

① 见前面的注释。按累计计算结果看,一共应当是有十六斯基令。

妮　乐　你这个酒鬼，这么长时间，你去哪儿了？让你买的肥皂呢？

耶　伯　我没能到城里，妮乐！

妮　乐　为什么你没能到城里？

耶　伯　因为我在半路上被接进了天堂。

妮　乐　进了天堂！（打他）进了天堂！（又打他）进了天堂！（又打他）你倒是还想把我当傻瓜呀？

耶　伯　嗷，嗷，嗷！真的，我是个诚实的人，这是真的。

妮　乐　什么是真的？

耶　伯　我到过天堂了。

　　　　〔妮乐重复说着"进了天堂"，又打他。

耶　伯　啊，我的心肝妮乐！不要再打我了。

妮　乐　快！老实交代，你去了哪儿，不然我杀了你。

耶　伯　唉，如果你不打我，我会对你说我在哪儿的。

妮　乐　那老实说。

耶　伯　你发誓不再打我。

妮　乐　好，我不打你。

耶　伯　真的，我是个诚实的人，这是真的，我叫山上的耶伯，是真的。同样，我进过天堂，还看见了许多你会觉得奇怪的东西，这也是真的。

　　　　〔妮乐又打他，抓住他的头发拖拽。

第三场

妮　乐（一个人）　好啊，你个酒鬼！你先把酒醒掉，然后我们再继续说。像你这样的一头猪，进不了天堂。设想一下，这畜生怎么让自己喝得这么糊涂！既然他坏了我的事，那么他就应当彻彻底底老老实实地给我受惩罚。在两天的时间里，他什么东西都别想吃别想喝。在这段时间里，我想，他关于天堂的那些幻觉应当是会消失的。

第四场

三个拿着武器的人、妮乐

三 人 是不是有一个名叫耶伯的人住在这里?
妮 乐 是的。
三 人 你是他妻子吗?
妮 乐 是啊,上帝保佑,很不幸,我是他妻子!
三 人 我们要进去和他说话。
妮 乐 他完全醉了。
三 人 说这没用。快!让他出来,否则的话全家人倒霉。
　　　[妮乐进屋,把耶伯推出来,用力过猛以至于耶伯把三个人中的一个撞得和他自己一起倒在地上。

第五场

耶　伯　噢，噢，我的朋友们！现在你们看见了吧，我找了一个什么样的老婆。

三　人　你也只配这样，因为你是个罪犯。

耶　伯　难道我做了什么坏事？

三　人　等判决书出来的时候，你自然马上就会知道。

第六场

［法官与另一个公务员进来，坐到自己的座位上。耶伯两臂反缚被带上审判席。有一个人站出来对他作这样的指控。

第一个律师[①] 这里有一个人，法官先生，我们能够作证，他悄悄溜进男爵府，自称是男爵大人，穿着大人的衣服，对大人的侍仆施虐。鉴于这是一桩前所未闻的无礼事件，我们特以我们家大人的名义宣告，作出这一行为的人必须以一种特别的方式受到惩罚，以儆效尤。

法　官 你被指控的这些都是事实吗？如果你有什么辩护的话要说，就说出来。因为，对任何被告，在他没有得到机会为自己辩护之前，我们都不会做出审判。

耶　伯 唉，我这个可怜的人，我该说什么呢？我承认，我应当受到惩罚，但只是因为我喝酒花光了我要买肥皂的钱。我也承认，我最近曾到过一个宫殿，但是我不知我是怎么到那里、又是怎么离开的。

[①] 即控方律师，也就是原告。

第一个律师 在这里，法官大人听到了他自己承认的事实：他酗酒并且在喝醉之后犯下如此前所未闻的恶行，所以，现在剩下的事情只是要鉴定：这样的严重恶行是不是可以因为醉酒的状态而得免入罪。我认为是不能免罪的，因为如果这样的行为能够免罪，那么通奸和谋杀就都无法受到惩罚，因为所有人就都能够寻找这样的借口，并且说自己是在喝醉了酒之后做下这种事情；而即使他能够证明他喝醉了酒，这也并不能够证明他的案子具有了更好的辩护理由，因为法律条文就是：如果一个人在喝醉酒之后犯下了罪行，那么他就得在清醒的时候接受惩罚①。最近有一个类似的案子②，大家都知道这样的恶行得到了怎样的惩罚，尽管犯事者因为自己头脑简单受到诱惑而冒充高位的大人。他的简单和无知并不能将他从死亡之中救出来，因为惩罚的目的只是树立典型，以儆效尤。如果不是因为怕浪费法庭的时间，我本来倒是很愿意好好讲述一下这个故事的。

第二个律师③ 尊敬的法官大人！这个案件在我看来是如此奇怪，以至于我无法接受这故事的真实性，即使有更多证人也无法说明问题。一个纯朴的佃农，不具备大人的面目和身形，他怎么会潜入大人的府邸冒充大人的身份？他怎么有能力进入

---

① 这句话其实并不是丹麦的法律条文，而是对丹麦俗语"醉者所做之事，要由醒者来作出交代"的改写。

② 这个律师接下来所叙述的故事就是对《乌托邦》第五卷第46—51章中故事的简述。

③ 即被告辩方律师。

大人的卧室？他是怎么穿上大人的衣服而不被任何人发现的？不，法官大人！这必定是一个阴谋，是这个可怜人的敌人编造出的这样的故事。因此我希望，他能够被释放。

耶　伯（哭着）　啊，上帝赐福你的嘴！如果您不嫌弃，我在裤袋里有一块口嚼烟。这烟很好，所有正直的人都会咀嚼。

第二个律师　你留着你的烟，耶伯！我为你说话，不是因为想要收你的礼物和酬报。这完全是出于基督徒的怜悯之心。

耶　伯　请原谅，律师先生！我本来倒不知道您这些人是这么诚实①。

第一个律师　我的同事所提出的释放此疑犯的依据，纯粹建立在猜测之上。这里所要问的问题本非是"这样的事情有没有可能发生"，这里的关键是"这事情之发生得到了证明"，我们有证人的证词，也有疑犯自己的供词，都证明了这是事实。

第二个律师　一个人在惧怕和惊恐之下所作的供述，这样的供词不能够算作是有效的。因此，我认为，我们最好是让这个纯朴的人有足够的时间去考虑，并且重新讯问他相关的一切。听着，耶伯！你要想好自己说什么！你承认你被指控的这些事情吗？

耶　伯　不！我对天发誓，我之前所说的都是谎言，因为我三天都没有离开过我家。

第一个律师　法官先生！我觉得这是确定无疑的：我们不能允许一个已经被证人证明有罪而且自己也已经供认自己的罪行的人

---

① 在霍尔堡的时代，律师的名声是非常糟糕的。律师名声臭的主题在霍尔堡的作品中多次出现。

来发誓作证。

第二个律师　我认为是可以允许的。

第一个律师　我认为不可以。

第二个律师　因为现在案件有着这样的奇特性质。

第一个律师　这改变不了证人和供词。

耶　伯　唉，真希望他们打起来，这样，我就可以趁机抓住法官把他揍一顿，让他把法律和规则都忘记。

第二个律师　但是听我说，我的同事先生！即使是被告招供出有这样的行为，这个人也仍不应当受到任何惩罚，因为他在府中没有做出任何坏事，既没有杀人也没有盗窃。

第一个律师　这说明不了任何问题；intentio furandi（拉丁语：欲窃者意欲窃）和 furtum（拉丁语：确实窃）是一样的[①]。

耶　伯　说白话呀，你这黑狗[②]！然后，我们会为自己辩护的。

第一个律师　不管一个人是在想要偷窃的时候被抓，还是在他偷窃了之后被抓，他都是窃贼。

耶　伯　哦，法官大人！我很愿意被吊死，如果这个原告会在我身边被吊死的话。

第二个律师　不要说这样的话，耶伯！你这样只会坏了你的案子。

耶　伯　您为什么不回答？（轻声）他站在那里像一只不会说话的

[①] 在这里以及后面，律师们使用拉丁语来表示自己得到过正规大学的法学教育。在霍尔堡的喜剧中，律师们都会使用拉丁语的《罗马法》。《罗马法》是哥本哈根大学法律系学生的基础课程。在这里以及后面的诸多拉丁语碎片都来自《罗马法》，尽管《罗马法》在丹麦-挪威并非是有效的法律条文。

[②] 律师身穿黑色职业服装。

牲口。

第二个律师　但有什么证据证明这是 intentio furandi。

第一个律师　Quicunque in aedes alienas noctu irrumpit, tanquam fur aut nocturnus grassator existimandus est, atqui reus hic ita, ergo.（拉丁语：盖夜潜入人室者，皆非盗即夜匪，斯被告如是也，故而。）①

第二个律师　Nego majorem, quod scilicet irruperit.（拉丁语：此言甚谬，吾摒斥之，此子非破门入。）②

第一个律师　Res manifesta est, tot legitimis testibus exstantibus ac confitente reo.（拉丁语：此案明若天光，见诸人证及被告自供。）③

第二个律师　Quicunque vi vel metu coactus fuerit confiteri ...（拉丁语：盖屈迫成招者或惧而招……）④

第一个律师　不，这所谓的 vis（拉丁语：迫）在哪里？这所谓的 metus（拉丁语：惧）又在哪里？这只是无理的狡辩。

第二个律师　不，您才是在使用无理狡辩。

第一个律师　任何诚实的人都不应当以此来指控我。

　　　　　　［他们相互抓住对方的前胸扭打起来，耶伯跳到后面扯下

---

① 即"每一个在夜里闯入别人家的人，都应被视作贼或者夜匪，而被告所为正是如此，鉴于此"。

② 即"我拒绝这个大前提，亦即，他是闯入的"。"大前提"其实应当是第一个律师所说的"每一个在夜里闯入别人家的人应被视作贼或者夜匪"，而第二个律师所否认的"他是闯入的"（亦即"被告所为正是如此：在夜里闯入别人家"）其实是小前提（而非——如他所说的——大前提）。

③ 即"案情是很明了的，依据于如此多合法证人和被告的供词"。

④ 即"每一个被强迫或因惧怕而招供的……"。

第一个律师的假发。

法　官　肃静，尊重法庭！给我住手，我受够了。

（宣读判决）既然现在山上的耶伯，山上的尼尔斯之子，山上的耶伯之孙，根据各方证人的证词与他自己的供词，被证明做出如此行为：溜进男爵府邸，穿上男爵衣服并且虐待男爵的仆从。因此他被判如下刑罚：服毒至死，在他死后，他的身体要被挂在一座绞架上。

耶　伯　啊，啊，仁慈的法官大人！难道没有任何宽恕减刑吗？

法　官　不，绝对没有。判决在我的监视之下，要马上执行。

耶　伯　在我服毒之前，我能不能喝上一杯烧酒啊，让我能够带着勇气去死？

法　官　可以，这是允许的。

耶　伯　（喝下三杯烧酒，又跪下问）难道没有任何宽恕减刑吗？

法　官　不，耶伯，现在一切都已经太晚了。

耶　伯　啊，现在并不晚啊。法官完全可以改变判决说他第一次判错了。这样的事情经常发生，因为我们都是人嘛。

法　官　不，再过几分钟你自己会感觉到事情已经太晚了，因为在你喝烧酒的时候，你已经服下了酒中的毒药。

耶　伯　啊，我这个可怜的人！我已经服了毒了？啊，永别了，妮乐！不过，你这恶棍不配让我向你告别。永别了，严斯、尼尔斯和克里斯多夫[①]！永别了，我的女儿玛塔！永别了，我的

[①] 这里耶伯应当是在说自己儿子的名字。但是在第二幕第一场中，耶伯曾说到"我的儿子是汉斯、克里斯多夫和尼尔斯"。这里"汉斯"则变成了"严斯"。

宝贝！我知道我自己是你的父亲，因为你在教堂执事到这里之前就已经出生了。你也有着你父亲的脸。我们长得几乎是一模一样。永别了，我的花斑马，每一次我骑在你背上，我都感谢你。除了我自己的孩子之外，我从不曾像爱你这么深地爱过什么别的动物。永别了，法尔法克斯，我忠实的狗和门户看守！永别了，蒙斯，我的黑猫！永别了，我的牛，我的羊，我的猪，为了你们曾是我的好伙伴、为了我认识你们的每一天，我感谢你们！永别了……唉，现在我真的不行了，我觉得如此沉重而乏力。

[倒下并且躺着不动了。

法 官　事情很顺利。催眠剂已经起作用了，现在他睡得像一块石头。把他吊起来，但要小心，不要弄伤了他，绳子只是从手臂下面穿过。现在我们看，等他醒来后发现自己被吊了起来，他会怎么样。

[他们把他拖出去。

第五幕

第一场
妮乐、耶伯、法官

〔耶伯被挂在绞架①上。

妮　乐（抓着自己的头发，敲打着自己的前胸叫喊着）啊，啊，难道这会有可能是真的吗，我看我的好人丈夫这么耻辱地被吊在绞架上！啊，我最亲爱的老公啊，请原谅我对你做过的那些事情吧！唉，唉，现在我的良心开始不安了，现在我悔过了，但是太晚了，我对你那么不好，现在我才想念你，现在我能够认识到我失去了一个怎样的好老公。唉，多么希望我能够用我自己的生命和血把你从死亡之中救出来啊！

〔她擦着眼泪痛哭着。这时催眠剂的作用消失了。

---

① 绞架的场景与《乌托邦》中第五卷第58—59章的情节基本相同。

耶　伯（醒来，发现自己双手反缚着被吊在绞架上。他听见自己的妻子在哀哭，对她说）放宽心，我心爱的妻子，我们全都要走上这条路。回家，管好家里，照顾好我的孩子。把我的红外套改一下给克里斯多夫穿；多下来的布料给玛塔做一顶帽子。最重要的是，要好好照料我的花斑马，因为我非常爱这牲口，就仿佛它可以是我的肉身兄弟。如果我没有死的话，我还会对你说许多其他事情。

妮　乐　啊……，啊！这是怎么一回事？我听见了什么？一个死人会说话吗？

耶　伯　不要怕，妮乐！我不会伤害你的。

妮　乐　唉，我最亲爱的丈夫，你死了怎么还能说话？

耶　伯　我自己也不知道怎么会这样。但是，听着，我心爱的妻子，赶紧像火一样地奔跑，去为我拿八斯基令的烧酒①来，因为我比我活着的时候更渴。

妮　乐　不要脸，你个畜生！你这个垃圾！你这天杀的酒鬼！在你活着的时候难道没有喝够烧酒？现在你死了，你个白痴还渴？你这样的东西，我说呀，彻彻底底就是一头猪。

耶　伯　闭嘴，你个贱货，赶紧回去拿烧酒！如果你不去拿的话，让魔鬼撕烂我吧，我就会每天在家里闹鬼。你要知道，我可是不再害怕艾瑞克大师了，因为我现在感觉不到痛了。

　　〔妮乐跑回家拿来艾瑞克大师，回来打绞架上的耶伯。

---

① 按照前面酒馆里的信息，一斯基令一小杯烧酒，两斯基令一大杯。八斯基令烧酒的量应当是相当多的。

耶 伯　噢,噢,噢!别打了,妮乐,别打了!你会重新把我打死的,噢,噢,噢!

法 官　听着,你这个女人!你不可以再打他了。放心。我们为了你的缘故而宽恕了你丈夫的犯罪行为,并且判他重新活过来。

妮 乐　哦,不,好心的大人!就让他被吊死吧,因为他根本不配被允许活下来。

法 官　没羞,你是个贱女人!走开,否则的话,我们把你吊死在他旁边。

〔妮乐跑开了。

第二场 [①]

耶伯、法庭人员

[耶伯被重新从绞架上解下。

耶 伯　哦，仁慈的法官大人！真的确定我是重新完全活过来了，还是我在魂游？

法 官　你是完全活过来了，法庭判决剥夺你生命，法庭也可以判你重新活过来。你不明白这一点吗？

耶 伯　不，我确实是不明白，但是我相信我在魂游，这是在闹鬼。

法 官　不，你个傻瓜！这是很容易明白的事情嘛！可以把什么东西从你这里拿走的人，当然也可以再把这东西还给你。

耶 伯　我可不可以尝试着吊死法官来玩，然后看我能不能再把他重新判活过来？

法 官　不，这是不行的，因为你不是法官。

耶 伯　可是，我到底有没有重新活过来？

法 官　是的，你重新活过来了。

[①] 第二场和第三场与《乌托邦》中第五卷第 60 章的情节基本相同。

耶　伯　这样，这就不是在闹鬼？

法　官　当然不是。

耶　伯　也不是在魂游？

法　官　不是。

耶　伯　就是说，我还是我从前所是的那个山上的耶伯？

法　官　是的。

耶　伯　就是说，我不是鬼魂？

法　官　当然不是。

耶　伯　你们向我发誓，这是真的？

法　官　我向你发誓，你活着。

耶　伯　你们发誓，如果这不是真的，就让魔鬼碾碎你们！

法　官　哦，相信我们的话，感谢我们对你这么慈悲，判你重新活过来。

耶　伯　如果不是你们自己吊起我的话，我倒是很愿意感谢你们把我从绞架上放下来。

法　官　知足吧，耶伯。如果你老婆再打你的话，你就来对我们说，这样我们会设法帮你解决的。看，这里有四塔勒[①]，你可以在什么时候用这钱去快乐一下，不要忘记喝酒的时候要祝愿我们健康。

　　〔耶伯吻手[②]说谢谢。法庭人员离开。

---

① 约合人民币四千元。

② 吻自己的手然后把手伸向法官。这是当时丹麦农村人们的一种老式的致意方式。

第三场

耶　伯（一个人）　到现在我已经活了五十年，但是在所有这五十年时间里，我从来没有经历过像我这两天经历的这么多事情。我回头好好想一下，这真是个不可思议的故事。一会儿，我是喝醉了酒的佃农，到了下一会儿，我成了男爵，再过一会儿我又成了佃农；一会儿死了，一会儿又在绞架上活过来，这最后的事情是最奇怪的。也许事情是这样：如果你吊死活人，那么这些活人就被吊死了；但是如果你吊死死人，那么这些死人就又活过来。我觉得在这样的情况下一杯烧酒的味道会非常好。喂，鞋匠雅克布，出来！

第四场

鞋匠雅克布、耶伯

雅克布　欢迎从城里回来！你为你老婆买肥皂了吗？

耶　伯　哎，你这个无赖！你知道你是在同什么人说话吗？脱下你的帽子，夹到你手臂下[①]，因为同我这样的一个人相比，你只是一条虫。

雅克布　我不会容忍别人对我说这样的话，耶伯。但是你每天都要为我的店带来一斯基令，所以我就不和你计较了。

耶　伯　把你的帽子夹到你手臂下，我说，你个鞋匠！

雅克布　你在路上经历了什么了，现在变得这么不可一世？

耶　伯　你要知道，在我上次和你说话之后，我已经被吊死过了。

雅克布　这可不是什么很值得夸耀的事情。我一点也不羡慕这样的幸运。但是，听着，耶伯！你在哪里喝的啤酒，你就到什么地方去呕吐[②]。你在别的地方喝醉了酒，却跑到我的店里，就只是来闹事吗？

---

① 与上等人说话时，一个人要脱下帽子，夹到手臂下。
② 这是一句丹麦俗语。

耶　伯　快！把你的帽子夹到你手臂下，无赖！你难道没有听见我口袋里是怎样叮当响的？

雅克布（把帽子夹到手臂下）　我的天哪！你是从哪里弄到这些钱的？

耶　伯　通过做男爵，雅克布。我要告诉你我所经历的事情。但是先让我喝一杯蜂蜜酒，因为我现在地位太高，不能够喝丹麦的烧酒了。

雅克布　为你的健康，喝，耶伯！

耶　伯　现在我要对你说我所经历的事情。在我上次离开你这里之后，我就睡着了；醒来的时候，我成了男爵，并且喝假奶粒酒，又喝醉了。在我喝假奶粒醉了之后，醒来我又重新躺在粪堆上。我在粪堆上醒来，我又让自己继续睡，希望能够把自己重新睡成男爵，但我觉得事情并不总是能够成功，因为我老婆拿着艾瑞克大师来弄醒了我，还抓着我的头发把我拖回了家，她对我这样一个我曾经所是的人没有哪怕一小点尊重。在我到了起居室的时候，我又被摁着脑袋推出门，我看见自己被一群差佬围住，他们判我死刑并且来毒杀我。在我死了之后，我被吊了起来。在我被吊起来的时候，我又活过来。在我又活过来的时候，我就得到四塔勒。我的故事就是这样，但这样的事情是怎么发生的，我就得让你自己去想了。

雅克布　哈哈哈！这是一场梦，耶伯。

耶　伯　如果我没有这四塔勒的话，我也会以为这是一场梦。再给我重新来一杯，雅克布，我不愿再去想这疯狂事儿了，但要好好喝上一通。

雅克布　祝你健康,男爵大人!哈哈哈!

耶　伯　也许你就是搞不明白这事情吧,雅克布?

雅克布　即使我倒立着头朝下想,也想不明白。

耶　伯　所以这完全可以是真的,雅克布,因为你是一个笨蛋,比这更简单的事情你都想不明白。

第五场

马格努斯、耶伯、雅克布

马格努斯 哈哈哈！我要给你们讲一个故事，关于一个名叫山上的耶伯的人所经历的事情。他们发现他喝醉了酒，躺在田野里。他们就给他换上别的衣服，把他放在领主府里最好的床上，在他醒来的时候让他以为他是领主大人，然后让他重新喝醉，为他穿上他原先肮脏的旧衣服，重新把他放在粪堆上。他在那里醒来的时候，以为自己曾经是在天堂。我听地保那些人讲这个故事时，几乎笑死了。我愿意付出一塔勒的钱，如果能够让我看见这傻瓜的话。哈哈哈！

耶　伯 我要付多少钱，雅克布？

雅克布 十二斯基令。

〔耶伯满面羞赧地走开了。

马格努斯 这个人为什么走得这么急？

雅克布 这个人恰恰就是你的故事中所讲的人。

马格努斯 这真是可能的吗？这样我得去追他了。听我说，耶伯！只说一句话！另一个世界里情况怎么样？

耶　伯 别来烦我。

马格努斯　为什么你不再多待一会儿?

耶　伯　这关你什么事?

马格努斯　哎,对我们讲一下你的旅行吧!

耶　伯　让我走,我说,不然我可对你不客气了,那你就倒霉了。

马格努斯　哎,耶伯!我真心想要知道这事情。

耶　伯　鞋匠雅克布!来帮我!你难道允许这个人在你的店里侵犯我?

马格努斯　我可没有侵犯,耶伯,我只是问你在另一个世界看见了什么。

耶　伯　嗨,来帮我!来帮我!

马格努斯　你没有看见我的父母在那里吗?

耶　伯　没有。你父母肯定是在另一个地方,我愿你和其他无赖死后也会去那里。

　　　　［挣脱开并且跑掉了。

第六场

男爵、男爵秘书、男爵的贴身侍从、两个穿制服的仆从

男　爵　哈哈哈！这个故事真是价值千金啊，我不曾想到它会有这么好的效果。你能不能再为我弄一些这样的娱乐，艾瑞克，这样，我会好好提拔你的。

艾瑞克　不行啊，仁慈的大人！我不敢再冒险设计这样的喜剧了。因为，如果他真的像他所威胁的那样，真的打了大人，那么，这就会变成一场很难看的悲剧了。

男　爵　倒也确实是这样。我也有点怕这样的事情发生。但是，我真的是太喜欢这故事了，所以，艾瑞克，我宁可让自己挨打，甚至让自己被他吊起来①，也不愿意让这故事穿帮。你也许也

---

①　原文应当是"让你被吊死"，但是根据霍尔堡研究者们的建议，译者将之改成"让自己被吊死"，以便更符合上下文中的逻辑。理由是：1.从"让自己挨打"到"让自己被吊死"升级得很自然。而从"让自己挨打"变成"让你被吊死"在修辞上很不自然；2.艾瑞克的回答"为了娱乐而让自己被吊死……"更适合衔接"让自己被吊死"，而不是"让你（艾瑞克）被吊死"；3.扮演秘书的是男爵，耶伯先是要求秘书吊死地保，然后又要吊死秘书（当然人们也可以反驳说，艾瑞克也许扮演了地保的角色，并且，在理论上也有可能男爵差一点扮演秘书而其实并没有扮演秘书……）。

有同样的感受，是不是？

艾瑞克 不，仁慈的大人！为了娱乐而让自己被吊死，这不合常理。这样的娱乐，代价太昂贵了。

男　爵 唉，艾瑞克！这样的事情不是每天都在发生吗？不是以这一种方式，就是以那一种方式。一个人为了玩乐而不要自己的性命。比如说，一个意志薄弱的人，他明知过分喝酒会使他失去性命和健康，但却仍继续摧毁自己的身体，常常为一夜的享受而以性命和健康冒险。还有以别的方式玩命的：土耳其的许多高位大臣[①]被人用绳子勒死或者闷死，有一些是死在他们成为大臣的同一天，另一些则是死在成为了大臣之后的几天内。然而他们仍然蜂拥而上，谋求这大臣的名头，只为了要带着一个高位头衔被勒死。还有更多其他玩命方式：军官们常常为了被人视为勇敢者而以自己的生命和灵魂来冒险，常常为一些无足轻重的事情去决斗，甚至与那些比他们更厉害的对手决斗，明确地知道自己肯定会被杀，也要去这样做。我也相信，有成千上万坠入爱河的人，会为了一个夜晚的享受而让自己在第二天早上被杀死。我们在城市被围困的时候看见，无数士兵临阵脱逃，跑进被围困的城市，尽管他们事先已经知道这城市马上就会投降，他们也会去那里，让自己好好快活一天而在第二天被绞死。你没法说，哪一种玩命方式更明智。从前我们看见哲学家们甚至纵身跃入灾祸

[①] 原文中是"大维齐尔"，指旧时奥斯曼帝国及其他伊斯兰国家的高官、国务大臣、总理或者大宰相。

之中，仅仅只是为了在他们死后被人赞美①。所以我完全相信，你宁可让自己被吊死也不愿意败坏掉一个美丽的故事。

亲爱的孩子们，这个童话教导我们，
直接地把卑微的人们置于至高的荣耀之中，
其危险并不小于
去打压通过自己的勇敢和品德而变得伟大的人。

如果我们把统治权给予农民和工匠
惩戒之权柄马上就会变成别的东西。
结果就很容易会是如此：你得到的不是领袖而是暴君，
每一个小村庄里的尼禄②几乎都会想要掌权。

难道往昔的盖乌斯③和法拉里斯④滥用权力的程度
会超过这个卑微的佃农？
尚未坐稳自己的权位，他就已经用

---

① 也许是指古希腊哲学家恩培多克勒（约公元前490—前430年），据传他为了证明他已经变成一个神的传言而跳进埃特纳火山。霍尔堡的史料来源可能是3世纪古希腊哲学史学家第欧根尼·拉尔修的哲学史，其中（VIII 69）有对这一传说的记录。
② 尼禄是公元54—68年的罗马皇帝，暴君。
③ 盖乌斯（Gaius Jnlius Caesar Angnstus Germanicns），即卡利古拉，是公元37—41年的罗马皇帝，暴君。
④ 法拉里斯（Phalaris），公元前550年前后西西里城邦阿克拉伽斯的僭主，以残暴闻名。

绞架和吊索，砍头和裂尸，来威胁我们。

因此，我们再也不要去寻找耕犁上的执政官[①]
像往昔那样把农民弄成统治者；
在这一点上，如果我们追随这些老旧的痴念
那么，任何统治的权力都有可能会沦为一场暴政。

（剧终）

[①] 指公元前5世纪罗马的执政官辛辛纳图斯（Lucius Quinctius Cincinnatus，公元前519—前430年）。据传，公元前458年，在他收到他被选作罗马独裁官的消息时，正在自己家不大的田地里耕地。

假面舞会[1]

三幕喜剧

（1724年）

---

[1] 为这部剧本作注的专家为伊凡·兹·索伦森（Ivan Ž. Sørensen）。

剧情简介

　　勒安德尔和莱欧诺拉，两个年轻人，在假面舞会上偶然相遇，一见钟情并交换戒指，尽管他们相互并不知道对方的身份和姓名。

　　第二天，勒安德尔向仆人亨利克讲述了他的爱情。亨利克提醒勒安德尔：他父亲耶罗尼姆斯与莱欧纳德已经为他订下了婚约，他必须娶后者的女儿莱欧诺拉为妻。勒安德尔感到绝望，决定和假面舞会上的这个女孩一起私奔。

　　莱欧纳德和耶罗尼姆斯都为自己的孩子在假面舞会找到婚约之外的爱情而烦恼。这时耶罗尼姆斯得知自己的儿子已与假面舞会上的情人私奔，而莱欧纳德则收到一张关于他女儿投水自杀的纸条。

　　亨利克在受刑之后供出这对恋人私奔的地点。勒安德尔和莱欧诺拉在被抓之后发现：他们所逃离的父母指定婚约的对象，恰恰就是与自己一同私奔的热恋对象。全场终于皆大欢喜。

剧中主要人物

耶罗尼姆斯　　家主，勒安德尔的父亲
玛格德罗娜　　耶罗尼姆斯的妻子，勒安德尔的母亲
勒安德尔　　　假面舞会爱情中的男主人公，耶罗尼姆斯和
　　　　　　　玛格德罗娜的儿子
亨利克　　　　勒安德尔的贴身仆人
阿尔夫　　　　耶罗尼姆斯家的仆人
莱欧纳德　　　莱欧诺拉的父亲，耶罗尼姆斯计划中的亲家
莱欧诺拉　　　假面舞会爱情中的女主人公，勒安德尔的爱人
帕妮乐　　　　莱欧诺拉的贴身女佣

第一幕

第一场

勒安德尔、亨利克

勒安德尔（穿着睡袍揉着眼睛） 亨利克，几点了？

亨利克（打着哈欠） 差不多是早餐的时候了，少东。可是，我不知道，我们为什么要起这么早。看一下表吧，少东。

勒安德尔 天哪！这怎么可能？难道我们睡了这么久，正午都已经过去四个小时了？我的表显示是四点钟。

亨利克 不，这不可能，少东，现在肯定是早上四点。

勒安德尔 你难道觉得一月份凌晨四点的天会这么亮吗！

亨利克 那么肯定是太阳走得不对头。现在当然不可能是下午，因为我们才刚刚起床。

勒安德尔 哪怕太阳走得不对头，我也仍清楚地知道，我的表没出问题；这可是块英国表①。

亨利克　不，少东，发条和日晷仪当然都是对准了太阳的。少东现在是不是想要把太阳重新设置到十点或九点的位置，看这表是不是马上会倒退着走？我只好这么理解。

勒安德尔　你在乱七八糟地说些什么呀。我看，这假面舞会的酒气在你脑袋里还没散走。

亨利克（打着哈欠）　一句话，少东，如果现在只是四点钟，那么现在就是早上四点钟。

勒安德尔　早上四点的时候，我们可还没从假面舞会回到家呢。

亨利克　我终于觉得有点饿了。哎，阿尔夫在那里呢。我去问他现在几点。

---

① 英国表被看作是"高质量之保证"的象征（霍尔堡曾在1748年的信中写道：钟表匠们昧着良心在哥本哈根制造的表上写上"伦敦"）。从技术上讲，这是一种有弹簧发条的表，其形状与后来的怀表相同，但要大得多。

第二场

勒安德尔、亨利克、阿尔夫

亨利克 早上好啊。阿尔夫。几点了?

阿尔夫 从早上到现在这几个小时里你也能惹出这么多麻烦来,你可真是个了不起的人。

亨利克 那么,现在到底几点?

阿尔夫 钟被挂在塔上,你是该被挂在绞架上。

勒安德尔 昏了头了,你个混蛋。你能不能就说,现在几点?

阿尔夫 四点钟了,少东。

勒安德尔 这就是说,中午已经过了?

阿尔夫 按照老式的算法,是过了中午,因为现在是下午四点钟。

勒安德尔 看见了吧,亨利克,我的表是准的。

亨利克 愿这样的习俗见鬼去吧。这样我是把我的美味午餐给睡没了。中午大家吃的是什么呀,阿尔夫?

阿尔夫 西米粥和鱼干。

亨利克 你们有没有为我留一些呢?

阿尔夫 没有。我们把你的那份给了看门狗苏尔丹,因为老东家说,如果谁没按时在餐桌前坐下,那么他就不该有饭吃。

现在你可以把你想吃的东西从苏尔丹肚子里弄出来,你看着办吧。

勒安德尔 爸[1]可是在家里吃了饭的吗?

阿尔夫 它嘛,它是在笼子里吃过了。

勒安德尔 你这笨蛋,我不是问八哥有没有吃饭。我问的是我爸。

阿尔夫 没,老东家今天是到一个名叫莱欧纳德先生的陌生人家里去吃饭了。

勒安德尔 这很好,亨利克,我爸没在家里吃饭,否则的话他就会知道我们去了假面舞会。

〔阿尔夫走出去。

亨利克 少东不进屋去换件衣服吗?说不定您父亲马上就来了,您这么晚还穿着睡袍,会让他起疑心的。

勒安德尔 如果他是去了我未来的岳父家,那他就不会这么急着回来。

亨利克 但是,允许我问一下,少东,您未来的爱人,她好看吗?

勒安德尔 我真的不知道。

亨利克 就这样同一个自己从来没见过的人结婚[2],感觉真的很奇怪。

勒安德尔 我在她六岁时见过她,在我那时的印象里,她会变得

---

[1] 原文中是 pape,在丹麦语称呼中比 fa(de)r(父亲,爸爸)更高雅。当时这个词在市民家里是新的,这就是为什么阿尔夫把它误解为 pape(papegøje 的简称,鹦鹉),译者改写为"八哥",与中文"爸"发音更相近。

[2] 在霍尔堡的时代,包办婚姻是常见的做法。

很美。

亨利克 那么她现在多大？

勒安德尔 18岁。

亨利克 老天，那样的话，灿烂的美丽可能早就离开她了。

勒安德尔 不过他们都说她仍很漂亮。明天我会去她家，然后我就能看明白事情是不是这样。如果她不是像他们对我所描述的那样，那么这拜访就会以一堆礼貌的客套话结束。但现在，我们得进去看一下，能不能找到什么东西吃，因为时间走得很快。八点钟我们还要再去参加假面舞会呢。

亨利克 哎，这很好。我真希望晚上在那里会有一大堆小姑娘。

勒安德尔 我说亨利克，到时候如果冒出许多长相一般般的女孩的话，那可就倒霉了。

亨利克 唉，少东，这可恰恰就是假面舞会的好处，所有人都得到同样的待遇。另外我相信，我所等待的那些女孩子，全都是高贵的人。有市长的侍女，马具商佩尔的女儿，校长的老婆艾尔莎，橘子女贩的小女儿（因为大女儿牙疼①），另外还有三个自己赚钱生活②的美女。

勒安德尔 你说得对，亨利克，这都是一些高贵的人，尤其是那三位自己赚钱生活的。

亨利克 哎，夫人来了。

勒安德尔 我妈当然可以来。也许我今晚该让她跟我一起去参加假

---

① "牙疼"可以暗示怀孕了。
② 这里可能是"卖淫"的委婉说法。

面舞会。

亨利克　这肯定会很好玩。我想，我会和她跳舞。

勒安德尔　如果她没有认出你的话，那就完全没问题。

亨利克　我想办法吧。我会戴上面具，这样她就认不出我来了。

第三场

玛格德罗娜、勒安德尔、亨利克

玛格德罗娜 我心爱的儿子,昨夜假面舞会的情况怎样?

勒安德尔 妈怎么知道我在那里?

玛格德罗娜 我是听阿尔夫说的。

勒安德尔 这小子永远都学不会闭嘴。不过,只要我父亲不知道这事,那就没关系。

玛格德罗娜 假面舞会里也有年纪大的女人吧?

勒安德尔 我们不拒绝任何人,年纪大的和年纪轻的都来。

玛格德罗娜 如果那里不拒绝老女人,那么我就认识一个今晚想要来的人。

勒安德尔 谁?

玛格德罗娜 我自己。

勒安德尔 这绝不会有什么问题,只要我们能巧妙地安排好这事,别让我父亲知道。

玛格德罗娜 唉,他怎么会知道呢。他早睡晚起。我说我今晚不舒服,这样他就自己单独睡了。

勒安德尔 这办法可以,可是,妈会跳舞吗?

玛格德罗娜　跳舞？行啊，我想是没问题的，你看。(她唱歌并跳舞)

亨利克　天哪！夫人的两只脚就像是击鼓棒。

玛格德罗娜　年轻的时候，我能跳所有舞蹈，甚至西班牙的福利亚舞①。看，就是这样跳的。(跳福利亚舞并且唱福利亚舞曲)

亨利克　这可真是令人佩服啊。啊，再来一曲福利亚，好夫人。

玛格德罗娜　不，我要为我的两脚节省点力气，留到今晚。可是，我丈夫在那儿。我倒是怕他看见我跳舞。

---

①　福利亚舞是一种起源于西班牙/葡萄牙的舞蹈，最初相当嘈杂和松散。在17世纪的法国宫廷文化中，它被提升为一种更有吸引力但难度更大的版本，以跳石榴裙舞的方式来跳。

第四场

耶罗尼姆斯、玛格德罗娜、勒安德尔、亨利克

耶罗尼姆斯（有一点小胡子[1]） 你们全都站在这里,孩子们,什么事都不做?难道家里就没有什么事情可做了吗?

玛格德罗娜 我的心肝,今天我什么都做不了了。说实话,身子就像发烧一样,这样,我怕今晚整夜都不会安宁了。

耶罗尼姆斯 这可不是我喜欢的事情。您头不舒服吗?

玛格德罗娜 啊,对啊。我的头就好像被劈开了一样。

耶罗尼姆斯 您同时也觉得渴?

玛格德罗娜 非常渴,很可怕。我感觉浑身都很难受,看来我夜里得一个人睡了。

耶罗尼姆斯 好,我完全同意。但像这样发起高烧来,您需要及时用一点药。您需要放血[2]。

玛格德罗娜 啊,不用,我的心肝,我其实也不至于病重到需要放

---

[1] 胡子在17世纪20年代并不流行,而且在很长时间里都不是时尚,所以耶罗尼姆斯在这里是被描绘为一个没有跟上时代的老人。

[2] 静脉放血是一种非常古老的疾病治疗方法,即用一把锋利的刀打开静脉,让血流出来,假设体内的邪恶之物因此被排出。

血的程度。

耶罗尼姆斯 说什么呀。难道您想在明天高烧到起不了床吗?亨利克。赶紧去找赫尔曼师傅①,请他来为我妻子放血。

亨利克(轻声) 老天!这事情可怎么办?

玛格德罗娜 噢,不,我心爱的丈夫!

耶罗尼姆斯 不要说话,我的心肝,让我来决定吧。让我测一下您的脉搏。老天哪,这是该放血的时候了。我感觉到您血液紊乱②。马上去,亨利克,请他亲自来;因为在这方面,我信不过他的徒弟。

玛格德罗娜 啊,我最亲爱的丈夫,让我先观察一个小时,看情况怎么样。

耶罗尼姆斯 一小时是绝对不够的。但是我确实觉得在您上床睡觉前需要放血。可是您,我的大少爷③,您这么晚仍穿着睡袍,

---

① 是指做放血手术的理发师。他被称为"师傅",是因为他是一位工匠师傅。除了理发和剃须之外,当时的理发师还负责一些外科手术,例如处理伤口和治疗骨折,因而也做静脉放血的手术。

② 紊乱,即体液状态紊乱,或由此而引起的情绪波动,如坏脾气、烦躁、易怒、兴奋等。对于精神状态和体液间关联的假设是"情绪心理学"的基础,这一心理学把血液和脾性联系起来,对应火水风土四元素有热湿冷干四种质地,——又与体液的黄胆汁、粘液、血和黑胆汁相对应,并被呈现为四种性情状态:易怒、冷漠、乐天和忧伤。该理论由希腊医生希波克拉底(公元前460—约前370年)创立,并在希腊医生盖伦(Gálenos,129—200/217年)那里得到发展。在1628年英国医生哈维(W. Harvey)发现了血液循环系统之前,这一学说一直是占主流的。

③ 原文是Junker,意为"(年轻的)贵族",这里用来贬指衣着和行为过于优雅的年轻人;所以这个"大少爷"是带讽刺语气的。

这是怎么一回事？是不是您昨晚又像往常一样跑到外面很晚才回来？

勒安德尔 不，没有，我确实没有出去。我一整天都坐着，在写东西。

耶罗尼姆斯 我倒是希望事情真有这么好，希望您能够让自己静心理智下来。您现在已经到这个年龄了，应当开始想明白各种事情、放弃身上的纨绔习气了。

勒安德尔 除了像这城里绝大多数年轻人所做的那样，我其实根本就没有做过什么其他出格的事情。

耶罗尼姆斯 您这是在说：您时而去参加各种晚会，赌光您的钱，拈花惹草并且活得像一个完美的让·德·法郎士①。这之中没有什么不对的，因为绝大多数年轻人都这样生活。

勒安德尔 可是爸爸，在您年轻的时候，您也生活得这么谨慎吗？

耶罗尼姆斯 在我年轻的时候，人们以完全不同的方式生活，尽管我们的钱是现在的两倍。那时，镇上只有很少的包厢马车，不超过四辆。人们会看到贵族家的侍女提着灯照亮贵族们回家的路。天气不好的时候，人们穿着靴子。在我年轻的时候，我不知道什么是坐马车。可现在，一个人走三步路都一定要在身后有个用不上的仆人跟着，若是贯穿一条街的话，他就一定要坐车。

---

① 指纨绔公子哥，出自霍尔堡的喜剧《让·德·法郎士》(*Jean de France*)，其中主人公汉斯·弗兰森（即让·德·法郎士）以夸张、可笑的方式崇尚和模仿法国的语言、文化和生活方式。

亨利克　那一定是因为当年的街道不像现在的这么脏。

耶罗尼姆斯　这是当然，街道很干净。但是，除了太多的马车之外，还能有什么别的东西会使得街道这么不干净呢？过去，高贵的人都是散着步走到居冷伦（Gyldenlund）①，但现在，在城门之外步行简直就像是成了耻辱。我说得对不对，我心爱的妻子？

玛格德罗娜　确实是这样。那时我生活在父母家里，就像生活在修女院。

亨利克　可怜的夫人。

玛格德罗娜　因此，我现在对世俗的疯狂从来都不向往，因为我在年轻的时候从来就没有品尝过它。

---

①　哥本哈根北部著名的森林区域，最初由弗雷德里克三世的儿子Ulrik Frederik Gyldenløve（1638—1704年，1644—1699年任挪威总督）拥有；克里斯蒂安五世接管了该地，并于1690年在该地建造了一座小城堡；1733年重建并更名为夏洛滕隆（Charlottenlund）城堡。

第五场

一个拿着假面舞会衣服的妇人、其他人①

妇　人　我心爱的夫人，这里是您所订的假面舞会礼服。我想您穿应当是合身的。

耶罗尼姆斯　这算是什么倒霉事儿？您要去假面舞会吗？

玛格德罗娜　她肯定是搞错了，我心爱的丈夫。

耶罗尼姆斯　这假面舞会礼服是给谁的，婆子？

妇　人　是给您夫人的，是她为今晚订的。

耶罗尼姆斯　您是糊涂了，我的孩子。这不是给我妻子的。

妇　人　奇怪，她可是自己在半小时之前让我送来的。

玛格德罗娜　你这样乱说我，会倒霉的。

亨利克　她喝醉了，她喉咙里的烈酒就像是在烟囱里冒烟。

耶罗尼姆斯　回家睡觉吧，大嫂②。

玛格德罗娜　看着一个喝醉了的婆子，这真是件难堪的事情。

妇　人（哭着）　凭什么说我喝酒，这绝不是真话。如果说我穷，

---

① 应当指上一场中出现的人物。
② 原文是 Moorlille，是身份较高的人对身份较低而又年长的女人的一种称呼。

可以，但我是正直的。

亨利克（轻声说） 如果她在以前没有放过血，那么很肯定，她现在要放血了。

妇　人 真的是这样的，就在刚才，就在半个小时之前，她还在这里对我说，说她想要去假面舞会，并让我帮她找漂亮的衣服。是的，她确实是这样做的。我没有喝醉也没有发疯。

玛格德罗娜 走远点，婆子，我受不了烈酒的臭味。

耶罗尼姆斯 如果您不离开的话，我可就要让您进管教所[①]了。

[①] 原文中用的是纺纱坊，指妇女管教所，被判定犯有通奸、偷窃或乞讨罪的妇女在那里被强迫劳动纺纱。

第六场

一个小伙子(带着一些面具进来) 这里是一些面具,夫人,现在您可以挑选出戴得最舒服的了,但价钱是两塔勒。

妇　人 现在您可以看,我的大人,我是既没有醉也没有疯,是不是?

耶罗尼姆斯 噢,这可真是令人发指啊。现在我能够理解了,这高烧是哪里来的,这浑身的不安宁,为什么您想独自睡。

玛格德罗娜 但是我心爱的丈夫……

耶罗尼姆斯 不要说了,您说什么都粉饰不了这件事。一个到了这种年龄的婆子,要去参加假面舞会!这对年轻人,尤其是对孩子和家里的下人,会是什么样的好榜样啊。

玛格德罗娜 我只是想要看一下那里的情况是怎样的,这样我以后就会有更好的理由来指责他们了。

耶罗尼姆斯 多么漂亮的借口!好好进屋去吧,女士,请您在这几天里不要见人了,直到您对您的错有了悔悟。你们这些拿着面具和假面舞会礼服的人,如果你们再拿着这些乱七八糟的垃圾来我家的话,看我不把你们的手脚都打烂。

　　[他们离开了。

第七场

耶罗尼姆斯、勒安德尔、亨利克

耶罗尼姆斯 我想着这件事情,差不多都要发疯了。她骨子里不安分,阵阵发烧。这也确实是这么一回事,因为这种该死的放荡比疾病更恶劣。她当然应当放血。我再也没有什么话可对您说了,勒安德尔,如果您母亲能够去假面舞会,那么您去妓院当然就是本分了。您今晚还要去那里吗?

勒安德尔 不,绝不。

耶罗尼姆斯 我也会阻止的。在我考虑到这时间和各种关联的时候,这样的事情是让我最痛苦的。现在恰是您最该让自己有所收敛的时候,因为我们已经和一位高贵的人联姻,您将娶他的女儿。但愿这样的事情不至于让我的所有计划都泡汤,毁掉您自己的幸福。您难道以为莱欧纳德先生会让他唯一的女儿嫁给这样的纨绔儿吗?好好反省一下吧,我的儿子,我很难过,我要以这么严厉的方式同您说话,乃至您恨不得想要离家出走。把这种疯狂的念头驱逐出您的头脑吧,好好去准备一下,看怎样能让莱欧纳德先生欣赏您,我已经为您从他那里得到了一个肯定的回答,剩下的事情就只是:您得自己去同他谈。我答应了他,您明天一早去他那里。所以啊,晚上早点睡觉,这样您明天能够准时起床。

勒安德尔 我会遵照您说的去做的,心爱的爸爸。

[与亨利克一起走进去。

第八场

耶罗尼姆斯、阿尔夫

耶罗尼姆斯 阿尔夫!

阿尔夫 是,东家!

耶罗尼姆斯 听我说,阿尔夫,你今晚待在大门口这里看着,看我的儿子会不会出去。

阿尔夫 东家要给我派一队轻骑兵来保护我吗?尽管我被提升为指挥官,但即使我有这胆子敢阻止他通过,我也一样会倒霉,因为我留意到,他有一把自己配的大门钥匙。

耶罗尼姆斯 你不要同他作对,但只是在你感觉到有人想要出去的时候来提醒我。

阿尔夫 我会按您这话去做。

耶罗尼姆斯 好,我们到里面去吧。

　　[他们走进去。

第九场

亨利克 我的老天,真是幸运,我就站在旁边,听见了他们的这些密谋。只要我从前的才能帮得上我,那么,阿尔夫就会成为一个倒霉的指挥官。我们必须得去参加假面舞会,哪怕我明天会因此而被鞭打得皮伤肉绽。如果我去不成的话,那太糟糕了,因为我对这么多漂亮女孩许下了诺言。这些该死的家伙,偏偏在不该来的时候过来,这真是不幸透顶,尤其是后来那个拿着面具的,如果他没出现,那我们准能让老头相信这拿着衣服的婆子是喝醉了。现在我的少东在里面穿衣服,等他出来,我们得设计一下,该怎样用最好的办法攻克堡垒。哈哈,那小子真是做哨兵的合适人选。要去骗一个傻瓜,这用不上太多的诡计。哦,我的少东穿好了衣服,他过来了。

第十场

勒安德尔、亨利克

勒安德尔　真是件该死的倒霉事,亨利克,我妈就这么尴尬地穿帮了。

亨利克　说实话,我也不知道,这样一位老太太去假面舞会想干什么。

勒安德尔　因为发生了这事,估计她想去假面舞会的愿望也消失了。

亨利克　今天夜里会有一场严厉的床栏训话了。

勒安德尔　可我真的是为这件事伤心。

亨利克　但是少东,我们就别为她想太多了,事情会好起来的。让我们考虑一下我们自己的事情吧。老东家针对我们做出了一些安排,这其实倒也不怎么危险,只不过我们还是要为此想出一些对策。

勒安德尔　什么安排?

亨利克　我听见少东的父亲招呼阿尔夫,马上就猜想他会对他说些什么秘密的事情,因此我悄悄站在那里偷听他们说,他要在夜里站在那里观察有没有什么人走出去。

勒安德尔　这该死的倒霉事,亨利克。我是不愿意让我父亲知道我出去的，可我今晚又不可能不去假面舞会。

亨利克　我就更不能不去了，因为我是约好了要和一些人碰面的。

勒安德尔　我们该怎么不让我父亲知道呢？

亨利克　就借助于我足智多谋的脑袋了。

勒安德尔　你已经想出什么点子了吗？

亨利克　不，还没有。

勒安德尔　时间不多了，亨利克，现在已经不早了。

亨利克　对一个笨伯来说时间不多，但对我这样的脑瓜则有足够的时间。

勒安德尔　你难道不觉得，我们最好还是往他手掌里塞个一塔勒？

亨利克　这方案不错。给我一塔勒，少东，然后我去贿赂他。

勒安德尔　看，这里有一塔勒；不过，在他拿钱之前你要让他发誓。

亨利克　可是，我认真考虑了一下，这个方案没用。最好还是让我保留这一塔勒。这坏蛋，他凭什么拿钱？我什么都不用给他，也能让他保持沉默。

勒安德尔　我赞美你的机智，亨利克。你这样从我这里骗走一塔勒，手段很高明。

亨利克　这只是为了表明，我所擅长的就是做得更好，并且做得对少东有好处。否则的话，我才不会把一块破塔勒当回事儿呢。

勒安德尔　只要你能做好你所承诺的事，那么这就是送给你的了。

亨利克　我已经为他安排好了圈套。让我们到一边去吧。

第十一场

阿尔夫 对我来说,在晚上站岗有点冷,唉,其实站岗也没用。耶罗尼姆斯先生答应了给我两马克站岗的钱,尽管我从来就不曾拿到过一分钱,可我还是很愿意整治一下亨利克的。这浑小子,在家里日子过得太好了,所以一天天变得胆大包天,这么狗屁目中无人,乃至他几乎就不愿意和一个像我这样的老实人坐同一张桌子,不愿有什么干系。如果我直接叫他亨利克,他马上就皱起眉头翘起鼻子,因为这小子为自己找了个姓,自称是亨利克·埃贝尔托夫特①。如果他在这个位置上为勒安德尔先生跑差事的时间更久的话,想来没多久他就会管自己叫亨利克·冯·埃贝尔托夫特了。

但是,不管他有没有发疯,在我这里,他就只该简简单单地叫作亨利克,因为我不在任何地方比这个混蛋差。我完全可以像他一样也有一个姓的。比如说,我出生在克里斯滕·科珀尼科夫巷。如果我要自称是阿尔夫·克里斯滕·科珀尼科夫巷的话,难道他能禁止我这么做吗?但是这种跑腿

---

① 丹麦日德兰半岛东海岸的一个小城,在霍尔堡的时代是一个重要的航海城镇。

跑出来的怪念头是难以描述的。只要这些家伙在假发后面有了一个袋子①，他们就……

［就在他说这话的同时，他转过身留意到以鬼魂形态出现的亨利克，因此他开始尖叫并跪下。

亨利克（很粗的声音） 现在是你要为你做下的坏事受惩罚的时候了。
阿尔夫 啊，高贵的魔鬼先生，请不要伤害我。
亨利克 赶紧，赶紧，你马上就会得到你罪有应得的惩罚了。
阿尔夫 啊，魔鬼大人啊，请再给我一天延缓的时间吧。
亨利克 没有什么延缓的，除非你马上承认你做的坏事。
阿尔夫 啊，好的，啊，好的。啊，我没有做过什么坏事啊，魔鬼先生。
亨利克 赶紧，赶紧给我说出来。
阿尔夫 哦，是的，我是做过。
亨利克 那么，马上给我坦白，说出来。
阿尔夫 上星期我偷了主人家里十六升面粉。
亨利克 还有呢，还有呢！
阿尔夫 三星期前我偷了三块腊肉。
亨利克 还有呢，还有呢，你这条狗，否则我可……
阿尔夫 前天夜里，我偷了……
亨利克 你偷了什么？

---

① 假发下面的布袋（用塔夫绸或丝绸做的），假发后面的头发可以被收在其中，像个大蝴蝶结。在霍尔堡的喜剧中，仆人常常戴这种带有袋子的假发。但后来贵族阶层也渐渐开始使用这种假发。

阿尔夫（哭着） 厨娘的初夜。

亨利克（拿掉自己的罩面） 阿尔夫，你在黑暗里咋这么害怕呀？

阿尔夫 啊，愿你去死吧，你这个恶棍。

亨利克 我真高兴能够了解这些事情，这样，耶罗尼姆斯先生就能够知道你是个什么样的人了。

阿尔夫 唉，亲爱的亨利克，别把我的事情说出去吧。

亨利克 免谈。

阿尔夫 唉，亨利克先生。

亨利克 现在乞求是没有用的。

阿尔夫 唉，亨利克·埃贝尔托夫特先生。

亨利克 一个这样假正经的狗东西会得到惩罚。

阿尔夫 唉，亨利克·冯·埃贝尔托夫特先生。

亨利克 现在，如果你愿意，你可以对耶罗尼姆斯先生说，我们今晚去假面舞会了。我当然知道你就是为此而跑到这里来偷偷窥视的。

阿尔夫 对，对，耶罗尼姆斯先生命令我站在大门口，就是为了做这事。但我肯定是不会出卖你们的。

亨利克 现在我们当然可以相互出卖了。如果我为我做的事情挨耳光的话，那么你就会被吊死了①。

阿尔夫 你们要去假面舞会尽管去，随便你们去得有多勤，我绝不会说出去。

---

① 在霍尔堡的时代，对盗窃罪的最重惩罚是绞刑。不过18世纪的发展倾向则是：被判处死刑的小偷越来越多地被赦免为体罚，如鞭打和苦役。

亨利克　那么我也就不会把你的事情说出去。

阿尔夫　你保证不说出去?

亨利克　看，只要你对我们守信，那么你可以握着我的手，我担保也不说你的事。你现在尽管去躺下睡觉吧。

阿尔夫　好的，我这就去了。

亨利克　别了，阿尔夫，愿你的夜晚美好安宁。现在，由于我的精明，我做成了这么多事情，早先这小子老是伤害到我们，从现在起，他该学会怎样为我们做事了，是的，死心塌地为我们做事。如果他看上去稍稍不对劲，我马上就会用面粉、腊肉和女厨娘初夜的事情来威胁他。现在我得把这件事告诉我少东。

幕　间

　　假面舞会被呈现出来。其中显现出勒安德尔爱上戴面具的莱欧诺拉，也就是莱欧纳德的女儿。他们俩都揭开自己的面具，互相交谈，并互相给予对方戒指。这情节的呈现持续一刻钟，然后幕布慢慢落下。

第二幕

第一场

耶罗尼姆斯　夜里，我同我妻子严肃地谈了一下，还是很有效果的。她说，只是因为年龄的关系，她去假面舞会就不会像少妇或者少女那样有那么多疑虑，这确实也对。但是，她必须向我承认这一点，由于她的这种做法，她为别的年轻人做了一个坏榜样，因为这样一来，在我们指责这些年轻人没有规范的生活时，他们马上就知道可以这样为自己辩解：一个到了这种年纪的女人，有了已经长大的孩子，如果她也去假面舞会，那为什么还要责怪年轻人这么做？我躺着向她讲述这道理，一直讲到午夜，所以我在今天早上比平时多睡了几个小时。我听不见他们的动静，我的儿子和他的仆人，他们的房间那么安静。我想勒安德尔肯定已经去他未来的岳父那里了。（阿尔夫进来）阿尔夫，想来你夜里是认真地站好了你的岗吧？

阿尔夫　我在大门口站到了夜里十二点钟，但我没看见有任何事情发生。圣母玛利亚，我可是没法在寒冷中站更久了。

耶罗尼姆斯　这已经够了。如果他们没有在午夜前出去，那么他们就肯定留在家里了。可是，你有没有感觉到，勒安德尔今天早上很早就已经出去了？

阿尔夫　没有啊，东家，我不想对您撒谎。勒安德尔和亨利克都还躺在床上睡觉呢。

耶罗尼姆斯　他们还在睡觉？这不可能吧，这之中肯定有什么蹊跷。我得透过窗户看一下亨利克的房间。

　　啊，我的天，真是这样吗？我发誓他们肯定在夜里又去了假面舞会。这王八蛋，穿着假面舞会的衣服躺在床上打呼噜呢，你这个家伙，是怎么看着他们的？

阿尔夫　他们肯定是在午夜之后出去的，东家？

耶罗尼姆斯　我得马上让这小子起床，用棍子把他揍醒。

　　〔跑进去，抓着亨利克的头发把他拖出来。亨利克推开他，仍穿着假面舞会的衣服梦游般地走着，叫喊"再来一杯咖啡①"，继续说着梦话：

亨利克　现在不是小步舞了，让我们一起跳个英格兰舞吧，演奏方块舞的曲子。不，不是这么回事，不是这种方块舞。我说的

---

①　在丹麦，自 1660 年代起就有人饮用咖啡，当时是一种奢侈品。17 世纪初，饮用咖啡逐渐变得普遍，但直到 20 世纪中叶才成为一种常见的饮料。1720 年代的喜剧观众仍然会把咖啡当作一种新奇的东西来体验，也就是说，咖啡就像假面舞会一样，是时髦的。

是那种新的。

（唱着，跳着方块舞。耶罗尼姆斯吃惊地看着。亨利克马上走向耶罗尼姆斯，吻他的手说）一曲慢步舞，小姐。

耶罗尼姆斯（给了他一个耳光，他踉跄了一下） 不，先来一个Soufflet（法语：耳光），Monsieur（法语：先生）。

亨利克（由此醒来，大声喊） 啊，耶罗尼姆斯先生，我再也不会这样了。

〔跑进房里，锁上自己的房门。

耶罗尼姆斯（敲着门喊） 你开不开门！

亨利克（从窗户里往外看） 啊，耶罗尼姆斯先生，别生气。

耶罗尼姆斯 赶紧开门，否则我就要把门砸开了。

亨利克 啊，耶罗尼姆斯先生，我们大家都是人嘛。

耶罗尼姆斯 我把门砸开的话，那你可就有十倍的倒霉了。

亨利克 啊，东家，德语不是这么说吗？Ein Mahl ist kein Mahl（德语：一次不能算的）。

耶罗尼姆斯 你是想要倒大霉吗！你想骗我说这是你们在冬天里第一次做混球儿的事吗？

亨利克 啊，东家，我们这次是受了一个法兰克福来的德国人的诱骗才去参加假面舞会的。

耶罗尼姆斯 阿尔夫，你马上给我找一把斧头来。

亨利克 不管我们多么想要拒绝这家伙，但结果还是不可能，因为他会二十四种语言，甚至包括古巴比伦的美索不达米亚语①。

耶罗尼姆斯　当然，他们全都会说这么多语言。我真想手上有一把斧子。

亨利克　这家伙还精通各种各样的乐器。

耶罗尼姆斯　我也精通各种乐器，我马上就会让你给我跳舞的。阿尔夫，怎么这么久，你这混球儿到哪里去了？

---

① 美索不达米亚位于今天的伊拉克，在幼发拉底河和底格里斯河之间。这里所说的美索不达米亚语可能是叙利亚语（属闪米特语族的中古阿拉姆语的一种方言），但不是阿卡德语（巴比伦语），这种语言在霍尔堡死后几百年才得以破译。然而，"美索不达米亚"在霍尔堡的喜剧中经常被提及，没有任何具体的含义，只是作为一种遥远和陌生事物的表达。

第二场

莱欧纳德、耶罗尼姆斯

莱欧纳德 早上好,我的亲家,为什么这么生气?

耶罗尼姆斯 您不知道,我的亲家,我在家里要面对的这些麻烦事儿啊,真是头痛啊。

亨利克(从窗户里说) 啊,莱欧纳德先生,帮我向我的东家说说好话吧。

莱欧纳德 您到底做什么坏事了,我的孩子?

亨利克 除了昨夜去了假面舞会,我们什么都没有做啊。

莱欧纳德 没别的事?如果这也要受惩罚的话,那么我昨晚让女儿去假面舞会,那就更糟糕了。

耶罗尼姆斯 您让女儿去假面舞会?

莱欧纳德 是啊,我差不多就是鼓励她去的。我从来就不拒绝年轻人无邪的欲求,我自己在年轻时代就是让自己听从这种欲求的。

耶罗尼姆斯 您把这称作无邪的欲求?

莱欧纳德 不管是不是无邪,它都不是什么值得让人这么生气的事情啊。

耶罗尼姆斯 如果这样的事情在别的时候发生,我也就不会这么恼火。可我儿子是在现在这种时候发了疯,唉,现在他可是该以最大努力让自己言行得体才对啊,他可是个快要结婚的人了,唉,这实在是让我痛心啊。

莱欧纳德　他肯定会变得好起来的,亲家。我们自己在年轻时不也曾是这样吗?我们在世界背弃我们之前也没有背弃过世界。如果我们能像二十年前一样活泼快乐,那我们也还会去假面舞会的。如果我们因为各种我们自己在年轻时享受过、但现在因年龄而无法享受的喜乐而去打击我们的孩子,那么这看上去就好像是我们纯粹出于嫉妒才这么做。这让我们显得就像是那种因为自己脚上有鸡眼所以才去谴责舞蹈的人了,我的亲家,我觉得您真的没有必要再这么郁闷了。如果应当有人对您儿子的这种举动感到不安的话,那这人倒该是我,他要娶的可是我的女儿啊。

耶罗尼姆斯　我还是得把这个坏仆人揍一顿,然后好好教训一下我儿子。

莱欧纳德　按我说,只要我还在这里,您可别,这两件事都别做。如果您不答应说原谅他们,我可就不走了。

耶罗尼姆斯　好吧,看在亲家的份上我就不把事情弄大了。亨利克,到这里来,让勒安德尔也来这里。

亨利克　东家不会打我吧?

耶罗尼姆斯　不打你。看在莱欧纳德先生的份上,我这次就放过你们了。但现在我脑子里最重要的事情是,他昨晚答应了我,他今天会按约定早早去亲家那里的。

莱欧纳德　不不,这没关系。现在我知道他因为什么耽搁了。

第三场

耶罗尼姆斯、莱欧纳德、勒安德尔、亨利克

耶罗尼姆斯 早上好啊,先生。您当然是按约定一早去过您岳父家了。

勒安德尔 我请求您的原谅,心爱的父亲。

耶罗尼姆斯 不不不,您不必请求原谅。您是有着合理解释的。这是当然的,一个整夜都在蹦跳快活的人当然是必须在白天睡觉的。反过来倒是我应该请求原谅,啊,原谅我大胆地打扰您的睡眠了。(对亨利克)还有你这混日子的家伙……

莱欧纳德 不不,亲家!您可是已经答应了不对他做什么的。他只是做他的主人要求他做的事情。

耶罗尼姆斯 不,亲家,这真是太可怕了。这小子走进那种地方,自己也一起跳舞。别人家的仆人都不会这样。

亨利克 这是因为,我比大多数别人家的仆人有更好的头脑和理智。那些愚蠢的可怜虫,他们就会坐在马车上,整夜地坐着挨冻,甚至第二天就会生病,这样,他们能够为自己的东家做些什么事情呢?我认为,仆人能够为自己的东家做的最重要的事情就是,在自己工作不受影响的情况下好好保重自己。

看一下我的东家由此而赢得的东西吧。在别的东家们想要去假面舞会的时候，仆人们就会抱怨，而我则相反，我欣喜若狂，并且反应非常快。别人家无赖而懒惰的仆人夜里坐在马车里，在要回家时，他们浑身被冻僵，没办法为自己的东家脱衣服，对啊，他们在第二天还要喝药剂来让自己冒汗[①]。我则反过来，我跳着舞回家，第二天还是活蹦乱跳的。

耶罗尼姆斯 听，这小子真是会为自己做下的事情做粉饰啊，他能去当一个仆役律师了。

亨利克 我认为，一个善于自得其乐的可怜仆人能把事情做得很好。我们生在贫穷之中，我们在饥饿中长大，我们被一个永远不会满意的老师打了差不多十二年。我们的童年就这么过去了。随着年龄的增长，我们不得不辛苦劳作以避免让自己因为饥饿而提前死去。长话短说，我们整个一生就是一条悲惨的链子。而现在，看，如果我们想出了什么办法来补救我们的不幸，如果我们借助于某种娱乐来避免让自己的身子垮掉，那么，我们就会受到严厉的责罚。

耶罗尼姆斯 难道你这个恶棍还认为这样不正常的黑白颠倒地生活是什么健康的事儿吗？

亨利克 东家，我们在夜间的舞蹈之中所获得的运动完全就像把一整家药房都吞进肚子一样有益于健康。

耶罗尼姆斯 你这个畜生，难道你不跳舞就得不到运动了？难道你

[①] 通过"出汗、呕吐或排便"的方式将疾病或病痛排出体外的方法，在霍尔堡的时代很常见。汗蒸疗法往往与发烧有关，但也作为一种治疗常见感冒的方法。

就不能做一点有用的工作，由此来得到健康的运动？

亨利克　我可以通过跳舞来运动，我也可以通过砍木头来运动，不过，通过砍木头的运动，我的脖子会出现一种疑虑神经症①。因为一个人不会带着快乐砍木头，但通过另一种运动，跳舞，我就能够祛除疾病，因为它混杂着快乐。我真希望我们可以把马夫和马都带到假面舞会里去，那样的话，这些可怜的牲畜也就终于能够在漫长的倒霉日子中得到一点消遣，有一点美好的时光。

耶罗尼姆斯　我想，我得把这小子的脑袋砸烂掉。

莱欧纳德　这有点太可惜了，亲家。他实在是有着很好的脑子，所以是不该被砸烂的。

耶罗尼姆斯　难道我们就该让这小子大胆地为所有被有理智的成年人谴责的、除了街头混子之外谁都不会接受的事情来狡辩吗？

莱欧纳德　不，耶罗尼姆斯先生，既然您不想听他说，那么就让他和我说吧。

亨利克　东家说，所有有了一定年龄的人都谴责这样的事情，这很对，但是为什么呢？因为他们已经进入了这种状态，他们的腿已变得僵硬，他们自己不能够再跳舞了。年轻人有年轻人的消遣，老年人也有老年人的消遣。年轻人在游戏、跳舞以

---

① 原文是 Hyppoclondrie，是把 Hyppochondrie（疑病症，是指对自身出现的一些身体状况作出不合实际的解释，担心自己身患一种极为严重的疾病）拼错了。原文中把"ch"弄成了"cl"可能是由于打错了字，也可能是为了展示仆人亨利克并不完全理解这个外来语词。

及类似的娱乐之中得到享受。我们这个国家里老人们的享受则是：晚上坐在酒店里，反复批评年轻人的错误，直到他们醉得被四名守夜人①拖回家里。

［耶罗尼姆斯举起手里的棍子。

莱欧纳德 我觉得您不应该打他，亲家，我觉得他在这一点上倒是没有说错。

亨利克 我这样说倒不是在责怪老年人，而是要表明，每个年龄段的人都有自己的缺点。每天晚上喝醉酒上床睡觉，这是我们这里值得尊敬的老人们最大的时尚了，但是，究竟是每天晚上喝醉酒上床睡觉更好一些，还是在一年中的某些时候去假面舞会更好一些，这我就不做评价了。这之中唯一的区别是，前者是旧日认可的习俗，而后者则是某种新的东西。

耶罗尼姆斯 亲家，我不知道您怎么能够忍受这种邪恶的说法！

莱欧纳德 不不，我觉得您应当允许他说下去。

亨利克 东家觉得我这样说是为了和人讲大道理吗？不，完全不是。我只是说，如果每一代人都好好看一下自己的错误，那么，这就像一把刀要让另一把刀留在刀鞘里，其实大家的错误一样严重。一个醉了酒被守夜人带回家的人，他居然一路喋喋不休地用道德说教来指责年轻人的错误，还能有什么会比这样的事情更奇怪的吗？

---

① 哥本哈根（直到1863年）巡逻的军团成员。他们的任务是维持秩序和安宁（并拘捕违法者），在发生火灾时发出警告，提供街道照明，每隔一个小时宣布一次钟点，并唱一首守夜人歌谣。

耶罗尼姆斯　但是,你这畜生,回答我:在假面舞会上,年轻人全都伪装起来,可以不受阻碍地坐车到第三个地方①去,因为戴着面具不会被什么人认出来,你说,这样的事情不就是随时在走向伤风败俗吗?

亨利克　不,东家,这在像西班牙这种把女人关起来的地方是危险的②。但是在我们这个国家,如果两个人相互爱上了对方,他们会找到一百个聚在一起的机会。夏季到居冷伦或者腓特烈斯达尔(Frederiksdal)③去旅行,这被看作是一种非常高档的消遣,但是在那里常会发生些什么,我有个兄长是出租车夫,他就太清楚了。

莱欧纳德　但是,亨利克,现在,我也想稍稍说一下:年轻人每天晚上去假面舞会整夜欢闹,那么,在那之后他们不就得整天睡觉了吗?而这样的话,他们不就什么事都做不了,最终不就成了无所事事的懒汉了吗?

亨利克　这倒是真的,先生,对此我倒是无言以对了。我赞成的只是我少东的做法,他一年去参加五到六次假面舞会,因为那

---

① 即两个恋人在可以约会的地方碰头,而且既不是自己的住处也不是对方的住处。

② 霍尔堡曾在他的《道德想法》一书中说及,在意大利、西班牙和东方,因为那里的女人被关在家里,情欲对人的影响反倒是最大。人们用各种狡猾的手段来攻入守卫婚姻的最坚固堡垒,因此,男人在看守和禁闭妻子时采取的预防措施是对爱上其妻的人的一种邀请,许多人失去妻子只是因为他把她关在了家里,因为他对妻子采取了太多的预防不贞的措施,所以反而被戴上了绿帽子。

③ 哥本哈根北部受欢迎的郊游地带,也是情人约会的地方,有着美丽风景,也有很多旅馆。

些养成了习惯老是去那里的人们，他们确实是在过着一种不光彩的生活。

耶罗尼姆斯　这个冬天，若是在超出了四到六次之外你又去假面舞会的话，那么你就该倒霉了。

亨利克　东家，我对此无话可说。为这样的行为辩护，也不是我的事情，让那些在整个冬季里每星期去三次假面舞会的人回答这问题吧。否则的话，正常的人们也可以说……

耶罗尼姆斯　可以说什么？

亨利克　可以说：年轻人在这样持续的通宵不睡中让自己变得习惯于坚韧，这样，将来在工作上有这样的要求时，他们就能够适应艰苦的处境而保持让自己处于清醒的状态。

莱欧纳德　但因为他们晚上醒着，所以他们就得把白天的时间睡掉，亨利克，这可不是什么好事情啊。

耶罗尼姆斯　把黑夜弄成白天，把白天弄成黑夜，再也没有什么事情是比这更恶劣的了。

亨利克　所有守夜人都是这样的，东家，他们可都是一些好人啊。

莱欧纳德　是的，是这样。但是，守夜人在黑夜里可是在为公众做着极大的贡献啊，他们完全可以心安理得地睡掉半个白天。

亨利克　是的，他们唱着夜歌，希望人们在夜里每一个小时都能睡得安宁，并且还用他们的大声喊叫来把人从睡梦里喊醒。[①]

[①]　守夜人夜里要在街上叫喊着报出时间，并从晚上八点到凌晨四点每隔一小时唱一次守夜歌谣。晚上九点的守夜诗句可以是这样的："现在白昼正在溜走／而黑夜正在降临。／慈悲的上帝啊，为耶稣身上的伤痕而赦免／我们的罪。"霍尔堡自己也在书信中提到过，他对守夜人夜里在街上发出的叫喊声感到很烦。

耶罗尼姆斯 我的亲家，不要再和这小子多说了。听着，如果你再去假面舞会的话，那么你就准备好夹起尾巴离开我家吧，我要剥夺掉你主人的继承权了！

莱欧纳德 现在，亲家！不要这么生气，让我们中庸一点吧，是不是能听一下我对假面舞会的各种卑微想法呢。我不会因为假面舞会是假面舞会而反对它们，我反对，是因为它们让人上瘾。对于某些人来说，毫无益处的消遣和儿戏，有时就像饮食那样必不可少；假面舞会，除了让郁闷的人重新精神焕发之外，也还是一种特别聪明的发明。因为它向人类展示出了他们最初所处的自然平等的状态，在那个时候，傲慢的风气还没有控制人类，一个人还没有不屑与另一个人交往。只要化装舞仍持续着，仆人与东家就没什么不同。因此，我不反对假面舞会，我反对的是对它们的滥用，因为，一星期去三次假面舞会，这是扔掉自己的钱，是扔掉自己的健康，是让一星期里的三天被偷掉，是啊，有时候是一整个星期，因为年轻人会因不断酗酒和无所作为而变得完全不适合做任何工作。一年跳上几次舞，不管是戴着面具还是露着脸，都没有什么不好，但是一年到头都在跳舞则会使得一座最好的城市变成大疯人院。

耶罗尼姆斯 回答呀，你这个混蛋。

亨利克 对，是的，是这样。

耶罗尼姆斯 我想也是，你回答不出什么有意义的东西。

亨利克 东家啊，我不喜欢玩游戏消遣。我不像其他仆人那样打牌，我从不花时间喝酒或者去找各种女人。简短地说：没有音乐和舞蹈的事情，我都不喜欢。这就是为什么若有人不让我去，那……

耶罗尼姆斯 愿你和你的辩解都见鬼去吧。按你的说法，一个人也能够说：除了杀人之外，别的事情我都不喜欢，若有人要来剥夺我这种乐趣，那么我在这个世界上活着就不会有什么意思了。

亨利克 不，东家，这可是我们要阻止的，杀人这种乐趣必须被抑制住，因为没有什么人会愿意让自己被杀。但是，又有什么人会因为我去假面舞会而受苦呢？

耶罗尼姆斯 即使没有别人因此受苦，你自己也还是要受苦的，因为你把你的钱用在了毫无用处的事情上。

亨利克 唉，东家，让金钱在人与人之间流通可是最伟大的美德啊。

耶罗尼姆斯 既然你认为让金钱在人与人之间流通是一种美德，那么，就去让金钱在穷人们之间流通，我就是这样做的。

亨利克 东家，在一个国家里有两种穷人，一些是懒惰的穷人，另一些则是勤奋的穷人。懒惰的穷人们就是那些到处晃荡乞讨而不愿工作的人们。东家是向他们伸出救助的手。勤奋的穷人则是裁缝、鞋匠、贩婆、杏仁糊甜饼和面包师、出租车夫，我们则向他们伸出救助的手。如果我们所有人都像耶罗尼姆斯先生这样，生活得如此深居简出，那么所有这样的人就难免会死于饥饿。因此，东家通过自己的施舍来推动人们去乞讨。而我们则相反阻止他们乞讨。如果一个人要帮助穷人，那么最好还是去帮助勤奋的，而不是去帮助懒惰的。

耶罗尼姆斯 好一派胡说八道！你该去看看是不是有人只出于"为纸牌匠提供工作"这个意图而打牌。我是不想再听你这些毫无道理的废话了。听我说，我的亲家，我儿子该在什么时候来拜访您的女儿？

莱欧纳德 越早越好。另外，我也不知道我女儿今天是怎么了，她是那么忧郁。我们坐着喝茶，她只是一直不停地在叹气。

耶罗尼姆斯 这好女孩心烦是有原因的。我许诺我儿子会去，他忘记了。她有理由把这样的事情看成是一种冷漠。看，你[1]这纨绔小子，这就是你夜里狂欢的恶果啊。

　　[勒安德尔深深叹息。

耶罗尼姆斯 是啊，现在，我们在事后叹息。现在我觉得我们父母的各种教导还是很有道理的。你，哲学家先生，你是不是能找出一点什么理由来为此粉饰呢？

莱欧纳德 算了算了，亲家，不要再骂他了。这也不是什么危险的事情。如果我女儿是因此而心情不好的话，那么，只要她被告知了他没有来的原因，她的忧郁马上就能够被驱散。

耶罗尼姆斯 您准备好，我的孩子，去那里好好道歉。亲家先生，请到我的房间来，这样我们能够单独谈一些事情。

　　[老人们走进去。

---

[1] 这里耶罗尼姆斯对儿子是称"你"。

第四场

勒安德尔、亨利克

勒安德尔　亨利克,如果你把我杀了的话,那你就是帮了我一个大忙了。

亨利克　怎么说这种该死的话。

勒安德尔　我会付你钱来做这事。

亨利克　不,少东不用为此花什么代价。如果我要这样做的话,那么我就会彻底无偿地做;既然我马上会因为我完成了这工作而被绞死,那我拿了酬金又有什么用。您的父亲只是站在那里对着空气喊话而已,少东怎么就变得这么沮丧?就好像是我们还没有习惯每天听他这么碎嘴似的。

勒安德尔　你搞错了,亨利克,我绝望是另有原因的,如果你听我说出这原因的话,自己就会向我认错了。我是不可救药地爱上了一个人。

亨利克　这爱情也太会挑时机了,现在您可是马上就要结婚了呀。

勒安德尔　不,亨利克,我在昨晚的假面舞会上爱上了另一个女人。

亨利克　我也爱上了一些女孩;但是,一开始跳舞,一出汗,我就把爱情蒸发掉了。我本来差不多是为一个我邀请去跳公鸡舞①的人而爱得死去活来的,但长时间的舞蹈还没有结束,丘比特已经完全随着汗水从我的身体中流淌出来,以至于我不愿意再看见这女孩出现在自己面前了。

勒安德尔　但愿我也能够这样说。但是这美丽的少女整夜都站在我面前。

亨利克　唉,少东,来得如此急速的爱情,不会有任何持续性。另外,您也许就再也无法见到她了。

勒安德尔　愿老天禁止这样的事情发生吧!对,亨利克,我希望今天能够见得到她。她的爱回应我的爱。我们约好了在一个地方见面。我给了她我的戒指,我现在手上戴的这个是她的。

亨利克　如果两个人是自己订婚而不是使用父母作为代理者的话,这就有着另一种性质,这时,这两个人就能够在一瞬间里搞定订婚、结婚和生孩子的准备工作②。但是,少东,严肃地说,您可得把这新来的假面舞会爱情抛在脑后了,因为在这种时候爱上别人可是一件很难办的事情啊。

勒安德尔　这对我来说是不可能的事情,亨利克!唉,如果你见过她,你就会支持我为这爱情所做的一切。我从来没有见过这么美妙的形象。脸、手、表情、言谈。这一切就是这样,即

---

① 霍尔堡词典中提到了德国的公鸡舞(Hahnentanz),那是一种围绕着放在柱子上的公鸡而跳的舞蹈。亨利克在这里提到公鸡舞应该理解为是对"在跳舞过程中求爱"的形象化比喻。

② 指做爱。

使只是其中的任何一样，也足以打动最冷漠的人。

亨利克 但是少东，如果您认真地观察一下的话，这也许是安娜·哈特美尔妓女营①中的一个。

勒安德尔 你肯定不会认为一个妓女会戴这么珍贵的戒指，一个妓女怎么会有这样美好的表情、这么可爱的气质？

亨利克 不管她是谁吧，一个正经女人这么急速地让自己订婚，这总是件挺奇怪的事情。

勒安德尔 我以前曾面对过各种女人，但我一看见这位少女，就仿佛是有人在对我说：这是上天派来给你做配偶的人。发生在她身上的情形也是这样。爱情，亨利克，爱情是某种你无法描述的东西。

亨利克 这我感觉得到。按理说，丘比特先生会在这个时候收着自己的箭不射出来，因为现在少东正要同一个很高贵人家的女儿订婚，这样的事情是不可能无声无息地被取消的。

勒安德尔 不管这件事闹得多大，反正我是不会让自己去娶莱欧纳德的女儿的。

亨利克 这真是该死的一团糟。到时候会有一大堆咒骂落在您身

---

① 安娜·哈特美尔（Ane Hattemager）是哥本哈根一个著名的妓院老板。因为引诱无辜女孩到她的妓院，安娜·哈特美尔于1723年（《假面舞会》上演的前一年）在国王的新广场受到惩罚：被绑在一根杆子上鞭打，戴着颈铐站了三天，然后被关在克里斯蒂安港的"纺纱坊"（妇女管教所）。她被释放后又重操旧业，直到1726年再次受到惩罚并被驱逐出境。

一个营是一个最多有1000人的军队单位。因此，这句台词是表明当时城里有许多妓女。

上，而我则要准备好承受一顿恶揍。我真他妈愿自己是在世界的另一头。我真希望自己是东印度的总督①。少东，您就同自己讲一点道理吧！

勒安德尔　这没用。

亨利克　少东，我要看，我是不是能够用我在年轻时代学过的黑色魔法来治愈您。您要连续地把这些词重复三遍：名声，好处，蔑视，诅咒，伤害，父母和朋友的仇恨。试着把这些词重复三遍。

勒安德尔　哪怕重复三千遍都没用。所有这些东西都太虚弱，根本无法打动我。

亨利克　如果这也没用的话，那么整家药铺都救不了少东了。

勒安德尔　你可以在任何事情上同我作对，亨利克，只有这件事除外。

亨利克　我愿与少东在一切事情上保持一致，只有这件事除外。这新来的爱情，少东，会给我们带来很大的麻烦。

勒安德尔　不要再说任何反对这件事的话。否则我要你的命。

亨利克　好，这样，我最好是沉默。现在我感觉到这是很严肃的事情。

勒安德尔　我也不希望你沉默。

亨利克　既不说话又不沉默？

勒安德尔　我希望你能够支持我的爱情。我希望你能够给我建议告诉我该怎样做，在我父亲问我有没有去做我该做的事情的时

---

①　即特兰奎巴的总督。特兰奎巴是1620—1845年在印度东海岸的一个丹麦殖民地。当时的人们认为特兰奎巴总督这个职位是一个非常不吸引人的职位。

候，我该怎么办。

亨利克 我觉得最好还是马上把一切都说出来，并且接受随后出现的后果。

勒安德尔 你说，随后出现的后果，这是什么意思？

亨利克 一些小故事，只能算是微不足道的小细节。如果少东允许我就此用喜剧的方式来表演三幕小戏的话，您就能够由此看到这事情的开始、发展和结束。

第一幕这样开始。比如说，我首先是耶罗尼姆斯："你这轻浮、堕落的家伙，你不配有这么体面正派的人作你的父母，你违背你父母的意愿去和一个你只见过一次的放荡女人订婚，从而把自己弄成一个骗子和撒谎者，令你的整个家庭蒙受耻辱，使得你自己成为所有人咒骂取笑的对象。"

然后是莱欧纳德带着他的女儿来了："您可能以为我的女儿是个儿戏，是不是，勒安德尔先生。相信我，这里有国家的法律，有法庭，只要我的钱包里还有钱，我就会和您缠斗下去。我们都是一些名声很好的人，绝不会让我们的家族蒙受耻辱。"

然后是小姐。她呜咽着说："唉，我心爱的爸爸，如果您看着我所遭受的伤害不为我报仇，那么，我就会伤心而死。毕竟，他本人已经在书面上提出要求娶我。我可是有着他三四封信件的。他有什么反对我的话要说吗？难道我是畸形的吗？难道我的名声不好吗？难道我不是与我被描述的情形完全相同吗？"

这是第一幕的简要内容，在这一幕里，勒安德尔坚持着自己的意愿，决心要同另一个人结婚。

勒安德尔 事情差不多就是这样吧。

亨利克 第二幕这样开始：看我放在这里的这张椅子，这是民事法庭，我先是小姐的律师。现在有人读传票："校长和教授明确表示，对我们来说，他们已经允许我们被传入……"，我现在跳过这段，直接进入诉讼程序。

〔让自己进入椅子一边的位置。

"我的女当事人，仁慈的先生们，是一位高贵而清白的小姐，他本人向她亲爱的父母求娶她，并且在那之后他一直无法证明她有什么不好的地方。"

〔跑到另一边。

"确实如此，仁慈的先生们，确实，我的当事人确实是要求娶她的，关于她，除了说她是诚实和得体的一切之外，他无法说什么别的。但是，要强迫一个人违背自己的意愿结婚，则是一件艰难的事情。这样的事情只会建立在地狱之上。而且，因为我的当事人没有见过她，更不用说触摸过她，所以，她仍像以前一样地完美无损。"

〔又跑到另一边。

"不，停下，我的同行先生，另外，我们要知道，一位小姐，如果有人首先是在没有强制的情况下想要娶她，然后又毫无原因地取消婚约，那么她就会因此成为市井闲话的对象。"

〔跑到另一边。

"他不是因为不愿意而取消与她的婚约，而是因为另有一场更强烈的爱情使他神魂颠倒,这样一来,他无法履行诺言。"

〔跑到另一边。

"哈哈,好一派说辞。这样看来,任何人都可以用这种说辞来为自己辩护了。"

〔跑到另一边。

"我的同行先生,您可能不知道爱情所具有的力量,否则的话,您说话就不会这么不近情理了。"

〔跑到另一边。

"我就像您一样完全地明白什么是爱情。"

〔跑到另一边。

"那么您为什么说这些见鬼的废话?"

〔跑到另一边。

"您才是在说废话,而且说起话来就像议会法律助理①。"

〔跑到另一边。

"如果不是出于对法院的尊重,那么我就会向你这流氓展示一个议会法律助理是什么。"

〔跑到另一边。

"我是个流氓吗?"

〔跑到另一边。

"是的,我敢这样说,并为这一说法辩护。"

〔拉自己的头发,在这一边尖叫,然后在另一边也做同样

---

① 原本是指提供法律援助的人,这里是用来贬低(坏的、不称职的)律师或检察官(他们被认为是使用不那么好的手段的人)。

的事情。

"我将在这件事情上听从本高等法院的裁决。"

［跑到另一边。

"我也一样。"

现在我是民事法庭。

［坐下并庄重地宣读：

"鉴于勒安德尔先生已与莱欧纳德先生的独生女订婚，并且自订婚之时起，他不能够无缘无故地取消此婚约，因此他被判在六周内与她结婚。"

勒安德尔　啊，这是什么意思？

亨利克　完全没有任何意思。勒安德尔先生仍坚持他原先的意愿。接着是第三幕：勒安德尔先生被置于拘禁之中。他的父母对此很高兴，不让他在监禁期间得到必要的照顾。因此，在他在拘留所待了一段时间后，这新来的爱情越发开始消失了。因此，勒安德尔先生找来自己的父母，哭着说：

［他跪下。

"唉，我亲爱的父母，疾病正在蹂躏着我。我谦卑地请求原谅。我会努力让自己娶莱欧纳德先生的女儿。"于是勒安德尔重新得到自由并在同一天举行婚礼。如果现在少东不是喜欢复杂过程的人，那么他可以举行婚礼而免去这些变来变去的戏法。

勒安德尔　你说完了吗？

亨利克　说完了，少东。

勒安德尔　你演喜剧就像是一个恶棍，没有正确地表演出我的人物性格，我是宁死不离开我如此深爱的小姐的。我再次命令你给我杜绝这样的说法。否则你可就……

亨利克 我不劝您放弃这新来的爱，但我只说出事情会有什么样的进程，以便了解一下少东是否能坚持下来。

勒安德尔 即使你为我罗列出百倍于此的灾难也没有用。相反，真正热恋的人会为自己因自己所爱受迫害而感到幸福。

亨利克 现在，少东，那就继续爱下去。我会尽我所能支持您的爱情。但是，老人来了。

勒安德尔 我的老天！我躲到边上去。

亨利克 这一战的开始还不错。

第五场

莱欧纳德、耶罗尼姆斯、亨利克

莱欧纳德 是啊是啊,亲爱的亲家,尽可能快。可是,准备这么多东西是为了什么啊?

耶罗尼姆斯 年轻人在婚礼上节省下来的东西,他们以后就一直拥有了。这里有许多人举办这样的婚礼,花钱欠债,以至于婚礼上所吃下的食物几乎还没有被消化掉,就已经因欠债而被关进了监狱。

莱欧纳德 那我们就再见了。我会在我家里见您的儿子,然后我就能够听他说他对此的想法了。

第六场

耶罗尼姆斯、亨利克

耶罗尼姆斯 你在这里吗,混账大师?勒安德尔在哪儿?

亨利克 他在自己的房间里。

耶罗尼姆斯 在他的房间里?你胡说八道什么?他能这么快就完成一项这样的任务吗?

亨利克 这样的事情很快就做好了,耶罗尼姆斯先生,只要一个人知道该怎么去做。

耶罗尼姆斯 你不是和他一起去的吗?

亨利克 不,他不愿让我和他一起去。回来的时候带着一张遭到了拒绝的脸。我在他回来时问过他事情怎样。他倒是很和善,回答说:这跟你又有什么关系,你这个无赖?他是不是在自己的思绪中沉陷得太深以至于他认不出我,我就无法说了。

耶罗尼姆斯 不,既然他这么回答,那么他当然是认出你了。让他马上来这里。

第七场

耶罗尼姆斯、勒安德尔、亨利克

耶罗尼姆斯　现在，勒安德尔，您倒是这么快就能够完成这么重要的任务？您的岳父还想要到您这里来找您呢。

勒安德尔（跪下）　唉，我最亲爱的父亲！

耶罗尼姆斯　见鬼，到底发生了什么？您想要说些什么故事？您做了什么不对的事情吗？怎么了？说吧。

勒安德尔　我害怕我父亲发火。

耶罗尼姆斯　怎么回事，亨利克？那你来告诉我。

亨利克（尖叫着，也跪下）　啊！

耶罗尼姆斯　有什么麻烦事情发生了？你们到底做了什么？

亨利克（哭着）　我们没有做什么错事，东家；我们只是考虑着要去做错事。

耶罗尼姆斯　所以我才更必须知道，这样我就能够阻止这件事情发生。勒安德尔，我命令您，告诉我，是什么事情。我的全身因为害怕而颤抖，我内心的血液则因为渴望了解它而沸腾。

勒安德尔　我的血液因为惧怕而沸腾，因而我不能说出这件事情。

耶罗尼姆斯　如果这一个不愿说，那么另一个就应当说出来。赶紧,亨利克,我命令你说出来。

亨利克 啊啊!

耶罗尼姆斯 如果您不愿好好说出来,那么我将马上把您安置到一个你会被强迫详详细细地坦白一切的地方。我将通知警察把你拖进拘留所。喂,阿尔夫!

亨利克 啊,东家,我坦白。

耶罗尼姆斯 那么坦白吧。

亨利克 啊,让我的少东勒安德尔先坦白吧。然后我会说出他是否忘记了什么。

耶罗尼姆斯 喂,阿尔夫!

亨利克 啊,东家,现在我坦白。我的少东勒安德尔决定了要和莱欧纳德先生的女儿……

耶罗尼姆斯 他要和她什么?

亨利克(哭泣) 要和她不再有任何关系,因为他爱上了假面舞会上的另一个少女。

耶罗尼姆斯 哈哈,这样,我们是有了假面舞会结出的果实了。但这说明不了什么问题。我们会很容易地阻止这件事的。

勒安德尔 但我希望我父亲不至于这么强迫我违背自己的意愿去爱什么人。

耶罗尼姆斯 就像我所说这样:今晚你①要与莱欧纳德的女儿举行婚礼。

勒安德尔(站起来) 这永远都不可能。

---

① 耶罗尼姆斯在别的地方对儿子称"您",但在这里称"你"。

亨利克（也站起来） 这永远都不可能。

耶罗尼姆斯 您以为您可以有这个权力来让您的父母蒙羞、让一个高贵的少女蒙羞并且让她的父母被牵着鼻子走？我会向您展示出父亲的权威会是怎样。

勒安德尔 我会展示出一个儿子的绝望会是怎样。

亨利克 我会展示出一个仆人对自己主人的同情会是怎样。

耶罗尼姆斯 我要把你交付给政府的执法者。

勒安德尔 到目前为止，父亲的权威还不能管这么多，除非我被认定是犯了什么错。

耶罗尼姆斯 这还不是错吗，这……，赶紧从我眼前消失吧！

勒安德尔 由衷地说，很愿意。

　　［勒安德尔和亨利克走掉了。

第八场

耶罗尼姆斯 唉,我的家是陷进了什么样的灾难啊,我可怜的灵魂是被什么样的骚动折磨啊?一方面,我看见自己向一个如此高贵的人许下诺言,现在他将从朋友变成我最大的敌人,以法庭和人众的咒骂取笑来进行威胁。另一方面,我看见我儿子的绝望,如果我带着过大的决心来坚持这件事,我可能会因此为自己招致更大的悲伤。我必须克制自己,要更谨慎一些,不要把事情弄得太大。否则的话,莱欧纳德先生可能碰巧就会听说这事情。我必须给儿子一点时间,让他好好想一下。这病肯定是要爆发出来的。该死的假面舞会!该死的假面舞会!

第三幕

第一场

莱欧诺拉、帕妮乐

莱欧诺拉　唉,帕妮乐,我仍没有看见任何人。这里是我们事先定好的私下说话的地方。

帕妮乐　他还没到,这不能怪他,是小姐来得太早了。

莱欧诺拉　我是怕时间太久,父亲会在家里想着要找我的。

帕妮乐　他通常总会睡上两小时的午觉。

莱欧诺拉　如果他心态平静的话,确实会午睡。但命运就是这样,我不得不违背我的意愿让他担忧,并向他说出我心里所藏的秘密,现在,我怕他在白天和黑夜都无法好好入睡了。

帕妮乐　唉,小姐,莱欧纳德先生是个心态很好的人,不会睡不着。

莱欧诺拉　别这么说,帕妮乐!知道这事时,他脸色变得像尸体一样苍白,让人把餐食送进自己的房间。另外,这也是我第一次惹他生气，因为在平常，如果不是有着特别的原因，他不会太激动。但现在他受了很大的刺激，我要向他道歉。想一想，帕妮乐，这样的事情会引出多大的麻烦，我们家将面临什么样的窘境，因为，据我所知，耶罗尼姆斯先生是一个睚眦必报的人。

帕妮乐 但是，既然小姐承认您做错了，承认您父亲是很有理由生气的，那么您为什么不马上去跪在他的脚下，答应按他的意愿做呢？

莱欧诺拉 唉，帕妮乐，我了解而且也承认什么是对我有好处的事情，但却追随对我来说是有害的事情。我的心久久地在理性与爱情之间保持着平衡。但是，爱情赢得了胜利。唉，那是多么不幸的一刻，我看见这年轻人，他的英俊令我的心着迷，乃至我再也无法使用自己的理性。唉，真希望他们昨天为我制作的假面舞会礼服是我的裹尸布。

帕妮乐 不，小姐，不要这样胡闹了。您到这里是为了和您所爱的这位年轻人交谈，但同时却希望自己是躺在坟墓里。

莱欧诺拉 是啊，可事情就是这样，虽然我是在爱着，但我仍谴责我的爱情。唉，但愿他不愿见我，但愿他会鄙视我。但愿他是个骗子，这样，我的爱情可以因此而变成怨恨，我就可以重新回到正道上。但是老天，是不是有人来了？是不是他？是的，是他。

第二场

莱欧诺拉、帕妮乐、勒安德尔、亨利克

勒安德尔　啊,最亲爱的小姐,从我离开您的那一刻起,直到现在,我每分钟都在说,我是那么渴望再次见到这可爱的人,她完全捕走了我的心,乃至我无法把自己的思绪掷于别处。从那时起,我就一直看着这枚戒指,我从我心爱的小姐手中得到的这枚戒指,作为您对我回报的爱情的担保和抵押,除了看着这枚戒指之外,我无法再有什么别的消遣。

莱欧诺拉　唉,先生,那唯独在我们女人的天性中烙有的羞涩使得我无法倾诉我的全部内心。可是⋯⋯

帕妮乐　余下的话由我来说吧。放心吧,先生,我家小姐的情形并不比您好到哪里去,所以,如果不是我提醒她必须穿鞋的话,她今天差一点就赤脚出门了。我就想不通,一个一向可以作为矜持冷静之典范的小姐怎么就会一下子这样死去活来地爱上一个人。

莱欧诺拉　唉,是啊,我都不认识我自己了。

勒安德尔　最最美丽的小姐,爱情之中有着某种神圣的东西。我一看见您就浑身热血沸腾,甚至我马上连自己在什么地方都不知道了。

〔在他们说话的时候，亨利克也同样在向帕妮乐献殷勤。

莱欧诺拉 我的情况也是这样。就在先生摘下自己的面具并靠近我身子的同时，就像是有人在向我念一份判决书，判定了我必须爱您。我心中因此而泛起的波动绝没有因为您的不在场而平息消失，相反，它变得越来越强烈，乃至我感觉这之中有着某种不同于人们通常所称的恋爱的东西，我觉得这是上天无法改变的决定，在强迫我违背自己意愿地爱您。

勒安德尔 为什么，心爱的小姐，违背您的意愿？

莱欧诺拉 唉，是的，这条路上有着太多绊脚石，如果不费很大功夫是清除不了的。我父母把我许配给了另一个人，因而我无法达到自己的目的，除非我想要让自己惹他们生气。

勒安德尔 唉，我的天，这怎么可能？我也有同样的命运。但是，如果我们忠诚地彼此相守，这些绊脚石又能算得了什么？就我而言，我会竭尽全力，哪怕牺牲自己的生命和鲜血，也绝不让自己被迫去接受另一个人。

莱欧诺拉 我向我的先生保证我同样忠贞不渝。但是，我可不可以问一下，您被迫要娶的这个人是谁？另外她的父母是谁，因为……

帕妮乐 天哪，我听见有人来。听脚步声我觉得是您的父亲。

莱欧诺拉 啊，先生，这样您得回去了。如果我得不到许可常来这里的话，我的女仆会不断地在这个地方巡视。您可以以口头或者书面的方式让您的仆人来告知您的情况、告知接下来该怎么做。

〔勒安德尔吻她的手并离开。

第三场

莱欧纳德、莱欧诺拉、帕妮乐

莱欧纳德 唉,我这个可怜的人!在一个不幸的时间里我来到这城里为我女儿举行婚礼。在一个不幸的时间里我允许她去参加假面舞会。现在我要谴责我最近还在辩护的这一类蠢事,因为这类蠢事造成……看,你们在这里干什么?难道你们在这里开秘密会议,想商量怎样来实现你们这邪恶而放荡的意愿吗?谁允许你们出门的?

帕妮乐 小姐感觉不舒服,她不得不出门呼吸一下新鲜空气。

莱欧纳德 我倒也确实相信她不舒服。她这狂热的高烧是新鲜空气没法缓解的。放荡的疾病要以别的方式来驱除。

莱欧诺拉 唉,我这个悲惨可怜的人啊,我还要听见这样的奚落责备。

莱欧纳德 哈哈,对啊,小姐[①],这是不是说到你心里去了?你没有为沾染上放荡的恶习而感到羞耻,相反你的端庄倒是不允许

[①] 这里父亲称呼自己女儿"小姐"是反讽,就像耶罗尼姆斯生气的时候称自己的儿子"大少爷"。在剧中 Frøken 这个称呼只在这里出现了一次,其他地方,比如说帕妮乐称呼莱欧诺拉,都是 Jomfrue。

你听别人提及这个词。我把这称作真正的虚伪。

莱欧诺拉 我,感谢老天,我可没有沾染上什么放荡的恶习。我也希望我永远都不会让我的生活染上它。但我是被纯洁的爱情占据,对一个应得这爱情的人的爱情。

莱欧纳德 是的,这肯定是一种纯洁的爱。首先与一个有名望的人的儿子订婚,然后爱上你自己一见钟情的人。我只能想象,如果你今晚再去假面舞会的话,你就会爱上第二个人,明晚再去又爱上第三个,然后不断继续,直到你尽可能多地得到一年中在所有假面舞会上可以得到的情人为止。然后,随着一场喜剧时间的推移,你就能够成为完美的女演员,其表演方式是每晚结婚一次。

莱欧诺拉 我心爱的爸爸!这可不是我所见过的第一个男人。我以前曾去过各种晚会,但一直都是冷静地从那里离开。但是这个人的优点那么令我着迷,乃至……

莱欧纳德 关于一个陌生人的优点,除了他能够在一场小步舞和一些恭维之中做出一些美丽的跳跃之外,你还能说些什么?

帕妮乐 能的能的,这小伙子确实还能够做出一些别的动作,如果我在这方面算是一个行家的话。

莱欧纳德(对帕妮乐) 他也许能够帮你解决掉你的童贞,如果你还有童贞的话。但是我愿意设想这是一个诚实的人,并且他有一些优点。莱欧诺拉,这能够作为你的辩解理由吗? 你难道不知道你已经和耶罗尼姆斯先生的儿子勒安德尔订婚了吗?

莱欧诺拉 我当然知道,我心爱的爸爸,因此我谴责这新来的爱情;但我阻止不了它的影响。因此,我整夜都在叹气,哭泣,并向上天求助来抵抗它。但一切都是徒劳,我觉得我的命运只能是我应该爱他。

莱欧纳德　是的,我们有这样的说辞。我们会用命运来粉饰我们所有邪恶的欲望。

帕妮乐　确实是命运,在这样的事情之中确实有着命运。我愿为此而死,尽管我的父亲和母亲都不是加尔文派信徒[①]。

莱欧纳德　闭上你的嘴,帕妮乐,不要为她强化她的邪恶意愿。

帕妮乐(哭泣着)　我不知道东家现在是怎么一回事。他以前一直很好,但现在他比魔鬼还凶。

莱欧纳德　我善待自己的孩子,就像所有善良的人所能做的那样。

帕妮乐　想要把自己的女儿逼向绝望,难道这是善良?

莱欧纳德　难道我没有理由感到恼火吗?难道这不是与我的福祉和荣誉相关的事情吗?如果我乡下可怜的妻子得知这一消息,她岂不是要因羞惭而恨不得死去?

莱欧诺拉　可是,我心爱的爸爸。

莱欧纳德　如果你不改变主意的话,我是不愿再做你父亲了。我不想再在这里看见你,马上给我回家。

〔他们离开。

[①] 法国神学家和宗教改革家加尔文(1509—1964年)教义的追随者。加尔文主义在这里被引入的原因是其所谓的"双重宿命"思想,即人对自己的救赎无能为力;上帝从永恒中决定了谁将得救,谁将灭亡。因此,在加尔文主义教义中,人被认为是受命运摆布的。霍尔堡自己则反对所有宿命学说。

第四场

莱欧纳德、耶罗尼姆斯

莱欧纳德 我本来能够忍受一切冷酷无情的逆境,但这种灾难是我无法忍受的。这里我面对的是我女儿的福祉、我自己的名声和我妻子因此要承受的悲伤,因为这场婚姻首先是她设法安排的。但是与我所要面对的这冲突比较,所有这一切都不算什么:我不得不忍受脾气恶劣而易怒的耶罗尼姆斯,而现在,他会把所有肝火都向我喷发出来。我必须考虑一下,我该怎样说出我要说的话。

〔在舞台一边走动踱步。

耶罗尼姆斯(从另一边进来) 唉,我这个可怜而悲惨的人,真是宁可我妻子当年在这个世界上生下一个锥形脑袋的畸形儿,也比这个在我到了这么大年纪还让我伤心的儿子要好一些。我给了他时间去考虑,但愿这病在他身上来得快去得也快,但是我现在在面对着比以前更严重的倔强固执。唉,善良的莱欧纳德先生,如果我把这个令人难过的消息告诉他的话,他会怎么说?

莱欧纳德 我越是考虑我该使用什么样的措辞,我越是感到困惑。

耶罗尼姆斯　莱欧纳德先生也许会认为这是我的一个诡计。

莱欧纳德　但愿耶罗尼姆斯先生是一个和别人一样好说话的人，不是那么火爆而冲动。

耶罗尼姆斯　但是如果他为此来责怪我的话，那么他就实在是冤枉我了。

莱欧纳德　但是，因为我知道他有这样的性情，所以我的整个身子都在颤抖。

耶罗尼姆斯　即使他不来加重负担，我本来就已经够伤心了。

莱欧纳德　因此我很犹疑，我不知道自己是不是敢去和他本人谈一谈。

耶罗尼姆斯　我妻子和我家里所有的下人都会向他证明我的清白；但我怕这不会有什么作用。

莱欧纳德　我是怕他一开始就发急乱说话，对我说出一些我的荣誉不允许消化的东西。

耶罗尼姆斯　但是即使这好人不愿意听我讲道理，我也能原谅他，因为如此蒙羞的是他唯一的女儿。

莱欧纳德　但是我必须以冷静武装起自己，并且记住，他对我所说和所做的都是出于情有可原的烦躁。

耶罗尼姆斯　即使他骂我是一个不守诺言的骗子，我也会回答：我的莱欧纳德先生，我没有任何反驳的话可说。

莱欧纳德　我会跪下来，流着眼泪，请求他原谅，如果这样做是有用的话。

耶罗尼姆斯　我必须马上去把这件事说明白了；我保持沉默的时间越长，就越是让自己显得可疑。

莱欧纳德　鼓起勇气,莱欧纳德,你必须去那里,这事情毕竟无法隐瞒更久。

〔他们俩相遇了,两个人都赶紧颤抖着地退回去,站了一会儿不说话。

莱欧纳德(带着哭腔)　耶罗尼姆斯先生!

耶罗尼姆斯　莱欧纳德先生!

莱欧纳德　您为什么和我开这种玩笑?

耶罗尼姆斯　您为什么和我开这种玩笑?

莱欧纳德　我可是羞于见您啊。

耶罗尼姆斯　我也是羞于见您啊。

莱欧纳德　我不该再叫您亲家了。

耶罗尼姆斯　你没有理由叫我亲家。

莱欧纳德　难道您已经得知了这件事情了吗?

耶罗尼姆斯　很抱歉,太早了。

莱欧纳德　我女儿就像是发了疯。

耶罗尼姆斯　我儿子就是这样不可救药①,他根本不听任何规劝。

莱欧纳德　我不是该为自己难过吗,耶罗尼姆斯先生?

耶罗尼姆斯　最该为此伤心的难道不是我吗,莱欧纳德先生?

莱欧纳德　不,作为她的父亲,我是最伤心的。

耶罗尼姆斯　难道不是我儿子的事情?

---

① 原文是 desperat,有着含糊的双重意义。在耶罗尼姆斯那里的意思是"毫无希望"(不可能浪子回头),但莱欧纳德那里则可以理解为"绝望"(因为他女儿悔婚而心碎)。

莱欧纳德　不要这样奚落我，耶罗尼姆斯先生，出了这样的事情，我该怎么做才好？

耶罗尼姆斯　不要来挖苦我，莱欧纳德先生，我完全是无辜的。

莱欧纳德　您不来责怪我？

耶罗尼姆斯　您不把这看成是我的一个诡计？

莱欧纳德（跪下）　我跪下，满眼热泪，哭泣着乞求原谅。

耶罗尼姆斯　我也跪下乞求原谅。

莱欧纳德　我仍希望我们能找到阻止这场灾难的方法。

耶罗尼姆斯　父亲的权威仍是伟大的。

莱欧纳德　我女儿是完全不可救药了。

耶罗尼姆斯　她没有理由不绝望，这好女孩。

莱欧纳德　但愿她觉得羞耻，这放荡的女孩。她有理由感到可耻。

耶罗尼姆斯　这我不明白。错不在她，而是我的混蛋儿子，是他在乱来，比如说想要废除婚约。

莱欧纳德（站起来）　这怎么说？我到这里，是为我女儿的缘故来请求原谅的，她脑袋里有了新的爱情。

耶罗尼姆斯（也站起来）　这怎么说？我到这里，是为我儿子的缘故来请求原谅的，他想要撕毁自己的婚约。

莱欧纳德　您的儿子也想要取消婚约？

耶罗尼姆斯　您的女儿也想要取消婚约？

莱欧纳德　我们该是没有真正相互明白对方，耶罗尼姆斯先生。

耶罗尼姆斯　我也这样想，莱欧纳德先生。

莱欧纳德　那么让我们更清楚地解释一下我们所说的话。您为什么跪在我面前请求我原谅？

255

耶罗尼姆斯 因为我很怕您生气。但是为什么您在我面前跪着哭泣？

莱欧纳德 因为我怕您会向我大动肝火，尽管我在这件事情上完全是无辜的。

耶罗尼姆斯 我还是完全不明白。

莱欧纳德 我发誓我也没有明白。

耶罗尼姆斯 您说您来是为您女儿请求原谅，她想要取消婚约。可想要撕毁婚约的是我儿子呀。

莱欧纳德 您说您来是为您儿子请求原谅。想要取消婚约的可是我的女儿啊。

耶罗尼姆斯 不，我的先生，在这件事情上有误会。是我儿子的错。

莱欧纳德 您误会了，耶罗尼姆斯先生，因为这确实是我女儿的错。

耶罗尼姆斯 现在，我是从我儿子那里来，他刚才最后一句话是：我被对另一个人的爱情占据了，我宁死也不愿娶莱欧诺拉，莱欧纳德的女儿。

莱欧纳德 我也恰是从我女儿那里来，她刚才说的最后一句话是：一个陌生的年轻先生就这样占据了我的心，我宁愿失去生命也不愿让自己被迫嫁给勒安德尔，耶罗尼姆斯的儿子。如果我说的不是真话，就让灾难降临在我身上吧。

耶罗尼姆斯 如果我撒谎，那我就让自己在此刻变成一个狼人吧。

莱欧纳德 是什么事情让您的儿子有了这些莫名其妙的想法？

耶罗尼姆斯 他昨晚在假面舞会上爱上了一个女人。

莱欧纳德 我女儿的情形也完全是这样。

耶罗尼姆斯 这样看来，我们没有必要相互鞠躬赔礼了。

莱欧纳德　我也是这样想的。

耶罗尼姆斯　我收回我的赔礼鞠躬。

莱欧纳德　我也收回我的。

耶罗尼姆斯　但是，莱欧纳德先生，如果我们的孩子都这么任性胡来，我们难道就该放任他们吗？

莱欧纳德　我考虑要对我女儿有所强制。

耶罗尼姆斯　我想着要好好给儿子做一下规矩了。

莱欧纳德　我想还像从前一样叫您亲家。

耶罗尼姆斯　我也想叫您亲家。

莱欧纳德　我以前从来没有对孩子有过什么强制，但是我将会竭尽努力冒一下险。因为如果这场婚姻不成功的话，我真不敢再回家见我妻子了。

耶罗尼姆斯　我老婆这边，我倒是不怕。因为如果按她自己的想法来的话，她肯定也会弄出一些乱七八糟的事情来。然而为了我自己的名声，我应当为这次联姻努力，就像我会为自己今生的一切福祉而奋斗。但我希望，亲爱的亲家，您不再做假面舞会的辩护者，因为您在这里看见它的恶果了。

莱欧纳德　确实是这样。我也不会再去为这样的东西辩护了。但是我们要采取什么措施才能够达到我们的目的呢？

耶罗尼姆斯　我们要使用上帝和大自然赋予父母的权力和权威。如果这样也不成的话，那么您就该以您女儿的名义告他，让法庭强迫他结婚。

莱欧纳德　我只是害怕我女儿因为在这件事上的绝望而对自己做出什么可怕的事情来。

耶罗尼姆斯　哈哈，她只能让父亲这样以为罢了。这种绝望，尤其是对于小女孩来说，意义不大。她们只是读了太多的这类八卦，有时候想要演一出悲剧和小说中的爱情故事来模仿坠入爱河的女主人公。我儿子也同样病得很重，但是我找来了所有用来治病退烧的处方。但在一开始我们要小心谨慎，一步一步地向前摸索。因为时间常常就是最好的医生。

莱欧纳德　我要马上回家，从我这方面考虑一下这件事。

耶罗尼姆斯　我也是这样。那我们再见吧。

第五场

亨利克（*背上背着包裹，穿得像个犹太教士，留着长长的黑胡须*） 但愿我能够找到她。这就是关键。因为我们必须赶紧，除了她许诺说要来这个地方巡视之外，我不知道该去哪里找到她。因为，我要么得找到小姐本人，要么得找到女仆，否则的话，我就完蛋了。我的少东，他听说了他父亲要在家里的大门上装新锁，没有得到允许任何人都不能进出，因此他毫不犹豫，马上就跑了。他躲在北门的一幢房子里，在那里，他想要把自己的爱人约出来，然后他们就能够一起逃出城，跑到乡下去，让人为他们举行结婚仪式。如果这结婚仪式完成了，那么就让莱欧纳德先生在那之后控告我的少东吧，无所谓了，哪怕告到德国施派尔的民事法庭①也无所谓。因为，只要他已经同另一个人结了婚，那么所有要求自然就都失效了。如果耶罗尼姆斯感觉到儿子的这个新爱人也是好人家出

---

① 该法庭已于1693年从莱茵兰-普法尔茨州的施派尔迁到了黑森州的韦茨拉尔。在平民的想象中，施派尔法院是一种最高法院，甚至可以推翻国家最高法院的判决。

身，——这一点我很肯定，那么他就会同自己的儿子和解。我穿上这套衣服，这样就不会有人认出我来。因为我必须完成这任务，让小姐知道，我家少东已经逃出来了，并且把这纸条上的地址给她，让她能够找到他，然后，我才能离开。但是，看那里，但愿魔鬼不是在让我偏偏就撞上老耶罗尼姆斯吧。我得站着不动，因为我一跑就会把自己弄得很可疑。

第六场

耶罗尼姆斯、亨利克

耶罗尼姆斯 我怕这件事并没有真正到位。我怕勒安德尔在和我耍心眼。在我出门同莱欧纳德先生说话的时候,他还在家,可现在我既没有看见他也没有看见他的仆人。出于纯粹的不安,我再也无法在家里等着了。我让阿尔夫去花园那边的凉亭里看一下。如果他不在,那我就会像一只野兔那样感到害怕。不过,我可以问一下这位犹太教士,有没有看见什么人走过。听我说,拉比,您在这里有没有看见一个带着仆人的年轻人从这房子里出来?

亨利克 阿比卡拉斯冰特海尔,马力弗兰卡德地发而鲁夫斯北卡非特①。

耶罗尼姆斯 我听不懂希伯来语,拉比。

---

① 原文是 Abi Kala Spinther, meriflan Cadedi Farluf spæ kavet,是亨利克自己发明的"希伯来语"。

亨利克 坎德勒巴娄提克塔克优卡坦，阿尔玛纳萨尔①。

耶罗尼姆斯 我既不懂卡尔代语也不懂希伯来语，拉比。您能说丹麦语或者德语吗？②

亨利克 Ja freylich Herr ich sprech Westphälisk Westphälisk.（德语：好的，很高兴，先生，我讲威斯特伐利亚语，威斯特伐利亚语③。）

耶罗尼姆斯 那您为什么用希伯来语回答我？

亨利克 Ich dachte der Herr auch een von Israels Kindern wäre; denn der Herr hat ein perfect Judisk Gesicht ein perfect Jüdisk Gesicht. （德语：我以为先生也是以色列的子民之一。因为先生有着一张完美的犹太人面孔，完美的犹太人面孔。）

耶罗尼姆斯 愿灾难降临于您吧，因为您肯定就是在对我撒谎。

亨利克 Aber recht Ernst mein Herr: ist er nicht ein Portugiser-Jüde.

---

① 原文是 Candelabro Tick tack jucatan Psalmanasar，是亨利克自己发明的"希伯来语"。

这一行自造"希伯来语"是其他语言的混合体：candelabro 是意大利语的"烛台"；tick tack 可能是时钟的滴答声；jucatan 是墨西哥的一个半岛；psalmanasar 是亚述人的王室名字 Salmanassar。这种类型的语言在霍尔堡的作品中出现了好几处。

② 直到 19 世纪中叶，丹麦的所有主要社会阶层都讲德语。当时丹麦的很大一部分地区（荷尔斯泰因和石勒苏益格的一部分）是德语区；许多贵族是德国移民，许多宗教改革派（即加尔文派）商人和工匠也是从德国来的。丹麦军队主要由德国雇佣兵组成，指挥语言是德语。德语也被用作行政管理的语言，例如在集镇的行政管理和手工业者协会中人们就使用德语。

③ Westphälisk 是一个带有丹麦文结尾的德语单词（正确的德语是 Westfälisch）。威斯特伐利亚是德国的一个地区，因 1648 年的《威斯特伐利亚和约》而闻名，该协议结束了三十年战争。

Mir dünckt daß ich ihm gesehen habe im der Synagoge in Altona.
（德语：但是，严肃地说，我的先生，您不是一个葡萄牙犹太人？我想我应当是在阿尔托纳的犹太庙里见过您。）①

耶罗尼姆斯　不，您搞错了，拉比，我是住在这幢房子里的好基督徒，这房子里从来就不曾有过任何《塔木德》②或者《古兰经》。

亨利克　Um Verzeihung denn mein Herr! Um Verzeihung.（德语：那请原谅，我的先生！请原谅。）

耶罗尼姆斯　但是您有没有看见一个带着仆人的年轻人从这大门里走出来？

亨利克（轻声说）　若你走进大门的话，愿你倒霉吧。我真怕女仆在这时出现。我要看一下，能不能通过和他说话来把他弄走。

耶罗尼姆斯　您能不能回答我的问题？

亨利克　Der Herr sagt daß kein *Thalmud* oder *Alcoran* in seinem Hause

---

① 葡萄牙犹太人：1497年被驱逐出葡萄牙的犹太人后裔，也叫塞法尔犹太人。葡萄牙犹太人是第一批进入丹麦的犹太人；他们认为自己比来自德国和波兰的犹太人（也被称为阿什肯纳兹犹太人）更高贵，并因此觉得自己比后者更受尊重，也更富有。根据丹麦法律，未经特别许可，犹太人不得在丹麦居住；但葡萄牙犹太人在这一点上则有特权。

现在的阿尔托纳是德国汉堡市的一个区，位于汉堡西部，易北河北岸。最初它只是一个小渔村。1640年，它属于丹麦，丹麦王室授予它城市地位，以期使之成为德国自由贸易城市汉堡的竞争对手。阿尔托纳在18世纪成为丹麦最大的城市之一。汉堡和阿尔托纳都有着极大的宗教自由度，天主教徒和犹太人都在这个富裕的城市定居。阿尔托纳的犹太人被丹麦国王克里斯蒂安五世允许建造一座犹太教堂（1682—1684年建造，1938年被纳粹摧毁），——在丹麦国王的领地上，几乎所有的犹太人在犹太教的意义上都归阿尔托纳的拉比和长老会管辖。

② 一本包含对犹太教圣典《托拉》解释的律法书。

gewesen sey.(德语：先生说了在您家里从来就不曾有过任何《塔木德》或者《古兰经》。)

耶罗尼姆斯 是的，我是这样说，但这不是我所……

第七场

帕妮乐、耶罗尼姆斯、亨利克

帕妮乐　天哪,这里有人!见鬼了,是谁让这两个犹太人[1]跑到这里来的?

〔亨利克发现了她,跳向她,拉她的手。帕妮乐尖叫起来。

亨利克　您不认识我了吗,小姐[2]?我是您家小姐的爱人的仆人。因为某个原因我改装成这样,先到一边去,这样我就能够让那老人离开。因为我有一些非常重要的事情要对您说。

帕妮乐(轻声说)　天哪,是您啊?(高声说)唉,亲爱的犹太人,请别来惹我。

亨利克　Gehe man(德语:走吧),小姐,Gehe man。

〔重新转向耶罗尼姆斯。

---

① 帕妮乐以为耶罗尼姆斯也是个犹太人,可能是因为他有"小胡子"(见第一幕第四场)。霍尔堡时代的丹麦只有军人才会留小胡子,并且留满胡须的只有犹太人,而普通丹麦公民则不留胡须。

② 原文 Mammeselle 是法语 madeimoselle 的丹麦化形式,"小姐"既用于称呼市民阶级家庭的未婚女儿,也用于称呼自己养活自己的年轻女性(交际女性、妓女等),还用于称呼上层阶级家庭中的女仆。

Das ist ein zehr grosse Unterscheid Herr zwischen den *Alcoran* und den *Thalmud*.(德语：在《古兰经》和《塔木德》之间，先生，这有着极大的差异。)

耶罗尼姆斯 见鬼，谁问这些了？

亨利克 Der *Thalmud* ist geschrieben von den Türckischen Gott Mahometh.（德语：《塔木德》是由土耳其的上帝穆罕默德写的。）

耶罗尼姆斯 我想该是魔鬼派出这家伙来用废话骚扰我。

亨利克 Aber der *Alcoran* mein Herr das ist ein heiliger Buch ein heiliger Buch.（德语：但是《古兰经》，我的先生，这是一本圣书，一本圣书。）

耶罗尼姆斯 让你的《古兰经》和你的《塔木德》见鬼去吧。

亨利克 Er Nahm von *Alcoran* wil so viel sagen, als Eine Juden-Biebel, und komt von zwo Chaldaisken Worten Al und Coran. Al beteuted——（不完全的德语：《古兰经》的名字，作为犹太的圣经，说明了很多事情，并且它是来自两个卡尔代语的单词，古兰和经。经的意思是——）[①]

耶罗尼姆斯（跑到了一边，背对着他，捂住耳朵说） 你再胡说八道，你这条狗，下地狱吧。

阿尔夫（奔跑着进来） 东家去了哪里了？这个犹太教士想干什么？见鬼了，这不是亨利克吗，还改了装？

亨利克（把阿尔夫拉到一边说） 听我说，阿尔夫：十六升面粉、

[①] 事实上，al 和 coran 都是阿拉伯语单词：al 是定冠词，而 coran 这个词本身来自构成 "古兰经" 这一书名的 quraan，意思是 "阅读" 或 "背诵"。

两块腊肉和女厨娘初夜。我现在是谁?

阿尔夫　唉,您是我的灵魂,一个犹太教士。

耶罗尼姆斯(转过身)　但愿这畜生现在把话都说完了?看,那是阿尔夫!现在,阿尔夫,情况怎样?

阿尔夫　东家,这个人是个犹太教士。

耶罗尼姆斯　我看出来了。

阿尔夫　这是真的,是一个犹太教士,我绝不撒谎。

耶罗尼姆斯　我看出来了,但你发现了……

阿尔夫　如果东家不相信我,我愿对此发誓。

耶罗尼姆斯　你在说什么鬼话。我说,你找到我儿子或者他的仆人没有?

阿尔夫　没有,东家,他们不在家里。但他们可能出去做什么事情了吧。他们没有跑走;因为如果勒安德尔先生要这样做的话,亨利克肯定会来告知东家的。

耶罗尼姆斯　这个狡猾的恶棍,但愿我先抓住他,因为他是启动一切的轮子。

阿尔夫　我以前对亨利克也有不好的想法,但最近我感觉他有一个善良的灵魂。

亨利克(轻声说)　也就是从我扮鬼的那个时候开始。

耶罗尼姆斯　来,让我们进去,看家里是不是缺少了什么东西。再见,犹太佬①,现在你要说希伯来语就尽管说吧。

---

① 原文 Smautz 是德语 Schmaus 的丹麦化形式,是对来自德国和波兰犹太人的贬称(即与"高等的"葡萄牙犹太人或者说塞法尔犹太人对立的"低等"犹太人)。

第八场

帕妮乐、亨利克

亨利克 这次我跑掉了,他不认识我,阿尔夫不敢开口。喂,小姐?

帕妮乐(又出现) 我真的还以为你是个犹太人。但你为什么穿戴成这样?

亨利克 我的少东,他感觉到了他的父亲想要把他关在家里,已经逃出去了。他把这个写下的地址交给我,您交给小姐,她就能够在这地址上找到他。但我暂时穿戴成这样,是为了避免被什么人认出来。

帕妮乐 你少东的父亲住在哪里?

亨利克 少东的父亲是一个高贵而富有的人,非常固执,非常严厉。就是您刚才看见的那位站在这里老人。您自己能够想象,我因为怕被认出有多么紧张。但我们没有时间可浪费了。您必须马上与您的小姐一起躲到我少东所在的那幢房子里去。

帕妮乐 那么,我马上就去。再见。

亨利克 这个女孩很完美地与我相配。我真的希望自己是一个犹太人，这样我就真的会从她那里骗走她的童贞①。但是我想要看一下，接下来会有什么事情发生。现在，我得设法让自己赶紧走了。

---

① 在那个时代，犹太人常常被人们认为是狡猾的骗子。

第九场

耶罗尼姆斯、玛格德罗娜、亨利克

耶罗尼姆斯　唉,我这个悲惨可怜的人,他肯定已经跑掉了。因为他那有着他珍贵物品的匣子是打开着的,空空如也。但这到底算是什么。这犹太人还站在这里。

玛格德罗娜　也许这是我儿子的探子之一。我敢打赌,我想这该是亨利克改装的。

　　[亨利克想要跑。耶罗尼姆斯和玛格德罗娜抓住他。耶罗尼姆斯扯他的胡子,胡子掉下来。

耶罗尼姆斯　哈哈,好你个小子,欢迎啊,拉比先生!

亨利克　不,东家,既然您把胡子拿走了,那我就不能够继续是拉比了。

耶罗尼姆斯　我看你穿着这衣服,你这样做的目的是什么?你的主人在哪里?

亨利克　我的少东在……他在,让我看。我真的是不知道他在哪里。难道我应当看住我的少东吗?

耶罗尼姆斯　你不仅仅是他的仆人,而且也是他的枢密顾问。你这样穿戴肯定不会是没有目的的吧?

亨利克　东家，这是我晚上想在假面舞会上穿的一套衣服。

玛格德罗娜　啊，不要相信他，我心爱的丈夫！我已经联系了法国社交店主卡比昂①。今晚没有假面舞会。

耶罗尼姆斯　哈哈，你们已经有了联系？您肯定是想要再次去碰运气，撒谎说自己又发高烧了。

玛格德罗娜　不，我确实是从来没有这样想过。我只是想了解情况以便阻止您儿子勒安德尔去。

耶罗尼姆斯　这不是我儿子。这是您的儿子，因为他在疯狂的方面与他母亲有亲缘关系。但现在有更重要的事情要讨论。告诉我，你这个下流的混蛋，我儿子在哪里。

亨利克　我真的不知道，东家。

耶罗尼姆斯　哎，阿尔夫！我马上就会让你坦白出来的。

亨利克　唉，东家，我不知道，该让我怎么坦白？

阿尔夫　东家想要什么吗？

耶罗尼姆斯　院子里有两个大兵在砍柴②，让他们马上到这里来。

亨利克　啊，东家，请发一下慈悲吧！

耶罗尼姆斯　难道我们不该强迫这样的家伙坦白吗？当然是应该的。

　　　　　［两个士兵进来。

耶罗尼姆斯　抓住这小子。

亨利克　啊，东家，我坦白：我的少东已经与他在假面舞会上爱上

---

① 艾蒂安·卡比昂（Etienne Capion），法国人，1722年被授予经营哥本哈根绿街剧院和举行集会（即社交聚会）的特权，包括在哥本哈根举办假面舞会。

② 当时雇佣士兵的工资很低，他们被允许在业余时间自己找活干。

的小姐一起私奔跑走了。

耶罗尼姆斯　他躲在哪里了？

亨利克　这我确实不知道啊。

耶罗尼姆斯　将他拉进来，扔到地窖里，把他的手脚绑起来。

亨利克　啊！我发誓，我不知道他在哪里。

耶罗尼姆斯　也许你记不得了，但是，等到鞭子在你的背上跳舞的时候，你马上就会重新获得你的记忆力。

第十场

莱欧纳德 现在我有希望让女儿恢复理智。原先,她根本就不顾别人的愤怒和落在父母身上的诅咒。但是最近,我与她交谈,发现她的高烧有所缓解。因为她想要花半个小时单独思考。那么,老天保佑,这是一个好的开始。唉,老天啊,年轻人多么容易陷入疯狂啊?生活在这些大城市里对他们来说是危险的。但我希望我能战胜所有这些灾难,但愿我在半小时内将看见莱欧诺拉跪在我面前祈求原谅。但愿,就像她一样,耶罗尼姆斯的儿子也能够是这样。但是我必须去告诉耶罗尼姆斯这个变化。

第十一场

耶罗尼姆斯、莱欧纳德

耶罗尼姆斯（转身向自己家走去） 赶紧，孩子们，带上城里的警察一起去。

莱欧纳德 见鬼了，你们在干什么？听我说亲家，有什么不幸的意外吗？

耶罗尼姆斯（对莱欧纳德） 稍等片刻，亲家先生。（对里面的人说）答应给他们一笔丰厚的酬金。

莱欧纳德 但请告诉我，是怎么一回事？

耶罗尼姆斯（对莱欧纳德） 稍等片刻，亲家先生。你们要赶紧跑到那地方，因为否则你们可能会太迟了。

莱欧纳德 唉，能不能让我知道一下。

耶罗尼姆斯（对莱欧纳德） 稍等片刻，亲家先生。如果他反抗，警察可以使用强制手段。

莱欧纳德 难道您家闹贼吗，亲家？

耶罗尼姆斯 稍等片刻，亲家先生。设法也抓住那个婊子，这样我们就能把她关进纺纱坊。

莱欧纳德 发生了什么事，亲爱的亲家。难道是发生了什么大的不幸事件？

耶罗尼姆斯 原谅我刚才无法回答您。一小时之内，我们就能知道我们会不会成为亲家。

莱欧纳德 怎么回事？

耶罗尼姆斯 我的儿子和他在假面舞会中爱上的婊子私奔了。

莱欧纳德 唉，怎样的灾难啊！我现在是来告知关于我女儿的好消息：她开始重新恢复正常了。

耶罗尼姆斯 唉，我这个悲惨可怜的人！如果我们找不到他的话，我所面临的就是一场更大的灾难了。

莱欧纳德 唉，耶罗尼姆斯先生，设想如果您找不到他的话，您会怎么办？

耶罗尼姆斯 那样的话，我就会离开我家，跑到乡下去悲伤至死。

莱欧纳德 唉，不，耶罗尼姆斯先生，您得让自己知道，您是个基督徒[①]，不要让悲伤压倒了您。

耶罗尼姆斯 那样的话，世上不会有什么东西能够安慰我，相反毫无疑问，我会死掉的。

一个男孩（进来） 这里有一张小纸条，莱欧纳德先生，是一个女孩让我给您的。

莱欧纳德（读）"我的主人，您能够从这个故事中得知迫使自己

[①] 耶罗尼姆斯所说的"离开我家，跑到乡下"是与基督徒生活观相悖的，根据路德的观点，基督徒的生活与积极的公民生活是同义的。因此，离开社会（离开自己的家）可以被看作是对自己的基督徒责任（爱邻人）的逃避。此外，"悲伤至死"可被视为一种缓慢的自杀，这也是有悖于基督徒生活观的。

的孩子违背其意愿结婚的父母有多么大的罪过。您的女儿莱欧诺拉，为了逃避那威胁着要发生在她身上的事情，当着我的面跳进了花园最深的湖里，她在那里淹死了。我救不了她，然后回到我的房间并写下这些话。您可能再也看不到我了。

帕妮乐。"

莱欧纳德 唉，唉！你这邪恶的莱欧纳德！你把你女儿推进了这样的绝望处境，你不配活在这里。我马上就去那里追随她。

耶罗尼姆斯 老天不允许您这样啊！

莱欧纳德 让我走吧，耶罗尼姆斯先生！我是大地上能够出现的最恶劣的罪犯。

耶罗尼姆斯 唉，莱欧纳德先生，您能够安慰他人，但自己却不知道怎样承受自己的逆境。

莱欧纳德 唉，让我走吧，让我完成我该死的意愿吧。

耶罗尼姆斯 唉，莱欧纳德先生，记住，您是一个基督徒，您的义务是挺过所有逆境。

莱欧纳德 我不仅仅失去了我唯一的女儿，而且还是我自己谋杀了她。

耶罗尼姆斯 您所做的只是一个父亲心安理得应当做的事情。您只是想要让她守住自己的诺言。您想要让她得到好的照顾。我对我儿子也做了同样的事情。

莱欧纳德 但这样做是对的吗？您应当为想要强迫您儿子的事情而受责，而我更该受责，因为我让一个脆弱的少女去经受超过其承受能力的考验。

让我们好好想一想吧，耶罗尼姆斯先生，人是什么。让我们好好想一想，青春是什么，我们自己曾是什么。我们在我们整个年轻时代犯过的同样错误，我们试图通过暴政来压制我们的孩子不犯这同样的错误，这种暴政却只不过是对原件的真正复制。

我们必须为自己其实并没有权利去实施的统治感到羞耻。事实上应当是，我们为我们的孩子们的福祉而努力；然而我们却是在寻求自己的好处。如果我的女儿没有太多的继承财产可期待，那么您也许对这件事就不怎么担忧了，也许这件事对于我也是这样。

我没有什么为自己辩护的话可说。我谋杀了我的女儿，所以会随着她一起去。

耶罗尼姆斯 唉，别让恶灵控制住您，莱欧纳德先生。请记住，您将要牺牲的不仅仅是您的肉身，而且也是您的灵魂。

莱欧纳德 有谁能够在这样的灾难中理智地思考？

耶罗尼姆斯 在您改变心意之前，我不能允许您离开我。

莱欧纳德 唉，唉！

第十二场

警察们、帕妮乐

[警察们扯着勒安德尔和莱欧诺拉进来。

耶罗尼姆斯　你在那里吗,你这个逆子,你想用你一种不孝的生活方式让你的父母提前进入坟墓吗?

勒安德尔　我没有做任何坏事。我爱上一位美丽高贵的少女,她就站在这里。

耶罗尼姆斯　就是你这婊子引诱了我的……

莱欧诺拉　我不是什么婊子,我是日德兰一个有声望人家的女儿。

耶罗尼姆斯　当然,她们就是这样说的,所有这些夜幕里的小姐。"我们刚刚从日德兰或罗兰岛来①",她们其实已经在这座城市里赚了很多年的钱。

莱欧诺拉　我能够向您证明,我是一个诚实而高贵的少女。

耶罗尼姆斯　当然,如果不是因为别的事情,那么,就是因为您的

---

① 当时有大量外省移民进入哥本哈根,特别是来自日德兰的移民。在1701—1760年间,哥本哈根市民中的新移民人数是哥本哈根本地人的四倍。

所作所为，因为您想引诱一个年轻人并使他从父母的家中逃走。您是谁家的女儿，对不起，请问一下？

莱欧诺拉　我的父亲是莱欧纳德·汉森，几天前来到城里，为了与一个名叫勒安德尔的年轻人结婚，但是因为……

耶罗尼姆斯　哈哈，您还没有学会足够巧妙地说谎的技巧。莱欧纳德先生只有一个女儿。但是她已经下了地狱。您马上就被揭穿了。这里就是莱欧纳德先生。

莱欧诺拉　我父亲。

〔莱欧纳德却背对着她站着，沉思着，垂着头。

耶罗尼姆斯　莱欧纳德先生，您回头看一下。

莱欧纳德　啊，老天，我看见什么了？这是我女儿。

莱欧诺拉（跪下）　唉，最亲爱的父亲，请原谅我对您犯下如此严重的罪并施出这样的诡计。对这个年轻人的爱把我带到了那里，因为您想强迫我接受我从未见过的耶罗尼姆斯的儿子勒安德尔，所以……

莱欧纳德　啊，老天爷，这样的事情是可能的吗？

耶罗尼姆斯　啊，这是什么样的童话啊！

莱欧纳德　站起来，我亲爱的女儿，那里就站着这个勒安德尔，你逃走因为你怕自己会成为他的妻子。

莱欧诺拉　哦，一件奇迹般的事情！这是勒安德尔吗，我同勒安德尔私奔，为了要摆脱掉勒安德尔？

勒安德尔　哦，一个好奇怪的故事！这是莱欧诺拉，我因为对莱欧诺拉的爱而躲避莱欧诺拉？

耶罗尼姆斯　亲爱的孩子们，这些令人烦恼的事情、这些事件将鼓励你们彼此更相爱。听着,让亨利克带着他原本的状态马上进来,不要告诉他任何这里发生的事情。

勒安德尔　那么,请原谅,亲爱的父母,我拥抱我的爱人了。

　　〔他们相互拥抱。

莱欧诺拉　哦,多么幸福的错误啊!我曾厌恶我一心一意所爱的人。

勒安德尔　我已经准备好了要为爱一个其名令我恐惧的人而走向死亡。

耶罗尼姆斯　我几乎就要为悲伤而奔向坟墓,因为我儿子违背我的意愿去爱那按我的意愿他该一心一意地爱的人。

莱欧纳德　我曾恨我亲爱的女儿不听话,只因为她听从了我的话。

第十三场

亨利克、其他人

〔亨利克两臂反绑。

耶罗尼姆斯　亨利克,你认识这两个人吗?

勒安德尔　亨利克,这位小姐,我为了摆脱莱欧诺拉而与她私奔,她就是莱欧诺拉,莱欧纳德的女儿。

亨利克　啊,天哪,这怎么可能啊?现在我再也感觉不到我所挨的鞭打了。

勒安德尔　你会因你的忠诚而得到报酬的。

亨利克　喂,怎么都不动啊?你们这些狗东西怎么不放开我?

耶罗尼姆斯　马上放开他。

亨利克(审视他们)　您是莱欧诺拉,莱欧纳德先生的女儿?

莱欧诺拉　对啊,我是莱欧诺拉,而且还是莱欧诺拉的情敌。

亨利克　您,莱欧纳德先生,您是这位小姐的父亲?

莱欧纳德　对啊,老兄,这是我女儿,她在同一天里既剥夺了我的生命又给予了我生命。

亨利克　这么说,这里也上演了一出喜剧。

莱欧纳德 一出特别的喜剧。

亨利克 那么,一个像我这样的好人该为我所经受的痛苦获得什么样的赔偿呢?

耶罗尼姆斯 放心吧。勒安德尔会赔偿你的损失的。

亨利克 您愿意让我和这个女孩结婚吗?

莱欧纳德 如果你能够赢得她的心,那我很愿意。

亨利克 小爱人,你愿意要我吗?

帕妮乐 好的,当然啦。

亨利克 看看吧,相对于高贵的人们,我们有多么幸运,我们还不知道彼此的名字,但却仍有可能在今晚举行婚礼。人们在喜剧中演出的只是高贵的人们的爱情。但是我们其他人则直截了当,只留意两个小小的步骤,即:瞄准和开火。

但是,耶罗尼姆斯先生,您能够从这个故事中知道,假面舞会也有它的用途。因为这种错误强化了订了婚的人们的爱情,而且还为我找到了这位美丽的女孩。因为它给出了机缘,引发了这美妙的喜剧,这喜剧以"前前后后都是婚礼"结束,所以我们所有人都有事可做。而你们这些先生们,你们捆绑了我,鞭打了我,那么现在:如果你们不想闲着没事干的话,那就请你们去吊死你们自己吧。

(剧终)

埃拉斯姆斯·蒙塔努斯[1]

或者

拉斯姆斯·贝尔格

五幕喜剧

（1731年）

---

[1] 为这部剧本作注的专家为彼特·泽贝尔和彦斯·克利·安德森。

剧情简介

　　拉斯姆斯·贝尔格是一个农民的儿子。父母出钱让他上大学，他在哥本哈根的大学里成了哲学学士。他把自己的名字改成了拉丁文的埃拉斯姆斯·蒙塔努斯。为了同未婚妻结婚，他重新回到故乡的山村。在大学里，拉斯姆斯学会了用于辩论的所谓"工具哲学"，擅长在理论上驳倒自己的各种对手，而且，他也像所有其他有学问的人一样，知道地球是圆的。他认为自己是一个有学问的人，而山村里人们，包括他的父母，则在学识上都与他相差太远。山村里的人认为大地是平的，尤其是他未来的岳父。拉斯姆斯在辩论中头头是道，还能够通过论证来把人变成石头、牛和鸡。但是山村的人们不喜欢他，结果村里的地保与招雇佣兵的中尉一同设了圈套，逼他当兵，让他在军训中吃尽苦头。最后，他的岳父决定从军队中赎出他，条件是他必须承认大地是平的。于是，他承认了地球是平的，平得像一张烙饼。

剧中主要人物

埃拉斯姆斯·蒙塔努斯　　拉斯姆斯·贝尔格拉丁语化的名字
耶伯·贝尔格　　　　　　蒙塔努斯的父亲
妮　乐　　　　　　　　　蒙塔努斯的母亲
丽丝贝特　　　　　　　　蒙塔努斯的未婚妻
耶罗尼姆斯　　　　　　　丽丝贝特的父亲
玛格德罗娜　　　　　　　丽丝贝特的母亲
雅克布　　　　　　　　　蒙塔努斯的弟弟
佩　尔　　　　　　　　　教堂执事
耶斯贝尔　　　　　　　　地保

第一幕

第一场

耶　伯（一个人，手上拿着信）　教堂执事不在镇上，真是可惜，因为我儿子的信里有太多拉丁语，我看不懂。想着一个普通农民的儿子变得这么有学问，我眼里充满泪水，特别是因为我们都不是受过学校教育的农民。我从那些明白各种高深学识的人那里听说，我儿子可以同任何牧师辩论。唉，只要我和妻子能够在我们死去之前有幸在这山村里听他布道，那么我们就绝不会后悔付出我们花在他身上的所有钱。

　　我当然感觉得到，教堂执事佩尔并不是很愿意看见我儿子来这里。这让我觉得他好像是害怕拉斯姆斯·贝尔格。博学的人真可怕。他们彼此嫉妒，这一个不喜欢那一个也博学。这好人在镇上为大家布道，他的布道是那么美妙，他会谈论嫉妒，谈得泪流满面。但是我认为他自己并没有完全摆脱这毛病！我不知道这种嫉妒心是从哪里来的。如果有人说我的邻居比我更懂得怎样耕作,那我应当把这事放在心上吗?我应当就此恨我的邻居吗?不!耶伯·贝尔格才不会那样做!但是,那里过来的,我想该是教堂执事佩尔吧。

第二场

耶伯、教堂执事佩尔

耶　伯　欢迎回家，佩尔！

佩　尔　谢谢，耶伯·贝尔格。

耶　伯　唉，亲爱的佩尔，希望您能够帮我解说一下我儿子在上一封信中所写的拉丁语。

佩　尔　您在说什么！难道您认为我不像您儿子一样懂拉丁语？我可是个老大学生了，我，耶伯·贝尔格。

耶　伯　这我当然知道，我的意思是，您能理解新的拉丁语吗？因为这语言必定也像西兰岛上的丹麦语一样发生着变化。我小时候，我们在山村里的说话方式与现在是不一样的。我们现在称为"仆役"的，过去说"男孩"。我们现在所说的"情妇"[①]在当年是"相好"[②]。当时一位"小姐"现在是"女仆"[③]；"乐师"现在是"提琴手"；还有"秘书"变成了"文书"。因

[①] 原文中的 Matrasse 是对法语 maîtresse（情妇）的误读。

[②] 原文中的 Bislaaperske 是丹麦语化的低地德语，高地德语为 Beischläferin。

[③] 原文中的 Statsmøe 是指社会名流或贵族家的女仆。因此，"女仆"不能说是在霍尔堡喜剧时代被称为"小姐（Frøken，一般指有头衔的人家的女儿）"的一个旧词。这也许可以看作是耶伯的无知。

此，我觉得从您在哥本哈根时到现在，拉丁语也可能发生了变化。您能帮我解释一下这个吗？我可以读出字母，但不明白它们的含义。

佩　尔　您儿子写，他现在正在学习 logicam（拉丁语名词宾格：逻辑学）、Rhetoricam（拉丁语名词宾格：修辞学）和 metaphysicam（拉丁语名词宾格：形而上学）。

耶　伯　这是什么意思，logicam？

佩　尔　这是他的布道台[①]职位。

耶　伯　这我喜欢。愿他能够成为牧师。

佩　尔　但首先要成为教堂执事[②]。

耶　伯　另一个职位是什么？

佩　尔　那是所谓的修辞，丹麦语叫作《仪式》[③]。但是这第三个职位肯定是写错了，或者是法语的[④]。因为，如果是拉丁文，我就肯定能明白。耶伯·贝尔格，我能够背诵[⑤]整本 Aurora（拉

[①] 这里的"布道台"与当时的丹麦成语"研读自己的布道台"有关，意思是为获得圣职而去大学读书。佩尔在这里是把"逻辑学"说成牧师在教堂里的职位，因此译者在后面加上"职位"。

[②] 因为许多教堂执事都有神学学位，从执事到牧师的晋升是很常见的。但另一方面，以教堂执事的身份开始牧师生涯并不是必须的。因此，这一答复反映出佩尔对"被教育程度更高的埃拉斯姆斯超越"的惧怕。

[③] 即教会活动的条例书。该书和修辞学一点关系都没有。

[④] 可以看得出佩尔也并不明白形而上学是什么东西，而且不认识拉丁语"形而上学"这个词。他胡乱地把它说成是一个职位。

[⑤] 背诵是学校教育的核心方法，在拉丁语学校首先要背诵的东西之一，恰恰是佩尔在这里吹嘘自己所知的 Aurora 中的词汇表（见下一条注释）。在18世纪的丹麦，所有受过教育的人都曾在学校里背诵它。因此，当佩尔在下面的内容中把顺序和内容都搞乱时，当时相当一部分观众都能够立即听出其中的错误。

丁语:《拉丁语入门》)[1]:Ala 是翅膀,ancilla 是一个女孩,brabra[2] 是胡须,coena 是夜壶[3],cerevisia 是啤酒[4],campana 是敲钟人[5],cella 是地窖,lagena 是瓶子[6],lana 是狼[7],ancilla 是一个女孩[8],janua 是一扇门[9],cerevisia 是黄油[10]。

耶　伯　您肯定是有着魔鬼一样的[11]记性,佩尔!

佩　尔　是啊,我不曾想到我要在一个没什么收入的教堂执事职位上待这么久。如果我愿意将自己绑定在一个女人身上,那么,我肯定在很久之前就会有别的职位[12]。但是我宁愿尽可能自食其力,以免别人说我是吃软饭的。

---

[1]　托马斯·邦的拉丁语入门书 Aurora Latinitatis(《拉丁语的曙光》,即初学),1638 年出版。直到 18 世纪末,Aurora 一直是拉丁语学校低年级的标准教科书。它包括一套必须背诵的词汇,以及一系列以小学生日常生活中的对话为形式的短篇阅读文章。词汇表按词类和变位排列,从第一个变位后的名词开始。佩尔正是从这第一节中记住了他的词汇表。前四个他按顺序记住了,然后他开始跳过一部分,并重复自己所说过的东西。

[2]　正确的拉丁语应当是 braba。想来是霍尔堡在展示佩尔读错了这个词。

[3]　这里佩尔又弄错了,coena 的意思是晚餐。

[4]　这里佩尔弄错的是顺序。"cerevisia 是啤酒"应当是在"cella 是地窖"后面出现。

[5]　这里佩尔又弄错了,应该是"campana 是钟"。

[6]　这里佩尔跳过了十四个拉丁语词。

[7]　这里佩尔把"棉花"(Lana)说成了"狼"(Ulv)。

[8]　这里佩尔在重复前面说过的词。

[9]　"janua 是一扇门"按顺序应当是在"lagena 是瓶子"前面。

[10]　前面说过"cerevisia 是啤酒",这次佩尔将之说成黄油,是错误的(而"butyrum 是黄油"在该书中则是两页之后出现)。

[11]　"魔鬼一样的"在原文中是"forbandet"(可诅咒的),在耶伯这里可以理解为"奇妙的",但在懂拉丁语的观众这里则能够被理解为"糟糕的"。

[12]　这句话暗指当时普遍存在的做法,即圣职的候选人应该愿意与前任的寡妇结婚。这是一种支持寡妇的方便方式。

耶　伯　但是，亲爱的佩尔，这里还有别的拉丁语，我不明白。看这行。

佩　尔　Die Veneris Hafnia domum profecturus sum（拉丁语：星期五我从哥本哈根回家）。这可是相当深奥的句子①，不过我还是完全明白的，只是这会让别人很头痛。丹麦语的意思就是：有一大堆完美的落师人②到哥本哈根③。

耶　伯　现在俄罗斯人又到这里④来干什么？

佩　尔　这可不是莫斯科人，耶伯·贝尔格，这是新入学的大学生，人们称之为落师人。

耶　伯　现在我知道了。因为他们变成大学生，所以他们得到盐和面包⑤，在这样的一些日子里肯定很热闹。

佩　尔　您预计他什么时候回家？

耶　伯　今天或者明天。亲爱的佩尔，稍等一会儿，我跑进去，妮乐在里面，我让她给我们拿一些啤酒出来。

佩　尔　我倒是更想要来一杯烈酒，现在喝啤酒，时间有点太早。

---

① 事实上，这是一个相当直接的表达方式，任何懂得拉丁语的人都会立即理解。

② 落师人，译者根据丹麦语 russer 的音译。丹麦语 russer 是指大学的新生。根据传统，这个词来自拉丁文的 deponurus（deponere 的未来分词，意即"存放下"），因此就是指"将存放下（其昔日之人）的人"——进入了大学的人。在霍尔堡的时代，学生们在六月底前后来到大学，"存放下来（deponere）"，即参加高中毕业考试（deposits），以便能够被大学录取。

③ 佩尔对这句拉丁语的解读是错误的。

④ 耶伯因为"落师人"（Russer）的发音而以为这与"俄罗斯人"（Russere）有关。1716年，在北欧大战争（1709—1720年）期间，丹麦的盟友俄国沙皇彼得大帝曾带着一支庞大的部队在哥本哈根停留，以便在瑞典登陆。耶伯可能是因此知道"俄罗斯人"的。

⑤ 在大学录取仪式上，新学生会被人在舌头上撒一点盐，在头上浇几滴酒（不是面包！）。

第三场

佩　尔（一个人）　说实话，知道拉斯姆斯·贝尔格要回家，我并不高兴。这不是因为我怕他的学识。因为，在他还上小学的时候，如果大家允许我这样说的话，在他还挨打的时候，我就已经是老大学生了。在我们的那个时代，那些成为大学生①的人和现在的可不一样。我是在斯劳厄尔瑟学校②毕业后去上大学的，当时和我一起毕业的有佩尔孟森、拉斯姆斯·耶斯贝尔森、克里斯丁·克里姆、麦兹·汉森（我们在学校里叫他烙饼麦兹）和保罗·易瓦尔森（我们叫他烧酒保罗）。这些人都是脑子很聪明的，他们在下巴上留着胡须③，有能力就任何主题进行辩论。

---

① 在丹麦，"成为大学生"在那个时代是离开拉丁语学校通过了大学入学考试，后来是通过拉丁语学校毕业考，在今天就是通过高中毕业后的毕业考（大学生考试）。所以丹麦的"成为大学生"在某种意义上就相当于中国的"成为高中毕业生"。

② 这所学校是在西兰岛上的斯劳厄尔瑟（Slagelse），成立于1508年。在霍尔堡写下这部喜剧时，这所学校是西兰岛上的十四所集市镇拉丁语学校之一，那里的水准比罗斯基勒和哥本哈根的两所大拉丁学校要低。

③ 上拉丁学校是没有年限的，但要一直读到校长认为该学生已经学到足够的知识，可以去考大学为止。因此，拉丁学校的学生有可能年纪很大但仍留在学校的高年级里。

我只当上了教堂执事,但对我日用饮食①心满意足并了解自己的职责。我的收入②一直在大幅提高,比任何前任都生活得更好,因此我的后代不会到我的坟墓前诅咒我。有人以为教堂执事这工作没有什么难度。当然有难度!相信我,如果你要让自己的工作达到职责所要求的水准的话,教堂执事是一个艰难的职位。在我之前,这镇上的人们认为所有葬礼赞美诗都差不多,但是我作出了努力,以至于我能对一个农人说:"你想要哪一首赞美诗?这首的价钱是多少,那一首又是多少。"同样,当人们往死者身上扔土时,我也会问,"你是想要细沙还是普通的泥土?"

还有许多需要考虑的艰难事务,那是我的前任,教堂执事克里斯托弗,所根本不明白的。不过,他没有读过大学③。我就不知道这人是怎么成为执事的。但他没有相应的学历却仍还是教堂执事。拉丁语对一个人的所有事务都有很大帮助。我是不愿丢掉我所学会的拉丁语的,拿一百塔勒来换,我也不干。因为它为我的职位带来比一百塔勒更多的钱,是的,另外的一百塔勒。

---

① 在基督教里,一般把谋生的职业称作是"日用饮食"(或者直译作"每日的面包")。

② 即教堂执事向会众收取的各种教会活动的费用。教堂执事并不直接从教会领取工资。他们的收入,部分是来自从会众那里获取的农产品的收成份额(相当于牧师收入的十分之一),部分是来自"献祭"(即会众在主要节日所支付的各种款项)。

③ 教堂执事必须达到大学生水准,也就是说,必须在大学里注册过,但没有规定他们必须通过考试。另一方面,主教要来检查他们是否合格。

第四场

妮乐、耶伯、佩尔

妮　乐　干杯,佩尔。

佩　尔　谢谢,大嫂。如果不是我肚子疼的话,我是不喝烧酒的;但是我通常肠胃不怎么好①。

妮　乐　您知道,佩尔,我儿子是今天还是明天回家?他一回来,您就可以同一个与您类似的人在一起说说话了,因为我听他们说,这小子口舌很伶俐。

佩　尔　是啊,我想他肯定能够说很多修道院的拉丁语②。

妮　乐　修道院的拉丁语?这可是最好的拉丁语,就像修道院里的

---

① 这是霍尔堡最频繁重复的笑话之一。

② 即在所谓的"修道院"(即"哥本哈根大学社区")的饭桌上,学生们说的不正确的、粗率的拉丁语(佩尔这样说的目的是想要贬低埃拉斯姆斯)。

该社区是哥本哈根大学的一个机构,为一百名学生提供食物。用餐地点是位于哥本哈根北街的社区餐厅,但之前的用餐地点是在步行街的圣灵修道院——因此餐厅被称作"修道院"。在用餐期间,学生们必须参加与他们学习有关的话题的讨论练习和宣讲练习。

帆布[①]是最好的帆布。

佩　尔　哈哈哈哈！

耶　伯　您笑什么，佩尔？

佩　尔　没有什么，耶伯·贝尔格。再干杯！您也干杯，大嫂！确实是像您所说的那样。修道院里的帆布是好帆布，可是……

妮　乐　难道，这帆布不是在修道院里做的？那为什么被称作修道院帆布？

佩　尔　当然，确实是这样，哈哈哈！但您能不能给我点吃的东西，就着酒喝。

妮　乐　这里有一小块面包和割出的奶酪，如果您不嫌弃。

佩　尔　谢谢，大嫂！您知道拉丁语面包怎么说？

妮　乐　圣母在上，我完全不知道。

佩　尔　（吃着，同时说话）　它叫作 panis, genetivus pani, dativus pano, vocativus panus, ablativus pano[②]。

耶　伯　天哪，佩尔！这语言真是好复杂。粗粮面包怎么说？

―――――――

① 一种精美的帆布，是在德国威斯特法伦，特别是瓦伦多夫镇生产的。传统上对这一名称的解释是，用来做修女所穿长袍的织物。

② 佩尔试图对拉丁语中的 panis 一词做变位转化，它的正确意思是"面包"。佩尔的变位罗列不但是不完整的（缺少宾格），而且是完全混乱的，他在对这个词进行拉丁语中第三等级变位时，添加了属于第二等级的词尾。然而，即使是第三转化中的呼格 panus 也是不正确的。不过，主格、所有格、与格、呼格、离格的顺序与当时学校语法中的相同。缺少了本应在与格和呼格之间的（直接）宾格。

佩　尔　它叫作"粗地 panis",精白粉面包叫作"细地 panis"[1]。

耶　伯　这可是一半丹麦语呀。

佩　尔　是的,是这样。有许多拉丁词源于丹麦语[2]。听我说一下吧。哥本哈根学校的一位老校长叫萨克索·格拉玛蒂卡,他改善了我国的拉丁语。他还写了拉丁文语法书;因此他得到了这个名字,萨克索·格拉玛蒂卡。这个萨克索用很多丹麦语丰富了拉丁语。在他之前,拉丁语太差劲了,不可能写出大家能理解的句子[3]。

耶　伯　格拉玛蒂卡这个词是什么意思?

佩　尔　就像多纳特[4]一样,如果是红绿封面的土耳其订书法订出

---

[1] 原文中佩尔使用的是 panis gravis(沉重面包)和 panis finis(结束面包)。因为他对拉丁语其实半懂不懂,面包叫 panis 是对的,但是他把与丹麦语的"粗"(grov)读音相近的拉丁语"沉重"(gravis)当拉丁语"粗"来用,而把与丹麦语的"精细"(fin)读音相近的拉丁语"结束"(finis)当拉丁语"细"来用。

[2] 佩尔又是在乱说,事实上是反过来,有不少丹麦语的词源于拉丁语。

[3] 这里佩尔是在乱扯。历史学家萨克索用拉丁语写的丹麦历史书 *Gesta Danorum*(《丹麦人业绩》),因为其漂亮出色的拉丁语风格而被称作 Saxo Grammaticus(萨克索语言大师),佩尔首先是把拉丁语说错,弄成了 Saxo Grammatica(萨克索语法)——"萨克索·格拉玛蒂卡",而他关于萨克索的其他说法则纯属胡说八道。

[4] "多纳特"(Donat)这个词在霍尔堡的时代是对(拉丁语学校)语法的称呼。之所以有这个称呼,是因为罗马语言学家多纳特(Aelius Donatus,4 世纪)写过两本语法书 *Ars minor* 和 *Ars major*(《小艺术》和《大艺术》),成为了中世纪学校的标准著作。因此,这个名字就成了对语法的一般称呼。霍尔堡时代的丹麦拉丁语学校小班使用的丹麦语《多纳特》语法,在内容上与多纳特的 *Ars minor* 仍有着明显的相似之处。

来的话就叫作多纳特；但是如果用白皮订的话，就被称作格拉玛蒂卡①，就像 ala 一样变格②。

妮　乐　唉，我永远都弄不明白，人们是怎样把所有这一切装进脑子里的。哪怕只是听人谈论它，我的头就开始发晕了。

耶　伯　所以那些有学问的人的头脑常常不是很管用。

妮　乐　不，胡说什么呀！难道你认为我们的儿子拉斯姆斯·贝尔格不管用？

耶　伯　我只是觉得，孩子他妈，他给我写信用拉丁语，这是很奇怪的事情。

佩　尔　在这一点上我觉得耶伯是对的，因为这事做得确实很愚蠢。因为这就像是我为了让人们知道我懂希腊语，就去和地保说希腊语。

耶　伯　希腊语您也懂吗，佩尔？

佩　尔　这样说吧，二十年前，我能够用一只脚站在地上，用希腊语阅读整本《启应礼拜祈祷文》。我仍记得最后一句话，叫作：阿门③。

---

①　羊皮纸是经过处理的皮，在中世纪被用作书写材料，特别是在 17 和 18 世纪被用于装订书籍。我们也许可以想象，佩尔在上学时看到的初级语法书《多纳特》是用廉价的纸张装订的，而更高级的语法书《格拉玛蒂卡》（Grammatica）则更多地是以更耐用、更昂贵的羊皮纸装订的。

②　在第一格之后的情况下发生转化。但是在语法书《多纳特》中，ala 通常不是作为第一转化的例词（通常是：mensa，桌子），但从我们在前面第二场所读到的佩尔的台词中能看出，它是拉丁语初学入门书 Aurora 中的第一个词。

③　"阿门"，结束祷告并意味着"愿将如此"的词，是希伯来语，不是希腊语。

耶　伯　啊，佩尔，我儿子回来，我们可以让你们两个在一起聊聊，这会很有意思。

佩　尔　如果他想和我辩论，那他是找到了对手。如果他想在唱歌方面与我竞争，那他肯定也会输。我曾和十个教堂执事比赛唱歌，他们全都不得不认输，因为我唱"我们信"这几个字持续的时间比所有十个教堂执事所持续的时间都长[1]。十年前有人想要请我做圣母学校的合唱团长，但我不愿意。因为，耶伯，我为什么要做这合唱团长？我为什么要离开我的会众，他们爱我、尊敬我，我也爱他们并尊敬他们。我生活在我每天都有饮食的地方，在这里我受所有人尊重。只要地方长官亲自来这里，他们就马上会来找我去同他一起打发时间并为他唱歌。去年这个时候，他给了我两个马克，因为我演唱了哆来咪伐叟。他发誓说，他听我唱歌得到的享受超过了在哥本哈根听过的最好的声乐表演。如果再给我一杯烧酒，耶伯，我也会为您唱这同样的歌。

耶　伯　很愿意。再斟上一杯烧酒，妮乐。

佩　尔　我不会随便为什么人唱的。但您是我的好朋友，耶伯，我很愿意为您服务。

　　　　（尖叫，先是很慢）哆来咪伐叟啦西哆；现在反过来，哆西啦叟伐咪来哆。现在您再听一下，以另一种方式，我能够唱得多么高：哆来咪伐叟伐西哆来咪伐叟伐西哆。

---

[1] 对此的解释可以是，他作为主唱，在唱路德所写的赞美诗"我们信，我们都信上帝"时，可以保持让"我们"这个词的声音持续得比另十位教堂执事更久。

耶　伯　老天，最后这一遍太妙了。我们家的小猪也没法发出这么高的尖叫声。

佩　尔　现在我要快唱了：哆来咪来……不，不对，哆来咪哆来咪哆……不对，现在这完全不对了。这真他妈的难啊，耶伯，要唱得这么快的话。但是看，那里，耶罗尼姆斯先生来了。

第五场

耶罗尼姆斯、玛格德罗娜、丽丝贝特、
教堂执事佩尔、耶伯、妮乐

耶罗尼姆斯 早上好,亲家!有没有您儿子的消息?

耶　伯 有有。我想他今天或者明天回来。

丽丝贝特 啊,这真是可能的吗?我的梦终于实现了!

耶罗尼姆斯 那么,你做了什么梦?

丽丝贝特 我梦见他晚上和我睡在一起。

玛格德罗娜 梦里面是有东西的。人不可以鄙视梦。

耶罗尼姆斯 的确如此啊。但如果你们这些女孩在白天对男人想得不多,那么你们在晚上就不会有太多关于男人的梦。我们订婚的那段日子,你肯定也这么强烈地梦见我,不是吗,玛格德罗娜?

玛格德罗娜 确实是这样。但我现在确实好几年没有梦见你了。

耶罗尼姆斯 这是因为我们现在的爱情不如以前那么强烈了。

丽丝贝特 可是,拉斯姆斯·贝尔格真的可能在明天回家吗?

耶罗尼姆斯 唉,女儿啊,你别让人觉得你有相思病。

丽丝贝特 啊,他确实明天回家吗?

耶罗尼姆斯 是的是的，你可是听见了，他在这个时间回家。

丽丝贝特 现在到明天，我们有多少时间，心爱的爸爸？

耶罗尼姆斯 这算是什么样的胡说八道！这些恋爱的人就像是在发疯。

丽丝贝特 是啊，我确实每小时都在数着。

耶罗尼姆斯 你也应当问，一个小时有多长时间，然后别人就会觉得你纯粹是疯了。停止这样的胡言乱语吧，让我们做父母的说话。听我说，亲爱的耶伯·贝尔格。您认为让这两个年轻人在你儿子得到一个职位之前成婚是一件明智的事吗？

耶　伯 就像您说的一样！我能够养他们，但是让他先得到职位会更好。

耶罗尼姆斯 我绝对不认为他们在那之前结婚是可取的。

　　〔丽丝贝特哭叫着。

耶罗尼姆斯 你要知羞耻啊！一个女孩子弄出这副样子是可耻的。

丽丝贝特（哭泣着） 他不是很快就会有工作了吗？

耶　伯 他马上会找到职位，这是毫无疑问的。因为，我听人说了，他很博学，不管什么书他都能读。他最近给我写了一封拉丁文的信。

妮　乐 确确实实是这样，教堂执事知道这事。

丽丝贝特 那么，这信写得很好吗？

佩　尔 不错。对这样的一个年轻人来说已经足够了，小姐。需要做到的其实还有更多。我想，当年我还在他的年龄时，我也是很有学问的，但是……

耶　伯 是啊，你们这些有学问的人从来不相互赞美。

佩　尔　不，这是胡说了！难道我嫉妒他吗？在他还没有出生的时候，我就已经三次鞭打[1]过别人了。在他四年级的时候，我就已经做了八年教堂执事了[2]。

耶　伯　一个人会比另一个人有更好的脑子。一个人能够在一年里学会另一个人在十年里学的东西。

佩　尔　好吧，不管是谁，放马过来吧，教堂执事佩尔才不怕呢。

耶罗尼姆斯　是啊，是啊，每个人都能有自己的长处。现在让我们回家吧，孩子。再见，耶伯！我只是路过，所以顺便和您聊聊。

丽丝贝特　啊，他一回来就马上给我消息！

---

[1] 指学生和老师一起对某个学生进行鞭打。这是拉丁语学校中最严厉的惩罚。拉丁语学校也是以其严厉的纪律而闻名的。

[2] 这些数字表明了教堂执事佩尔的年龄。如果埃拉斯姆斯四年级时他已经当了八年教堂执事，那么他可能比他大十五至二十岁，即三十多岁或四十岁出头。

第六场

耶伯、妮乐、佩尔、雅克布

耶　伯　雅克布，你想干什么？

雅克布　爸，你知道了吗？拉斯姆斯·贝尔格已经回到村里了。

耶　伯　老天，这可能吗？他看上去怎样？

雅克布　哦，他看起来很有学问。为他驾车①的拉斯穆斯·尼尔森发誓说，他在回家路上所做的一切就是用希腊语和波斯语与自己辩论。有几次他是那么激动，以至于拳头在拉斯穆斯·尼尔森的脖子上狠狠地敲了三四下，并同时喊着："挣大钱体，挣大钱体。"②我想，他在离开哥本哈根之前肯定是在和什么人谈大笔挣钱的事情③。有时他静坐着，凝视月亮和星星，

---

① 当时没有定期运行的公共交通，所以客运是由设在集镇上的私人运输公司提供的。另外也可以坐农夫的马车。在这种情况下，交通工具往往是在夜间被提供的，这与埃拉斯姆斯坐在车上看月亮和星星相吻合。

② 原文中雅克布说的是 probe Majoren，这是对拉丁语 proba majorem 的错误重述，proba majorem 的意思是"证明大前提"。

③ 这是译者改写。因为原文中的误读是 probe Majoren，后根据丹麦语被理解成"证明少校"，所以，这里原文的意思是"我想他在离开哥本哈根之前曾和一个少校辩论"。

　　　　带着这样一种沉思的表情，以至于他三次从马车里跌出来，几乎因为纯粹的学问而摔断了脖子。拉斯穆斯·尼尔森觉得好笑，在私下说："拉斯姆斯·贝尔格可能对天上的事情无所不知，但在大地上是个傻瓜！"①

耶　伯　啊，来吧！让我们出去接他吧。亲爱的佩尔，跟我们来！可能他已经忘记了丹麦语，只会说拉丁语，这样的话，您可以当翻译。

佩　尔　我才不呢。我要去忙别的事了。

---

① 博学之人因为观察星空而在物质世界中走错路，因此被冠以"天上的智者，地上的愚者"的称号，历史上有不少这样的名人，比如说米利都的泰勒斯（公元前6世纪的希腊哲学家）和第谷·布拉赫（丹麦天文学家，1546—1601年）。

第二幕

第一场

蒙塔努斯（裤袜挂在膝盖上[①]） 才离开一天，我就已经开始思念哥本哈根了。若是没有随身带着我那些好书的话，我根本就没法在乡下住。Studia secundas res ornant, adversis solatium præbent（拉丁语：研学令顺境美丽，在逆境中给出安慰）[②]。我觉得自己好像缺少了一些什么，因为我已经三天没有辩论了。我不知道镇上是不是有一些有学问的人。如果有的话，我将让他们进入工作状态，因为没有辩论我就活不下去！我同我可怜的父母就说不了很多话，因为他们是很简单的人，他们所明白的只是他们童年所学的东西，因此与他们的交谈帮不

[①] 裤袜，即长筒袜。衣着不整是不关心世事的学者们的特点。裤袜穿在腿上会滑下，因此需要用吊袜带在裤袜外面扣着，吊在小腿上。

[②] 这是对西塞罗的一句拉丁语格言不完全准确的引用。

了我很多。教堂执事和校长应该是有学问的,但我不知道他们的知识面有多广,不过,我还是会试试他们的能耐有多大。看见我这么早回家,我父母肯定会感到意外,他们想不到我会在夜里离开哥本哈根。

［他打火,点燃了烟斗,让烟斗的大烟嘴穿过帽檐上的一个洞①。

这就是所谓的"以大学生的方式抽烟"。对于一个想要同时写字和抽烟的人来说,这是一项很好的发明。

［坐下来读书。

---

① 这顶帽子可能被放在他面前的桌子上,作为他长柄烟斗的支撑物。

第二场

蒙塔努斯、雅克布

雅克布（亲吻自己的手并投向自己的哥哥） 欢迎回家,我的拉丁语哥哥!

蒙塔努斯 真高兴见到你,雅克布。在兄弟情方面,有一些东西,在从前是很好的,但现在就不再是得体的了。

雅克布 为什么?难道你不是我哥哥了吗?

蒙塔努斯 我不否认,你这混蛋,你生下来就是我的兄弟。但是你必须知道,你仍是一个农家男孩,而我则是一个 philosophiæ baccalaureus（拉丁语:哲学学士）了。

听我说,雅克布,我爱人和我岳父的情况怎样?

雅克布 很不错。他们刚才还在问哥哥什么时候回家呢。

蒙塔努斯 你又说哥哥了!我不是因为傲慢才这么说,雅克布,但事情 profecto（拉丁语:确实）不是这样的。

雅克布 那么我该怎么称呼呢,哥哥?

蒙塔努斯 你应当叫我 Monsieur[①] Montanus（法语：蒙塔努斯先生），因为我在哥本哈根的名字就是这个。

雅克布 但愿我能记得。是不是 Monsieur Dromedarius（法语：单峰骆驼先生）？

蒙塔努斯 你听不见吗？我说的可是 Monsieur Montanus。

雅克布 Monsør Montanus，monsør Montanus。

蒙塔努斯 是的，是这样，因为拉丁语里的蒙塔努斯和丹麦语的贝尔格是一样的[②]。

雅克布 这样，我是不是能够叫作 Monsør Jacob Montanus（雅克布·蒙塔努斯先生）？

蒙塔努斯 如果你像我这样读了很长时间的书并通过你的考试，那么你就也能够为你自己取一个拉丁语名字。但只要你还是一个农家男孩，那么你就不得不满足于简简单单的雅克布·贝尔格这个名字。

你有没有感觉到我的爱人在想念着我？

雅克布 当然，她对于你与她距离这么遥远感到很不耐烦。

蒙塔努斯 你也不可以对我称"你"，你这个混蛋！

雅克布 我想说的是，Monsøren 的爱人对于你与她距离这么遥远感到很不耐烦。

---

① 这个法语词，埃拉斯姆斯自己说出来是准确的，但他家里别人说的时候都有小小变化，发音不是很准。因此下文的 Monsør, Maansør, Monsøren, Monsøer, Moonsør 也都是"先生"之意。

② 拉丁语 Montanus 的意思是"山上的，属于一座山的"；丹麦语贝尔格（其实是德语 Berg），意思是"山"。

蒙塔努斯　是的，现在我来了，雅克布，但这只是为了她的缘故；而且，我在这里也不会待很久，因为，一办完婚礼，我就带她去哥本哈根。

雅克布　难道 Monsøren 不带我去吗？

蒙塔努斯　你去那里干什么？

雅克布　我想要看看外面的世界。

蒙塔努斯　我倒是希望你能年轻六七岁，这样我就能让你去读拉丁语学校，这样你就也能够成为大学生了。

雅克布　不，这不好。

蒙塔努斯　为什么？

雅克布　那样的话，我们的父母可就要做乞丐了。

蒙塔努斯　听啊，你这小子嘴巴里说的什么话！

雅克布　是的，我想法很多。如果我读了书的话，那我就会变成一个该死的坏蛋了。

蒙塔努斯　我听人说，你的头脑很好使。但你在哥本哈根想干些什么？

雅克布　我很想看看圆塔和做帆布的修道院。

蒙塔努斯　哈哈哈！不，在修道院里，除了做帆布，也做别的事情。我岳父真的像人们所说的那样，有这么多财产吗？

雅克布　确实是这样，耶罗尼姆斯是一个很有钱的老人，他拥有差不多这镇子的三分之一。

蒙塔努斯　但你有没有听说他打算要给女儿办嫁妆？

雅克布　是的，我想他会为女儿置办很好的嫁妆，尤其是，如果他在镇上听 Monsøren 布过一次道[①]的话。

蒙塔努斯 不会布道的。我不会降格在这里这种乡下小地方布道的。如果只是做一些辩论,我倒是可以。

雅克布 我觉得能够布道应该是更厉害吧?

蒙塔努斯 你知道什么是辩论?

雅克布 当然知道,我们每天在家里和女佣人们争辩,但我从来就没有赢得什么。

蒙塔努斯 是啊,我们当然有很多这样的辩论。

雅克布 Monsøren 所争辩的是什么呢?

蒙塔努斯 我所辩论的是一些重要而有学问的事情,比如说天使是不是在人之前被创造出来的,地球是圆的还是椭圆的,关于月亮、太阳和星辰,它们的大小,它们与地球的距离以及其他诸如此类的东西。

雅克布 不,我不争辩这些,因为这与我毫无关系,因为,只要我能够让这些女佣为我工作,她们完全可以说地球是八角形的。

蒙塔努斯 啊,animal brutum(拉丁语:愚蠢的动物)!听我说,雅克布,有没有人让我的爱人知道我已经回到家了?

雅克布 不,我想是没有。

蒙塔努斯 那么你马上跑去耶罗尼姆斯那里,告诉他们,我回来了。

---

① 当时的绝大多数学者在最后都成为牧师。如果埃拉斯姆斯在当地教堂布道,那就是证明他正在走向牧师的职位,这首先会使他有能力养活一个妻子,其次会使他比普通农夫更适合娶耶罗尼姆斯的女儿。

1697 年的一项法令规定,只要牧师允许,任何未被大学开除的学生都可以在乡村教堂布道。但是在集市镇上教堂里的大弥撒上布道则需要有神学学位。

雅克布 好,我能帮你去跑一趟;但我是不是先要把这事告诉丽丝贝特?

蒙塔努斯 丽丝贝特,谁是丽丝贝特?

雅克布 你难道不知道,哥哥,你的未婚妻名叫丽丝贝特?

蒙塔努斯 你这个混蛋,现在又忘记了我刚刚教会你的事情?

雅克布 你愿意叫我混蛋随你的便,但你仍还是我的哥哥。

蒙塔努斯 如果你不给我闭嘴的话,我 profecto 要用书砸你的头了。

雅克布 用《圣经》来扔人,这可不对。

蒙塔努斯 这不是《圣经》。

雅克布 我可还是认得《圣经》的。这本书可是大得足够是《圣经》了。我能够看得出这既不是礼拜福音书①也不是《教义问答》②。但不管这是不是《圣经》,拿书砸自己的弟弟总是不对的。

蒙塔努斯 闭嘴,混蛋!

雅克布 就是我这样的混蛋,用我的双手赚钱给我父母,然后他们拿来给你花。

蒙塔努斯 如果你不闭嘴,我就把你撕成碎片。

〔把书扔向他。

雅克布 嗷嗷嗷!

---

① 每个主日礼拜的《圣经》文本和祈祷文,收集在一个(小)书册里。除了《圣经》,这本书和下面的《教理问答》大概是雅各布仅知的两本书。

② 一本载有基督教信仰基本经文的小书,以问答的形式写成。基督教会最重要的教义(雅各布心中所想的)是路德的《小教理问答》(1529年),它简要地总结了福音派信仰的基本概念:十诫、信条、主祷文和圣礼。在17世纪,《教理问答》的教学与学校基础教育的阅读直接挂钩。

第三场

耶伯、妮乐、蒙塔努斯、雅克布

耶　伯　这里都在吵些什么？

雅克布　啊，我哥哥拉斯姆斯打我。

妮　乐　你说什么？他不会无缘无故打你。

蒙塔努斯　不，妈妈，这是真的，他来到这里，用一张嘴来和我作对，就仿佛我和他是同一种人。

妮　乐　见鬼了，混蛋！难道你就不明白应当尊敬这样一个有学问的人？难道你不知道他是我们一家人的荣耀？我心爱的儿子先生，您不要把他当一回事。这是一个不懂事的混蛋。

蒙塔努斯　我坐在这里考虑一些事情，这个 importunissimus 而 audacissimus juvenis（拉丁语：粗鲁［而］无礼的年轻人）跑来打扰我。处理这类 transcendentalibus（拉丁语：形而上学超验）[①]的问题，这可不是儿戏。我愿给出两个马克来阻止这样

[①] 即关于非物质的、非物理的学说。作为一门大学科目，形而上学在当时被认为是哲学基本概念的基础课程。因此，埃拉斯姆斯在这里所夸耀的精美词句，在学术上其实是属于最初级学习材料中的内容。

的事情发生。

耶　伯　不要生气,我心爱的儿子,这样的事情不会再发生了。我是那么害怕儿子先生会太激动;有学问的人受不了那么多冲击。我知道教堂执事佩尔当年就是激动得伤了身子,花了三天的时间都没有缓过来。

蒙塔努斯　教堂执事佩尔,他是有学问的人吗?

耶　伯　是的,按我的记忆来看,在我们的镇上还不曾有过任何教堂执事唱得像他这么好。

蒙塔努斯　因此他会是非常没有学问的。

耶　伯　他布道也布得非常好。

蒙塔努斯　因此他也会是非常没有学问的。

妮　乐　啊,不,儿子先生,一个布道布得这么好的人怎么会是没有学问的?

蒙塔努斯　当然是这样,老妈,所有没有学问的人都布道布得很好,因为既然他们无法用自己的头脑来写出一些什么,所以他们只好使用借来的布道[①]来讲演,并且背出这些优秀的人写下的文本,有时候他们自己都搞不明白自己所背出的东西,反过来,有学问的人则不会利用这一类东西,相反,是用自己的头脑来写。相信我,在农村,人们过多地根据大学生的布道来判断他们的学问,这是一个普遍的错误。但是,让这

[①] 是指印刷出的讲道集。这种书主要是为了让人们在家里阅读,但如果他们在布道时不是完全重复这本书中的内容的话,它们也是牧师们写布道词时的启发性材料。

些家伙辩论一下，像我一样，试试看，那可是学问的试金石。我能够用拉丁文进行任何主题的辩论。如果有人声称这张桌子是烛台，我能够捍卫这说法；如果有人声称肉或面包是稻草，我也能够为之辩护。我做过很多次了。听我说，老爸啊，您相信喜欢喝酒的人幸福吗？

耶 伯 我倒是更相信这样的人是不幸的，因为一个人把自己的理智和金钱都喝没了。

蒙塔努斯 我会证明他是幸福的。Quicunque bene bibit, bene dormit（拉丁语：善饮者善睡）……不，确实，您不明白拉丁语，我必须用丹麦语说：善饮的人必善睡。是不是？

耶 伯 确实是这样。如果我喝得半醉，我睡得像一匹马。

蒙塔努斯 睡得好的人不行罪。这对不对？

耶 伯 是的，确实是这样；一个人在睡觉的时候不会做有罪的事情。

蒙塔努斯 不行罪的人是幸福的。

耶 伯 这也是对的。

蒙塔努斯 Ergo（拉丁语：因此），善饮的人是幸福的。

老妈，我能够把您弄成石头。

妮 乐 啊，这话就乱说了！这可不是一个人能做得到的事情。

蒙塔努斯 现在您要听着。一块石头无法飞。

妮 乐 对，确实是这样，除非它被人拿起来朝着天上扔出去。

蒙塔努斯 您无法飞。

妮 乐 这也对。

蒙塔努斯 Ergo 老妈是一块石头。

[妮乐哭起来。

蒙塔努斯 老妈为什么哭泣?

妮　乐 啊,我是那么害怕自己成为石头,我的两腿现在开始发冷。

蒙塔努斯 放心吧,老妈,我马上把您重新变成人。一块石头无法思想也无法说话。

妮　乐 这是对的。我不知道它能不能思想,但它不会说话。

蒙塔努斯 老妈能够说话。

妮　乐 是啊,上帝保佑,虽然我是个普通的农妇,但我会说话。

蒙塔努斯 好的。Ergo 老妈不是石头。

妮　乐 啊,重新恢复过来了,现在我又感到自己正常了。真是的,在大学里学习确实需要厉害的头脑。我不知道您的头脑是怎么坚持住的。雅克布!从现在开始,你将为你的哥哥做事,你不用做别的事情了。如果你父母感觉到你为他造成任何麻烦,那你就要挨上你一辈子所能挨的所有鞭打!

蒙塔努斯 老妈,我很想让他戒掉对我说"你"的习惯;一个农家男孩对一个有学问的人说"你"是不得体的。我希望他称我 Monsieur。

耶　伯 好好听着,雅克布!以后如果你对你哥哥说话,你要说 Moonsør。

蒙塔努斯 我很想让教堂执事今天来这里,考较一下他有什么能耐。

耶　伯 是的,当然,我们会让人叫他来的。

蒙塔努斯 不过,现在我想去看我的爱人。

妮　乐　但是我怕会下雨。雅克布可以跟在您身后为您拿着斗篷[1]。

蒙塔努斯　雅克布！

雅克布　在，Maansør。

蒙塔努斯　来，到我身后来为我拿着斗篷，我要到镇上去。

　　［雅克布拿着斗篷跟着他。

---

① 这一种类型的雨衣。一个人身后跟着一个所谓的背斗篷者在当时是很常见的现象，这个背斗篷者（仆人）拿着主人的斗篷，以便下雨时把斗篷给他披上。这种习俗一直持续到18世纪中期，随着雨伞的出现而消失。在剧中，这既可以被看成农村追随大城市习俗的势利做法，也可以被视作耶伯对他博学的儿子的敬重：埃拉斯姆斯已经成为一位非常高贵的先生，必须得到这样的待遇。

第四场

耶伯、妮乐

耶　伯　难道我们不为这样的儿子而高兴吗，妮乐？

妮　乐　当然高兴，花在他身上的钱，没有一分是白费的。

耶　伯　现在我们就会知道教堂执事有什么能耐。但我怕的是，如果他听说拉斯姆斯·贝尔格在这里的话，他会不来。我们没有必要让他知道。我们也可以请地保来这里；他肯定会来，因为他喜欢喝我们的啤酒。

妮　乐　和地保打交道，这是很危险的，老公；我们不能让这种人知道我们的经济状况。

耶　伯　不，他完全可以知道。这里镇上的每个人都知道我们家富裕。如果我们交付好我们的税和租，那么地保就根本动不了我们一根毫毛。

妮　乐　哎，心爱的老公啊，如果我们也让雅克布去读书，是不是太晚啊？想一下，如果在什么时候他也能变得像他哥哥一样有学问，那这对他们年老的父母来说会是怎样的喜悦啊！

耶　伯　不，老婆，有一个就够了。家里必须有人给我们的工作帮把手。

妮　乐　唉，通过这样的工作他只能赚到勉强糊口的收入。但在大学里读过书的拉斯姆斯·贝尔格在一小时里就能用他的脑子为我们家带来比雅克布工作一年更大的好处。

耶　伯　这是没有用的，孩子他妈！我们的田地必须有人耕种，我们的农作要继续。我们完全离不开雅克布。看那里，他回来了。

第五场

雅克布、耶伯、妮乐

雅克布　哈哈哈哈哈！我哥哥固然可以是一个非常有学问的人,但他也是个大傻瓜。

妮　乐　你这个恶劣的混蛋！你居然称你哥哥为傻瓜？

雅克布　我不知道我该怎么称呼这样的人,老妈。天上下着倾盆大雨,他让我用胳膊夹着斗篷跟着他。

耶　伯　你能不能老实一点,这样说:"Maansør,下雨了,Maansør要不要穿起斗篷。"

雅克布　我觉得这很奇怪,老爸,雨下在他身上,雨水一直湿到他的衬衫,在这样的时候难道我还应当对这个花了父母很多钱来学习智慧和规矩的人说:"下雨了,Monsør,您不想穿起斗篷吗?"根本不需要我提醒,雨水本身就能提醒他这一点了。

耶　伯　这样你就一路走着一直把斗篷夹在胳膊下?

雅克布　不,我当然不会这样。我把自己很好地包进了斗篷,因此我的衣服完全是干的。这我很清楚,尽管我没有花很多钱去学习智慧。尽管我不认识任何拉丁字母,我还是马上就明白了这一点。

耶　伯　你哥哥是在沉思，学识渊博的人通常就是这样的。

雅克布　哈哈！让这样的学识见鬼去吧！

耶　伯　闭嘴，你个混蛋，不然你会为你说的话付出代价的。你哥哥能够在许多别的事情上让人看见他的智慧和他的学习成果，那么，有时候他会这样因为想问题而心不在焉，这又有什么关系？

雅克布　他的学习成果？我要告诉你在我们这一路上还发生了些什么。我们到了耶罗尼姆斯家的大门，他直接走到看门狗站立的那一侧。如果不是我把他拉往另一个方向的话，看门狗肯定会恶咬他那条充满学问的腿。看门狗不看人的身份，它们对陌生人一视同仁，它们会咬烂它们所能咬到的任何一条腿，不论是拉丁腿还是希腊腿。我们进了院子。Maansør 拉斯姆斯·贝尔格想着自己的各种问题走到牛棚里大喊："喂！耶罗尼姆斯在家吗？"但是里面的牛全都把屁股对着他，拒绝回答他的问题。我敢肯定，如果它们中有哪一头能说话，肯定会说："这家伙会是个什么样的该死的傻瓜！"

妮　乐　哎，我心爱的老公，难道你允许他这么说话？

耶　伯　雅克布，如果你再这样说话的话，你可就得倒霉了。

雅克布　老爸倒是应当感谢我帮他找对路、把他带出牛棚并带进起居室。现在老爸只要好好想一下，一个这样的家伙，若是独自去长途旅行的话，会弄出些什么事来。因为，我很确定，假如我没和他在一起，那他肯定会继续站在牛棚里，为了纯粹的学问而盯着牛屁股看。

耶　伯　哎，你这张胡说八道的嘴巴该倒霉了！

　　　　〔雅克布逃跑，耶伯追着他。

妮　乐　好一个该死的混蛋！我让人去找地保和教堂执事，这样我儿子在回来后就能够有人同他辩论。

第三幕

第一场

妮乐、蒙塔努斯①

妮　乐　我的儿子蒙塔努斯已经出去一会儿了。我希望他能在地保离开我们家之前回来。我们都知道，地保真的很想和他谈谈，而且还会好奇地向他问这问那……但是，那里，我看到他来了！欢迎回来，我亲爱的儿子。看到儿子先生在外旅行如此长久之后身体健康地回来，我们的好耶罗尼姆斯肯定会是非常高兴的吧？

蒙塔努斯　我既没有和耶罗尼姆斯说话，也没有和他的女儿说话，就是因为我和这孩子发生了辩论。

妮　乐　是哪个小子？也许是校长吧？

---

① 虽然耶伯在这一场结束时有两句台词，但在人物名单中却没有他。这个名字可能已经被遗漏了，但也有人认为耶伯的两句台词实际上是妮乐的。

蒙塔努斯　不，这是一个今天离开这里的外地人。我很熟悉这个人，尽管我在哥本哈根从不曾与他有什么交往。我烦死了那些自以为是吞咽下一切智慧但其实却仍是无知者的人。我可以对老妈说，这是怎么一回事。这小子曾做过几次 ordinarius opponens（拉丁语：指定的辩论对手），他的成绩就是这些。但他是怎样完成他那部分工作的？ Misere et hæsitanter absque methodo（拉丁语：糟糕而迟疑，没有方法）。在主持论辩的教授区分 inter rem et modum rei（拉丁语：事物与事物之方式）的时候，他问："Quid hoc est（拉丁语：这是什么意思）？" 混蛋，这是你应该 antequam in arenam descendis（拉丁语：在你走上辩论场之前）就学会的。"Quid hoc est?" Quæ bruta（拉丁语：怎样的愚蠢啊）！一个对 distinctiones cardinales（拉丁语：基本的概念差异）完全无知却想要 publice（拉丁语：公开）辩论的家伙。

妮　　乐　哎，儿子先生不用把这些事情放在心上。我从您说的东西中能听出，这肯定是一个小丑。

蒙塔努斯　一个无知者。

妮　　乐　太对了。

蒙塔努斯　一个白痴。

妮　　乐　我只能这样理解。

蒙塔努斯　Et quidem plane hospes in philosophia（拉丁语：是啊，哲学中的一个完全的外行），让这条狗收回自己在这么多有名望的人面前放出的东西吧。

妮　　乐　他放屁了？那样的话，人们就该知道他是一头猪。

蒙塔努斯 不，老妈，他做的是更糟糕的事情，他公然混淆了 materiam cum forma（拉丁语：质料和形式）。

妮　乐 他是应该倒霉。

蒙塔努斯 一个这样的小子居然还以为自己能够辩论？

妮　乐 他会个鬼！

蒙塔努斯 更不用说，他在他的 proemie（拉丁语：开首）中所犯的错了，他说："Lectissimi et doctissimi auditores（拉丁语：有过良好教育而学识渊博的听众）！"

妮　乐 真是个小丑！

蒙塔努斯 居然把 lectissimus 放在 doctissimus 前面，因为 lectissimus 是一个可以用来描述 deposituro（拉丁语：大学新生）的属性词①。

耶　伯 可是，我的儿子没有同耶罗尼姆斯说过话吗？

蒙塔努斯 没有，就在我想要走进起居室的时候，我看见这小子从大门口走过。我们是认识的，我就走过去和他打招呼，然后我们马上就谈起一些学术上的问题，最后辩论起来，这样，我就不得不推迟我的拜访。

耶　伯 我真怕耶罗尼姆斯先生会有不好的想法，因为他听见我儿子到了院子里，但却没和他说什么话就走了。

蒙塔努斯 是啊，我也没有办法。如果一个人攻击哲学——费洛索

---

① 指这个人打乱了尊卑先后的顺序，把不太上等的人放在更上等的人之前。差不多就是把用来描述同学的形容词放在了用来描述老师的形容词前面。

菲（Philosophien）[1]，那么他就是在攻击我的名誉。固然我非常喜欢丽丝贝特小姐，但是我的美塔菲丝卡（Metaphysica，拉丁语：形而上学），我的萝琪卡（Logica，拉丁语：逻辑）在我这里有着优先权。

妮　乐　啊，我心爱的儿子，我有没有听错？你在哥本哈根和另外两个女孩订婚了吗？这在民事法庭上可是个不得了的官司啊。

蒙塔努斯　你们不知道，这不是这意思。我说的不是女孩，而是两门科学。

妮　乐　哦，这是别的东西。现在地保来了，不要再生气了。

蒙塔努斯　我是不会对他生气的。这是一个简单纯朴的人，我不会和他有什么辩论的。

---

[1] 原文中当然只有一个词 Philosophien，也就是"哲学"。但在中文中因为关联到下文（第三幕第五场，耶罗尼姆斯把 Philosophien 当成了人的名字，而在这里妮乐把后面的 Metaphysica 和 Logica 当成了女人的名字）要把这个词的读音也弄出来，因此译者后面保留丹麦语单词并加一个音译。

第二场

耶伯、妮乐、蒙塔努斯、耶斯贝尔

耶斯贝尔 Serviteur Monsieur（法语：在下为您效劳，先生）。我祝贺您的到达。

蒙塔努斯 我感谢，地保先生。

耶斯贝尔 我真高兴这样一个有学问的人来到我们镇上。您能够拥有这么高的学问，肯定是一个非常伤脑筋的过程吧。我向您祝贺，耶伯·贝尔格，您有个好儿子！现在，您在这么大的年纪得到这样的喜悦。

耶伯 是啊，确实是这样。

耶斯贝尔 但是，听我说，我亲爱的 Monsieur 拉斯姆斯，我想问您一些事情。

蒙塔努斯 我的名字是蒙塔努斯。

耶斯贝尔（轻声对耶伯） 蒙塔努斯是拉斯姆斯的拉丁语吗？①

耶伯 对，应该是了。

耶斯贝尔 听我说，我亲爱的 Monsieur 蒙塔努斯·贝尔格，我听说

---

① 蒙塔努斯是贝尔格的拉丁语。

有学问的人们会有各种奇怪的想法。在哥本哈根,人们认为大地是圆的①,这是不是真的。这里,在我们的山村里没有人会相信这个,因为大地看起来完全是平坦的,怎么可能会是圆的?

蒙塔努斯 这是因为地球太大,所以我们感觉不到它是圆的。

耶斯贝尔 是啊,确实,大地很大,它几乎就是世界的一半。但是,听我说,Monsieur,需要多少颗星星才能够做出一颗月亮?

蒙塔努斯 一颗月亮!月亮和一颗星星相比就像佩布令湖②与整个西兰岛比较。

耶斯贝尔 哈哈哈哈!有学问的人,他们的头脑从来就是不对头

---

① 在喜剧中的时代,"地球是圆的"远远不是一个新的或"异端"的观念,相反,自亚里士多德(公元前4世纪)以来,地球的圆形已经在一个没有间断的传统中得以强调。耶斯贝尔的立场首先是表达了城市观众对于"农村人之无知"的偏见。然而,在普通农民阶层中,将地球的形状问题与更微妙的世界观问题混为一谈的情况可能很普遍。

② 佩布令湖是当时哥本哈根护城河外的三个小湖中的一个。今天,这些湖位于城区内部。佩布令湖在北门外。

的。真的，我听他们说是大地在跑而太阳是不动的[1]。Monsieur 是不是也相信这个？

蒙塔努斯 任何理性的人都不会对此再有什么怀疑[2]。

耶斯贝尔 哈哈哈！大地在跑，那样的话，我们岂不是会跌倒，弄不好要摔断脖子了。

蒙塔努斯 一艘船不就是能够带着您跑而不摔断您的脖子？

耶斯贝尔 但是您说大地绕着跑。如果现在这船翻过来，人们岂不

---

[1] 地球移动而太阳不动是现代的"日心说"世界观，即行星围绕太阳运动，太阳是不动的中心。这个体系是由德国-波兰天文学家尼古拉斯·哥白尼（Nicolaus Copernicus, 1473—1543年）在1543年的遗作《天体运动》（De revolutionibus orbium coelestium）中提出的，取代了"地心说"世界观（在"地心说"中，地球是太阳和行星都围绕其旋转的不动中心）。

然而，"日心说"的普及速度很慢，一方面是因为教会，特别是天主教会的反对，另一方面是因为它在当时无法通过观察来证明。如果地球移动，就应该有可能根据地球在其轨道上的位置观察到星体位置的变化。但由于与固定恒星的距离，这种"视差"无法用当时的仪器来观测（直到19世纪初才有了这种可能）。丹麦天文学家对遵循哥白尼模式仍持犹豫不决的态度，这部分地是因为他们想到了丹麦人自己的替代方案，即第谷体系的世界观：第谷·布拉赫（Tycho Brahe, 1546—1601年）得出的结论是，太阳和月亮围着地球绕行，而其他行星则围着太阳绕行（这一点与哥白尼学说一致）。在霍尔堡写这部喜剧的时候，这个问题还在讨论中。

[2] 今天据我们所知，埃拉斯姆斯的这句话并非是真实情况。固然，在1722年该剧写作之时，天文学术界对哥白尼（"日心说"）世界观深信不疑。但是丹麦的官方政策，包括在大学里，是把哥白尼和第谷系统作为平等的假说来对待。

不过，在这部喜剧被印刷（1731年）和演出（1747年）之前，情况发生了变化，天文学教授Peder Horrebow在1727年发表了一篇论文《哥白尼的胜利》，他认为自己已经证明了日心说的正确性。这篇论文得到了王储（后来的克里斯蒂安六世）的支持。

是要落到水里去？

蒙塔努斯 不是的，如果您有耐性的话，我会向您解说清楚的。

耶斯贝尔 我想我是不愿听任何这方面的东西的！如果我相信这一类东西的话，那我必定就是疯了。大地会翻覆，我们岂不是要脑袋朝下掉进深渊里去见鬼！哈哈哈！但是，亲爱的 Monsieur 贝尔格，为什么月亮有时那么小，有时那么大？

蒙塔努斯 如果我现在对您说，您也仍不会相信。

耶斯贝尔 啊，请对我说。

蒙塔努斯 这是因为，在月满的时候，有人从月亮上剪一块下来做星星用①。

耶斯贝尔 这真的是很有意思。我以前不知道。如果人不从月亮上剪一块下来的话，那么它难免就会长得太大，以至于会像整个西兰岛这么大。大自然的做法确实是很明智啊。但是既然月亮和太阳差不多大，为什么它就不像太阳这么发热呢？

蒙塔努斯 这是因为月亮没有光，它是和地球一样从太阳那里借着光。

耶斯贝尔 哈哈哈哈哈！让我们谈一些别的事情吧，这都是一些愚蠢的话题，让人头脑发昏。

---

① 埃拉斯姆斯·蒙塔努斯在这里当然是在拿一个他自己并不认同的奇幻解释来取笑耶斯贝尔。

第三场

耶伯、蒙塔努斯、耶斯贝尔、佩尔 ①

耶 伯　欢迎,佩尔!好人所到之处会有好人来②。那里,您可以看见,我的儿子,刚刚回到家里。

佩 尔　欢迎来这里,Monsieur 拉斯姆斯·贝尔格。

蒙塔努斯　在哥本哈根我习惯于叫作蒙塔努斯;我请您也这样称呼我。

佩 尔　好啊,是这样吗,这在我看来是一样的。哥本哈根情况怎样?今年有很多学生入学吗?

蒙塔努斯　就像往年一样。

佩 尔　今年有没有什么人没通过入学考试③?

蒙塔努斯　有两三个是 conditionaliter(拉丁语:有条件地试用)。

---

① 妮乐在这一场有一句台词,但没有在出场者名单中被列出。
② 这是一句丹麦俗语。
③ 原文是"有没有什么人被拒绝的",就是说,在大学入学考试中不及格。

佩　尔　今年的 imprimatur（拉丁语：可印刷）①是谁？

蒙塔努斯　这怎么说？

佩　尔　我是说，谁是诗歌和书籍得以印刷的 imprimatur？

蒙塔努斯　这是拉丁语的吗？

佩　尔　在我那个时候，这是很好的拉丁语。

蒙塔努斯　如果这在那时是很好的拉丁语，那么现在也不会有什么不一样。但拉丁语从来就不是您所使用的这种方式的拉丁语。

佩　尔　不。我觉得这是很好的拉丁语。

蒙塔努斯　这是一个 nomen（拉丁语：名词）还是一个 verbum（拉丁语：动词）？

佩　尔　这是一个 nomen（拉丁语：名词）。

耶斯贝尔　这是对的，佩尔，您回答得很好！

蒙塔努斯　Imprimatur 是 Cujus declinationis（拉丁语：什么样的词性变化）？

佩　尔　所有能够被提及的这些词都有八样东西：nomen, pronomen, verbum, principium, conjugatio, declinatio, interjectio（拉丁语：名词、代词、动词、开始、动词变形、名词变格、

---

①　在丹麦的专制君主制（1660—1849 年）时期，存在对印刷出版物的审查制度。国家审查员必须确保出版物中没有违反道德、宗教或王权的内容，审查员由大学教授轮流担任。如果审查员允许该出版物通过，他就给它 Imprimatur 加上自己名字的签字，印在书的前面。因此，佩尔是错误地把 Imprimatur 理解为"监考"的拉丁语。

感叹词)。①

耶斯贝尔　对对，听听佩尔所说的话吧，他在展示自己的知识！这是对的，压住他！

蒙塔努斯　他没有回答我问他的问题。Imprimatur 的 genitivo（拉丁语：所有格）是什么？

佩　尔　名词主格 ala，所有格 alæ，与格 alo②，呼格 alo③，离格 ala。④

耶斯贝尔　对对，Monsieur 蒙塔努斯，在山村里我们也是有人才的。

佩　尔　我也是这样看的。我想，我那个时代的入校生是不同于现在这些的。那时的人每星期都得去刮上两次胡子并且分析朗

---

① 佩尔答非所问，在后面也一直是这样。整句台词是对当时的拉丁文初级语法课本（见前面对"多纳特"的注释）带有错误的引用。在《多纳特》（哥本哈根，1724 年）一书中，严格意义上的语法（第 5 页，在字母和音节部分之后）是从下面关于"词的部分"，即词类开始的："所有可能提到的词都被归入这八个类别之一中，它们是：名词、代词、动词、分词、副词、连词、介词、感叹词。"

当时熟悉这个课本的观众能够看出，佩尔记不住"类别"一词，所以他选择用"东西"来替代。同样，他用 Principium（开始）取代了 Participium（分词），用 Conjugatio、Declinatio（动词变形、名词变格）取代了 Conjunctio、Præpositio（连词、介词）。最后，他完全忘记了"副词"。

② 正确的与格形式应当是 alæ。

③ 正确的呼格形式应当是 ala。

④ 佩尔是通过展开拉丁语单词 ala（意思是"翼翅"，初学者书 *Aurora* 中的第一个词汇）来"作出回答"，与埃拉斯姆斯的问题根本就是牛头不对马嘴。另外，他背出的词条，就像在第一幕第二场中，不仅不完整（两处都缺少宾格），而且混淆了第一和第二转化的词尾。不过，名词转化形式的顺序与当时语法书上所给出的顺序是相同的：主格、所有格、与格、（缺少宾格）、呼格和离格。

333

诵出①所有诗歌。

蒙塔努斯 这是很厉害的事情了！现在人们是在拉丁语学校两年级做这样的事情。现在，从哥本哈根的拉丁学校出来后入学的，都能够分析朗诵出希伯来语和迦勒底语的诗歌。②

佩　尔 这样，他们肯定就不会用很多拉丁语了？

蒙塔努斯 拉丁语！如果您现在去学校读书，那您也就只能跟得上最低年级的水准。

耶斯贝尔 不要这样说，蒙塔努斯，教堂执事肯定是一个受了很好教育的人，我听教区法官和地方税官③都这么说。

蒙塔努斯 也许他们懂的拉丁语和他一样少。

耶斯贝尔 我听他回答得很好嘛。

蒙塔努斯 他根本就没有回答我所问的东西。E qua schola dimissus es, mi domine?（拉丁语：您是从哪个学校里毕业的，我的先生？）

---

① 要么是从节拍上分析诗句，以便能以正确的节奏来阅读，要么是带有明确的韵脚朗读诗句。

拉丁语韵律与现代语言的韵律不同，节奏是由长短音节交替形成的（定量韵律），而现代语言则建立在重音和非重音音节（强调）的变化上。重音的分布遵循明确的规则，因此在大多数情况下可以计算，但音节的长度则只能在有限的范围内计算或从文本中读出。因此，分析朗诵需要大量的死记硬背，这使得分析朗诵成为拉丁文教学中比较困难的学科之一。正如下一句台词所示，受过高等教育的蒙塔努斯已经克服了这些困难。

② 两种古老的闪米特语言。希伯来语是大部分《圣经·旧约》的书写语言。希伯来语是拉丁语学校的课程，但只是被安排在高年级，而且教学大纲相当有限。迦勒底语可以指好几种闪米特的语言，但在此应理解为阿拉姆语，即《旧约》中《以斯拉记》和《但以理书》的部分内容所使用的语言。在17和18世纪，有学术雄心的学者会向人展示自己对诸多异国古代语言的了解，这不是罕见现象。

③ 这一类官员在这部喜剧发生的时代还是没有接受过高等学府教育的官员。

佩　尔　Adjectivum et substantivum genere, numero et caseo conveniunt.（拉丁语：形容词和名词在性别、数和奶酪上一致。）①

耶斯贝尔　我相信他确实是得到了他应得的回答了！对，佩尔，让我们一起喝上一大杯烧酒吧。

蒙塔努斯　如果地保先生明白他的回答的话，您肯定就会把肚子笑破的。我问他是从哪个学校毕业的，他回答其他完全不相干的东西。

佩　尔　Tunc tua res agitur, paries cum proximus ardet.（拉丁语：邻居的墙壁着火，你就会有麻烦。）②

耶斯贝尔　对对，现在这事情是真的开始了，让我们看。现在，您回答这问题！

蒙塔努斯　我无法回答，这是纯粹的胡说。让我们说丹麦语吧，这样别人也能够明白，这样大家就知道这是一个什么样的人。

　　〔妮乐哭泣。

耶斯贝尔　您哭什么，奶奶？

妮　乐　我很伤心我儿子要在拉丁语上认输了。

---

①　整句话是对当时拉丁语学校语法课本的错误引用。在哥本哈根 1724 年版的《多纳特》（第 85 页）的结论句法中，规则 2 为："Adjectivum & Substantivum Genere, Numero & Casu convenient…"（形容词和名词应当在性、数和格上一致……）。佩尔把动词按照陈述语气而不是虚拟语气变位（"一致"而不是"应当一致"），并为 casu（格）这个词加了错误的词尾，结果使这个词的意思成了"奶酪"（caseo, caseus 的离格）而不是"格"。

②　引自罗马诗人贺拉斯的《书信》（约公元前 20 年），但佩尔把其中 nam（因为）说成了 tunc（当时）。正确的引文是："Nam tua res agitur, paries cum proximus ardet."（贺拉斯《书信集》第一卷书信第十八，第 84 行）。

耶斯贝尔 哎，奶奶啊，这可没有什么奇怪的。佩尔的年纪可是比他大多了，这可没有什么奇怪的。让他们现在讲丹麦语，这样我们大家都明白。

佩　尔 好吧，我已经准备好了，不管他想要在哪一个部分继续下去。我们会互相给出一些谜语。例如，什么人大声喊叫的声音如此之响，乃至我们在全世界都听得见他的声音？

蒙塔努斯 我知道没有人叫起来的声音是比驴子和农村教堂执事[①]更响的。

佩　尔 胡说！能够在全世界都听得见吗？那是诺亚方舟[②]里的一头驴，因为全世界都在方舟里。

耶斯贝尔 哈哈哈！真的是这样啊，哈哈哈！教堂执事佩尔头上有着聪明的脑子。

佩　尔 是谁杀死了四分之一的世界？

蒙塔努斯 不，我不回答这种粗陋的问题。

佩　尔 那是该隐，他杀死了自己的弟弟亚伯[③]。

蒙塔努斯 证明当时除了四个人外再没有别人。

佩　尔 您证明有更多。

蒙塔努斯 这没有必要，因为 affirmanti incumbit probatio（拉丁语：举证责任在于提出前提的人）。您明白吗？

佩　尔 是啊。Omnia conando docilis solertia vincit（拉丁语：所有

---

① 因为他们是教堂里唱圣诗的。
② 《创世记》6—8。
③ 《创世记》4∶1—16。

的胜利都是通过勤奋来实现的)。[1] 您明白吗?

蒙塔努斯　我站在这里和拉丁语学校一年级的蹩脚生辩论,这可不是什么聪明的事情。您想要辩论,但既不会拉丁语又不会丹麦语,更不懂什么是逻辑。告诉我,Quid est logica?(拉丁语:逻辑是什么?)

佩　　尔　Post molestam senectutam, post molestam senectutam nos habebat humus.(有着语法错误的拉丁语句子:在艰难的晚年之后,在艰难的晚年之后,大地将拥有我们。)[2]

蒙塔努斯　你这个混蛋来糊弄我?

　　〔抓住他的头发,他们打架,教堂执事逃跑并叫喊"蹩脚生!蹩脚生!"除了地保,全都跑了出去。

---

[1] 这句引自罗马诗人马库斯·曼尼里乌斯的《星经》(Manilius, *Astronomica* I, v. 95)。这首诗是拉丁语学校的学生最早接触到的文字之一,因为它作为格言出现在丹麦和挪威学校使用的初级拉丁语语法读物《多纳特》的扉页上: Donatus, Hoc est: Paradigmata partium orationis Latinô Danica.

[2] 这句是对拉丁语学校毕业生歌曲 *Gaudeamus igitur*(《来吧,让我们玩得开心》)第一句充满错误的引用。佩尔对"老年"一词做了错误的词尾变化(把 senectutam 弄成 senectutem, 就仿佛它是第一个变位,而不是第三个变位),而且他把本应是将来时的动词 habebit 弄成了过去时的 habebat。

第四场

耶斯贝尔、耶罗尼姆斯

耶罗尼姆斯　为您效劳,地保先生。您在这里干什么?我来看我的女婿拉斯姆斯·贝尔格。

耶斯贝尔　他马上就来。可惜了,您没在半小时之前到,否则的话,您就会听见他和教堂执事在一起辩论了。

耶罗尼姆斯　情况怎样?

耶斯贝尔　教堂执事佩尔真是见鬼了,他比我想象的更厉害。我感觉他没有忘记他所学的,不管是拉丁语还是希伯来语。

耶罗尼姆斯　我想是这样,他也许从来就没有懂过多少。

耶斯贝尔　不要这样说,耶罗尼姆斯先生!他的嘴巴特能讲。听这人说拉丁语,真是一种享受。

耶罗尼姆斯　这比我预期的要好多了。但我的女婿看起来怎样?

耶斯贝尔　他看上去真他妈有学问。您肯定是认不出他的。他还有了另一个名字。

耶罗尼姆斯　另一个名字!他叫什么呢?

耶斯贝尔　他管自己叫蒙塔努斯,这在拉丁语里等于是拉斯姆斯。

耶罗尼姆斯　唉,呸,这很可恶。我认识很多以这种方式更改了自己受洗名字的人，但是他们在这个世界里运气从来就不怎么样。几年前我认识一个人，他受洗名是佩尔。但是，在他获得成功之后，他想提高自己的声望，因此他把自己的名字改为派特。但这"派特"让他付出的代价也够大的：他摔断了腿，在极度悲惨中死去。地保先生，上帝不容忍这样的事情。

耶斯贝尔 名字是什么就是什么吧，但是他在信仰上的奇特看法则是我完全不同意的。

耶罗尼姆斯 他有一些什么样的看法？

耶斯贝尔 哦，这可是太可怕了！我一想这事，头发就竖了起来！我记不得我所听到的全部，但我知道，比如说，他认为世界是圆的。我该管这叫什么，耶罗尼姆斯先生？这无非是在颠覆一切宗教并让人们放弃信仰。异教徒所说的也都不可能比这更糟。

耶罗尼姆斯 他肯定只是说着玩的。

耶斯贝尔 这样开玩笑可是非常不好的事情。看，他自己在那里，过来了。

第五场

蒙塔努斯、耶罗尼姆斯、耶斯贝尔

蒙塔努斯 欢迎,我亲爱的岳父!我很高兴看见您身体健康。

耶罗尼姆斯 我这种年龄的人,健康状况可不会好到哪里去的。

蒙塔努斯 您看上去真的很好。

耶罗尼姆斯 您觉得是这样吗?

蒙塔努斯 丽丝贝特小姐情况怎样?

耶罗尼姆斯 挺好的。

蒙塔努斯 但这是怎么回事?我觉得,亲爱的岳父,您的回答很冷漠。

耶罗尼姆斯 我没有道理不冷漠啊。

蒙塔努斯 我做错了什么吗?

耶罗尼姆斯 我听说您有这样一些古怪的想法。人们会觉得您要么是疯了、要么是脑子糊涂了,因为一个理智的人怎么会让自己有这种愚蠢的念头,说大地是圆的呢?

蒙塔努斯 是啊,地球 profectò(拉丁语:确实)是圆的,我说话必须与真理相符合。

耶罗尼姆斯 真是不可思议!这样的说法只会是从魔鬼那里来的,

魔鬼是谎言之父。我相信镇上没有什么人会不谴责这种信念。去问一下地保吧，他是一个明智的人，听他说一下他的看法是否会与我不一样。

耶斯贝尔　说大地是椭圆的还是圆的，在我看来并没有什么不同。但是我得相信自己的眼睛，我的眼睛向我展示了：大地就像烙饼一样平坦。

蒙塔努斯　地保或者这个镇上其他任何人对此有什么想法，在我看来也完全是无所谓的。因为我知道地球是圆的。

耶罗尼姆斯　大地当然不是圆的。我想您是疯了。您头上和别人一样也是长着眼睛的。

蒙塔努斯　这可是众所周知的事实，我亲爱的岳父，就在我们的下面住着人，他们翻过来是脚对着我们的脚。

耶斯贝尔　哈哈哈，嘻嘻嘻，哈哈哈！

耶罗尼姆斯　啊，地保完全可以笑您，因为您脑子里有一颗螺丝松掉了。试着头顶朝下脚朝上走在天花板上，看看会发生什么。

蒙塔努斯　这完全是另外一回事，岳父，因为……

耶罗尼姆斯　我根本就不愿做您的岳父。我爱我女儿，我是不会就这么把她送出手的。

蒙塔努斯　我就像珍惜我的灵魂一样地珍惜您的女儿，这是很肯定的；但是让我为她的缘故而抛弃——费洛索菲①，并放逐我的理智，这则是您所不能够要求的。

耶罗尼姆斯　哈哈，我听见了，您在您的头脑里另有所爱。您完全

---

① 原文为 Philosophien，在当时既是所有科学的总称，也是"哲学"。

可以保留您的露西或者索菲，我才不会强行把我的女儿塞给您呢。

蒙塔努斯 您没有真正地明白我的意思，费洛索菲，只是一门科学，它让我睁开了眼，看明白这件事情，也看明白其他事情。

耶罗尼姆斯 更确切地说应该是：您是把自己的眼睛和理智都弄瞎了，您能拿什么来为这样的说法作辩护？

蒙塔努斯 这是无需证明的事情。任何有学问的人都已不再对此有怀疑。

耶斯贝尔 教堂执事佩尔可绝不会承认您所说的这种东西。

蒙塔努斯 教堂执事佩尔！是的，他是一个不错的人。我站在这里和您谈论哲学，是愚蠢的。但是，为了取悦耶罗尼姆斯先生，我还是会作出两个证明，也就是，如果一些人旅行到距离这里几千几万公里的地方，那么，在我们是夜晚的时候，他们有着白天，他们会看见另一个天空和其他的星辰。

耶罗尼姆斯 您发疯了吗？难道有更多的天空和更多的大地吗？

耶斯贝尔 这倒是对的，耶罗尼姆斯先生，有十二个天空，一个比一个高，直到最后达到水晶天空。在这一点上他是对的。

蒙塔努斯 唉，quantæ tenebræ（拉丁语：怎样的黑暗啊／多么愚昧）！

耶罗尼姆斯 在年轻时代我曾去过基尔的集市[①]，去过16次。但我作为一个诚实的人发誓，我从来不曾见到过不同于我们这里

---

① 德语：Kieler Umschlag，是荷尔斯泰因（现在德国境内，曾属于丹麦）的基尔市的一个大集市，每年主显节（1月8日）举行，特别是在这里进行金融交易。

的其他天空。

蒙塔努斯 您必须旅行到16倍更远的地方，Domine Jeronyme（拉丁语：耶罗尼姆斯先生），才会感觉到这样的事情，因为……

耶罗尼姆斯 不要再这样胡说了，这里没人愿听。让我们听第二个证明吧。

蒙塔努斯 第二个证明关联到日食和月食。

耶斯贝尔 不，听我说，现在他纯粹是疯了。

蒙塔努斯 您觉得日月食是什么？

耶斯贝尔 日月食是大地上要发生不幸的灾难时出现在太阳和月亮上的某种征兆。我可以用自己经历的事情做例子来证明这一点。我妻子三年前流产，我的女儿格尔特鲁德去世，在这两件事之前都有日月食出现。

蒙塔努斯 唉，这样的胡说八道简直要让我发疯了！

耶罗尼姆斯 地保是对的。从来就没有什么日月食发生时是不蕴含某种意义的。上一次日月食发生，看上去一切似乎都很好，但这持续了没多久，因为十四天后，我们从哥本哈根得到消息，同时有六个学生没能通过他们的神学考试，全都是些很优秀的人，其中有两个是教区牧师的儿子！如果人们在这样的日月食之后没有从一个地方听到坏消息，那么肯定就会从另一个地方听到。

蒙塔努斯 确实是这样，任何一天过去，世上都总会有一些不幸的事情发生。但是就这些人而言，他们根本就没有必要把自己的不幸归咎于日月食。如果他们复习准备得更好的话，那他们就肯定会通过的。

耶罗尼姆斯 那么,月食是什么呢?

蒙塔努斯 无非就是地球的影子,它遮住了投向月亮的阳光。因为地球的阴影是圆形的,所以我们可以看出地球也是圆形的。这一切都是很自然地发生的,我们能够预测出日月食;因此,说它们是对灾难不幸的警示性预兆,是愚蠢的。

耶罗尼姆斯 唉,地保先生,我感觉很不舒服。您的父母在一个很不幸的时代里让您去读书。

耶斯贝尔 是啊,他差不多就快成为一个无神论者了。我得让教堂执事佩尔再和他谈一下。他是一个说话有权威的人。他会来说服您,不管您想要用拉丁语还是用希腊语,他会让您认识到:大地(上帝保佑!)平得就像我的手掌。

但是,那里耶罗尼姆斯夫人和她的女儿一起过来了。

第六场

玛格德罗娜、丽丝贝特、耶罗尼姆斯、蒙塔努斯、耶斯贝尔

玛格德罗娜 啊,我心爱的女婿,我真高兴看见您健康地回到家。

丽丝贝特 啊,我的心肝,让我拥抱你。

耶罗尼姆斯 安静、安静,我的孩子,不要这么急。

丽丝贝特 我可不可以拥抱我的爱人,我好几年没见他了?

耶罗尼姆斯 别靠近他,我对你说,否则你要挨打了。

丽丝贝特(哭泣着) 我可知道,我们间是公开订了婚的,不是吗?

耶罗尼姆斯 是这样,但后来在这件事情上出现了一些不恰当的东西。

〔丽丝贝特哭泣。

耶罗尼姆斯 你要知道,我的孩子,在他同你订婚的时候,他是一个正直的人,一个好基督徒。但现在他是一个异端狂热分子,他更适合被列入祈祷文中所要防范的名单之中,而不是和我们结亲。

丽丝贝特 如果没有什么别的事情,我心爱的爸爸,我们肯定是能够把事情梳理清楚的。

耶罗尼姆斯 别靠近他,我说了。

玛格德罗娜　这是什么意思,地保先生?

耶斯贝尔　这是很可怕的,夫人!他把假学问带进这个镇子,说大地是圆的,还有其他诸如此类的东西。我重复一下都会觉得脸红。

耶罗尼姆斯　你们难道不为他年老而善良的好父母感到难过吗,可怜他们在他身上花了这么多钱?

玛格德罗娜　唉,不就是这一件事吗!如果他爱着我们的女儿,那么他就会放弃他的说法,并且为了她而说大地是平的。

丽丝贝特　啊,我的心肝,为了我的缘故而说大地是平的吧。

蒙塔努斯　只要我听从我的全部理性,我就不能在这一点上同意您。我不能赋予地球一个与它天然所具的形状不同的形状。我会尽我所能为您的缘故而说各种话、做各种事,但是我绝不能在这一点上同意您。因为,如果我的学术同人们得知我声称地球是平的,那么他们就会认为我是一个傻瓜,鄙视我。此外,我们这些有学问的人从来都不会背离自己的观点,相反我们捍卫我们曾说过的东西,直到我们用完我们墨水瓶里的最后一滴墨水。

玛格德罗娜　听我说,老公,我认为这件事并不重要,完全不至于让我们因此要去解除婚约。

耶罗尼姆斯　正是因为这件事,即使他们已经结婚,我也会谋求让他们离婚!

玛格德罗娜　相信我说的吧,对这件事,我也有话想要说。因为,如果说她是你的女儿,那么她也是我的女儿!

丽丝贝特(哭泣着)　唉,我的心肝,说大地是平的吧。

蒙塔努斯　我确实不能够这样做。

耶罗尼姆斯　听我说，老婆，你必须知道，我是家里的丈夫，我是她的父亲。

玛格德罗娜　你也必须知道，我是家里的主妇，我是她的母亲。

耶罗尼姆斯　我认为父亲总是比母亲有更大的分量。

玛格德罗娜　我不认为是这样，因为我是她母亲，对此没有人怀疑；而您是不是……好吧，我不想说更多了，我失去了自制力。

丽丝贝特（哭着说）　啊，我的心肝，难道你就不能为了我的缘故而说大地是平的吗？

蒙塔努斯　我不能，我的娃娃；nam contra naturam est（拉丁语：这是与自然作对）。

耶罗尼姆斯　我的老婆，你说这话是什么意思？难道不是这样吗，我是她的父亲正如你是她的母亲？听我说，丽丝贝特，我不是你父亲吗？

丽丝贝特　是的，我相信您是，因为我妈说您是。我相信您是我父亲，但我知道她是我妈。

耶罗尼姆斯　您对这说法怎么想，地保先生？

耶斯贝尔　我无法说小姐所说有什么不对，因为……

耶罗尼姆斯　够了！来，让我们走吧。您可以确定这一点，我的好拉斯姆斯·贝尔格，只要您继续停留在您的谬误之中，您永远都不会得到我女儿。

丽丝贝特（哭泣着）　啊，我的心肝，说呀，说大地是平的。

耶罗尼姆斯　出去，走，出门去！

［来访的外人全都走了出去。

第四幕

第一场

蒙塔努斯（一个人） 我的岳父母在这里打扰了我整整一个小时，他们试图借助于叹息和哭泣来打动我背离我的观点；然而，他们并不真正了解埃拉斯姆斯·蒙塔努斯。即使他们让我成为皇帝，我也不会背离我曾说的东西。确实，我爱Mademoiselle（法语：小姐）伊丽莎白①；但要让我为了她的缘故而牺牲哲学并背离我曾公开强调的东西，这决不可能，这样的事情永远都不会发生。然而我还是希望，事情将重新变好，我将得到我的爱人而不失去我的声誉。因为一旦我有机会与耶罗尼姆斯说话，我将非常清楚地证明他的错误，如此清楚，乃至他会接受这结果。但是我看见教堂执事和地保，正从我岳父母的家过来。

---

① 有学问的埃拉斯姆斯在这里使用丽丝贝特这一名字"更正式的版本"——伊丽莎白。

第二场

耶斯贝尔、佩尔、蒙塔努斯

耶斯贝尔 我亲爱的蒙塔努斯先生,今天我们为您的缘故做了非常艰苦的工作。

蒙塔努斯 什么?

耶斯贝尔 我们在您父母和您的岳父母之间跑来跑去做调解工作。

蒙塔努斯 好啊,您做了一些什么?我岳父有没有听从劝告?

耶斯贝尔 他对我们说的最后一句话是:"我们家从来就没有过任何异端邪说。问候拉斯姆斯·贝尔格……"(我只是在引用他的话,因为他从不说蒙塔努斯·贝尔格[①])。"问候拉斯姆斯·贝尔格",他说,"并告诉他,我和我妻子都是正派而敬神的人,我们宁可拧断我们女儿的脖子也不会把她交给一个说大地是圆的并把假学问带进这镇子里的人。"

佩　尔 说老实话,在这山村里,我们一向就有着纯粹的信仰。耶罗尼姆斯先生取消这婚约,别人也不能说他有什么不对。

[①] 地保仍然认为蒙塔努斯是指拉斯姆斯(参见第三幕第二场),因此在事实上变成说了两次"贝尔格"。

蒙塔努斯 我的好人,也问候耶罗尼姆斯先生,并告诉他,他试图迫使我背离我曾经说过的东西,这是在犯罪。如果我那样做的话,我就是在与 leges scholasticas og consuetudines laudabiles(拉丁语:学院的法则和值得赞美的习惯)作对。

佩　尔 唉,dominus(拉丁语:先生)难道您会为这样的小事而离开您美丽的爱人?所有人都会指责您这种做法的。

蒙塔努斯 普通人,vulgus(拉丁语:庸众),可能会指责我这么做,但是我的 commilitones(拉丁语:同学),我的同学们,会为我的坚定而把我赞美到云端。

佩　尔 那么您认为,说大地是平的或者椭圆的,是一种罪?

蒙塔努斯 不,我不这么认为。但是,我确实认为,我,作为一个 baccalaureus philosophiæ(拉丁语:哲学学士),背离我自己曾公开地强调的东西,或者做任何对于科学界来说不体面的事情,都是一种耻辱和污点。我的义务是确保 ne quid detrimenti patiatur respublica philosophica(拉丁语:哲学的共和国不遭受任何损害)。

佩　尔 但是,如果有人能够让您认识到您所信的东西是错误的,那么您仍会认为背离您的说法是不对的事情吗?

蒙塔努斯 那么向我证明它是错的,并且 methodice(拉丁语:按方法来)证明。

佩　尔 这对我来说是一件很容易的事情。现在,在这镇上住着这么多受人尊敬的人。首先是您的岳父,一个只靠做生意起家的人;然后是我这卑微的人,在这里已经做了整整十四年的教堂执事;然后是这位好人,地保,更不用说地方警长和其他几个受人尊敬的人了，他们在艰难时期和顺利时期都缴纳着税款和地租。

蒙塔努斯 这可算是一场该死的演绎了。您要从所有这些泛泛而谈里得出什么结论呢？

佩　尔 现在您马上就会听到我要说的东西。只需问住在这镇上的所有这些好人中的任何一个，听一下是否有人同意您说大地是圆的。我知道，人们所相信的必定会是这许许多多人说的，而不是单独的一个人所说的东西。Ergo，您错了。

蒙塔努斯 您可以把整个山村里的人都带到这里，让他们在这件事和其他事情上同我辩论！我将会让他们全都无话可说！这样的人们没有信念，他们必定会相信我和其他人告诉他们的东西。

佩　尔 但是，如果您说月亮是用新鲜的奶酪做的，难道他们也会相信吗？

蒙塔努斯 对啊，难道他们还会相信什么别的东西？告诉我，这里的人们相信您是什么？

佩　尔 他们相信我是一个善良正直的人，是这里的教堂执事，事实也确实如此。

蒙塔努斯 我说这是谎言。我说您是一只公鸡，并且能够像证明 2 加 3 等于 5 那样容易地证明这一点。

佩　尔 您证明个鬼。我怎么会是公鸡？您怎么证明？

蒙塔努斯 您能够说出任何东西来让自己不是公鸡吗？

佩　尔 首先我能够说话，一只公鸡不能说话。Ergo 我不是一只公鸡。

蒙塔努斯 能说话说明不了问题，一只鹦鹉、一只八哥也能够说话，它们并不因此就是人了。

佩　尔　我能够根据除了说话之外的别的东西证明。一只公鸡没有人的理智。我有人的理智。Ergo 我不是一只公鸡。

蒙塔努斯　Proba minorem.（拉丁语：证明小前提。）

耶斯贝尔　唉，说丹麦语！

蒙塔努斯　我要让您证明自己像一个人一样有理智。

佩　尔　听我说，我履行我的职责，没有人来抱怨我。

蒙塔努斯　在您的职责中，您用来证明一种"人的理智"的最重要的事情是什么？

佩　尔　第一，我从不忘记在特定的时间里为做弥撒敲钟。

蒙塔努斯　一只公鸡也不忘记鸣叫，让人知道时间，警示人们按时起床。

佩　尔　第二，我唱歌唱得就像西兰岛上所有教堂执事一样好。

蒙塔努斯　我们的公鸡叫起来也像整个西兰岛上的所有公鸡一样好。

佩　尔　我能够做蜡烛，没有什么公鸡会做蜡烛。

蒙塔努斯　相反公鸡能够让鸡蛋出小鸡①，这是您做不到的。难道您没有看见：从您职位上的理智出发，您无法证明您比公鸡更强？您也能够简单地看出自己与公鸡一致的地方：公鸡的头

---

①　按原文直译是"公鸡能够做蛋"，对于这种明显错误的说法，不同的研究者们已经提出了几种解释。有的人认为，根据当时流行的说法，特别小的鸡蛋是由公鸡下的。如果这些公鸡蛋被孵化出来，就会包含一个蛇怪（古代和中世纪传说中的怪物，由蛇从公鸡蛋孵出，状如蜥蜴，有一双可怕的红眼睛，人触其目光或气息即死）。也有人认为这说法是能让蛋变成孵出小鸡的蛋，就是说能让母鸡受精，所以建议将这段文字改成"能让母鸡生蛋"。

上有鸡冠，而您额头上有角。公鸡高声叫，您也高声叫；公鸡炫耀自己的声音并自夸，您也一样；公鸡在该叫的时候给人警示，而您是在做弥撒的时候给人们警示。Ergo 您是一只公鸡。您还有话要说吗？

[教堂执事佩尔哭起来。

耶斯贝尔　唉，不要哭，佩尔，您为什么把这当一回事？

佩　尔　如果我错了的话，愿我倒霉：这是纯粹的谎言！我可以让镇上的所有人提供证词来证明我不是公鸡，或者证明我的父母从来就不曾是基督徒之外的什么其他人。

蒙塔努斯　那么，就驳斥这一 syllogismum, quem tibi propono（拉丁语：我为你展示出的演绎法）吧。一只公鸡具有这些不同于其他动物的性质：它会在人们应该起床时警示他们，让人们知道时间；它夸耀自己的声音；它的头上有尖角。您具有同样的性质。Ergo 您是一只公鸡。那么，驳斥我的论证吧。

[佩尔又哭了。

耶斯贝尔　如果教堂执事不能让您闭嘴，那么我能。

蒙塔努斯　那么让我们听您的论证吧！

耶斯贝尔　首先，我凭我的良心认为您的看法是错的。

蒙塔努斯　人们不能够根据一个地保的良心[①]来对所有案件作出判断。

耶斯贝尔　第二，我说：您所说的一切都是纯粹的谎言。

---

① 也许应该被理解为一种双关语。地保在信念的意义上使用了"良心"一词，但埃拉斯姆斯暗示性地提及了人们对地保的普遍看法，即他们没有理由拥有良心。

蒙塔努斯　证明您说的话。

耶斯贝尔　第三，我是一个受人尊敬的人，我的话一向是值得相信的。

蒙塔努斯　单凭所有这泛泛而谈是不够的。

耶斯贝尔　第四，我说：您说话像个无赖，您的舌头应当被从您的嘴里剪掉①。

蒙塔努斯　我仍没有听到任何证明。

耶斯贝尔　最后，第五，我另外还能够进一步向您证明，用剑还是徒手用拳头，随您的便！

蒙塔努斯　不！对这两者我都尊重，但免了；不过，只要您愿意单以您的嘴巴来辩论，那么，您就会发现我不仅能够证明我刚才所说的内容，而且还能够证明其他事情。来吧，地保先生，在这里我将用合理的 logica 来证明您是一头公牛。

耶斯贝尔　您证明个鬼！

蒙塔努斯　请您耐心听我论证。

耶斯贝尔　来，佩尔，让我们走吧。

蒙塔努斯　我以这样的方式证明：Quicunque...（拉丁语：每一个人……）

　　〔耶斯贝尔尖叫堵他的嘴巴。

---

① 根据克里斯蒂安五世的《丹麦法律》（1683 年），这是对亵渎罪的部分惩罚。见《丹麦法律》第六卷第一章第七节："凡被判定为亵渎上帝，或亵渎他的圣名、言语和圣事的人，应将他的舌头从口中割除，砍掉他的头，并将他的舌头叉在一根竿子上。"

蒙塔努斯 如果您不愿在这次听我证明,那么您可以在下一次面对我,不管什么地方,只要您喜欢。

耶斯贝尔 我是个好人,我才不愿同您这样的狂热分子有什么关系。

　　［走出去。

蒙塔努斯 同这些人我能够很冷静地进行辩论,即使他们对我说出很粗鄙的话。我不会变得激动,除非我与那些自以为"明白 methodum disputandi(拉丁语:讨论之方法)并在哲学上与我一样强有力"的人辩论。正是因此,今天在与那个学生辩论时,我的火气就大了十倍了,因为他还有着某种"有学问"的表象。

　　看那里,我父母来了。

第三场

耶伯、妮乐、蒙塔努斯

耶　伯　啊，我亲爱的儿子，不要这样胡闹了，不要让自己去同所有人作对。我听他们说你把地保和教堂执事弄得很难堪，可他们是在我们的要求下才出面来为您和您岳父做调解的。把这些好人弄成公牛和公鸡，这又有什么好处？

蒙塔努斯　这就是我为什么去大学里学习，这就是我为什么绞尽脑汁读书，这样，我就能够说出我想说的话，并为之辩护。

耶　伯　我觉得最好还是从来就不曾以这样的方式上过大学。

蒙塔努斯　闭上您的嘴，老人！

耶　伯　你不会想要打你的父母吧？

蒙塔努斯　如果我这样做，我也会在全世界人面前为此作出辩护的。
　　　　　〔他们哭着出去。

第四场

蒙塔努斯、雅克布

蒙塔努斯 即使他们全都发疯了,我也不会背离我的看法。但你想要干什么,雅克布?

雅克布 我这里有一封信要给 Monsøren。

蒙塔努斯 (接过,并读信。雅克布走出去)

"我最亲爱的朋友!

我从来就不曾想到过,你会如此轻易地离弃这个在如此多年里对你怀有如此持久而纯真的爱的人。我可以肯定地告诉你,我的父亲是如此完全彻底地反对大地是圆的这种说法,他把这种反对当成是如此重要的信条,以至于他绝不会让我嫁你,除非你认同他和镇上其他好人们的信念。不管地球是椭圆的,圆的,八角形的还是正方形的,这地球的形状对你有什么用?我以我怀有的对你全部的爱的名义恳求你,恳求你屈从于这无数年来在山村里一直与我们的生活相和谐的信念。

如果你在这一点上不同意我,那么你可以肯定,我会悲伤至死,整个世界都会憎恨你,因为你是使那把你当成自己灵魂一样爱着你的人死亡的原因。

> 耶罗尼姆斯的女儿
>
> 伊丽莎白①
>
> 手书"

啊,老天!这封信感动着我,把我带进巨大的疑虑,这样,我必须以诗人的话来说:

... utque securi
saucia trabs ingens, ubi plaga novissima restat,
quo cadat in dubio est omnique a parte timetur,
sic animus ...

(拉丁语:就像被斧子伤害的巨大树干,在只剩下最后一斧的时候,犹疑着不知要倒向哪个方向,但却同时为所有方向所惧怕,我的意念也是如此……)②

一边有哲学站在那里,它命令我坚持自己的立场;另一边,我的爱人为我的冷漠与不忠而责备我。但是,埃拉斯姆斯·蒙塔努斯是不是应当让自己被打动而背离自己迄今一直

---

① 除了埃拉斯姆斯有一次(第四幕第一场)称她为伊丽莎白外,这个女孩总是被称为丽丝贝特,但在写信的时候,她自己使用了这个"更正式版本"的名字。

② 诗句出自奥维德对密耳拉(Myrrha)神话的复述:密耳拉与她的父亲乱伦。所引用的句子描述了女孩在"嫁给她的一个追求者"和"屈服于她试图勾引她父亲的禁忌欲望"之间的摇摆不定。如果要类比,可以理解为埃拉斯姆斯觉得他对丽丝贝特的爱是不正当的,因为这需要他背叛科学真理。"但却同时为所有方向所惧怕"的意思是,所有方向都怕它朝自己的方向倒下来,压倒自己。

是其首要美德的观点？不，决不！但在这里，是不是存在着打破所有法则的必要性？如果不屈从，我就会为自己和自己的爱人带来不幸；她会悲哀，会伤心至死，整个世界都会恨我并为我的不忠而责备我。我应当离弃这个多年来对我心怀一种如此诚挚的爱情的人吗？我应当成为她的死亡原因吗？不，这样的事情不能发生！

但是，好好考虑一下，你在做什么，埃拉斯姆斯·蒙塔努斯，Musarum et Apollinis pulle（拉丁语：缪斯和阿波罗之所爱）！在这里，你有机会展示，你是一位真正的 Philosophus（拉丁语：哲学家）。是的，危险越大，你 inter Philosophos（拉丁语：在哲学家们之中）获取的桂冠就越大。想一想你的 Commilitones 听到这样的消息会怎么说："他不再是迄今一直捍卫自己信念直到流尽最后一滴血的埃拉斯姆斯·蒙塔努斯了。"如果普通的没有学识的人们为我对爱人的不忠而责备我，那么，Philosophi（拉丁语：哲学家们）反而会将我提升到云端。正是在那些人之中为我带来耻辱的事情，在这些人之中为我带来荣誉的冠冕。因此，我必须坚决抵抗这诱惑。我抵抗它。我克服它。我已经完全克服了它。地球是圆的。Jacta est alea. Dixi.（拉丁语：骰子已掷出。言毕。）

（喊雅克布）

雅克布！你交给我的来自我爱人的信，并没有对我发生作用！我坚持我所说的话：地球是圆的，只要我仍抬着头，地球就永远不会是平的。

雅克布 我也认为大地是圆的。但如果说了大地是椭圆的就会有人给我一个椒盐面包卷，那么我就会说它是椭圆的。这对我来说根本就是无所谓的。

蒙塔努斯 对你来说这可能很正常，但对于一个其首要美德就是把自己曾说过的东西捍卫到底的 Philosopho（拉丁语：哲学家）来说，则不是。我将在镇子里就此进行公开辩论，并挑战所有进过大学的人。

雅克布 但我是不是可以问 Monsør 一件事？如果您在这场辩论中赢了，由此得出的结果会是什么？

蒙塔努斯 这样一来的结果是：我拥有"获胜并被视作有学问之人"的荣誉！

雅克布 Maansør，应该说是：话多之人。我留意了这镇上的人们，智慧和话多并不是同一回事。拉斯穆斯·汉森总是抢话说，没人说得过他，别人认为他只有很平庸的鹅脑子。相反，地方警长尼尔斯·克里斯滕森很少说话，而且在辩论中总是认输，人们则认为他是能够明白地区警长职责的人。

蒙塔努斯 啊，听一下这混蛋的话吧，我敢说他是想要来和我论理！

雅克布 Monsør 不要把这事往坏处想；我只是根据我自己的简单理解来说的，并且只是为了学习而询问。我很想知道，如果 Monsør 赢了这辩论，教堂执事佩尔在这时是不是马上就被变成了公鸡？

蒙塔努斯 胡说什么呀！他仍像他以前一样没有变化。

雅克布 不吗，那么 Maansør 这不就是输了？

蒙塔努斯 我不愿同一个像你这样的农家混蛋辩论！如果你懂拉丁

语，那么我会马上就让你满意。我不习惯于用丹麦语辩论。

雅克布　这就是说，Monsøer 变得如此有学问，以至于您无法再用自己的母语来说明自己的看法。

蒙塔努斯　闭嘴，audacissime juvenis（拉丁语：无知少年）！我为什么要努力去向这些粗鄙而普通的人说明我的想法，他们甚至不知道什么是 universalia entia rationis（拉丁语：普遍的概念、理性的概念）①和 formæ substantiales（拉丁语：主体的形式）②，更不用说别的了？想要向盲人宣讲色彩，这当然是absurdissimum（拉丁语：彻底荒谬的）。Vulgus indoctum est monstrum horrendum informe, cui lumen ademptum（拉丁语：没有读过书的群众是可怕的、畸形的、被剥夺了视觉的怪物）。③

---

①　来自形而上学的短语。一般概念（entia universalia 或 universalia）表示集体术语，如作为种类的"狗"，而不是个别的、具体的样本。理性的概念（entia rationis）表示在现实中不存在的思想现象，与实在的概念（entia realia）相对立。

在 universalia 之后可能有一个缺失的列举性逗号，因为这里所谈的必然是两个独立的概念。但由于 entia 既可以属于 universalia，也可以属于 realia，所以在这里我们不能排除是埃拉斯姆斯自己把这些概念搞混了。

②　即事物的内在现实性，与它们外在的、偶然的外观相对立。这是来自形而上学的专业表述。

③　monstrum horrendum informe, cui lumen ademptum 是对维吉尔（公元前70—前19年）《埃涅阿斯纪》第三册第658节诗句有改动的引用。在《埃涅阿斯纪》的这句诗中，独眼巨人波吕斐摩斯被描述为 monstrum horrendum, informe, ingens, cui lumen ademptum（一个可怕的、畸形的、巨大的、失去了视觉的怪物）。埃拉斯姆斯省略了 ingens（巨大）一词，因此扰乱了原诗韵律（六步格）。当维吉尔说独眼巨人被剥夺了视觉时，是指巨人被奥德修斯弄瞎了眼睛（参照《奥德赛》第9首）。在埃拉斯姆斯的关联中，就像上一句话一样，这要被看作无知的表现。

最近，有一个人想同我辩论，他有着十倍于你的学问，但是当我感觉到他不知道什么是 quidditas（拉丁语：性）[①] 时，我立马就拒绝与他辩论。

雅克布　那么，这个词的意思到底是什么呢，quidditas？事情不就是这样吗？

蒙塔努斯　我当然知道这个词的意思。

雅克布　Maansøer 可能自己知道，但却无法向别人解说。反过来，我只知道一点点，但却是这样的：在我对人说事的时候，所有人都能听明白。

蒙塔努斯　是啊，你可是一个有学问的家伙啊，雅克布！你知道什么？

雅克布　但是，如果我能够证明我比 Monsøren 有更多学问的话呢？

蒙塔努斯　这，我倒是很愿意听一下。

雅克布　我认为，那些研究最重要的东西的人，有着最根本的学问。

蒙塔努斯　是的，这是对的。

雅克布　我研究种植和农耕，因此我比 Maansøren 更有学问。

蒙塔努斯　这么说，你认为粗鄙的农活是最重要的事情？

雅克布　我不知道。但是我知道这一点：如果我们农民也拿着鹅毛笔或粉笔来测量这里到月亮的距离，那么您这些受过高等教育的人就会饿扁肚子。您这些有学问的人们把时间扔在争论世界到底是圆的、方的还是八边形上面，而我们则研究怎样

[①]　形而上学术语，与 formæ substantiales 的含义大致相同：事物的内部现实，与它们的外部、偶然的外观相对立。

让土地保持肥沃。现在，Moonsør能够看出我们的研究比您的研究更有用而且更重要，因此，尼尔斯·克里斯蒂安森就是这个镇上最有学问的人，因为他改善了耕地，使得一公顷的土地价值比他前任在的时候高出了三十塔勒。他的前任则整天嘴里咬着烟斗坐着，把阿利尔德·辉菲尔德教授[①]的一本书，不知是编年史还是讲道集，弄得又脏又皱。

蒙塔努斯 哦！我要死了！这是活生生的魔鬼在说话！我这一辈子从来就没有想到过，这样的话会从一个农家男孩的嘴里冒出来。尽管你说的所有话都是错误而亵渎的，但对于一个你所处的阶层的人来说，这仍是不寻常的说辞。马上告诉我，是谁教你这样说话的？

雅克布 我没有读过大学，Monsør，但人们都说我的头脑很管用。每次地区法官来这镇上，他都马上让人把我找去。他对我父母说了上百次，他们应该让我好好读书，说不定我会很有成就。闲着没事儿的时候，我就沉思默想。前几天，我写了一首关于莫滕·尼尔森的诗，他喝酒把自己给喝死了。

蒙塔努斯 把这诗念给我听听。

雅克布 首先，您得知道就是这个莫滕的父亲和祖父都是渔民并且是在水里淹死的。这诗句是这样的：

莫滕·尼尔森站在这下面。

[①] Arild Huitfeldt（1546—1609年）是一位丹麦历史学家，是《丹麦王国纪事》（约1600年）的作者。他是总理，但不是医生，而且他从未写过讲道集。

> 为追寻他作为渔人
>
> 在水中死去的先人的足迹,
>
> 他让自己淹死在烈酒之中。

前些日子我得到许可为地区法官朗读了这首诗,他让人写下它,为此还给了我两马克。

蒙塔努斯 这诗歌,尽管形式非常糟糕,质料倒是非常漂亮。其中缺少的是诗歌最重要的元素:韵律。

雅克布 这是什么意思?

蒙塔努斯 一些诗行的 Pedes(拉丁语:脚),或者说韵脚,不足以让诗歌流畅。

雅克布 脚!我相信没几天它就会跑遍全国。

蒙塔努斯 我留意到了你有很聪明的头脑。我真希望你读过大学并且明白你的 Philosophiam Instrumentalem(拉丁语:工具哲学)[①],那样的话,你就能够在我主持的辩论中进行答辩。来,让我们走!

---

① 工具哲学包括逻辑学、修辞学和形而上学。

第五幕

第一场

一个中尉[①]、耶斯贝尔

中　尉　我该去哪里找到这小子呢，地保先生？我倒是很愿意和他谈谈。他看上去样子还好吧？

耶斯贝尔　他看上去相当不错，有一张利嘴，舌头像一把刀。

中　尉　这无所谓，只要他强壮活泼就好。

[①] 中尉，军队中最低的军官级别。这里的中尉可被理解为农村民兵的地方指挥官。从1701年起，地主必须根据庄园的大小为新成立的农村民兵部队提供一定数量的农民士兵。他们的军事训练包括每周日两个小时的操练，以及每年一次由一名中尉和一名下士领导的团级演习。这是一支预备役部队，所以在和平时期，士兵们只需要参加每周的演习和年度演习。农村民兵在1730年被解散，但三年后又重新恢复。

中尉作为村里的招募者出现在这里，这并不是对当时现实的描述，因为农村民兵不是招募的，而是征召的。相反，它是对英国剧作家乔治·法夸尔1706年的喜剧《征兵官》的文学性借用，霍尔堡1706年在伦敦逗留期间可能在剧院里看过这部作品。

耶斯贝尔　他能够说他想要说的任何东西,并为之辩护。他很明确地把教堂执事佩尔证明成一只公鸡。

中　　尉　他的肩膀宽吗?

耶斯贝尔　一个很强壮结实的小子。家里所有人都怕他,甚至他的父母也是如此,因为他能够把他们变成母牛、公牛、马,然后又重新变成人。也就是说,他可以用书上的道理来证明他们是这些东西。

中　　尉　他看起来吃得了苦吗?

耶斯贝尔　他也把大地证明成圆的。

中　　尉　这我无所谓。他看上去是不是勇敢,有没有胆气?

耶斯贝尔　他会为一个字母拼命,更不用说为别的东西了。我敢肯定他和这里的所有人都结了梁子。但他无所谓,他并不因此就放弃自己的想法和学问。

中　　尉　地保先生,从我听到的这些来看,他是一个完美的士兵。

耶斯贝尔　中尉想要怎样使他当兵?他可是个大学生[①]。

中　　尉　这无所谓。他能够把人弄成羊牛鸡,那么,我想要尝试一下,看我能不能把一个大学生弄成士兵。

耶斯贝尔　我倒是很愿意看他变成士兵。我会笑破肚子的。

中　　尉　什么都不用说了,耶斯贝尔!如果地保和中尉把脑袋凑到一起的话,这样的事情就绝不是不可能的。我看见有人来。难道是他吗?

耶斯贝尔　是的,是他。我到一边去,这样他就不会有怀疑。

[①] 大学生免于服兵役,不能被征召。

第二场

中尉、蒙塔努斯

中　尉　我祝贺您来到镇上。

蒙塔努斯　谢谢，为您效劳。

中　尉　恕我冒昧来访，因为在这里找不到很多有学问的人可以一起说说话。

蒙塔努斯　我很高兴您读过大学。敢问中尉先生是哪一年被录取的。

中　尉　我是十年前入学的。

蒙塔努斯　这么说，中尉先生是一个老 academicus（拉丁语：大学生）。那么，中尉先生，在大学时，您读的是什么？

中　尉　我主要是攻读古典拉丁语作家[1]，并研学自然法[2]和道德事

---

[1] 对古典罗马作家的阅读是当时大学学习的核心内容，无论是在最初的语言教学中（这些作家都是语言上的典范），还是在进一步的学习中（在这里他们拥有道德哲学权威的地位）。

[2] 自然法是启蒙哲学试图建立一个纯粹世俗并基于理性的普遍有效的法律。自然法在大学教学中不是核心课程，但对霍尔堡这样的启蒙思想家来说绝对是必要的。通过强调自然法和道德哲学（"道德事务"），霍尔堡让中尉这个角色拿自己的理想与埃拉斯姆斯空洞的大学学识进行对比。

务^①，我至今仍在研读。

蒙塔努斯 唉，这是不重要的，这不是 Academicum（拉丁语：学术）。难道您没有花功夫研读 Philosophiam Instrumentalem？

中　尉 没有，没有怎么读。

蒙塔努斯 那么，您从来就没有进行过辩论？

中　尉 没有。

蒙塔努斯 啊，难道这是读大学吗？Philosophia Instrumentalis 是唯一的 Solide Studium（拉丁语：真正有价值的学科）。其他东西可以是美丽的，但不是学问。如果一个人精通 Logica 和 Metaphysica，那么他在任何麻烦中都能让自己摆脱出来，能够就一切主题进行辩论，哪怕他不熟悉这些主题。我根本就不知道会有什么论题是我决定要辩护而不大获全胜的。学院里从来就没有什么辩论是我不参与的。一位 Philosophus Instrumentalis（拉丁语：工具哲学家）可以算是一个博学多面手。

中　尉 目前谁是最厉害的辩论者。

蒙塔努斯 是一个叫作佩尔·易瓦尔森的。在驳倒了自己的对手并让对手无话可说之后，他说："现在您可以取用我的观点，然后我会再反过来为您原先的观点辩护。"在所有这些辩论中，他的 Philosophia Instrumentalis 都起到了特别大的作用。很可惜，这家伙没有成为律师，否则他肯定能赚很多钱。在他

---

① 指道德哲学，即启蒙哲学试图按照上面与法律有关的注释中所述的相同思路建立一种道德。

之后，我就是第二强；上次我辩论的时候，他在我耳边轻声说："Jam sumus ergo pares（拉丁语：现在我们因而是平等的人）。"[1] 但我还是一直都会承认他比我厉害。

中　尉　但是我听说先生能够证明孩子的义务就是打他们的父母[2]。我觉得这是不合情理的。

蒙塔努斯　如果我说过这话，那么我就也是这话的辩护人。

中　尉　我敢用一个金币[3]与您打赌，赌您没有能力辩护。

蒙塔努斯　我拿一个金币和您赌。

中　尉　好极了，一言为定！现在让我们听您说。

蒙塔努斯　一个人最爱的人，他打得最多。一个人不应当爱任何东西高于爱父母。Ergo，一个人不应当打任何人比打父母更多。还有另一种演绎法：我们应当根据自己的能力回报我们所获得的东西。我在我小时候被父母打。Ergo，我应该打他们作为回报。

中　尉　够了，够了！我输了。您确实应当获得您的金币。

蒙塔努斯　不，中尉不会是认真的吧。我 profecto 不想要任何钱。

---

[1] 这句拉丁语引自罗马诗人马蒂亚尔（约40—102年）的书信集（II, 18, 2、4和6）。但在马蒂亚尔那里，这句话所表达的意义不同：说话者对他的主人说，他们是平等的，因为他的主人在自己这边也有一个主人，他必须对他表示尊重。因此，这句话其实是为"平等"打出的问号。

[2] 见前面第四幕第三场，埃拉斯姆斯宣称，如果他打他的父母，他"也会在全世界人面前为此作出辩护的"。中尉将之曲解成"打父母是义务"，但埃拉斯姆斯显然没有注意到这一点。

[3] 在原文中是杜卡（Ducat），也就是金币的名称。一杜卡（一枚金币）的价值相当于两个塔勒。

中　尉　以我的荣誉起誓，您应当收下，我发誓。

蒙塔努斯　好吧，那么我就收下，以免中尉违背誓言。

中　尉　但是，我是不是也可以尝试一下，看我能不能把您变为某种东西？ par exemple（法语：比如说），我想把您变成士兵。

蒙塔努斯　哦，这非常容易，所有大学生都是精神上的士兵。

中　尉　不，我也想要展示，您是肉体上的士兵。任何手上拿着钱的人[①]都是一个被雇佣了的士兵，您这样做了，ergo……

蒙塔努斯　Nego minorem.（拉丁语：我拒绝小前提。）

中　尉　您手上的两个塔勒，Et ego probo minorem（拉丁语：并且我证明小前提）。

蒙塔努斯　Distinguendum est inter nummos.（拉丁语：在钱与钱之间有区分。）

中　尉　没有区分！您是士兵。

蒙塔努斯　Distinguendum est inter tò simpliciter & relative accipere.（拉丁语+希腊语：必须区分是接受本身还是在关联之中的接受。）

中　尉　不用废话！合同已定，您已经得到了钱。

蒙塔努斯　Distinguendum est inter contractum verum et apparentem.（拉丁语：必须区分真实的合同和表象的合同。）

中　尉　您能否认，您从我这里得到了一枚金币？

[①] 即收到了预付款。其思路是：因为收到预支的工资，一个人就承认自己已经就业，而在这里的就业就是当兵。中尉的伎俩是不区分一般的支付和特定情况下的支付。

蒙塔努斯 Distinguendum est inter rem et modum rei.（拉丁语：必须区分事物本身及其表象形式。）

中　尉 来，马上跟我走，战友，现在你[1]将获得制服。

蒙塔努斯 这里是您的两个塔勒，拿回去吧。另外您没有证人来见证我拿了钱。

---

[1] 前面他对埃拉斯姆斯称"您"，但这里变成了"你"。

第三场

耶斯贝尔、尼尔斯下士、蒙塔努斯、中尉

耶斯贝尔 我能够证明中尉把钱给到了您手上。

尼尔斯 我也一样。

蒙塔努斯 但我是为了什么事情拿这钱？Distinguendum est inter ...

（拉丁语：必须区分……）

中　尉 不，我们不想听任何废话。尼尔斯，你待在这里，我去取制服。

蒙塔努斯 喂，救命啊！

尼尔斯 如果你不闭嘴，你这条狗，那么我就会把刺刀捅进你的内脏。地保先生，他不是被雇了吗？

耶斯贝尔 对啊，确实是这样。

中　尉 来来来，脱掉黑色的外套，然后穿上红色的[1]。

〔在他们为蒙塔努斯穿上衣服时，他哭了。

中　尉 来吧，对于一个士兵来说，这样哭鼻子是不雅观的。你现

---

[1] 红色制服是丹麦军队的标准制服。

在的样子比以前帅多了。好好带他军训,尼尔斯下士!他是个有学问的家伙,但是他在军事训练方面还是个新手。

[尼尔斯下士为他穿上了红外套,军训他并打他。

第四场

中尉、尼尔斯、蒙塔努斯

中　尉　现在,尼尔斯,他能跟得上训练吗?

尼尔斯　他会学的,但他是条懒狗,必须每分每秒都挨揍才行。

蒙塔努斯(哭着)　唉,尊敬的先生,请仁慈地待我!我有着虚弱的体质,受不了这样的对待。

中　尉　一开始好像是有点苦,但是当你的脊背被打出老茧,以后就不会觉得怎么疼了。

蒙塔努斯(哭着)　唉,真希望我从不曾读过大学,那样的话我就不至于落进这场灾难中了。

中　尉　不,这只是一个开始。等你在木马①上坐上十几次,或者站上木桩②之后,你就会觉得现在这些都只是小意思了。

　　　〔蒙塔努斯又哭了起来。

---

① 或者可以说是老虎凳。一种(主要用于军事的)酷刑和惩罚工具,由一块狭窄的木板组成,放在两条或四条腿边缘,并靠它们支撑着。受惩罚者躺在上面,有时候腿上绑着重物。

② 一种羞辱性的惩罚,戴着链子或被捆绑着站在木桩上。

第五场

耶罗尼姆斯、玛格德罗娜、丽丝贝特、耶伯、妮乐、中尉、蒙塔努斯、尼尔斯

耶罗尼姆斯 您对这件事确定吗？

耶 伯 是的，确确实实。地保刚刚给了我消息，唉，唉！现在我的怒火变成了怜悯。

耶罗尼姆斯 只要我们能让他重新回到正确的信念里，我很愿意把他赎出来。

丽丝贝特（进来） 唉，我这悲惨可怜的人！

耶罗尼姆斯 不要大喊大叫的，我的女儿，你这样闹是没有用的。

丽丝贝特 唉，我心爱的爸爸，如果您像我这样地深爱着一个人的话，就不会让我沉默了。

耶罗尼姆斯 为你害臊！一个女孩子，这副样子让人看见是不雅的。但是我看他好像就站在那里。听我说，拉斯姆斯·贝尔格，这是怎么了？

蒙塔努斯 唉，我心爱的 Mons.（法语：先生）耶罗尼姆斯！我成了一个士兵。

耶罗尼姆斯 是啊，您现在有别的事情要做，就不用把人变成动

物、把教堂执事变成公鸡了。

蒙塔努斯 唉,唉!我为我以前的愚蠢感到后悔。但一切都太迟了。

耶罗尼姆斯 听着,我的朋友,如果您愿意放弃您以前的疯狂想法,不再用争吵和辩论来填满这块土地,那么,我会尽力,设法把您重新赎出来。

蒙塔努斯 唉,我曾经威胁说要打我的老父母,所以不配得到更好的对待。但是,如果您可怜我并设法让他们释放我,那么我发誓,从此之后我将过另一种生活,找到一份工作,再也不会用辩论来烦扰任何人。

耶罗尼姆斯 在这里等着,我过去和中尉谈一下。

唉,我亲爱的中尉先生!您一直是我们家的朋友。您雇去当兵的那个人与我的独生女儿订了婚,我女儿非常爱他。让他重新退役吧。为此我愿意给中尉先生一百塔勒。我承认,在一开始我为他受罚而感到高兴,因为他的古怪行为使得我和这镇上的所有好人都对他很恼火。但是现在,我看见他处在这样的苦境之中,也听到他由衷地为先前的愚蠢感到懊悔并且许诺改过自新,于是,我也终于因为怜悯而心碎了。

中　尉 听我说,亲爱的 Monsieur 耶罗尼姆斯,我所做的只是为了他自己的福祉。我知道他与您的女儿订了婚,因此,只是为了帮您家做一件好事,我才把他安排进这样的环境之中。我这么严厉地对待他,也是为了让他能够认识到自己的罪过。为了您的缘故,我会拿这笔钱来分给穷人,因为我听说他已经有了变化。让他到这里来。

听着,我的朋友!您父母在您身上花了很多钱,希望您能在他们的晚年为他们带来荣誉和安慰。但是您离开时很明智,而回来时则完全是困惑的,让整个镇子骚动不安,散布各种古怪的想法,并顽固地为这些想法辩护。如果这是大学教育的结果,那么我们真是该希望各种书籍从来就没有存在过。在我看来,一个人在学校里应该学习的最高贵的东西全都与您沾染上的东西相反,有学问的人与其他人的不同,首先应当体现在,他在言谈上比没有学问的人们更审慎、节制而包容。因为健康的哲学教导我们,我们应当减少和息止争论,一旦有人让我们认识到自己的错误,就马上放弃错误的观点,哪怕指出错误的是一个最卑微的人。哲学的第一诫命是认识自己①,而一个人在这方面进步越大,就越会觉得自己糟糕、越觉得自己落在了后面有更多的东西仍要去学习。然而,您使得哲学成为击剑术,并将那些能够借助于微妙的差异来扭曲真理并为各种各样的观点狡辩的人称作 Philosophus。通过这样的做法,您使得人们讨厌您,并使得学识被人鄙视,因为人们以为这种古怪的行径是大学学业的真正成果。我能给您的最好建议是,您努力去忘记并从自己的头脑里清除掉这些让您花费了如此多不眠之夜学会的东西,去为自己找一个职业,让自己能够借助于这职业为自己的发展铺平道路。或者,如果您坚持要在大学里继续学习的话,那么您就应当

---

① "认识你自己"这一诫命可以追溯到古希腊,它被刻在德尔斐的阿波罗神庙上。这句话的作者据说是哲学家米利都的泰勒斯或者古希腊七贤中的另一个,比如说,雅典的梭伦(公元前 6 世纪)。

以另一种方式来继续您的学业。

蒙塔努斯 唉，好心的先生，我将听从您的劝告，从现在起努力让自己成为一个新人。

中　　尉 好吧。那么，我就释放您吧，如果您向您自己的父母和岳父母作出承诺并乞求他们原谅的话。

蒙塔努斯 我流着眼泪谦卑地乞求大家的原谅，并承诺，从现在开始，我将彻底重新做人、谴责自己以前的行为，——我之所以有这样的转变，不仅是因为我被困的处境，更是因为这位值得尊敬的人审慎明智的言辞和教诲，所以，对他，我将永远怀有仅次于对我父母的至高敬意。

耶罗尼姆斯 那么，亲爱的女婿，您不再认为大地是圆的吗？这个问题在我心中是最重要的。

蒙塔努斯 我心爱的岳父！我不会再对此继续展开辩论。但是，我要说的只是这个：任何一个有学问的人在今天都认为地球是圆的。

耶罗尼姆斯 啊！中尉先生！让他重新去做士兵吧，直到大地变成平的。

蒙塔努斯 我亲爱的岳父，大地平得像一张烙饼！您现在高兴了吗？

耶罗尼姆斯 是的，现在我们又重新是朋友了，现在，您可以娶我的女儿。大家全都来我家喝酒庆祝一场和解吧！中尉先生，请进，您能来是我们的荣幸。

　　〔他们走进屋子去。

（剧终）

忙碌不息的人[1]

三幕喜剧

（1731年）

---

[1] 为这部剧本作注的专家为彦斯·克利·安德森和凯伦·斯寇天皋-彼特森（Karen Skovgaad-Petersen）。

剧情简介

菲尔格希莱是个忙碌不息的人，尽管我们不知道他在忙什么。家里的女管家，老处女玛格德罗娜，希望他能够赶紧为自己找一个丈夫。勒安德尔想要娶他的女儿莱欧诺拉，但他决定将女儿嫁给簿记员的儿子彼得·埃里希森，因为他想要一个能够在他所忙的事务中帮他一起忙的女婿。莱欧诺拉很不愿意，因为她爱的是勒安德尔。家里的女仆，精力充沛的帕妮乐答应莱欧诺拉设计出一场骗局来帮她得到意中人。帕妮乐与骗子欧尔弗斯合作，利用菲尔格希莱的忙碌不息来忽悠他，让他稀里糊涂地把女儿嫁给了勒安德尔，而让簿记员的儿子娶了女管家。结局大致上可以说是皆大欢喜。

剧中主要人物

菲尔格希莱　　　忙碌不息的人
帕妮乐　　　　　菲尔格希莱的侍女
莱欧诺拉　　　　菲尔格希莱的女儿
玛格德罗娜　　　菲尔格希莱的女管家
勒安德尔　　　　莱欧诺拉的情人
埃里希·马森　　一个簿记
彼得·埃里希森　埃里希·马森的儿子
欧尔弗斯　　　　一个冒险家

对人物名字的说明[①]：

菲尔格希莱：原文是 Vielgeschrey，这个名字由德语谚语 Viel Geschrei und wenig Wolle（直译是"很多叫喊并且很少毛绒"，也就是"大惊小怪，拿鸡毛当令箭"）的前两个词 Viel Geschrei（许多叫喊）构成。

帕妮乐：机智而善于应变的侍女帕妮乐在霍尔堡的众多喜剧中是一个固定类型的角色。《假面舞会》中莱欧诺拉的侍女也叫帕妮乐。

莱欧诺拉：在霍尔堡的众多喜剧中是待嫁小姐的名字，在《假名舞会》中也出现过。

玛格德罗娜：玛格德罗娜是霍尔堡喜剧中女人的名字。在一些剧中是女佣。在《假面舞会》和《埃拉斯姆斯·蒙塔努斯》中是一位已婚妇女，有时也会是一位老处女的名字。

勒安德尔：在霍尔堡的许多喜剧中是年轻、富有并且常常是招人喜欢的男子，在《假名舞会》中也出现过。

欧尔弗斯：原文是 Oldfux，有"老狐狸"的意思。在霍尔堡的一些喜剧中，这个名字被用在"忽悠人的角色"上。

---

① 此说明由为这部剧本作注的专家所撰写。

第一幕

第一场

帕妮乐　世上人写下这么多喜剧，没有谁写过一个忙碌不息的人。如果有人想要去写一部这样的戏，那么我能够以我的东家为原型给出很好的材料。有人固然会说，这样的一些角色很罕见，根本就没有人想到过，但是，在这个国家里有一大堆这样忙碌不息的人，他们嘈杂喧闹着，仿佛哪怕什么事情都没有，他们也要发疯般地忙碌，正如有些人则相反，能够在脑袋里一下子装上十件事情，但看上去仍像是完全闲着没事一样。

　　我记得在一些年前，我在一个地区法院的法官家做事的时候，有一次跟着法官夫人出去旅行，我们一路就来到了一个女人的家，她很友好地接待了我们，但似乎把事情弄得动静很大。她一会儿在客厅里，一会儿在地下室里，一会儿挤在架子上，一会儿又钻到桌子下面，一会儿骂着女佣们，一会儿又去骂仆人。我们请求了她十次，为了我们的缘故，她其实不用这么麻烦的，因为只要有一片黄油面包，我们就很满足了。她擦了十遍汗，请我们耐心等待半个小时。夫人对我发誓说，如果她早知道这女人会弄出这么多事情来，她宁可去住旅馆。因为她在议会里有一个案子，她不想欠这个女人太多人情。最后，餐桌都安排好了，我期待着桌上至少该有一道酱啊什么的作为第一道菜的，但所有这些忙乱的结果却是糟成一堆的面糊糊和八只被煮老了的鸡蛋。

但这毕竟是一件事情①。如果我的东家菲尔格希莱先生弄出了这么大的动静至少还能够煮出一只鸡蛋的话，那么事情也就没什么好奇怪的了。如果他这么忙碌是为了达到驱寒或者驱除坏血病的目的，那么我们倒也可以说这算是在做事。从前的那位老博士在冬天就是这样，把柴禾从地窖搬到自己的房间里，然后又从房间里再重新搬回到地窖里。但是东家做不存在的事情，他所做的事情根本就不是什么事情，也不会成为什么事情。

除了我之外，他就没有称赞过家里的任何人勤奋，家里也没有谁是比我更帮不上忙的了，尽管我总是忙着。前几天有人问他用了多少人，他回答说："只有一个，因为帕妮乐是我的起居室女佣、我的厨娘、我的卧室仆人、我的秘书、我的女管家、我的妻子"，当然，最后一句是谎言。并非因为我

---

① 指这个女人至少是把饭做出来了，不像她的东家忙得不亦乐乎却什么事情都没有做出来。

比其他任何人更贞洁，而是因为他没有时间与什么人一起睡觉，而且，在他眼里，只有我在耳朵后面夹着一支笔时，才是最美丽的。

但现在，我看，女管家玛格德罗娜来了。

第二场

玛格德罗娜、帕妮乐

玛格德罗娜　到时候可就有你们好瞧的了,你们这都是些什么样的书记员啊!

帕妮乐　您总是在骂他们。现在又怎么了,小姐①?

玛格德罗娜　我刚才从门缝里看了一眼书记室。这些狗东西坐在那里喝西班牙红酒,东家总以为他们是在写字。他们中还有一个这样喊着干杯:"为玛格德罗娜干杯!但愿这老婆子结婚了。"

帕妮乐　哈哈哈!

玛格德罗娜　我,老天知道,我还不至于老得可以让他们拿"老婆子"来打比方吧。

帕妮乐　我完全同意您。

玛格德罗娜　我还根本没有满四十岁呢。

---

① 原文是 Jomfrue,直译是"处女",在此(用于称呼)指的是未婚妇女。在霍尔堡剧中,它最常被用于年轻的、未婚的市民阶级或更高阶级的妇女,但在这里是指处于服务地位的中年妇女。

帕妮乐 对啊，年龄算得上什么？一个女孩到她五十岁的时候还都能让人用得上。

玛格德罗娜 另外我在我这年龄根本不显老，我还没有什么皱纹呢。

帕妮乐 不老，按我看，您仍有着一个很好用的身体呢。说别的话都是没有道理的。他们恨您的原因不是因为您的脸或者您的样子，而是因为您在东家那里告了他们的状。

玛格德罗娜 这倒是真的，帕妮乐。为了我的诚实，我不得不忍受这一切。他们骗东家说他们为他工作累死累活的，还大喊大叫要求涨工资，但其实从他们所做的工作看，哪怕一半的工资也都不是他们所应得的，除此之外，东家的钱币经过他们的手总会被切削掉一点，没有一分钱是例外的[①]，这样下去，他马上就快成一个穷光蛋了。

帕妮乐 不，别这样说了。我倒是相信东家头上有太多眼睛，能够把家里的事情看得太清楚，所以不会有什么人骗得了他。

玛格德罗娜 就是因为他忙忙碌碌，所以他才被骗。我想要警告他他的下人不忠诚，但他总是因为手头要忙其他没用的事情，从来就没有时间听我说话。若不是为了一件事的缘故，我根本就不会在这里待这么久。

帕妮乐 什么事？

玛格德罗娜 他曾经答应说要为我找一个丈夫。但是这些夹在中间的该死的事情妨碍了他本来想要做的事。

帕妮乐 他连自己结婚的时间都没有，当然就更没有时间为自己的

---

① 即为自己留一点。当时的钱币都是由贵重金属铸成，本身很值钱。

女管家安排婚事了。

玛格德罗娜（恨恨地哭泣着） 如果不是因为我让自己听信了他的许诺，也许我早就已经结婚了。

帕妮乐 我知道您当然不能自己安排婚嫁的事情，小姐。我希望现在时机成熟了。如果我是您的话，我想，我也不会像我现在这样，等这么久。

玛格德罗娜 真是这样的。本来婚姻介绍人克尔丝汀女士有好几次出于好意提出要为我物色一个好丈夫，但我一直就等待着由东家来安排婚事。

帕妮乐 您确实是得在什么时候果断地作出决定，行动起来，小姐，如果发现东家有空，就及时抓住时机对他说。

玛格德罗娜 如果发现他有空，帕妮乐？唉，唉！如果一个人能够在这个时候受诱惑失身的话，——因为我们全都是人嘛，那么，他就得在良心上记下这一笔了。唉，唉！该死的忙碌。可是，某些人怎么就总是这么忙碌不息呢？

帕妮乐 这我就没办法知道了，小姐。我是说，就像那些在圣诞夜出生的人总是看见鬼魂，就像那些在雨天出生的人总是哭泣，我则觉得，像东家这样的忙碌不息总是不停工作的人必定是在写字房里被造出来的，或者是出生在一个特别忙特别喧嚣的日子里。

玛格德罗娜 这就是在乱说了。

帕妮乐 是啊，小姐，这只是我的想法，我可没强迫别人也这么想。我常常留意到，东家本来挺平静的，但是一听见有人谈起各种信件或者事务，他马上就变得像堂吉诃德听见有人在谈论漫游的骑士。东家的肚子里肯定有一大包忙碌体液①，有着这样的特性，如果他看见一张纸，这体液马上就开始发酵。要不，他的血管里流着的不是血，而是墨水。

玛格德罗娜 不管是什么不是什么，我反正就是因此而倒霉。因为他的忙碌不息，我的幸福就被放到了一边。

帕妮乐 他自己女儿的幸福就因此被放到了一边。他答应了好几百次为她找一个丈夫，但又忘记了好几百次，爱了他女儿整整一年的勒安德尔先生到现在还没有找到机会来和他谈这事。

玛格德罗娜 可是，勒安德尔和小姐确实是认真的吗，他们真的相互想要对方吗？

帕妮乐 这当然，到时候您会看见的。

---

① 这里是以一种幽默的方式提到体液病理学。

第三场

莱欧诺拉、帕妮乐

莱欧诺拉 管家在哪里?我爸在找她。

玛格德罗娜 这样,我得赶紧去了。

帕妮乐 她走了,这倒是挺好。现在我们可以在一起谈别的事情了。

莱欧诺拉 哦,帕妮乐,我爸觉得你脑子很快,而且觉得你很可靠,这我绝对相信。

帕妮乐 我觉得今天会发生一些什么,我不知道东家有过什么要做的事情比较少的时候。我让勒安德尔九点钟来这里。然后,我希望他会有一刻钟的时间可以和东家说话。对我们来说重要的只是,要有时间去做这些事情。

莱欧诺拉 我希望,在我爸亲自见到他,并了解了他的地位和条件之后,这事情就不会很艰难了。

帕妮乐 是这样的。小姐。但麻烦的只是,要找到他有空的时间。但我听见他来了。您最好还是躲到一边去吧。

第四场

［帕妮乐在桌前坐下，削一支鹅毛笔，菲尔格希莱披着斗篷走进来，后面跟着四个书记员，耳朵后面都夹着一支笔。

菲尔格希莱（凝视着一张纸，来回地走着，大喊） 墨水瓶拉斯！

拉　斯（奔向他） 我在，东家。

菲尔格希莱（走到另一边） 墨水瓶拉斯！

拉　斯 我在这里，东家。

菲尔格希莱（走到另一边，凝视着） 削笔刀克里斯多夫！

克里斯多夫（奔向他） 东家有什么吩咐？

菲尔格希莱 你想要干什么？你没看见我在忙吗？

克里斯多夫 东家在叫我。

菲尔格希莱 这是胡说。等着，等到我叫你。沙瓶严斯在哪儿？他不在吗？

克里斯多夫 他在的，东家。

菲尔格希莱 沙瓶严斯！

严　斯（奔向他） 我在这里，东家。

菲尔格希莱（凝视着另一边，走着） 沙瓶严斯！

严　斯　（奔向他）　东家有什么吩咐？

菲尔格希莱　你有没有把上星期的开支誊写出一份拷贝来？

严　斯　是的，东家，在这里。

菲尔格希莱　是对着原稿校对过了？

严　斯　是的，东家。早上天一亮我就和石笔克里斯滕校对了。

菲尔格希莱　你们校对，肯定就和你们上次校对一样吧。现在，如果我自己没有通读过的话，根本就不敢让任何纸张通过。你在干什么，帕妮乐？

帕妮乐　我坐着为书记员们削笔呢。

菲尔格希莱　这我喜欢。你们所有这些废物都比不上这女孩，我更用得上她。帕妮乐，起来站一会儿。我必须坐下来校读。石笔克里斯滕①，你读吧！你读得最清楚。

克里斯滕　第21，上面写着：（1）3塔勒2马克，东家的棕色衣服的工费；（2）4马克，给帕妮乐买的一双拖鞋。

帕妮乐　这是真的。我忘记了为此谢谢东家。谢谢你，慷慨的东家，我穿着它们，想着东家的健康。

菲尔格希莱　你可以下次再感谢我，帕妮乐，不要在我做事情的时候谢我。如果不是因为你在闲聊的话，我们现在肯定就已经提前做掉很多事了。继续读。

克里斯滕　（3）4磅牛肉，3马克；（4）4罐牛奶，1马克；（5）为我们所吃的那盘烂梨给的小费，1马克。Summa lateris（拉丁语：

---

① 在原文中这里是严斯，但石笔是克里斯滕，霍尔堡的研究者们认为这是霍尔堡的一个笔误。

这一页总计)①5塔勒5马克。(6)1磅咖啡豆，1塔勒。进2斯基令茶水，小姐②的鲁特琴弦3斯基令。

菲尔格希莱 停！再读。2斯基令茶水后面是什么？

克里斯滕 接下去是一根琴弦3斯基令。

菲尔格希莱 就凭你们的誊写和校对，你们真是该倒霉了。接在2斯基令茶水后面的是施舍给一个穷人的1斯基令。

帕妮乐 忘记这样的事情是很不对的。现在整个账都出了问题。

菲尔格希莱 帕妮乐，有这样的一些书记员，你说我是不是最不幸的人？他们不是在帮我解决各种问题，反倒是在往我的脖子上添麻烦。现在，重新写过，你们这些装腔作势的家伙，每人各抄一份，这样我最终就能知道这必定是没有出错的。

帕妮乐 东家想喝茶吗？

菲尔格希莱 难道我还有时间吃喝吗？我现在有两封信要写。有些人以为写信只是轻而易举的小事，但那是一些没有尝试过写信的人，因为在这里你同时得想到纸、笔、墨水、灯和封信蜡章，而如果你想着这些，就难免会发疯。

帕妮乐 东家还忘了把封蜡也算进去。

菲尔格希莱 很对，帕妮乐，简直就是没完没了。现在，你们这些家伙，在那里写了吗？

---

① 总数是错误的，因为提到的数字加起来是4塔勒和5马克，而不是5塔勒和5马克。这想来只是一个印刷错误，但也不能排除这个错误是有意说明这些员工的马虎。

② 这里的"小姐"应当是指女儿莱欧诺拉。

书记员们 是的。

菲尔格希莱 我的那些书写用具呢,都在哪里,帕妮乐?

帕妮乐(匆忙地跑来跑去) 这里是信纸,这里是封蜡,这里是封章。

菲尔格希莱 我是离不开这女孩了,因为她有 memoriam localem(拉丁语:记住东西在什么地方的能力)。

(坐下来写,但又马上站起来)帕妮乐!

帕妮乐 东家。

菲尔格希莱 给母鸡们喂过鸡食了吗?

帕妮乐 没有。东家通常亲自喂它们的。

菲尔格希莱 我昨天割下的那些奶酪皮在哪里?

帕妮乐 它们都在抽屉里。

菲尔格希莱(把头伸出窗外) 咯咯咯。

第五场

勒安德尔、上一场的人物们

帕妮乐 现在,在东家开始写信之前,您来得正是时候。看吧!现在就去他那里。

勒安德尔 我最谦恭地请求原谅,我的先生。我有事情要和您谈一下,这事情对我和对您自己都是很重要的。

菲尔格希莱 什么事情?您可以简要地把您的意思说出来,因为我时间不多。

勒安德尔 我是耶罗尼姆斯·克里斯多夫森的儿子。

菲尔格希莱 我认识耶罗尼姆斯先生。您有一个很值得尊敬的父亲。

勒安德尔 我是根据我亲爱的父亲的意见和愿望来……

菲尔格希莱(对书记员们) 哎,小子们,都坐在那里写着吗?

全体人员 是啊。我们在写。

菲尔格希莱 让我看你们写了多少。请原谅,先生,稍等。

〔走向长桌子。

第六场

菲尔格希莱、一个理发师①、一个裁缝、一个农夫、
勒安德尔、帕妮乐

理发师（第一个进来） Ich bin schon zwei Mahl hier heute gewesen umb② den Herren zu barbieren, aber der Herr war noch nicht aufgestanden.（德语：今天我已经是第二次来这里，要为先生刮胡子，但先生刚才还没有起床。）

菲尔格希莱 是的，师傅，您要尽可能快地帮我刮一下胡子，因为我手上实在是有着很多事情要做。

〔他坐下让理发师为他刮胡子。在为他抹肥皂的时候，理发师随便聊着：

理发师 Es ist ein grausames Wetter heute.（德语：今天的天气太可怕了。）

菲尔格希莱 这个，我注意到了。

---

① 在这部喜剧中的年代，哥本哈根的绝大多数理发师都是德国人。
② 德语应为 und，这样的写法可能是为了强调地方口音。后文中与标准德语不符处也是如此。

理发师　Ich weiß nicht, wie es mit der Welt beschaffen ist, jo mehr man lebt jo ärger gehts, man höret und siehet Nichts als Böses. Der Herr hat vielleicht gehöret, was in diesen Tagen passiret ist?（德语：我不知道这个世界是怎么一回事，人活得越久，情况就越糟糕，除了邪恶你什么都看不见听不见。也许先生听说了这几天发生的事情？）

菲尔格希莱　没有。我什么新闻都没听到。我也没有时间去打听新近发生的事情，因为我自己的事情已经够多了，也找不到一个瞬间可让我去同一个诚实的人说说话。

理发师　So will ich es denn Ihro Gnaden erzehlen. Eine Matrosen-Frau in den Neuen-Buden hat auf einmahl 32 Kinder zur Welt gebracht, und war doch nicht dikker als eine ordinaire schwangere Frau. Wie kan Ihro Gnaden das begreiffen?（德语：那么就让我来告诉大人您吧。纽波德有一个水手的妻子一下子生了32个小孩子，但她的肚子看上去并不比一般的怀孕女人更大。大人您会怎么理解这样的事情呢？）

菲尔格希莱　我没有必要费神去理解这样的事情，因为我首先得知道这事情是不是真的。

理发师　Daß ist so wahr als ich hier stehe, denn ich kan die Historie mit Umbständen erzehlen. Denn die Kinder wurden alle getaufft, aber sturben gleich darauf.（德语：这事情绝对是真的，就像我现在站在这里这么真实，因为我可以说出这故事的细节。那些生出来的小孩都受了洗，但受完洗马上就死了。）

农　夫（进来）早上好，家主先生。我来支付六百升大麦和一头圈养猪的租费。①

菲尔格希莱（带着满脸的肥皂泡沫离开理发师这边） 你可是要交九百升大麦的租费的。

农　夫 是的，我知道，家主先生，但是今年家主先生有必要免去我三百升的租，因为今年的收成很糟糕，从来没有这么糟糕过。

菲尔格希莱 这又是老调重唱了。你们什么时候停止过诉苦。

农　夫 真的，家主先生，像我们这样的，田地的位置很高，今年都没有很多收成。谷子只是在田里看上去挺像样。家主先生啊，如果我们今年收成不比去年少的话，就让魔鬼把我给撕了。在集市上，一百五十升大麦，人家才只给一个塔勒。家主先生知道今年的国家平均排价是多少吗？

菲尔格希莱 不，这我没法知道。但是，听我说，你必须给我九百升的租钱。

农　夫 唉，我是希望我能够交，家主先生，我真的是希望，但是家主先生，您今年得对我有耐心。这样，我就能作为一个诚实的人去尽力交出税钱和租钱。

菲尔格希莱 你每年都这样信誓旦旦的，但就没有变好过。

农　夫 唉，真是愿上帝帮我。牛生了病，我们的马也病死了，我们只好花钱从邻居那里租他们的马来犁田。

［农夫从一块布里面拿出一些钱，菲尔格希莱数着这些钱。

---

① 农民向其地主支付地租（税），以获得土地使用权。因此，菲尔格希莱的土地是由佃农租用耕种的。

400

裁　缝　先生说过要我来为先生做衣服量尺寸的吧?

菲尔格希莱（放下手上的钱） 这事情要来就一起来。

裁　缝　这只需要用一小会儿的时间,先生。

　　　[他让裁缝量尺寸。

农　夫　这钱不会有错吧,家主先生,六百升大麦的租。

菲尔格希莱（跑回到农夫这边） 真是的,我还没有把钱点完。一下子来这么多事情,头都发昏了。

　　　[又开始点钱。

理发师　Will der Herr, daß ich ein ander Mahl wiederkommen soll?（德语:先生是不是要让我换个时间再来?）

菲尔格希莱　我是全都刮了呀,师傅啊。

　　　（摸着下巴上的肥皂）老天爷啊,肥皂都在脸上干掉,结起来了! 有点耐心吧,让我把胡子刮掉。

　　　（坐下说）愿上帝助佑那要做比自己所能更多的人吧。你们还在那里抄写吗?

　　　[他们回答是的。

帕妮乐　唉,我的东家啊,您是不是愿意与这位等了这么久的陌生先生说几句话呢?

菲尔格希莱　老天啊,是这么回事! 你们所有其他人都先走吧,过一个小时再来。请原谅,先生,我让您站了这么久。您也能看出来,我被这么多事情缠得不可开交。不知您有什么愿望?

勒安德尔　我的先生,我是耶罗尼姆斯·克里斯多夫森的儿子,我带着我父亲的意愿来这里求娶您珍贵的女儿,我对她恋慕已久。我父亲本来是希望他自己能够有此荣幸来拜访您,菲尔格希莱先生，并且为我提亲，但却被一些小小的不适缠身，因而这几天无法出门。

菲尔格希莱 先生，我为您所给出的提议而感谢您。但是，我能够获得许可询问一下，您的工作是什么吗？

勒安德尔 我父亲在教育上绝对没有节省过钱。他让我去外国旅行，让我去学习各种高贵的仪态举止，学习拉丁语以及拉丁语之外的好几门外语。

菲尔格希莱 这很好，先生，但我非常希望有一个工作勤奋、文笔漂亮并且在我的事务中能够帮得上忙的女婿。

勒安德尔 关于这个，我口袋里有几封信件，我打算冒昧地拿给先生您看一下，它们能够作为样本展示出我的能力。

菲尔格希莱 你们在那里誊写好一些什么了吧？

全体书记员 是的。

菲尔格希莱 让我看你们写了多少。

　　〔走过去，然后又走向勒安德尔。

勒安德尔 看，我的先生。这里有几封信，有法语的，也有拉丁语的。

菲尔格希莱 不，先生，我不是这个意思。您懂怎么做簿记吗？

勒安德尔 不懂，我的先生。这对我有什么用？

菲尔格希莱 这对我有用啊，因为其他文体我都用不上。我想要让我的女儿找一个好簿记，而既然先生不懂做簿记，那么您就不要因为我拒绝您的要求而有什么不满了。

勒安德尔 为了您的女儿的缘故，我很想花功夫获取簿记方面的知识。我真挚地爱着您家小姐。

菲尔格希莱　不，先生，免谈了。这个行当是一个人应当从童年开始学起来的。另外，我差不多已经有一半把女儿许给了簿记埃里希·马森的大儿子彼得了，他会是个很能干的小伙子，应该是能够继承他父亲的行当的。

勒安德尔　我可以肯定，小姐绝不会同意让自己和这样一个迂夫子在一起的，我很奇怪，我的先生居然想为自己的女儿找一个这样的人。

菲尔格希莱　这也在我的意料之中。你们这些纨绔子弟，把所有能干博学的人们称作迂夫子。这是一个能够在我的事务不断变得越来越多乃至无法控制时帮我减轻负担的人。

勒安德尔　我不知道一个没有职务的人能够有些什么样的事务要处理。

菲尔格希莱　我有太多事务要处理，乃至没有时间吃东西喝水。帕妮乐！他说我没有什么事务可处理的。你能够为我作证。

帕妮乐　东家有十个人的工作。是那些与他为敌的人在说他没有什么事务要处理。除了我之外，东家另外还雇了四个书记员，单凭这一点就证明了他有许多事务要处理。

菲尔格希莱　我这才说了几句话。你们这些家伙，你们在写东西吗？

全体书记员　是的，我们全都尽全力在写。

勒安德尔　我的先生，我能够向您保证，您的女儿是不会找那个迂夫子的。

菲尔格希莱　我倒是要看，有什么人会来阻止我这样做？

勒安德尔　我会，您女儿自己会。

菲尔格希莱　胡说。

勒安德尔 我能够向我的先生保证,这事情成不了。

菲尔格希莱 我能够向您保证,在太阳落山之前,她就会嫁给簿记彼得·埃里希森。Adieu, monsieur(法语:再见,先生),我没有时间和您说更多了。

〔勒安德尔离开。

菲尔格希莱 你都听见了吗,这小子说得这么多,帕妮乐?

帕妮乐 我承认,如果不是出于对东家的尊重,我真会在他嘴上给一下子。

菲尔格希莱 这家伙想要为一位高贵的人决定他该让自己的女儿嫁什么人,还鄙视一个簿记!我有一大堆事情要做,但我还是得和我女儿稍稍谈一下。莱欧诺拉,进来!

第七场

莱欧诺拉、菲尔格希莱、帕妮乐、书记员们

菲尔格希莱 我的女儿!不管我的事务有多忙,我还是要为你的幸福着想。

莱欧诺拉 谢谢,我心爱的爸爸。

菲尔格希莱 我想要让你嫁人。

莱欧诺拉 谢谢爸爸。

菲尔格希莱 嫁给一个出色而有头脑的小伙子。

莱欧诺拉 我确定,爸爸不会把我嫁给一个不像样的人的。

菲尔格希莱 我想让你在夜晚到来之前就和他办婚礼。

莱欧诺拉 只要是我亲爱的爸爸觉得这样好就行。

菲尔格希莱 在我把你许配出去之前,我没有想要问你的意见,因为我很确定地知道你对你父亲的顺从。

莱欧诺拉 啊,我亲爱的爸爸,我只要我挚爱的那个人。

菲尔格希莱 那是我昨晚向你提及的人。

莱欧诺拉 不,昨晚爸爸没有谈论过这事。

菲尔格希莱 那就是你忘了,我的孩子。我脑子里有一百样东西,然而我却比你们其他人中的任何一个都能更好地记住一件事。

这人是一个很懂事的年轻人。

莱欧诺拉 是啊,我相信这是肯定的。

菲尔格希莱 并且有一个很好的父亲,他会追随他父亲所走的路。

莱欧诺拉 这我不怀疑。

菲尔格希莱 四年之内会成为城里最出色的簿记。

莱欧诺拉 什么!勒安德尔,簿记?

菲尔格希莱 他不叫勒安德尔,他叫彼得,是簿记埃里希·马森的儿子。

莱欧诺拉 啊,老天爷,我听见了什么!我想的那是勒安德尔,耶罗尼姆斯的儿子。

菲尔格希莱 哈哈!不,我的孩子,这个人不适合你。这登徒子刚才还在这里,但当场就遭到了拒绝。

莱欧诺拉 啊,我这可怜的人啊!您想把我嫁给一个那样的迂夫子?

菲尔格希莱 听着,我要处理的事务很多,所以我没法和你说更多。马上进去,准备好在夜晚到来之前去同年轻的簿记结婚。

〔莱欧诺拉哭着走了。

菲尔格希莱 帕妮乐!你跟着她,好好向她指出:她应当顺从自己的父亲。

帕妮乐 东家放心。我在这件事上一定会像别的事情一样不辜负您的期望。

菲尔格希莱 书记员们!到楼上去。在那里我们能够安安静静地完成我们要做的事情。

〔他们全都把笔放在耳朵上走了。

第八场

帕妮乐、莱欧诺拉

帕妮乐 如果一个人想要忽悠，那么他就必须在他想要骗的人那里博取好感。在一家人家，如果家主是敬神的，那么所有能干的仆人便也会摆出一副敬神的样子，然后以这样的方式来得到发展，做他们想做的事情。如果大人们以尽兴喝酒、相互把对方喝倒在床上为荣耀，那么仆人们便也会逢迎着照样追随。如果大人们的性格就是没有事也大呼小叫，那么大家就会看见，尽管无所事事，仆人们也仍气喘吁吁满头大汗。一个想要取巧的能干仆人首先就会研究自己家主的性情，并让自己也具备同样的性情。这一点我考虑到了，因此我在家里弄出最多喧嚣而做最少的事情，这样一来，我就成了家里说话最管用的人了。东家抱怨自己的工作，我也跟着一起抱怨；他发出噪音，我也跟着发出噪音；他擦汗，我也跟着一起擦汗；他为了自己所忙的事务而觉得理所当然要把自己的女儿嫁给一个簿记，我也跟着赞美这样的结合，尽管我在心里很难过，因为，小姐，如果是您自己的脑子错乱得想要一个这样的丈夫的话，那么，我就是您最大的敌人了。

莱欧诺拉　你不必为这事情害怕。

帕妮乐　让这样一个混蛋去和一个老旧的墨水瓶结婚吧！他是天生要躺在这样的女孩子的怀抱里吗，您是天生的簿记夫人[1]吗？

莱欧诺拉　唉，帕妮乐，我只相信你。可你有什么办法让这件事不要发生，让我和勒安德尔的爱情变成可能呢？

帕妮乐　不，小姐，要在所有能够出主意的人都聚集起来之后，我才会说出我的计划。

莱欧诺拉　我想，勒安德尔和他的仆人[2]马上就来了。

帕妮乐　但愿他们会来，因为现在是我们今天有机会在一起说话的唯一时段。我准备让一对双胞胎[3]出生，勒安德尔最喜欢的欧尔弗斯要做接生婆。我已经让人去叫他们来了。看，他们不是来了吗？

---

[1]　这里的"夫人"在原文中是 Madame，亦即对无衔位平民的妻子的称呼，而不是 Frue（有地位家庭的夫人）。

[2]　正如帕妮乐下一句话所示，陪伴勒安德尔的是欧尔弗斯，而不是一个仆人。

[3]　即计中计，双重阴谋。

第九场

勒安德尔、莱欧诺拉、帕妮乐、欧尔弗斯

勒安德尔 啊,我最亲爱小姐,这是我有生以来最伤心的时刻,因为我遭到了您父亲充满鄙视的拒绝。

莱欧诺拉 唉,勒安德尔,我也一样很伤心。

帕妮乐 听着,你们这些好人,现在没有时间废话了。我在脑袋里有一大堆计策要去实施。

莱欧诺拉 让我们听你的方案吧。

帕妮乐 我的方案?您以为,小姐,一个方案就够了吗?我曾在我做的事情中遇上非常多的麻烦,以至于有几次我差不多只好完全放弃了。

勒安德尔 唉,让我们听一下你想出了什么办法来帮我们。

帕妮乐 听我说,先生①,您能够在必要的时候扮演一下迂夫子吗?事情的关键就在这之中了。

欧尔弗斯 如果他不行的话,我会教他。

---

① 这个"先生"是法语 Monsr.,但考虑到在剧中并不存在想要强调说话人的势利态度的意图,所以在这个剧本中都译作正常的"先生"。

帕妮乐　你认识彼得吗，也就是簿记马森的儿子？

欧尔弗斯　我在街上见过他很多次。

帕妮乐　勒安德尔必须使用他的身份，到东家那里去求婚。

欧尔弗斯　在这第一个方案里，我有两项质疑：第一，菲尔格希莱先生刚刚与勒安德尔说过话；第二，既然他选了簿记做女婿，那么他就肯定认识簿记。

帕妮乐　我把这两项质疑划掉了。第一，菲尔格希莱先生只与勒安德尔说过一次话。就算让他与勒安德尔说过十次话，他也仍不会认识他。一个脑子里像蚂蚁山一样地挤满了这么多要做的事务的人是不那么容易记得住谁是谁的。包括我，他也几乎不能够认出来，因为昨天他在那里站了很久和我说话，称我为玛格德罗娜。另外，勒安德尔要这样，既在穿着上也在行为上骗得他以为这是一个我们让他以为是的人。第二，我侦察过，东家从来就没有与那位年轻的簿记说过话，他只曾与他的父亲说过话。你难道觉得我没有仔细考虑过我要做的事情吗？

欧尔弗斯　好，那么我收回我所说的话。我听下来觉得可以这样做。但如果真正的簿记来了，这骗局就穿帮了。

帕妮乐　他当然可以来，但事情不会穿帮。如果勒安德尔是先到的，那么，另一个就完全可以在之后到来。

欧尔弗斯　如果我们没有安排妥当而让真正的簿记出现了的话，这事情肯定是搞不定的。

帕妮乐　如果我能决定的话，我就不会去考虑那么多细节。我无法阻止他来家里，因为我不会总是站在门口，而院子里的仆人则得到命令让他进门。但现在听我说，该做一些什么事。勒安德尔要在两点钟，也就是说，在真正的簿记出现之前一小时，来到这里，然后他可以和东家说话并获得关于他女儿的承诺。但在那个迂夫子出现之前，我们得把东家卷进一些意外的事务之中，这样他就没有时间和他说话了。

欧尔弗斯 你是说让他没有得到答复就离开？

帕妮乐 他将欢欢喜喜地离开。

欧尔弗斯 可这怎么能做得到？

帕妮乐 我一半都还没有说完呢。我们这里有一个急着想要嫁人的女管家，她叫玛格德罗娜，东家常常答应说要帮她解决婚姻问题。我让她以为簿记在向她求婚。在簿记来的时候，东家正好要忙他的事务，我就建议东家让小姐下去招待簿记，但我不去找小姐而是为他把玛格德罗娜带下来，玛格德罗娜则以为这是她的求婚者。

欧尔弗斯 老天啊，你这样一个女孩居然想出这么伟大的方案！但既然玛格德罗娜是有点年纪了，他也许就不会对她有什么爱情。

帕妮乐 如果他对她没有爱，那事情就更好了。但是，如果他决定要娶她，我想会是这样（因为这样的小子只寻找金钱和财富），这样一来，另外连玛格德罗娜也结了婚，这喜剧就演得更有意思了，因为我无法否定，我很希望玛格德罗娜嫁给这个簿记。

欧尔弗斯 哈哈哈！但是，我在整个方案中看见这么多麻烦，我永远也无法让自己相信这方案会成功。

帕妮乐 只要我能让东家好好地纠缠在各种事务之中，那么我绝对相信，结果会很妙。

欧尔弗斯　但是，把他缠在复杂的事务中，这只会把事情弄砸，因为这样他就会把婚礼推迟，然后就会知道真相。

帕妮乐　这，我会阻止的，因为我向他发誓，勒安德尔一直伺机抢走小姐（这也确实是真的），并且建议他赶紧安排婚礼。既然成了东家的枢密顾问，我就召见匆匆改装的勒安德尔，而那另一个则得等到一切已经太晚了的时候才出现。我不用施展什么魔法就能够搞定这一切。

欧尔弗斯　我祝你成功，帕妮乐。

帕妮乐　你以为你在这期间就可以偷懒了吗？

欧尔弗斯　我看不出我在所有这一切之中能够做点什么，除非你也想马上安排我结婚，有这荣幸来结成一个三重联盟或者弄出三个结婚契约。

帕妮乐　不，你有很多事情要做。你要为东家带来各种各样要处理的事务，制造出不安宁的骚动。首先，你要作为勒安德尔的信使到这里来，让东家觉得：因为东家把女儿嫁给另一个人，女儿则通过各种各样的信件使得自己有义务嫁给勒安德尔，所以勒安德尔打算和东家打官司。在他听见这样的事情时，他的脑子就会乱，而我则劝他给勒安德尔写一封简要的信，并让他去咨询一位律师，询问他是否应当马上举行婚礼来消灭这一类威胁。我需要从你这里得到的全部帮助就只是：去把东家弄进各种费脑子的事务中去。

欧尔弗斯　但是，如果律师来的话，他肯定会对先生说，先生应当放宽心，这些威胁根本就是无关紧要的。

帕妮乐　所以你也要扮演律师,弄出一副事情很可怕的样子,这样,在他和你分手时,他也会觉得事情很可怕。如果你还能够想出什么别的事情来为他浪费掉一些时间,那就更好了。因为怒火和各种事务是驱动我们这台机器的轮子。

欧尔弗斯　这真是一台鬼机器了。光是听你讲它怎样被组装起来,我就已经头昏眼花了。有什么鬼主意会是这些女人想不到的!

帕妮乐　你要随时准备好,并且为自己找到必定会用到的那种服装,我会通过我这里的一个小女孩来让你们知道什么时候该扮演什么角色。你要演三个人:第一是勒安德尔的信使,然后是律师,最后是一个理发师①,因为他在下午必定会刮胡子。一小时后,你必须带着各种准备好的东西来这里。我会让你先到一间房间里,并在你该进来的时候提醒你。这是你要在你的头脑里记住的一切。其他事情由我来搞定。

勒安德尔　但是万一这机器坏了,怎么办?

莱欧诺拉　如果不成功的话,那我就离开你们了,勒安德尔,我宁可杀了我自己也不嫁这迂夫子。

帕妮乐　在您成为簿记彼得的太太之前,小姐,我会先拧掉您的脑袋的。

勒安德尔　我感谢你的热心和忠诚,帕妮乐。

欧尔弗斯　您感谢她,因为她会有这样的好心去拧掉您爱人的脑袋。

勒安德尔　不,欧尔弗斯,这事儿不是这么理解的。

---

① 但事实上他没有扮演理发师的角色。

欧尔弗斯 这玛格德罗娜的婚礼，我们能不能放弃啊，这样你的谋划就少一点麻烦了？

帕妮乐 你能不能闭上嘴巴，只记着去做我对你说的这些事情。出于某个特定的原因，我要让玛格德罗娜马上结婚。在一个人想要做什么事情时，他就必须去做这事情，这样，这事情才会被人听见和问及。现在，你们走吧。

　　[他们离开了。

帕妮乐 不，等一下。我想看一下勒安德尔先生扮迂夫子时的样子。

勒安德尔 在欧尔弗斯训练我之前，我肯定是不知道的。

欧尔弗斯 我倒是希望我是您的位置，这样就不会有什么危险。让我看一下，在扮演这样的人物时，您是怎么做的。您就假想我是菲尔格希莱先生，您想求娶他的女儿。

勒安德尔 我受我父亲之命，愿我的菲尔格希莱先生建议……

欧尔弗斯 啊……，您发疯了吗？这是宫廷大人们相互消遣和恭维的语言。这是在扮演迂夫子吗？现在好好看我。

　　我，彼得，埃里希·马森最年长的样本，作为孩子出生在奥本罗，今日到此自荐我——这一最卑微的人——于慈祥的先生之善意与厚爱，祈望能娶您珍贵的长女，非次女，正如您曾应许我慈父簿记埃里希·马森（簿记埃里希·马森如此说）将您珍贵的长女许配、移交并转托于我，做我最亲爱的婚侣，并于成交后立即兑现。我唯将此归于我慈祥的先生之善币，而非我优越卓著的面值，因为我承认，拿自己的卑微与这样一位蒙您的恩惠善待而划转于我的少女作比较，我的价值配不上为她松开鞋带，是的，valore intrinseco（意大利语：以更远的视角）来说，也无法拿一张授权票据与国家银行之银币的关系作比较；正如一块写字板的大小和重要性都超过一支笔，同样地，小姐的德行、地位和条件都超过我的德行、我的地位和我的条件。她是写字板，我是她的书写笔，一支至死不渝地顺服于她的书写笔。①

在这样说的同时，您也要不断地甩动右手，并且清晰地吐词。

帕妮乐 这不错，欧尔弗斯，但是你不可以把你的讲演弄得太夸张。

欧尔弗斯 是的是的，我们总是能够删掉一些什么的。来吧，让我们回家吧。

---

① 这一段夸张的模仿说辞，使用了很多簿记用词来做经济学式的类比。

第十场

莱欧诺拉、帕妮乐

莱欧诺拉 啊,帕妮乐,在我想着所有这些事情的时候,我浑身止不住战栗发抖。首先,我怕这计划不成功,其次我怕人们会说我欺骗了我父亲。

帕妮乐 不,小姐,如果爱情不是比这些事情更强大的话,那么,我倒是有一个美丽的想法:您应当与勒安德尔分开,并去成为莱欧诺拉·彼得·埃里希森夫人。

莱欧诺拉 啊不,帕妮乐。

帕妮乐 唉,那就这样吧,小姐。我们当然就没有必要变这么多戏法了。

莱欧诺拉 唉,帕妮乐,听我说。

帕妮乐 我反复想过了,小姐。欺骗自己的父母是一个大罪过,并且只是为了一件小事。

莱欧诺拉 一件小事,你说?

帕妮乐 是啊,如果您不能确定是否要耍一个诡计来面对它,那么这必定是一件小事了……

莱欧诺拉 我从来就没有不确定,我只是说……

帕妮乐　再见，簿记太太的莱欧诺拉。

莱欧诺拉　唉，我伤心死了。

帕妮乐　再见，书记员太太。

莱欧诺拉　如果你撒手不管，我就杀了我自己。

帕妮乐　我先是根据您的愿望，绞尽脑汁，乃至我几乎要发疯了，然后您觉得使用诡计是罪过！

莱欧诺拉　我，我没有这样想。帮帮我，最亲爱的帕妮乐！

帕妮乐　您的父亲不是已经因为他的忙碌不息而在全城有名了吗？

莱欧诺拉　我完全不怀疑这一点。

帕妮乐　难道他不会因为这样的故事而重新变得理智？

莱欧诺拉　唉，不要折磨我了。

帕妮乐　如果穿帮了，难道还会有什么别人比我冒更大的风险吗？

莱欧诺拉　你能不能原谅我，帕妮乐？

帕妮乐　那么，吻我的手，请求我原谅。

莱欧诺拉　啊，好啊。

帕妮乐　这样，现在我不生气了。但是，玛格德罗娜来了。这喜剧要从她那里开始。

第十一场

帕妮乐、玛格德罗娜、莱欧诺拉 ①

帕妮乐　放心,小姐,放心。现在,您心想事成的时刻到了。就在今天晚上,您也许会睡上婚床。

玛格德罗娜　啊,这是真的吗,帕妮乐?

帕妮乐　对啊,千真万确。

玛格德罗娜　和谁,帕妮乐?

帕妮乐　和一个英俊富有的年轻人。

玛格德罗娜　啊,我的心因喜悦而跳动。

帕妮乐　他懂簿记。

　　　〔玛格德罗娜哭泣着。

帕妮乐　他在分数和算术上是一个伟大的亚历山大②。

　　　〔玛格德罗娜哭泣着。

帕妮乐　他就像熟读主祷文一样地精通自己的一乘一。

玛格德罗娜　啊,我的好帕妮乐。你让我满心欢喜。

---

① 莱欧诺拉在这场戏中没有台词,她被列在上场人物中可能是个错误。
② 希腊(马其顿)征服者亚历山大大帝,他好像与算术并没有什么关系。

帕妮乐　他可以用粉笔和铅笔算出佩布令湖里有多少滴水。

　　　　［玛格德罗娜又哭泣。

帕妮乐　但是东家已经向他提出了条件，他要在他繁忙的事务中帮他做事。

玛格德罗娜　他可以在白天用他，因为我需要他的时候只是……

帕妮乐　这当然。否则要一个男人干啥！

玛格德罗娜　但他看上去外表不错吧？

帕妮乐　他看上去样子很好，乃至我看见他时完全愣住了，因为他有着这样的一张脸和一种表情，就像在神学职位考试中得到了laudabilem（拉丁语：优）的人，而且，他走在街上是那么谦虚而得体，仿佛是在葬礼上为死者送行。

玛格德罗娜　但他也一定会有一些积蓄吧？

帕妮乐　这在您与他结婚之后肯定会知道。否则的话，即使他一无所有，他还是足以借助于他的笔来养活您的。

玛格德罗娜　但是我好怕，帕妮乐，东家会不会又忘记这事情。

帕妮乐　不，这已经是一件决定好了的事情。现在所缺的只是：您与他谈一下，并且也给他一个肯定的回答。如果您不喜欢他，那么我还是想要他的。

玛格德罗娜　你算了吧。东家可是已经为我求了婚的。

帕妮乐　但如果是这样的话，如果他对您不满意，觉得您的年龄有点大，您会不会因为我要他而生气呢？

玛格德罗娜　你看我有多大？

帕妮乐　您当然是四十岁了。

玛格德罗娜　我原先自己也这样想，但是最近我查了一下，然后我发现，我现在是真诚得不能再真诚了，我还没有超过三十岁，因为我有我去世的父亲对此的手书凭据，这凭据不撒谎。

帕妮乐 人很容易就会搞错。现在所有人都认为我是二十四岁，但是我可以肯定的是，当我有一天也要结婚并且查一下时，我就会发现我去世的父亲的手书说我只有十六岁。我的大姐安妮也弄错了一次，但却是反过来。在人们以为她进入她生命的第十四年时，她有了第一个求婚者。人们觉得在这个年龄让她出嫁有点为时过早，但在看文件时才发现她是十八岁。

玛格德罗娜 是啊，看，人生是多么容易弄错啊，帕妮乐。但他什么时候来？

帕妮乐 他下午三点到。小姐最好是去打扮一下。您记得您答应我的事情吧，因为是我说服东家去做这件事的。

玛格德罗娜 你肯定会得到那五十塔勒的。这是我向你保证了的。

〔她给出手表示成交。

帕妮乐（向边上说） 现在，我们已经有了一个开始。为这女孩找到一个丈夫，这本来就是一件大好事。我从来没有遇上过什么人是像她这么急着要结婚的。如果现在年龄是唯一使得她无法结婚的事情，那么她完全可以走上法庭对着地狱发誓说她只有三十岁。但是，小姐，让我们去您的房间里待一会儿吧。

第二幕

第一场

〔菲尔格希莱进入自己的起居室,但耳朵后面有鹅毛笔,四个书记员跟在后面,也同样在耳朵后面有鹅毛笔。帕妮乐也一样,耳后有鹅毛笔。

菲尔格希莱(擦干头上的汗) 帕妮乐!
帕妮乐 东家。
菲尔格希莱 我想着那个纨绔儿居然说我没有什么事务要处理。
帕妮乐 这样的说法真是让人来气。
菲尔格希莱 我去了埃里希·马森家,帕妮乐。
帕妮乐 东家已经去过他家了吗?我真高兴。他答应了下午三点钟让他儿子来这里吗?
菲尔格希莱 他肯定会在这个时间到的。
帕妮乐 唉,我真盼着看见他。

菲尔格希莱　三点钟你就看见他了。

帕妮乐　我希望他更早一点到,因为恋爱的人常常就是这样的。

菲尔格希莱　这倒也没什么关系。但是我并不希望他提前到,因为,我要写四到六封婚礼通知信件,这些信件要邮寄给一些好朋友。

帕妮乐　但他们来得及这么匆匆地赶来参加婚礼吗?

菲尔格希莱　不,这只是形式上的。我也没有时间去安排婚礼。到时候要有一些好朋友在场,签订一下合同,除此之外,没有其他事情要做,但你说我女儿回心转意了,这我很高兴。

帕妮乐　唉,事情会好起来的。所以最好是趁热打铁,在今晚就把合同给签了。

菲尔格希莱　这个晚上,一切都会到位,今天早上来这里的这位登徒子可就要失望了。帕妮乐,坐到写字台前面。你可以抄写一份拷贝。

帕妮乐　好的,东家。

菲尔格希莱　拿起你们的剪刀,书记员们!

　　　〔他们随着节奏拿起剪刀。

菲尔格希莱　你们都做完了?

全体书记员　是的,剪好了。

菲尔格希莱　从耳朵后面拿下笔!

　　　〔他们从耳后拿下笔。

菲尔格希莱　拿你们的笔蘸墨水!

　　　〔他们步调一致地蘸墨水。

菲尔格希莱(摘下假发)　写!

正如这是上天所喜欢的（逗号）……写好了吗？

（他们写着并且重复着）

通过一种纯洁的爱来结合起两方（逗号）……你们写了吗？

（他们又重复着）

亦即，我的大女儿莱欧诺拉与簿记彼得·埃里希森先生（逗号）……你们写了吗？

（他们又重复着）

这样，我恭敬的要求是……现在那些母鸡都回到厨房里了吗？那个厨娘，我看她是个该死的女孩。

（走出去，又走进来。在他走出去时，书记员们发出噪声并相互扔纸球）

这些鬼东西，他们要做的事情只有一件，但却仍不好好留意帮我把厨房门关上。家里的所有担子都压在我身上……刚才你们写到哪里了？朗读一下，石笔克里斯滕！

［他从头开始读起。

菲尔格希莱 这样，我恭敬的要求是，您会以您的到场见证他们的婚姻契约（句号）……你们写了吗？

（他们又重复着）

这一婚姻契约被指定于四月一日 styli novi（拉丁语：按新的风格）缔结……你们写了吗？

（他们又重复着）

（句号）……你们写了吗？

［他们重复：句号。

菲尔格希莱　安妮!

安　妮（进入）　东家需要什么?

菲尔格希莱　听我说,安妮,小黑母鸡不可以与其他母鸡混在一起。所有别的鸡都想要啄这可怜的小黑母鸡的头。你听见我说的话了吗?因为我最喜欢这只母鸡了。从圣诞节到现在,它已经给我下了四十多个鸡蛋。削笔刀克里斯多夫,母鸡、鹅和鸽子下的蛋是由你簿记的。看一下总簿记本里,这小黑母鸡在这一年里下了多少蛋。

克里斯多夫　是啊,就像东家说的,四十只蛋。它下的其他蛋,没有被记下来。

菲尔格希莱　这真的是我拥有的最好的母鸡了。所以你必须特别地看护好它,安妮。

安　妮　我会照做的,东家。

　　　　［走出去。

菲尔格希莱　你们写了多少了,书记员们?沙瓶严斯,你朗读一下。

　　　　［严斯从头开始朗读。

菲尔格希莱　（括号）因为出于某些特定的原因,(括号结束)……你们写了吗?

　　（他们又重复着）

　　我生活在这样的信念之中……有人来了吗?

帕妮乐　是的,这是一个求婚者。我倒是没有想到他提前来了。

第二场

勒安德尔、欧尔弗斯（穿得像迂夫子）、其他人

勒安德尔（在很长的一段恭维奉承之后） 仁慈的监护者，梅塞纳斯[①]和赞助者！正如以等量的方式像孔雀，在它望着自己的羽毛时，它感到羞愧……

〔欧尔弗斯撞他的背，并对他耳语。

勒安德尔 我想说的是，看着自己的脚，它感到羞愧。而相反在它望着自己的羽毛时，它就炫耀；同样在我，彼得·埃里希森，卑微的簿记……

〔书记员们开始暗笑。

菲尔格希莱 笑什么，你们这些混蛋？在我和这个人说话的时候，你们要做的事情只是检查你们是否全都写得一样。

勒安德尔 在我观察和考虑我的出身、我的优点和我的条件时，也没有什么两样，我以孔雀的方式感到羞愧。而反过来，在我

[①] 盖乌斯·梅塞纳斯（Gaius Cilnius Maecenas，公元前70—前8年），杰出而富有的罗马骑士，罗马帝国皇帝奥古斯都的朋友和顾问。同时还是诗人艺术家（诸如维吉尔和贺拉斯）的赞助支持者。在这里是文学艺术赞助者的代名词。

考虑到将来的幸运和福祉的时候，我就会像一只孔雀一样地炫耀。我的先生将如此贤良而杰出的少女分配给我，如此少女，我的价值配不上为她松开鞋带，我唯将此归于我慈祥的先生之善币，而非我优越卓著的面值；是的，valore intrinseco 来说，无法拿一张授权票据与塔勒银币的关系作比较，同样……

菲尔格希莱 够了，够了，先生，您没有必要把自己评价得这么低。您能够从我做的这个选择中看出我对您的人格有什么样的想法。我本可以将我的女儿置于更高的阶层，但是，既然我只看重德行和勤奋，因而我更愿意选择您而不选择其他的一些身份更高的人。

勒安德尔 我带着最大的恭敬感谢。

菲尔格希莱 稍稍耐心等待片刻！

我给乡下的一些好朋友写信，我有义务让他们知道，我的女儿今晚将与先生签订婚姻合同。就只剩下一行或者几个字了。

勒安德尔 如您所愿，仁慈的先生。

菲尔格希莱（对书记员们） 刚才你们写到哪里了？朗读一下，墨水瓶拉斯！

拉 斯 最后写到的是括号结束。

菲尔格希莱 你说这能帮我搞明白什么事情呢？

拉 斯 我弄错了，先生。最后是：我生活在这样的信念之中……

菲尔格希莱 您善意地让自己在这个时间到达（句号）…………你们写了吗？

（他们又重复着）

我仍继续是 votre tres humble 而 tres obeissant serviteur（法语：您非常谦卑而非常顺从的仆人）。

帕妮乐 最后一句拉丁语，我写不了。

菲尔格希莱 那先看一下其他人是怎么拼写的。

菲尔格希莱（把欧尔弗斯当成自己的女婿） 从现在开始您可以叫我岳父，我会叫您我的儿子，因为这已经是我们间完成了的事情。剩下的事情就只是您要去和我女儿本人说一下。

欧尔弗斯 仁慈的先生，这是不是……

菲尔格希莱 我不想再听这种说法了。您应当叫我岳父。

欧尔弗斯 不，您仁慈的大人请听我……

菲尔格希莱 不，免掉这些恭维，叫我岳父。

欧尔弗斯 不，先生搞错了。要娶您女儿的不是我，我的名字叫约纳斯。

菲尔格希莱 请原谅。我脑袋里的事情实在是太多了。

欧尔弗斯 我是约纳斯·安德森，是真正求婚者的卑微的堂兄弟。在簿记和计算方面与他相比，我只算一条小爬虫。我为我在簿记方面的知识而感谢他，并亲吻他脚下的灰尘。我并非因为他是我的堂兄弟而赞美他，而是因为我要说在所有各种账目计算的行当里很少有人是可以与他相比的。正如有一条规则叫作 regula detri（拉丁语：由三项推出第四项的比例法则）[①]，他也弄出了一个新的规则叫 regula petri[②]（拉丁语：彼得

[①] 拉丁语 regula proportionum de tribus 的缩写，即"交叉相乘规则"，这是一条算术规则：当其他三个量已知时，可以确定比例中的第四个（未知）量。

[②] Petri 是彼得（Petrus）的所有格。

的法则）。

菲尔格希莱　我很高兴知道您是他的堂兄弟。如果我的小女儿长大，也许你们间也能够成个事儿。

　　［欧尔弗斯鞠躬。

菲尔格希莱　帕妮乐，让莱欧诺拉来这里。现在他可以自己去取悦我女儿了。在一开始她觉得我想要把她嫁给一个簿记是一件奇怪的事情。但现在我听说我女儿已经回心转意了。如果我有十个女儿，那她们全都该嫁给簿记。

勒安德尔　我为簿记这个行当感谢您。

欧尔弗斯　我也为簿记艺术的缘故感谢。

第三场

莱欧诺拉、上一场的人物

菲尔格希莱 现在,我的女儿……你们现在都去办公室,书记员们,相互检查信件,用封蜡封起信,然后你们马上就会得到地址。

〔他们离开,喂吸笔,并将之放在耳朵后。

菲尔格希莱 我的女儿,我很高兴你回心转意,你把另一场爱情驱逐出了你的头脑,并让自己服从我的意愿。少女们只看外在的东西,因此就毁掉了自己的生活。我选择了这位年轻人做女婿,他能够通过自己的知识来为你提供一种符合你身份的生活,哪怕他是一个没有任何财产的人。

莱欧诺拉 我心爱的爸爸,我以最谦卑的方式请求您不要去想以前的事情。我后来反复考虑,想到了忤逆父母的意愿是多么大的罪过。我觉得这个人挺好;我对亲爱的爸爸所做的选择感到很满意,正如我相信,在与我有关的事情上,您绝不会做出任何不对我有裨益和好处的决定。

菲尔格希莱 我太爱你了,我的孩子,我不会让你嫁给一个你不满意的人。那么,现在就去,相互说说话吧。

勒安德尔　最亲爱的小姐和未来的新娘！我考虑到我自己微不足道的优点在您父亲的思想之主账簿中得到了如此高度的重视，这时，我的所有感官都已准备好了破产并且变卖一切。零意味着什么都没有，但是当一条线到达那里时，它立即变成某种东西。我卑微地是一条没有任何意味的线，但是当我这一条线的卑微被置于小姐的零之上时……

（欧尔弗斯捅他的背）

我是说我，美丽的小姐。我只是一个没有任何意味的零，而小姐是一条线，当我的零与这条线结合在一起时，马上就成为了某种有分量的东西。

莱欧诺拉　先生，您把自己看得太卑微了。

勒安德尔　我最恭敬地感谢。

欧尔弗斯　彼得，这里是堂兄弟要赠送小姐的戒指。

勒安德尔　对对对，约纳斯。我爸爸让我转达他恭敬的问候，并且请求小姐从我手中接受这枚戒指作为爱情标志。

莱欧诺拉　我接受这戒指，最衷心地感谢。

勒安德尔　请不要把它当作什么婚礼早晨的订婚礼物，美丽的小姐。这只是人们按习俗在最初展示的一小点爱情标志，这种习俗源于一种说法：正如戒指是圆的，既没有开始也没有结束，所以……

菲尔格希莱　稍稍安静，孩子们。我敢用性命打赌，厨房里的菜煮沸出锅了。

〔急忙跑出去。

帕妮乐　哈哈哈！鬼知道你们这角色演得有多好。

欧尔弗斯　但有时候，先生有点颠倒了，比如说孔雀在看着自己的脚的时候炫耀，还有小姐是零。

勒安德尔　你又怎么能指望我记得住所有这些迂夫子的调调呢？

莱欧诺拉　唉，情况还是不错的。现在我和您订了婚了，亲爱的勒安德尔，在我爸爸面前。但是，唉！

帕妮乐　您总是带着您的"但是"，小姐。别的事情都交给我吧。

勒安德尔　但是，如果那真正的簿记来了，怎么办？

帕妮乐　但是，现在天有没有塌呢？你们尽管听我的，除了按我所说的去做之外，你们不用做任何事情。我是头，你们其他人都是手下，不可以自作主张。但是，东家回来了。

菲尔格希莱　这不可能，安妮！绝对不要和我争，绝不要说我没办法看得更清楚。这些锡盘子不是用灰擦的，是用沙子擦的，正是因此我平时才一直说不可以不可以。如果我有时间，只要检查一下盘子和勺子，那么，我可以肯定，它们看上去也必定是一样糟糕；但我毕竟是人，因而无法做超越人类力量的事情。我脑袋后面没有眼睛，我只有两只手，而且我也不可能一下子出现在十个地方。我确实希望我这一辈子会有什么时候能够幸福地对我自己说：现在可以安安静静地上床睡觉或者上桌子吃饭了；今天已经没有什么更多的事情要做了。但这样的时刻从来就没有出现过，因为我所要做的事务就像是一个雪球。我越是往前推它，它就变得越大。但是，帕妮乐，这些陌生人在这里想要干什么？你们是要和我说话吗？

勒安德尔和欧尔弗斯　是的。

帕妮乐　哎，东家，这可是您的女婿啊。

菲尔格希莱 对对对。请原谅,我有时候会因为忙碌而忘记自己的事情。现在,我亲爱的女婿,您对我的建议感到满意吗,您觉得我女儿所具有的各种品格能够令您投身于爱吗?

勒安德尔 啊,我是那么深深地坠陷在爱河之中而无法用脚站立了。

菲尔格希莱 这很好。你们就在今晚举行婚礼。

〔这对情侣相互赞美着。

菲尔格希莱 帕妮乐,你觉得我们在什么时候可以安排婚礼?

帕妮乐 东家肯定是没有什么时间,我所能知道的是在今晚六点之前,这五封信要装进信封、盖上封印并写上地址。一些事情,人可能想不到,但这绝不意味着就不会发生。东家不是一直有着这样的运气吗。

菲尔格希莱 你完全可以这样说,帕妮乐。是啊,亲爱的女婿,您今晚六点在这里与一些亲戚见面。本来,在这里除了我弟弟莱欧纳德和公证人,我也不想叫别的人。但是,我亲爱的女婿,有一些令我觉得麻烦的账目问题,我想请教您一下。

帕妮乐 不,东家,这样的事情,下一次吧。现在这好小伙子有别的事情要想。

菲尔格希莱 这倒也是。但这只是一个小问题,像他这样一个在算术上有着如此雄厚基础的人,马上就能够给我满意的答案的。

帕妮乐 我从来就不与东家作对,但是在这里,我不同意您的做法,您不该这样用算术麻烦一个来向您女儿求婚的人。

菲尔格希莱 不,这是乱说。这样的问题对他来说只是小事。要计算的东西是这个:一个人卖一百桶装满了与桶边平齐的黑麦,价格是二十塔勒。如果装的时候这些黑麦在中间凸起，高于桶边，那么这价格会增高多少？

帕妮乐　唉，东家，其他母鸡又抓住了那只小黑母鸡，差不多快要杀死它了。

菲尔格希莱　啊，这可是太可怕了！

　　［跑出去。

勒安德尔　啊，帕妮乐，我们完蛋了。

欧尔弗斯　愿他和他的平齐的黑麦和高出的黑麦见鬼去吧。

勒安德尔　我根本就数不到五，现在却要参加这样的算术测验。

莱欧诺拉　你看，帕妮乐，这会怎样。这些……

帕妮乐　闭嘴，让我安静地想……马上跑！

勒安德尔　这样他会不会对我们起疑心？

帕妮乐　赶紧走。在这里是没办法马上想出新法子的。

勒安德尔　但是帕妮乐……

帕妮乐　全都赶紧走，也包括您这多嘴的家伙。

　　［他们全都走了。

第四场

菲尔格希莱、帕妮乐

菲尔格希莱 她想要骗我说谁都不会碰这只黑母鸡的。

帕妮乐 唉,东家,我透过窗户看见了它被别的鸡啄。但这女孩在这件事情上和在别的事情上都一样,比如说上一次,如果不是我阻止了她的话,那肯定就出大事故了。

菲尔格希莱 那是什么事情?

帕妮乐 这事情,我真的是不会告诉东家的,除非东家答应我不说出去。

菲尔格希莱 我是绝不会为这样的事情而大惊小怪的。告诉我吧。

帕妮乐 前几天我在厨房里发现了东家所有内裤的清单。这该死的女孩拿着目录要在上面烤三文鱼。

菲尔格希莱 不,这样的事情我可不能不说,因为这会为我招来重大事故的。

帕妮乐 如果东家不守诺言,那我就永远不再相信您了。

菲尔格希莱 不,帕妮乐,我得为这事找她来说话。这是一种很恶劣的做法。

帕妮乐 啊,东家,我谦卑地请求。她跪下哭着求我不要把她这件事说出去，但我在她向我保证再也不会乱拿东家的文件之前，一直都没有想要答应她。

菲尔格希莱 动我的文件就是动我的眼球。

帕妮乐 东家就忍受一下吧。她会从这件事中吸取教训而变得谨慎的。

菲尔格希莱 如果有人从我这里偷钱，我还可以忍受，但拿走我的文件，这是从我的生命中偷走灵魂。

帕妮乐 我能够向东家保证，文件绝对没有丢失或者被弄乱，因为我马上把它们重新整理好了。

菲尔格希莱 这次为了你的缘故就不说她了。但是，从今以后，除了你之外，我不会让任何人进入我自己的办公室。但是，我的女婿去哪里了？

帕妮乐 东家不是和他告别了吗，让他五点钟再来。

菲尔格希莱 确实，帕妮乐。我因为一件事而忘记了另一件事。你认为我能够记得我有没有吃过晚饭吗？

帕妮乐 好了，我的东家，饭菜做好了，就在桌上。

菲尔格希莱 那么，我得进去赶紧吃一点。

　　[走进去。

帕妮乐 就这样，我们从这场考验中走了出来。

第五场

欧尔弗斯、帕妮乐

欧尔弗斯（作为跟班） 老天爷，帕妮乐，对平齐的黑麦和高出的黑麦的计算，他这是要把我们带进什么样的考验啊！

帕妮乐 但是我让他把平齐的和高出的都忘记了，而且还把他拉进了关于家务事的谈话中。

欧尔弗斯 但是，在他发现我们跑掉了之后，他说了什么？

帕妮乐 我让他以为他同你们告别了。只要我把他带进他的各种事务里，那么我就能让他忘记一切。

欧尔弗斯 我相信这够他忙的。

帕妮乐 这也是非常必要的，否则我们就麻烦了。半小时之内簿记就会到这里。但现在东家来了。你先避开一下，然后马上带着勒安德尔所写的信进来。

第六场

菲尔格希莱、帕妮乐

帕妮乐 东家吃过了吗?

菲尔格希莱 我从来就没有时间把饭吃饱,帕妮乐。跑去书记员那里,问他们有没有把那些信折叠好①。

帕妮乐 有一个仆人来了,在门口碰上我,他有一封信给东家。

〔欧尔弗斯交出这信,离开。

菲尔格希莱 帕妮乐,如果有人来,想要和我说话,你就要说,你要进来看一下我是不是在家。大户人家的仆人都是这样做的。

帕妮乐 有些人很粗鲁,就这样闯进来了。但是既然东家希望这样,那么您就不能再像平时那样从窗口往外面看他们,因为上次有一个在窗口看见您的人在街上找到我说:"问候你的东家,说,如果他出门了,他必须带上他的头,因为我在窗户里看见这头了。"东家,有些人是有要紧的事情,但却不能对仆人说他们所想要的是什么。

---

① 信件被折叠起来并以火漆印封好寄出,地址写在外面的空白页上。不使用信封。

菲尔格希莱 确实,你说得对,但我得读这封信。(读信)

> 我的老天!这到底是怎么一回事?就是早上来这里的那个勒安德尔,他写信给我,说我女儿事先已经与他有了婚约,还有好几封她的信作为证明,她在信中发誓让自己有义务除他之外不爱别的任何人,而现在,既然他听说我把女儿嫁给了另一个人,那么,如果他抗议刚才的订婚并借助于国家的法律和法院来打官司的话,我就怪不得他了。

帕妮乐 唉,这意味着什么呢?这就是说,现在小姐要重新宣告同他分手,声称这样的订婚是要基于她父亲的同意,而既然她无法获得父亲的同意,那么,这订婚的事情自然就消失了。我觉得,如果卷进了官司的话,这会为东家带来麻烦,因为,即使您赢了,您仍会为此浪费大量的时间。

菲尔格希莱 我想到这件事就恼火。你觉得我该怎么处理?

帕妮乐 我建议东家先给他写信,向他指出他错误的行为,先把他唬住,使得他不至于马上起诉,然后去咨询一位好律师。

菲尔格希莱 让仆人马上去找一个律师来。

帕妮乐 这当然。不过东家先要把信写完。

菲尔格希莱 唉,我这个可怜的人!我在各种事务之中快被淹死了。

〔坐下来写。

帕妮乐(轻声地) 事情会成的。但是,这之中还有更多的事务要安排,因为各种令他烦恼的事情和我的能力要尽可能大地发挥作用,这样,当真正的求婚者到来时,他既不会有意愿也不会有机会去同他说话。求婚者想要在什么时候来，那就来吧。他将在东家在场的情况下同女管家玛格德罗娜订婚。勒安德尔和欧尔弗斯不明白为什么我要安排这双重婚姻。但他们不知道，她答应了我，如果我能让东家来为她找到一个丈夫，就给我五十塔勒，而如果不通过这样的机会，这就没可能，因为他永远都不会在这件事情上花时间。

菲尔格希莱　除了律师和理发师之外，任何人都不可以进来，因为晚上会有外人来，所以我无论如何都必须把胡子刮了，除非我是想要推迟婚礼。

帕妮乐　我不建议东家推迟婚礼，因为另外有个纨绔儿正在想方设法阻挠这婚礼。

菲尔格希莱　确实就像你说的。不管我的时间有多么少，今晚的事情必须成功；但是，不要让任何人进来，这样我能够安静地写我的信。

帕妮乐　对，不让任何人进来，除了律师、理发师和求婚者之外。

菲尔格希莱　他在晚上之前不会来吧？

帕妮乐　不是的，我觉得东家好像是让他下午再来的。

菲尔格希莱　我记不清楚了。这是我做的一件错事。

帕妮乐　这不会麻烦东家；他还是可以和小姐去说话。我会帮东家致歉的。

菲尔格希莱　这样，我就可以写我的信了。

帕妮乐（低声）　现在，簿记先生想什么时候来，那就来吧。我赢了这场游戏。有在人敲门，我想，这应该是他。

第七场

真正的簿记、帕妮乐、菲尔格希莱 ①

簿　记　我依照我父亲簿记埃里希·马森和菲尔格希莱先生的约定来这里向您，美丽的小姐求婚。

帕妮乐　您弄错了，簿记先生。我是侍女。小姐马上就会荣幸地来这里。

簿　记　这是我的荣幸，对于她是一种屈尊。但是我能不能先同先生说一下。

帕妮乐　唉，不行，东家有着许多艰难的事务要处理，这使得他今天都没来得及吃点什么喝点什么。他让我代他向您致歉。这件事在东家这方面是已经决定了的事情。现在所缺的只是您与小姐自己交谈。如果您愿意等一下，她马上就会来。唉，可怜的东家！我怕他是要昏倒在自己的事务中了。

---

① 这是原文中这一场的人物清单。"真正的簿记"是指彼得·埃里希森。这一场台词前的角色名也是"簿记"，而没有用"彼得·埃里希森"，即使他就是。另外，菲尔格希莱在这场中没有台词，他在另一个房间里。

第八场

玛格德罗娜（化了漂亮的妆）、帕妮乐、簿记、菲尔格希莱

簿　记　我是按照菲尔格希莱先生同我的好父亲之间的约定，美丽的小姐，来到这里，带着至大的恭敬和诚信请求您成为我的妻子，并问您是否愿意接受我作为您的丈夫。

玛格德罗娜（行屈膝礼）　我说万分感谢。

簿　记　我最谦卑地请求您不藐视这一戒指作为早晨的订婚礼物①。

玛格德罗娜　我说万分感谢。您坐吗，我的天使？

簿　记　不，谢谢，美丽的小姐，我还是站着更好。

玛格德罗娜　唉，我坚持请您坐下，我的天使。

　　〔他们坐下。

菲尔格希莱　是谁在那里说话，帕妮乐？

帕妮乐　是求婚者，东家，正在和小姐说话。

菲尔格希莱　这很好，我的孩子，继续同你的爱人说话吧，一直到我写完我的信。

----

① 一般是指新郎在婚礼当天早上送给新娘的礼物。在这里，簿记先生的儿子把戒指作为"婚姻确定礼物"，也就是订婚戒指。

簿　　记　别人愿意就婚姻说些什么，就让他们随便说吧，我是觉得，在婚姻之中仍还是有着一种特别的天意造化的。我常常在睡眠中看到一个女人，与小姐有着同样的形态和气质，因而我能够由此感觉到，这是在很久以前就已在这里由上天决定下了的事情。

帕妮乐（轻声说）　如果你不是单单看中了钱财的话，这才是活见鬼了呢。

玛格德罗娜　啊，难道这真的可能吗！我也绝对是这样的，因为有一次，在我站着祈祷美满婚姻时——当然我这不是在赞美自己虔诚，我常常祈祷，因为祈祷得再频繁也不算多，有一次在我这样祈祷时，我看见一个人的形象出现，这形象就和我的天使一模一样。

簿　　记　请原谅，我心爱的小姐！我能够触摸您的乳房吗？[①]

玛格德罗娜　我说万分感激。

菲尔格希莱　是谁在那里说话，帕妮乐？

帕妮乐　是求婚者，东家，正在和小姐说话。

菲尔格希莱　很好，很好！你们好好温柔地说话，孩子们，等我写完我的信。

簿　　记　我能不能问一下，我心爱的小姐芳龄多少？

玛格德罗娜　有一些心怀恶意的人散布谣言说我四十岁，但是我真

---

① 当时的衣服都有与体型相应的凸显部分。隔着衣服抚摸女人的乳房作为一种爱抚或敬意，在当时是一种相当普遍的习俗，在18世纪很常见。这种爱抚方式在霍尔堡的喜剧中多次出现。

的不超过三十岁。

簿　记　这样我们是同龄。

玛格德罗娜　这太好了。同龄的孩子玩得最好①。

簿　记　人在三十岁以前不该结婚。

玛格德罗娜　真的是这样,因为小孩子与小孩子结婚,只会把家打理得很糟糕。

菲尔格希莱　是谁在那里说话,帕妮乐?

帕妮乐　是求婚者在和爱人说话。

菲尔格希莱　好,我马上就会来你们这里。我只剩下几行了。

帕妮乐(低声)　老天爷,那么我就又得想出一些新的东西了。

　　(高声)先生,您不想进小姐的卧室吗?这样您就能更自由地说话而不会妨碍东家了。

簿　记　对,是这样。我们可以这样做。

　　〔他们进去。

帕妮乐　老天爷,我看他是写完了。现在我得咳嗽招呼欧尔弗斯了,这是信号。

　　〔她咳嗽。

---

① 这里的"玩"有着轻浮的内涵:性爱游戏。

第九场

欧尔弗斯（作为律师）①、菲尔格希莱、帕妮乐

欧尔弗斯　我听说,我的先生,您想要找一个律师。

菲尔格希莱　是啊,您是我让仆人去找的人吗?

欧尔弗斯　不,那个人在下午根本就没法和人说话。

菲尔格希莱　他喝酒吗?

欧尔弗斯　是啊,先生,但我们私下知道就行。

菲尔格希莱　你为什么让仆人去找这么一个人,帕妮乐?

帕妮乐　我不知道他喝酒,东家。但是这个人代替他来,这挺好。

欧尔弗斯　我是那里的常客了,听说我的先生需要一位律师,我就冒昧前来了。

菲尔格希莱　多谢您了。

欧尔弗斯　需要我做什么吗?

菲尔格希莱　是的,我有一些事情需要向您咨询。

律　师　我的先生,"咨询"这个词有着双重的意义。它既意味着

---

①　这场中的律师就是欧尔弗斯,但原文台词之前的角色名有时使用"律师",有时使用"欧尔弗斯"。

给出好的劝告，拉丁语叫作 consulere alicui，然后，它也意味着征求好的劝告，拉丁语叫作 consulere aliquem。

菲尔格希莱 唉，我想您这类有学问的人脑袋里有很多松开的螺丝钉①。我让人把您找来不是想询问您拼字法方面的问题，而是……

律　师 我的先生，我们所说的东西与拼字法没有关系，您把拼字法混淆为措辞法。Ortographia est ars vocabula recte scribendi，这就是：正确地写字词的艺术或科学，这是我根本就没有触及的，相反我只是纠正我的先生的说法，non ortographiam sed phrases corrigo（拉丁语：我纠正的不是拼字法，而是各种句子）。

菲尔格希莱 请原谅，我没有让人来找您。如果您愿意，您可以离开，因为我要做的事情有很多，绝对不是用闲话来打发时间。

律　师 医生和律师很乐意为人服务，但他们值得赞美的规则也意味着他们必须为他们服务过程中的每一步得到支付。

菲尔格希莱 我是否需要因为浪费宝贵的时间来谈话而付钱给您？

律　师 那么您所想要的是什么呢，我的先生？

菲尔格希莱 我在我的事务中有几个词条要问您。

律　师 我的先生，"词条"这个词是我们律师完全陌生的，而只in foro theologico（拉丁语：在神学的法庭上）被使用。罗马法对此一无所知。它仅被划分 in libros, capita et paragraphos（拉丁语：为书、章和段）。请问我的先生是否只想通读 Codicem, Pandectas, Institutions, Novellas（拉丁语：法典、学说汇纂、

---

① 丹麦成语，指想得出各种有效的方法。

法学阶梯、新律)[1]，看看您是否在任何地方找得到"词条"这个词。我宁愿失去职业，也不愿使用"词条"这个词。但是您要问我哪一方面的建议？

菲尔格希莱 这是[2]一个秘密地与我的女儿订婚的人，他收到了她的几封信，在信中我女儿向他确认了自己的爱。这一切都是在我一无所知的情况下发生的。我把女儿许配给了另一个很有名望的人的儿子。她一开始对此很反感，但最终对那个我将之选择为女婿的人感到满意。而那另一个人得知了这方面的消息，就凭借她的信来威胁我要打官司。律师先生，这些威胁当然不会真的意味着什么吧？但是，为了阻止他打官司，我仍还是斟酌出了一封信给他。

欧尔弗斯 "斟酌"这个词意味了什么？"斟酌"可以意味着拖延，但也可以意味着灌墨水。

菲尔格希莱 我相信魔鬼就在这里，显然是进入了一个律师的形体。

欧尔弗斯 我的先生，您必须说得清晰。您这是想说灌墨水吗？

菲尔格希莱 是的，是的，我写完了一封信。

欧尔弗斯 这封信要带着对于"是否要阻止他打官司"的理解来写。让我看这信。

〔他读信。

菲尔格希莱 难道这不够有力吗？

欧尔弗斯 不行，不行，这里面还需要有其他论证。我可以为您口

---

[1] 法律用语，罗马查士丁尼大帝《民法大全》的四个部分。
[2] 有研究者认为"这是"是"有"的错写，即这里应当是"有一个秘密地与我的女儿订婚的人……"。

述一封更有分量更有作用的信,您记下。

菲尔格希莱 好,您口述我记吗?

欧尔弗斯 不知您是否能够接受我们律师用来做口述听写的西班牙方式,这是非常简短和精练的。

菲尔格希莱 越简短越好,因为时间对于我这样一个有很多事情要做的人是宝贵的。

律　师 我很高兴我的先生明白这一点。(律师拍着菲尔格希莱的肩)您写下了吗?

菲尔格希莱 您还没有对我说任何东西呢。

律　师 唉,我的先生,我拍您的肩,这就意味了您应当写下个人身份。再也没有什么别的做法是更好更简短的了。

菲尔格希莱 我的上帝,怎样的一种新时尚啊!如果一个人知道这个,倒是不错。我空出写身份的地方。

欧尔弗斯 好!您现在请写:正如勒安德尔先生……您写了吗?

菲尔格希莱 写了。

律　师(吹口哨)您也写下了?

菲尔格希莱 还有什么?

欧尔弗斯 啊,我的先生,在我吹口哨的时候,这就意味了逗号。

菲尔格希莱 啊,见鬼,这是怎么回事!现在我写下逗号。

律　师 耶罗尼姆斯先生的儿子在此,啐(吐唾沫)……您写下了?

菲尔格希莱 他不住在茨予(Thy)[①],先生,他住在这城里。

律　师 啊,我的先生,在我吐唾沫并且说"啐"时,就等于是我

[①] 茨予是日德兰半岛西北部的一个地区。

在提及对立方居住地的地名。我看我的先生不明白新的口述听写方式，但是您可以学习一会儿，然后在对书记员口述时不断地使用这方式，因为这项发明对有很多事务要处理的人来说非常方便……您现在写下了么？

菲尔格希莱 此城中耶罗尼姆斯的儿子。

律　师 好。（吹口哨）……您写下了么？

菲尔格希莱 是的，逗号。

律　师 过去的一年，我（拉他的头发）……您写下了么？

菲尔格希莱 您为什么拉我头发？

律　师 啊，这意味着括号。

菲尔格希莱 哎，这下该你①倒霉！（给了他一个耳光）看，这意味着括号结束。

欧尔弗斯 您要证实我是被怎样对待的。我要告您。

菲尔格希莱 我要反告您。

欧尔弗斯 我将证明，这是国外大律师们所采用的一种口述听写的方式。

菲尔格希莱 我将证明您是一个恶棍，而且所有其他使用这种方式的人也是恶棍。

律　师（抓住帕妮乐的耳朵） Antestaminor.（拉丁语：你将被传唤做证人。）

帕妮乐 噢、噢、噢！

菲尔格希莱 你这条狗要在我家撒野吗？

欧尔弗斯 您这样一个高贵的人难道不知道 Antestaminor 是什么意

---

① 前面和后面的称呼都是"您"，但这里是一个"你"。

思吗，根据罗马法，在一个人要把好人们推出来作证的时候，他可以，嘴里说着 Antestaminor，抓住好人们的耳朵？

菲尔格希莱 你难道不知道吗，根据罗马法，在恶棍们到好人家捣鬼的时候，人们要把这样的恶棍赶出门？

〔他被赶出门。

菲尔格希莱 难道我不是大地上最不幸的人吗？事故和伤害像暴雨般地倾泻到我身上。今天我流了那么多汗、费了那么多力，但却没有做成任何事情。世上必定有着许多种邪恶的精灵，有一些是阻止你敬神，另一些是妨碍你去完成自己的事务。今天，这样一个精灵必定是控制了我家，并且恰是现在，在我事情最多的时候，决定把最多的绊脚石扔在我的路上。这同一个邪恶精灵选择了让这个可诅咒的律师来这里。这一天就从我这里被可耻地偷走了。也许有人会说："明天还会有同样长久的一天要到来。"但新的一天有新的事情要去做；同样长久的一天，同样多要去处理的事务。我该去哪里？我得吊死我自己，但我真的是连吊死我自己的时间都没有。我必须为自己找一个能干的、能够复制所有我想要的东西的文员。

帕妮乐 今天真的简直就是中了魔法。

菲尔格希莱 你无法想象，帕妮乐，我为我的生活感到多么地伤心。

帕妮乐 这不奇怪，因为，首先，东家有着两个人的工作要做，但您仍能搞定，如果不是这些可诅咒的障碍这么大量地涌来的话。今天绝对是出了问题。我觉得是一个曾被东家赶走的人派出这些人来报复，因为……但是看！我得说，我们是不是又有一个新的魔鬼来找麻烦了。

449

第十场

［欧尔弗斯拿着一块半透明的头巾,戴有长辫的黑色的老式假发进来。

欧尔弗斯　Um Verzeihung, gnädiger Herr, daß ich die Freiheit nehme einzugehen.(德语:请原谅仁慈的先生,我冒昧走进来了。)

菲尔格希莱　您就这样闯入高贵人家的门而不报身份吗?

欧尔弗斯　Ich darfte nicht anklopffen, ihr Hochwohlgebornheit, denn das wäre allzu driestig.(德语:我不敢敲门,您高贵的先生,因为那样的话就过于鲁莽。)

菲尔格希莱　Allzu driestig(德语:过于鲁莽)……您来这里干什么?

欧尔弗斯　Es ist mir gesaget worden, daß der Herr viel zu verrichten habe.(德语:有人对我说,说先生实在有太多事情要做。)

菲尔格希莱　您就是为此来浪费我的时间?

欧尔弗斯　Behüte Gott, wohlgebohrner Herr! Per contrarium, per contrarium, Ihr Hochwohlgebohrenheit.(德语+拉丁语:上帝保佑,高贵的先生!恰恰相反,恰恰相反,您高贵的先生。)

菲尔格希莱　这样的头衔不属于我。

欧尔弗斯　Sie sagen daß nicht, Ihro Gnaden, Sie sagen daß nicht.（德语：不要这样说，仁慈的先生，不要这样说。）

菲尔格希莱　我想是魔鬼把这个孩子带到这里来的，为我制造麻烦。

欧尔弗斯　Der Herr übereile sich nicht; bedencke doch dass ich ein studirter Mann bin, ein studirter Mann.（德语：先生不要急；请记住，我是一个有学问的人，一个有学问的人。）

菲尔格希莱　这样看来，您没有从您的博学之中得到很多好处。

欧尔弗斯　Bedencke doch, Ihro Wohlgebohrnheit, daß ich über vier und zwantzig Sprachen verstehe.（德语：请记住，仁慈的先生，我懂超过二十四种语言。）

菲尔格希莱　这就像上次来的那个家伙，说他会二十种语言，但却仍然什么都不懂。

欧尔弗斯　Es ist aber so nicht mit mir; ich will mich selbst nicht rühmen, aber ich bin ein capabler Mann und ein Patricius① von Geburth ...（德语：我的情况可不是这样；我不想赞美我自己，但我是一个能干的人而且出身名门望族……）

帕妮乐　Patricius（拉丁语：名门望族）是什么意思？

欧尔弗斯　（吻帕妮乐的前襟）Unterthäniger Diener, gnädige Fräulein.
（德语：您谦卑的仆人，仁慈的小姐。）

帕妮乐　老天爷，什么样的头衔啊！

欧尔弗斯　Ich bitte unterthänigst um Verzeihung, daß ich mein Compliment

---

① 这是这句德语中的一个拉丁语词。在古罗马，Patricius 是指古罗马贵族的成员，后来在欧洲只是指贵族家庭的成员。

nicht zuvorn abgeleget habe.（德语：恕我没有事先向小姐问安，我恭敬地请求原谅。）

帕妮乐 一切都得到原谅了。

欧尔弗斯 Alle Menschen müssen mir zustehen, daß ich ungemeine Studia habe. Ihro Gnaden können selbst begreiffen, daß einer der zu Wittenberg, Helmstad, Frankfurt, Prag, Leipzig, Rorstock, Königsberg, Nürnberg, Heidelberg, Cracau, Landau, Tübingen, Uri, Schweitz, Unterwalden, Frankfurt am Main, Frankfurt an der Oder, Frankfurt an der Mose, Mecklenborg, Grabenhagen, Kiel, Zerpst etc. etc. etc., ausgenohmen vielen Gymnasiis, studiret hat. Ich sage, Ihro Gnaden können leicht begreiffen, daß einer, der so viele Universitäten frequentiret hat, ungemeine Studia haben müsse. Ist nicht wahr, gnädige Fräulein?（德语+拉丁语：所有人都不得不认可我这说法：我有非凡的学识。仁慈的小姐很容易了解，一个除了在文理学校也曾就读于维滕贝格、赫尔姆斯塔德、法兰克福、布拉格、莱比锡、罗斯托克、柯尼斯堡、纽伦堡、海德堡、克拉考、兰道、图宾根、乌里、瑞士、下瓦尔登、美因河畔法兰克福、奥得河畔法兰克福、莫斯河畔法兰克福、梅克伦堡、格拉本哈根、基尔、采尔布斯特[①]等等等等等等地方的人。我说，仁慈的小姐很容易明白：一个在

[①] 这些地名中有很多都是拼写不准确的，而且有好几个城市是没有大学的。在某种程度上，它们很有可能是故意写错的。霍尔堡在对欧尔弗斯漫无边际的描述风格和肤浅的博学作一种夸张的展示。

如此多大学就读过的人，必定会有非凡的学识，是不是，仁慈的小姐？）

菲尔格希莱　我听得出来您学过炫耀学，并且……

欧尔弗斯　Verzeihen sie mir, hochwohlgebohrner, tugendsamer Herr Patron! Sie bedencken, daß ich über funfzig Collegia tam privata quam privatissima gehalten habe, als collegia practica, didactica, tactica, homiletica, exegetica, ethica, rhetorica, oratoria, metaphysica, chiromanthica, necromanthica, logica, talismannica, juridica, parasitica, politica, astronomica, geometrica, arithmetica.（德语＋拉丁语：请原谅，高贵而有德行的金主先生！您要记住，我为各种小圈子和那些最小众的圈子举办了五十多场讲演，有实践学、教学法、策略、布道术、诠释学、伦理学、修辞学、讲演艺术，形而上学、手相术、占卜术、逻辑学、护符学、法医学、寄生学、政治学、天文学、几何学、算术。）

菲尔格希莱　停停停，见你个鬼去吧！

欧尔弗斯　Chronologica, horoscopica, metoscopica, physica tam theoretica quam practica.（拉丁语：年代学、占星术、面相学、物理学理论以及实践。）

菲尔格希莱　拿我的棍子来，帕妮乐。

欧尔弗斯　Über Institutiones, Codicem, Pandectas, jus naturæ, jus civile, municipiale, feudale, jus gentium, jus jusculum und dergleichen Wissenschafften.（德语＋拉丁语：关于法典、学说汇纂、法学阶梯、自然法、民法、城镇的、封地的、民族法、小法以及诸如此类的科学。）

453

菲尔格希莱 我的棍子,我说!

欧尔弗斯 Ihro Gnaden eiffre sich nicht, ich bin hier in guter Intention gekommen umb meinen geringen Dienst anzubieten, weil ich höre, daß der Herr viel zu verrichten habe. Wann ich erst in Affairen komme, werden sie sehen, was für ein Kerl ich bin.(德语:仁慈的大人不要发急,我带着善意来到这里只为了提供微不足道的服务,因为我听说,先生有很多事务要处理。在我处理事务的时候,您将看见,我是怎样的一个小伙子。)

菲尔格希莱 我想我是认识您的同胞的。一旦您插手到了事务中,我们就永远都无法让您出离这事务了。

欧尔弗斯 Ich verlange für meinen Dienst nichts anders als die blosse Kost, denn ich diene par honeur, par honeur.(德语+法语:对于我的服务,我要求的只是成本费,因为我为荣誉而服务,为荣誉。)

菲尔格希莱 您又能够为我服务些什么?

欧尔弗斯 Ich will mich obligiren in zehn Minuten einen gantzen Bogen Papiir zu schreiben.(德语:我会尽义务在十分钟内写出一整张纸。)

菲尔格希莱 这是很多的。这里有一整张纸可供您尝试。

〔欧尔弗斯坐下,做出他在写字的样子。

菲尔格希莱 我很想知道这事情将如何结束。我得去看看他是怎么做的。

欧尔弗斯(迎向菲尔格希莱) Sehen sie ein Mahl, Ihro Wolgebor-nheit. Ich habe es ehr vollfertiget als versprochen war.(德语:看吧,大

人。比我所许诺的更快地完成了。)①

菲尔格希莱　唉,老天,我看见的是什么呀?除了在纸上弄出墨迹之外,您什么都没有做。我的棍子在哪里?

　　〔在菲尔格希莱跑去拿棍子的时候,欧尔弗斯爬到桌子下面。当菲尔格希莱和帕妮乐跑到厨房门口时,欧尔弗斯从桌子的另一侧站起来。但是他掀翻了铺有纸张的桌子,跑走了。

菲尔格希莱　唉,帕妮乐,这不幸的事件落到我们所有人头上。看吧,我的所有纸张都乱七八糟地堆在地上。现在别人可以用四个斯基令来买走我的生活了。

帕妮乐　唉,东家,不要灰心丧气。我们会让一切恢复正常的。但是我要侦查出这到底是怎么一回事。我可以发誓,肯定是有人派他们出来捣乱的。

菲尔格希莱　唉,唉。我再也支持不下去了。

帕妮乐　唉,好东家,上去,到床上去躺一会儿;我看东家是动了气了。唉,可怜的东家,按我最谦卑地请求去做吧,半小时之内,我会让一切重新恢复正常的。

菲尔格希莱　我得去躺一会了,因为我腿软得无法站立了。

　　〔离开。

帕妮乐　一切顺利。现在,我要进玛格德罗娜的房间找那簿记,约他和他的朋友们七点钟到这里来,那是在勒安德尔能够把婚姻合同缔结了的时间之后,因为我将让东家恰恰因为害怕勒

---

①　欧尔弗斯所说的德语,和理发师的德语一样,有点怪,比如说把 Ihre 说成 Ihro。

安德尔而急着办完勒安德尔的事情。当这人的正身到达时，就会有一个该死的故事。但是我已经和小姐一起悄悄溜出家门了。不过，欧尔弗斯，这是一个该死的家伙。他在本地和国外已经忽悠了很多人。最后一个角色是他自己想出来的。因此，我们赢了这场游戏，因为现在他的脑子已经乱得无法同簿记说话了。在我们为忙碌不息的人们找来各种各样的事务和麻烦的时候，他们比任何人都更容易受骗。

第三幕

第一场

菲尔格希莱、莱欧纳德

菲尔格希莱 我在这世界上经历过很多艰难的日子，但没有一次是像今天这样的。这样的麻烦，其中有一半能够使最强有力的头脑变得困惑。一个人来，想要威胁我去接受他做我女婿。另一个人来，扯我的头发说这是括号。第三个人撞翻我的桌子。他们肯定是由邪恶的人派出来害我的。帕妮乐一定会为我侦查这件事。如果没有这女孩的话，我就彻底完蛋了。她总是能帮我一把。她在我的事务上向我表述出她的同情，我可以肯定，我的这些艰难处境对她内心的影响必然与对我自己内心的影响一样。女管家玛格德罗娜则相反，对我一点用处都没有，因为她一直想着结婚。而且，由于没有男人随时站出来为她做一切，她变得和胡椒一样火气很大。但愿我能够和这个阴魂不散的人分开。但愿我能在今晚为女儿办婚礼时也为她办个婚礼。但是，我看到我的兄弟莱欧纳德来了。晚上好，Monfrere（法语：我的兄弟）！我冒昧地让人把您找来。

莱欧纳德 对啊，这是什么意思？您通常可是不会让人来找我的。您好吗？

菲尔格希莱 不，我差不多是愤怒得要死了。我的家里满是疯狂而无理的人，他们就像是有意识地来这里伤害我，在我所忙碌的事务中妨碍我。因此，我怀疑是Seigneur Langspræk（法语+德语：冗长废话先生）搞的鬼。

莱欧纳德 您是在什么地方得罪他了，使得他对您做这样的事情？

菲尔格希莱 因为在前天我不愿听他讲那场官司，他讲得那么长，长得就像哥本哈根的购物街[①]。

莱欧纳德 但是，为什么您不听他说？

菲尔格希莱 我有时间去听这类东西吗，Monfrere？

莱欧纳德 这倒确实是这样，您绝不会有时间，尽管您从来就没有什么事情可做。

菲尔格希莱 不要讥嘲，Monfrere。如果我无事可做，那我为什么雇了四个书记员？

莱欧纳德 那么您能告诉我，您有哪些事务要处理？

菲尔格希莱 您想要为我数天上的星星吗？

莱欧纳德 那么告诉我这些重要的事务中的一件吧？您今天做了些什么？

菲尔格希莱 因为纯粹的大堆事务，我什么都没能够做成。

[①] Kiøbmagergade，是当时哥本哈根最长的街道之一。

莱欧纳德　我希望您昨天也能够这样说，同样前天也是。

菲尔格希莱　什么都没做成，除了我让人写了五封关于婚礼的信，但一直没有找到机会寄出去。

莱欧纳德　什么婚礼信？

菲尔格希莱　我的女儿莱欧诺拉要在今晚结婚。出于这个原因我让人去把 Monfrere 找来。

莱欧纳德　她要和谁结婚？

菲尔格希莱　和簿记埃里希·马森的儿子彼得。

莱欧纳德　什么？您开玩笑？您要把您的女儿嫁给一个算盘夫子？

菲尔格希莱　Monfrere，我得有一个能够在我所忙的事务之中帮我一把的女婿。

莱欧纳德　为我具体说一下您的事务，说说其中的一些吧。

菲尔格希莱　如果您要来为难我，那么最好是改日，明天再说，因为今天我受不了更多了。

莱欧纳德　如果我要为您女儿的幸福着想的话，那么这就必须是今天，因为明天就太迟了。

菲尔格希莱　但是您在这件事情上有什么反对的说法？

莱欧纳德　这对您的家庭是完全没道理的。

菲尔格希莱　难道一个簿记不是一个出色的人？

莱欧纳德　对于一个有着这样的门第和教育的年轻小姐，当然不是。我能肯定，她肯定为此而伤心欲绝。我不认识那个人，但我听见过别人描述他。

菲尔格希莱　您搞错了，Monfrere。我女儿和我是一致的，在完全同样的程度上同意这件事。在她第一次看见他时，她就如此深陷爱河，以至于在我许诺她今晚就订下婚姻契约之前我都没办法得到安宁。

莱欧纳德 这个，您怎么说我都不会相信。这是不自然的。

菲尔格希莱 好吧，我马上就帮您离开您的梦想。

莱欧诺拉，帕妮乐！进来。

第二场

莱欧诺拉(打扮得像新娘)、莱欧纳德、菲尔格希莱、帕妮乐

菲尔格希莱 我的女儿,你的叔父不愿意相信这场婚姻适合你。他认为对于我们家,这是完全不合理的,因此他要说服我打破我的许诺。

　　　[莱欧诺拉和帕妮乐哭泣。

莱欧纳德 我想就不会,Monfrere,她在之前同意只是因为她是被迫的。看,听见了自己能够摆脱这场婚姻,她有多么感动。

菲尔格希莱 你为什么哭,我的孩子?

莱欧诺拉 我在无缘无故地哭吗?我对着所有神圣者发誓,除了簿记彼得·埃里希森之外我不想要任何别的男人。

帕妮乐 如果这场婚姻不成功,我就离开东家的家。

菲尔格希莱 哈哈哈!您现在可以听见了,Monfrere。放心吧,我的女儿。我这样说只是为了考验你。

帕妮乐 可是,为什么莱欧纳德先生这么反对这场婚姻。

莱欧纳德 现在不再反对了,帕妮乐,因为我听见她自己说是愿意的。

莱欧诺拉　这是一个非常理智的小伙子，我心爱的叔父。

莱欧纳德　您做了一个很好的选择，我的孩子。

帕妮乐　他在算术之中弄出一个新的规则，称之为 regula st. petri（拉丁语：圣彼得的法则 ①）。

莱欧纳德　啊，那么还有什么需要犹豫的吗？

帕妮乐　即使他一无所有，他还是能够只借助于他的鹅毛笔和石笔来养活小姐。

莱欧纳德　那么您又有什么困扰呢？

帕妮乐　他的堂兄弟约纳斯 ② 说他是城里最伟大的算术家。

莱欧纳德　唉，够了，够了！

帕妮乐　他亲吻他脚下的尘土。

莱欧纳德　唉，够了，够了！

帕妮乐　他的父亲、他的祖父和他的曾祖父也都教过簿记，这样他可以算出他的十六位祖上都是簿记。

莱欧纳德　唉，够了，够了！

帕妮乐　这样，他一出生就有这知识。

莱欧纳德　确实是这样；这是最适合她的婚姻。（轻声说）这种喧嚣让我如此头昏，乃至我几乎无法站稳。然而我还是绝对无法让自己相信这样的事情会是对的。

---

①　帕妮乐在这里接上了第二幕第二场，其中欧尔弗斯赞美自己表兄弟发明了新的算术规则 Regula Petri（彼得的规则）。然后帕妮乐误解了这个词，认为它与圣彼得有关。

②　在第二幕第二场，欧尔弗斯扮演了这样一个堂兄弟约纳斯的角色。

菲尔格希莱　您现在看见了吧！您以为是我在强迫我女儿。

莱欧纳德　既然父亲和女儿都同意，我自然无话可说。但是那里有陌生人来。想来那必定是求婚者了，因为公证人也跟着一起来了。

第三场

勒安德尔、欧尔弗斯(穿得像一个迂夫子)、勒安德尔的叔父考尔菲兹(像一个老人)、上一场的人物①

菲尔格希莱 欢迎,我亲爱的女婿。

勒安德尔 我按照约定来这里,并且带上了我堂兄弟簿记硕士约纳斯,还有我亲爱的叔父考尔菲兹一同来参加我进入您家族的这一仪式,因为我父亲埃里希·马森状态不是很好,因而他今天不能来这里。

菲尔格希莱 那么这个人不是您父亲吧?我也觉得这不是埃里希·马森先生本人。

考尔菲兹 不,我是他卑微的叔父,但是,代表他父亲来这里。但这位年轻人约纳斯·考尔菲兹森是我自己的儿子。

菲尔格希莱 是啊,孩子们,我们将简短而有效地办完这件事,因为我时间不多,这样,向前走,相互给出你们的手。

〔勒安德尔和莱欧诺拉相互给出自己的手,在场的众人分别向他们道贺。

---

① 公证人也在其中。

考尔菲兹　公证人先生,现在请您把这写入您的公证簿,在这一天这两个人成婚了。

公证人　如果我知道他们的名字的话。

菲尔格希莱　我的女儿在这个城市出生,现在二十岁,是新娘……

勒安德尔　我将对您说关于我自己的细节。

〔公证人写,勒安德尔轻声口述。

考尔菲兹　我向我的先生保证,我的侄子托马斯[①]将会是您顺从的女婿,他会很愿意在您的事务之中给您帮把手。

菲尔格希莱　正是因此,比起一些杰出的年轻人,我更喜欢他,我尤其要说一下,曾有一个年轻的纨绔儿,我女儿在我不知情的情况下与他订了一半婚。那小子今天用打官司来威胁我,所以我要急着签订婚姻合同。

考尔菲兹　亲家先生在这里做得很好。这样,他就没戏了。

帕妮乐　唉,仁慈的东家,我对您有一个谦卑的请求。

菲尔格希莱　是什么,帕妮乐?你知道我为你做一切,因为你忠实地为我做事。你可能也想要有一个丈夫?

帕妮乐　不,仁慈的东家,不是为我,是为了可怜的玛格德罗娜。

菲尔格希莱　真希望她离开我家。她没有结婚,这不怪我,但我也不能够强迫一个男人来娶她呀。我常常想为她找一个合适的人,但总是被各种事务耽搁着。

帕妮乐　不,东家请听我说,她订婚了。

菲尔格希莱　和谁?

[①] 这里应该是作者的笔误,应该是"彼得"而不是"托马斯"。

帕妮乐 与城里最出色的殡仪师之一。我们约他现在到这里来向东家求娶她,因为东家决定了把自己的各种事务旁置一小时。

菲尔格希莱 你考虑得很周到,因为我本来确实不知道在什么时候才有时间做这事。

帕妮乐 趁公证人在这里,我想,今天晚上就能够决定了。

菲尔格希莱 这让我觉得无法言说地喜欢。公证人先生,请稍等片刻,这里也许有别的事情要处理一下。

帕妮乐 我觉得这对东家来说是最方便的,因为这是一石双鸟。我想,殡仪师和他父亲一起来了。

第四场

彼得·埃里希森、埃里希·马森、上一场的人物

埃里希 我和我的儿子按承诺来这里讨论怎样完成婚约。

菲尔格希莱（对帕妮乐）"按承诺"是什么意思?

帕妮乐 这是殡仪师的风格①。这一类人总会有一大堆填料来让他们把所说的话变得复杂。他们有自己的说话方式，比如说他们把"家里的女佣"称作"女儿"；在他和我谈论到东家的时候，他不是说"您的先生和雇主"而是说"您亲爱的父亲"。

菲尔格希莱 啊，这很美丽啊!

帕妮乐 因此我们才在殡仪师的风格和其他人的风格之间作出区分。

菲尔格希莱（对埃里希） 我很高兴，我的先生。我为新娘担保，她是一个很好很有头脑的女管家。

埃里希 我不怀疑这一点，因为从一棵像我的先生这样的好树上除了好果子之外不会结出别的东西。

---

① 殡仪师的工作是在葬礼、婚礼和其他教会家庭聚会中发邀请和祈祷，他们使用一些固定的行话，对行外人来说可能显得难以理解。

帕妮乐用这种解释来阻止埃里希·马森与菲尔格希莱的相互沟通，让他们无法弄明白事情的真正背景。

菲尔格希莱（对帕妮乐） 你说得很对。这些殡仪师有着奇怪的说话方式。让玛格德罗娜进来。

　　[帕妮乐跑去找玛格德罗娜。

菲尔格希莱（对埃里希） 先生,看来我曾有此荣幸在以前常常见到您。

埃里希（对帕妮乐） 这是什么意思,孩子?他假装不认识我,他可是今天自己去我家为他女儿订婚的。

帕妮乐 簿记先生不要把东家的话当一回事。他每天都要说上几百次这样的胡话,因为他头脑里有太多要忙的事务。

埃里希·马森 哈哈哈!

菲尔格希莱 玛格德罗娜来了吗,帕妮乐?

帕妮乐 是,她马上就来。

埃里希（对菲尔格希莱） 您的女儿也许在化妆。

菲尔格希莱（轻声） 又是殡仪师的风格。（大声）是啊,我想是这样。她本来不怎么化妆,但是我能够想象,她现在也开始化妆了。

埃里希 我的先生自己并不怎么喜欢化妆,因此您的孩子也不喜欢。

菲尔格希莱（轻声） 又是殡仪师的风格。（高声）不,家里不会有任何人从我这里学什么浮华的东西。

埃里希 是的,我的先生自己曾说过。

菲尔格希莱 我有这荣幸在最近同先生说过话吗?

埃里希（轻声） 哈哈哈!又糊涂了。（高声）我留意到了,我的先生头脑里满是要处理的事务。

菲尔格希莱 是的,确实是这样,先生。因此我选择了一个勤劳的能够帮我一把的年轻人来做女婿。

埃里希 我最诚恳地感谢。

菲尔格希莱（轻声） 又是殡仪师的风格。

帕妮乐 难道这不是就像我所说的那样？这是纯粹的殡仪师风格。

菲尔格希莱 不过，看来我的先生是在以前就认识我。

埃里希（轻声） 又糊涂了。但现在新娘来了。看，我的先生，您心爱的女儿在那里。

菲尔格希莱（轻声） 又是殡仪师的风格。愿这样的说话方式见鬼去吧。

第五场

玛格德罗娜（头上戴着发套①），上一场里的人物

菲尔格希莱 来吧,我的孩子!现在已经到了我可以把您从家里嫁出去的这一步,这为我带来不可言说的快乐。您得到一个能够养活您的好人。

玛格德罗娜 我不怀疑这一点,尤其是因为……

帕妮乐 我们最好是简短而有效地办这件事,因为本来东家在今晚有一大堆事务要处理。

埃里希 我的先生真的觉得婚姻契约要在今晚缔结吗?

菲尔格希莱 是的,先生,我很高兴这样做。

帕妮乐 那么,马上相互向对方给出你们的手。你们两个就像两只相爱的老鼠。

　　[他们相互向对方给出手,相互拥抱,每个人都各自给出祝愿。公证人写着文件,帕妮乐对他轻声地说着。

菲尔格希莱 Adieu,公证人。我明天把钱给您送去。

　　[公证人离开。

---

① 带有附加装饰的松紧帽,平民家的新娘一般会佩戴这种发套。

菲尔格希莱　一方面,这一天对我来说是那么麻烦,另一方面,这夜晚则是那么愉快而舒服,因为我一下子把女儿和管家的问题都解决了。

埃里希（对帕妮乐）　他今晚也把自己的女管家嫁出去了吗?

帕妮乐（指向莱欧诺拉）　是啊,是您所看见的这个年轻人……

埃里希　这是一个很美丽的人。她得到这位是谁?

帕妮乐　这个站在那里的年轻人。他是城里的殡仪师。

　　［两个新人都站着,相互抚摸着。

菲尔格希莱　现在我忘记了我所有的倒霉事。

埃里希　是的,事情完成得很圆满;因为,簿记和殡仪师,一个得到了您的女儿,一个得到了您的女管家,尽管他们都只是卑微的人,但他们两个都还是足以养活他们的妻子,因为我想要,亲爱的亲家公……

菲尔格希莱　您为什么叫我亲家公?

埃里希　我是一个守旧的人,遵循旧世界的方式。

菲尔格希莱（轻声）　这肯定就像帕妮乐所说的那样,殡仪师的风格。

　　（高声）我不是因为出于傲慢,而是因为这说法是不可用的。

埃里希　我知道在高贵人的圈子里对任何人都可以说先生。

菲尔格希莱　哎,您不能将之视作是我的一种傲慢。

埃里希　我完全没有,但我原本也不是一个有必要以自己的职业为耻的人。我和我的儿子都能够生活得很不错,而且另外每年还能够攒下不少钱。

菲尔格希莱　我相信是这样的,但是一年有时候会不及另一年。瘟疫之后的那年,我想,对于您这种职业的人来说是一个好年头。

埃里希（轻声） 现在他又糊涂了。（大声）我完全不知道您这是想说什么。

菲尔格希莱 我是说，那时会有许多婚礼要举行[①]。

埃里希 婚礼和我的职业有什么关系？

菲尔格希莱 您可是这城里的殡仪师。

埃里希（轻声） 我相信，他的头脑简直就不正常。（高声地）听我说，亲爱的亲家公，如果您在自己的想象之中说话，那么我可怜您，如果您是愚弄我的话，那么就是您的不对了。

菲尔格希莱 看在魔鬼的份上，停止亲家公的称呼吧！我是您的亲家公吗？

埃里希 难道我的儿子不是和您的女儿结婚了吗？

帕妮乐（轻声） 现在看来要穿帮了，但也没有什么办法可想的。

菲尔格希莱 我知道这是你们殡仪师们说话的方式，这样把家里的一个佣人称作女儿，把先生称作亲家公，但是您的儿子找了我的女管家，这样，我们不是亲家，因为我从来没有碰过她[②]。

帕妮乐 认真关注，帕妮乐。

埃里希 见鬼了，您说您的女管家是怎么回事？您想要把您女儿弄成女佣人吗？

---

① 殡仪师不仅负责安排葬礼的各种仪式，还负责安排洗礼和婚礼的各种仪式。

② 这里的"亲家"在原文中是 svoger（一般指姐夫、妹夫等的亲戚），也可以指与同一个女人发生过关系的两个男人之间的关系。菲尔格希莱在这里表示，如果他和玛格德罗娜有过关系，那么他和埃里希·马森在这个意义上就是"亲家"，尽管娶她的是埃里希·马森的儿子而不是埃里希·马森本人。

菲尔格希莱 不，我当然认识我女儿，我当然也认识我的女管家，殡仪师先生。

埃里希 我不是殡仪师，真是见鬼了！

菲尔格希莱 帕妮乐，他说他不是殡仪师。可是，的确，您是殡仪师啊。

帕妮乐 是啊，东家，他是城里最老的殡仪师之一。

埃里希 愿你倒霉，你这女人，肯定是你在撒谎。我的名字是埃里希·马森，我是簿记。这是我的儿子彼得，他合法地与您的女儿结了婚。

菲尔格希莱 天知道这是着了什么魔了？我脑子里已经有一半要疯了。（对勒安德尔）听我说，先生，您不是簿记埃里希·马森的儿子吗？

勒安德尔 请原谅，亲爱的岳父。我叫勒安德尔，是耶罗尼姆斯的儿子。

菲尔格希莱 听我说，约纳斯·考尔菲兹森先生，这不是您的堂兄弟吗？

欧尔弗斯 请原谅，我的先生。我叫欧尔弗斯，是这城里有名的职业恶作剧推手。

菲尔格希莱 我再一次问您，先生。您不是这城里的殡仪师吗？

埃里希 我再一次一了百了地回答，我是簿记埃里希·马森。

菲尔格希莱 您，娶了我的女管家的年轻人，您不是一个殡仪师，也不是殡仪师的儿子？

彼　得 我是娶了您女儿的簿记彼得。

菲尔格希莱 您弄错了，簿记彼得站在那里呢。

勒安德尔 不,先生,我叫勒安德尔。

菲尔格希莱 啊,老天,这到底是怎么一回事?要么是我昏了,要么是您疯了,要么是奥维德的《变形记》在我们的时代变成了现实。听我说,女儿,你不是我的女儿吗?

莱欧诺拉 是的,我是的,心爱的爸爸。

菲尔格希莱 您,玛格德罗娜,不是玛格德罗娜吗?

玛格德罗娜 是的,我是的,东家。

菲尔格希莱 你,我的女儿,你不是嫁给了簿记彼得·埃里希森?

莱欧诺拉 请原谅,心爱的爸爸。我嫁给了勒安德尔,耶罗尼姆斯的儿子。

菲尔格希莱 啊啊!您,玛格德罗娜,您所得到的不是一个殡仪师吗?

玛格德罗娜 请原谅,东家。那是一个簿记。

[菲尔格希莱在一张椅子上坐下来冥想。

埃里希(对莱欧纳德) 我的先生,您的好兄弟完全失去了理智。我们得找一个医生来,因为他根本认不出我们中的任何一个了。

莱欧纳德 我完全糊涂了,听着所有这些。我无法相信别的,只觉得这是在变戏法。

菲尔格希莱(从椅子上蹦起来) 我是亚历山大大帝,你们其他人全都是应当在我手中死去的坏人。

[拿起椅子冲向众人。莱欧纳德抱住他的腰,使他坐下。

莱欧纳德 我心爱的兄弟,您不认识我了吗?

菲尔格希莱 唉,唉,唉!这些故事把我完全弄昏了。您是我的兄弟莱欧纳德。

莱欧纳德　放宽心，我心爱的兄弟。让我们冷静下来察看一下这件事，因为这里面肯定有阴谋。听我说，我亲爱的莱欧诺拉！我能够感觉到，您的父亲想要违背您的意愿把您嫁给一个什么人，因此您使用诡计来逃避这场婚姻。

莱欧诺拉（跪下）　啊，最亲爱的爸爸，我带着滴落的泪水请求您的原谅。一方面是对勒安德尔先生的爱情，另一方面是绝望的心情，令我忍不住使用了这些不合理的手段。

勒安德尔（也跪下）　仁慈的岳父大人，我是您在今天早上带着鄙夷赶走的那个人。我冒称自己是簿记彼得·埃里希森，借这个名义来享用我原本无法得到的宝贝。

帕妮乐（也跪下）　仁慈的东家，我是这整个阴谋团体的领队。我安排了这一切诡计，不是为了戏弄我的东家，而是为了拯救您的女儿，如果她被强迫嫁给簿记的话，她会因为绝望而自杀的。

欧尔弗斯（也跪下）　仁慈的先生，我是欧尔弗斯，一个博学的漫游骑士。今天下午是我扮演了律师和书记员，在彼得·埃里希森来求婚的时候，阻止了先生同彼得·埃里希森说话，结果彼得·埃里希森被骗，以为玛格德罗娜是先生的女儿而向她求了婚。

菲尔格希莱　啊，Monfrere，我一定要报复这件事，哪怕我要付出生命的代价。

莱欧纳德　Monfrere，我可以保证，如果他们让我也加入他们的队伍，那么，无论我对我兄弟有多大的尊敬，我也会允许自己被他们利用。您必须原谅这些年轻人，并将这些阴谋视为爱情和绝望的后果。爱是一种如此强烈的激情，以至于一个人会超越所有的界限，以求去享受自己真挚渴望的东西。关于这婚姻您还有什么要说的？难道它不是比其他婚姻更好十倍、更值得赞美？难道这不是一个体面、出色而富有的人吗？

菲尔格希莱　Monfrere，他不懂簿记。我想要一个精通簿记并且能够在我的各种艰难事务之中帮我一把的人。

莱欧纳德　听我说，Monfrere！如果您愿意听我的劝告，那么您就遣散您的全部书记员，在晚上出门探访一些好朋友，中午睡午觉，让您自己觉得您没有什么事务要处理，然后看一下，家里到底是不是真的还有更多要做的事。

菲尔格希莱　不，Monfrere，不要说这种话。如果没有把鞋穿在脚上，没有人知道这鞋踩上去感觉怎样。

勒安德尔　啊，我心爱的岳父，如果您放弃自己的怒火，那么我保证，我承诺我将把我所有的时间都用在计算和书写上，以求在您的事务之中帮您一把。

帕妮乐　是的，我会保证让他这样做的，东家。

菲尔格希莱　是的，你，你这个刁妇！你会为这一切付出代价的。

帕妮乐　如果我不是对东家一家人有着尊重的话，我就会听任一切朝着其原先的方向发展。但因为我无法忍受看见东家成为笑话而小姐则因这样的婚姻而陷入绝望，我才用上了这样的手段。

莱欧纳德　她说得对，因为，如果不是因为她的工作热情驱使她去这样做的话，她为什么要把自己置于这样的危险中？

菲尔格希莱　那么您许诺，先生，将把功夫花在簿记上？

勒安德尔　是的，我向亲爱的岳父发誓将这样做。

菲尔格希莱　那么，您建议我该怎么做，Monfrere？

莱欧纳德　为了我们之间全部的兄弟之爱，我建议和请求您原谅他们所做的一切，因为那不可取消的合同已经被签下了。

菲尔格希莱　那么，这就确定了，先生，您将把功夫花在簿记上？

勒安德尔　是的，我向亲爱的岳父发誓这样做。

菲尔格希莱　那么，我将称您为女婿并且原谅他们所有其他人，原谅他们对我做下的事情。重新站起来吧。

　　　　［他们全都站起来。

菲尔格希莱　我的埃里希·马森先生！您看这事情怎样。我曾想把我的女儿嫁给您的儿子，但是这对相爱的人把他耍进了女管家的手中。她原本是一个正直的人，出身于好人家而且没有超过四十岁，因此我们希望她能够为您带来后代，把簿记学传下去。

埃里希　您可以自己保留着您的女管家，但愿您倒霉吧！她永远也不会成为我的媳妇。

菲尔格希莱　这事情你们可以自己相互间讨论明白。

埃里希　我将告您。

菲尔格希莱　您可以告我的女佣和那个铸成这场婚姻的家伙，因为我可以发誓说，我对此是一无所知的。

埃里希　啊，我这倒霉的人！

彼　得　啊，我这贫穷可怜的彼得·埃里希森！

玛格德罗娜　噢，我的天使，不要生气。

彼　得　不，下地狱吧。

477

玛格德罗娜　我有带着利息的三千塔勒①,是我为东家工作所赚存下的。他的女儿不会有这么多钱作嫁妆的。

彼　得　我还是可以接受这个的,爸爸。

埃里希　随你的意愿吧。来,让我们回家去,不用和这些骗子们告别了。

菲尔格希莱　作为您的仆人,簿记先生,我将向我的女婿推荐您的教学。

埃里希　您可以推荐魔鬼。

勒安德尔　Adieu,簿记先生。

欧尔弗斯　作为您的仆人,彼得·埃里希森,我祝您幸运。

帕妮乐　Adieu,簿记先生。Prosit die Mahlzeit(拉丁语+德语:祝好胃口)!

彼　得　Adieu,你们所有这些恶人。

莱欧纳德(向观众)

> 通过这部短剧,
> 你能够明白,
> 要被算作是"勤奋",
> 光靠发出响声是不够的。
> 因为我们看到有人把时间
> 浪费在睡眠和美好的日子上,

---

① 考虑到一个女仆的年薪是八至十二塔勒,三千塔勒是一笔可观的积蓄,将近人民币三百万元。

然后也有人因过于勤奋

而让自己倒退往回走。

一个奔跑的人，为了赢得微不足道的东西

而磨损一双鞋子，

如果他平心静气坐在炉灶前，

那么他本可赢得更多。

因为，有时候太聪明

是危险的，

我们看见许多人被毁掉，

就是因为他们过于勤奋，

因为他们由于纯粹的迅速

而来回奔跑。

一个人为拆房子而造房子，

一个人铸造就是为了重新改铸。

我所能想到的这种

忙碌不息者的人物特征，

我不知道我们是否

能在各种喜剧中找到。

我在这里独辟蹊径，更多是

因为我相信这样的判断：

在世界上没有什么事情

第一次出现就完美。

（剧终）

路德维·霍尔堡：生平、作品、影响

本特·霍尔姆①

"若要写得具有喜剧性或怪诞性〔……〕，总是需要用上一个强烈的悲剧环节。"

——达里奥·福（意大利戏剧家，1926—2016年）

霍尔堡生平

1684年，路德维·霍尔堡出生在丹麦-挪威王国富有活力的挪威贸易城市卑尔根。当时这个王国是二元君主制，丹麦国王同时统治两个国家。霍尔堡的母亲是卑尔根主教的孙女。霍尔堡的父亲出身于农民家庭，靠自己的努力晋升为负责卑尔根防务的中校。父亲在霍尔堡很小的时候就去世了，儿子带着鲜明的景仰之情把父亲描述为一个无畏而富有冒险精神的人。父

---

① Bent Holm，丹麦著名的霍尔堡专家，丹麦霍尔堡勋章委员会主席。曾任哥本哈根大学艺术与文化研究系副教授和佛罗伦萨大学客座教授。——译者

子俩在血液里有着共同元素：在年轻时，他们都非常热爱旅行。从哥本哈根大学毕业后，霍尔堡曾多次出国旅行。旅行开阔了他的文化和人文视野，并且给予他一种（在当时是异乎寻常的）语言知识。其间，1706—1708年他在英国居留了一年半，在攻读学业的同时以担任语言和音乐教师谋生。1714—1716年，他前往法国和意大利旅行，徒步行走了数百公里。在这里，他对当时最现代的思想有了深入了解：他一方面对生活进行观察，一方面（当他在罗马看到一个意大利假面喜剧剧团时）也对一种艺术形式进行观察，——这种艺术形式在几年后成了他职业生涯中至关重要的一部分。剧团里的演员和他住在同一个地方，他觉得这打扰自己的学习。但他也看到了他们在舞台上演出的民间流行喜剧——并深受吸引。

霍尔堡的创作经历了政法、文学、历史和哲学阶段。在不同的表现形式中，一些主题则以不同方式出现，无论体裁如何，他的语言风格、机智和快乐无处不在。然而，后人在提及霍尔堡的名字时尤其会想到的是他的喜剧作品。霍尔堡用丹麦语、拉丁语和法语写作并出版作品。除了戏剧，他还对音乐有着极大热情，并在非职业层面上从事音乐创作。

从1717年起，霍尔堡有了较为固定的专业职位，在哥本哈根大学任教授，但直到1730年，他才成为自己原本的学科——历史专业的教授。他并不是一个传统学者，相反，他在极大程度上对学院式的研究和教学法持批判态度，认为它们在很多方面都是过时的，并且脱离现实。

18世纪20年代初，漫长而令人疲惫的北方大战结束了，和平到来，娱乐业也开始在哥本哈根发展起来。于是，一个想法就出现了，这是某种新的东西：要创建一个专业的丹麦语剧院。作为讽刺作家的霍尔堡在数年之前就已经有了名声，当新剧院于1722年开业时，他便因此受邀以丹麦语撰写原创剧本。在随后不多的几年里，他创作了差不多三十部新喜剧。剧院遭到了各种世俗和宗教机构的反对，这些机构把戏剧视作无用而不虔诚的，霍尔堡不得不在学院式的庄重和艺术性的率性语言之间谋求一种微妙的平衡。自1728年起，戏剧表演因宗教原因被禁了长达二十年之久，霍尔堡真正开始了自己在历史和道德哲学方面的著述。1748年剧院重新开张，他又写出了一些新作品，只是没有了最初阶段的那种灵感迸发的清新活力。

霍尔堡从1737年起开始担任大学的财务主管。作为自己所写书籍的销售者和个人资金管理者，霍尔堡务实的头脑在这方面也发挥了作用：他把自己的收入用于购买耕地。他在自己的土地上与农民有了接触，他对他们清醒的头脑和工作技能怀有敬意。到了晚年，他一般都是在自己不大的乡间庄园里度过夏天，远离城市和大学生活。作为一个地主，他于1747年购得了足够的土地而被封为男爵，同时也立下遗嘱：在去世后（他一直未婚，也没有子女）将自己的财产赠与教育机构索罗学院，一所把重心放在现代学科上的另类大学。当时，他已是一位受人尊敬的知识分子，在欧洲有着一定地位，他的著作被翻译成多种语言。1754年，霍尔堡在巡视大学所属林区，即履行职责时，因感染肺部疾病而去世。

霍尔堡的著作

霍尔堡的著述生涯始于历史、政治和法学领域的非虚构作品。1719年,一场论战点燃了他心中讽刺创作的火花,很快就转化成他所称的"诗意狂想"——一种爆发性的文学创造力。这一时期的灵感迸发表现在一系列作品中,在后来为他赢得了几乎是丹麦文学之父的地位。他的"狂想创作"最初产生的是一部很长的喜剧英雄史诗《彼得·坡尔斯》(1719—1720年)和一部讽刺哲学诗集《调侃诗歌》(*Skæmtedigte*,1721—1722年)。在《彼得·坡尔斯》中,政权当局和教育学所指向的整个高高在上的神话世界被向下拉到了人间大地上。霍尔堡坚持描绘自己的时代。但同时,他的作品在很大程度上立足于关于古代、历史和各种其他文化的知识,这些知识为他的作品赋予了视角和深度。

作为一名讽刺作家,霍尔堡是在一个对权威思想和概念有异议的领域里创作自己的作品的。他以各种虚构的"面具"来掩饰自己的作者身份。他用一个外省女孩的笔名写了一首长篇讽刺诗,为男女平等的观点展开了一场有理有据的辩护,这个"女孩"甚至还与他假托的讽刺诗人"通信交流"。这位诗人在不久后又出现了,成为那些喜剧的"作者"。此外,他还编造出一个高深莫测的角色,为这位在民间颇受欢迎的"作者"的喜剧文本添加一些知识渊博的注释和随想。

毫无疑问,那些喜剧是"诗意狂想"最重要的成果。霍尔堡的榜样是伟大的法国喜剧作家莫里哀，后者在前一个世纪创造出了一种精心编排的、以批判讽刺视角来描绘当代生活的喜剧形式。与此同时，霍尔堡对滑稽风格的喜剧（en burlesk komik，一种无厘头的轻松喜剧）也颇有研究，他从意大利假面喜剧中找到了这方面的灵感。

这种喜剧类型有模式特征：故事发生在一个家庭中，主人公的性格缺陷或自我高估阻碍了一对年轻恋人的结合。因此，剧情启动一种密谋，这密谋在最后把诸多碎片拼凑到位，而与此同时，主人公和/或观众则睁开眼睛（但愿是如此！），看清愚蠢的根本所在。在这本剧作选中，喜剧《忙碌不息的人》就是这一结构的完美范例。除了《山上的耶伯》（在出场的人物中没有出现一对恋人）之外，其他作品也都带有这一模式的烙印。此外这种喜剧类型有一个规则：情节中作为主线的冲突必须在一个明确的时间和地点框架内合乎逻辑地发展，并且不能有各种叙事意义上的分支。然而，在实践中，霍尔堡却并不太把各种规则当一回事。尽管他逐渐掌握了结构方面的技巧，但并不是一位形式大师。他的强项在于各种情境、语言、人物刻画，尤其是（在非同寻常程度上的）各种独白。《山上的耶伯》恰是他"草率地"对待各种规则的典型例子，而与此同时，这部戏或许也可以说是他最出色的喜剧作品。

霍尔堡的作品有着各种各样的类型，这里给出的绝不是一个完整的概观。他的著作不仅在文学领域，在历史和道德哲学领域也是具有开创性的。在戏剧活动成为不可能的二十年间，霍尔堡致力于历史学术和散文方面的著述。在18世纪30年代和40年代，他主要从事丹麦史、犹太史和教会史方面的研究，同时还撰写了一些说理透彻的哲学文本，亦即所谓的《道德思考》（*Moralske tanker*）。1741年，他出版了一部讽刺奇幻小说《尼尔斯·克里姆的地下世界之旅》，这部小说和他的自传——三本《生平书信》（*Levnedsbreve*，1728—1743年）一样，都是以当时欧洲通用的文化语言拉丁语写成的。该书内容聚焦于当时的宗教和政治问题，因此最初以匿名形式出版，很快被翻译成多种欧洲语言。书中的主人公克里姆因不成熟而自视甚高，与喜剧中的埃拉斯姆斯·蒙塔努斯是同类人。他跌入一个山洞，并贯穿而过，进入了地球内部的另一个宇宙，在那里，各个国家其实就是外部世界各种习俗和文明中的诸多怪诞的反映。在这里，他来到了树木、动物和（属于文明最低级水平的）人类所居住的国家。当克里姆让自己成为了人类的皇帝后，权力冲昏了他的头脑，而同时他又是一个没有自信的统治者，因而逐渐变成了一个暴君，最终被推翻，并坠落回地球表面，重新回到了大地上的悲惨生活之中。

直到去世，霍尔堡还撰写和发表了数百篇短文，他的许多书信，内容涉及实践、道德、政治等各种主题，反映了他几乎没有止境的好奇心和兴趣。在1750年第214号书信中，他详细地描述了中国戏剧（在他所写的细节中，有一个剧团的组合让他想起了年轻时体验过的意大利戏剧），包括对一部中国英雄戏剧的长篇概述。在其他书信中，他还讨论了中国的语言、政府统治形式和文化，——这当然只是霍尔堡书信主题多样性的两个例子。

霍尔堡的主题

在一封书信（1748年，第179号书信）中，霍尔堡认为"无邪的娱乐"——例如音乐和戏剧——对于心灵有着与食物和饮料对于身体完全类似的重要性。如上所述，戏剧遭到反对，因为反对者认为装假的职业是不光彩的。但霍尔堡认为，那些现实中可鄙的伪君子是为了欺骗而装假，而舞台上的艺术家则是为了揭露虚伪和欺骗而装假。在他指出喜剧"将这些国家里的普通人重新塑造，仿佛换了一个模子，教会他们就美德和恶习进行理性思考，而在以前，许多人对这两者都很少有自己的想法"的时候，他的论点就足以取胜了。戏剧帮助人们成为开明、负责任的现代公民。艺术的基本生命能量创造着欢乐，同时它又是一种对生活的批判性反映，常常通过讽刺和悖论引起反思。

霍尔堡在虚构和角色扮演中的戏剧人物身上找到了一种艺术工具，这工具能够给出一种非同寻常的可能性，能够面向广大观众展示出人类的各种怪癖和可笑、展示出空洞的野心、非理性的行为和膨胀的自欺欺人，并将其置于那囊括了虚构与现实、想象与现实的更大的人生哲学框架中。简而言之，在霍尔堡的著作中，喜剧、历史和哲学各部分之间没有无法穿透的墙。戏剧在三个维度中展开他的各种主题。

从1716年霍尔堡的第一部重要著作《自然法和国际法》开始，就一直有一个贯穿了他所有作品的主题：规范、时尚和习俗都是人类的建构，没有绝对的意义，而"自然"则相反，包含了一些基本原则，是高高地处于人类所创造出的各种形式的习俗惯例之上的。例如，霍尔堡在多处论证了女性在社会中被赋予次要地位，而这正是基于人类习俗。既然大自然不会无缘无故地创造什么，那么，如果女性的天赋无法像男性的才能（如果有的话）一样有机会为了共同的益用和福祉而得以施展的话，就会是一种毫无意义的存在。在《忙碌不息的人》中，实际上管理着家务和生意的人恰是剧中的女仆，她绝对比糊涂的主人更有远见。

因此，各种根深蒂固的观念并不等于永恒有效的真理。它们是可以被改变的。戏剧的情形也是如此。在某些文化和时期中，戏剧被解读为有害而可疑的。但如果当局决定去采用相反的解读，那么，是的，戏剧就会突然变得很好很有用。因此，各种被赋予了权威性的规范所支配的行为，从最深的根本上看，是建立在一种幻觉之上的，——从这个意义上说，它就是一种戏剧形式。舞台艺术能够揭示出这些围绕在身份、地位和角色的游戏之中的空虚。同样，在《假面舞会》以及后来的《书信》第347号（1749年）中，他为假面舞会表面上的无用性进行了辩护。假面舞会之所以有用，是因为它揭开了人类（而恰非是自然）赋予自己和相互赋予他人的角色所具有的假面具。

对霍尔堡来说，社会等级制度是一种社会舞台演出形式。在他的时代，农民处于社会等级的最底层。在关于尼尔斯·克里姆的讽刺小说中，他给出了另一种等级秩序，即以生产性社会效益而非声望来衡量人所应得的地位，在这里，农民阶级被推到了最高层。在关于埃拉斯姆斯·蒙塔努斯的喜剧中，聪明的弟弟表述出了关于土地使用者的至关重要的论点。

在霍尔堡的著述中有一个自始至终得以贯彻的主旨——"认识自己"。如果你对自己的能力和才干没有切实的了解，你就会陷于自欺，从而很容易成为欺骗的受害者。看看这组喜剧中的主要人物就知道了。匠人赫尔曼、农夫耶伯、市民菲尔格希莱都在对自己的能干、伟大或重要性的幻想中失去了全部实际立足点，在他们受到阴谋诡计的耍弄时，就在现实面前栽倒。大学生埃拉斯姆斯在自然法则的论证中碰壁，他必须为自以为是地将物理现实消解为贫瘠的抽象概念付出肉体的代价。作为一家之主的耶罗尼姆斯否认假面舞会的真理是对自然的平等性和生活乐趣的表达，但最后不得不认识到自己的观点无法成立。

霍尔堡作品中的第三个主题是"适度节制"，即必须将自己置于平和的中间位置，而不是沉溺于狂热、极端和过激。典型的例子是，喜剧中的莱欧纳德是温和宽容的代言人（尽管在喜剧《假面舞会》中他并没有完全实践自己的理想）。但与此同时，霍尔堡在一首讽刺性的《调侃诗歌》中表达了这样的观点：人类的本性和历史从根本上说都是从一个极端走向另一个极端。这首诗的结论是，甚至在每个个体的内心深处，也有"一种特别的混沌"在起主导作用。因此，适度节制是一种理想，同时也是一种幻觉，这是一个典型的霍尔堡式的悖论。

简言之，霍尔堡看到了人的天性中的双重性，一方面是个体的内心"混沌"中具有破坏性的自私驱动力，另一方面是理性，理性使人在社会中进入自己的角色，对盲目的自私驱动力设置各种边界和底线。要想公正合理地领导社会，需要睿智、知识和大局观。赫尔曼·冯·布莱门和耶伯，一旦权力在握，就极不靠谱。他们缺乏能力和成熟度，——当一个缺乏相应知识的幻想家要统治时，或者当一个受压迫的人"匆匆地"[1]（正如《山上的耶伯》终结诗句所说）被提升到权力的高位时，必然会出问题。作为统治者的尼尔斯·克里姆也是一场灾难。他既野心勃勃，又缺乏自信（他不成熟，在素质上也不合格），并因此是专横的。但是，社会机器想要高效运转，还需要公民（未开化的平民被"塑造"成公民）能够做出适当的反应和行动，而不能有太多以非理性的性格特征、迷信或轻信为形式的阻碍。归根结底，讽刺喜剧本身的形式在原则上也应当反映出这种清晰而符合逻辑的机制结构。

对霍尔堡来说，重要的是让观众从舞台上的各种人性冲突中认出自己。他的大部分剧本都反映出了可辨认的现实，尽管是以喜剧的形式呈现。虽然本剧作选中的两部喜剧以乡村为背景，但霍尔堡的大部分喜剧都以剧院所在的城市为背景，——有一个值得提醒读者注意的细节是：其中一部喜剧《政治补锅匠》的剧情发生地是德国北部城市汉堡。这是有原因的。在剧本产生的数年前，汉堡曾有过政治上的混乱，结局非常有戏剧性。汉堡发生的那些事件在当时成了一个教科书式的例子，展示出特殊利益集团在对社会缺乏全面了解的情况下夺取政权的后果，尾随着无能的统治者而来的就是"混乱"。

霍尔堡不断向观众提出挑战，他同时宣布了几件不同的事情，

---

[1] 丹麦语 hast，译者在剧本中意译为"直接地"。——译者

这些事情不可能都是真实的，但在某种程度上却又是真实的。观众被迫开始思考，为自己的习惯性思维打上问号。埃拉斯姆斯怎么可能一方面是对的，另一方面又没有道理是对的呢？霍尔堡笔下那些可笑的剧中主要人物就具有这种暧昧多义的印痕：一方面，他们在社会意义和道德意义上都应受到批判，而另一方面，由于他们恰恰是依据"他们的非理性"来播撒"怀疑的种子"，让人对自己周围的理性环境所具有的清晰明确性和自我满足性产生怀疑，这就与霍尔堡对非理性和"疯狂"的理解不谋而合：霍尔堡把非理性理解为对一种"相对于现实之混乱的明晰综观"（的幻觉）的生死攸关的纠正，——这种"相对于现实之混乱的明晰综观（的幻觉）"很有可能会让个人和社会沉陷在自我肯定的状态中。耶伯是一个深受观众喜爱的角色，因为他为男爵的权威打上了问号——正如安徒生童话中那个能够看出皇帝没有穿衣服的孩子，而与此同时，说出结论的则是男爵。

霍尔堡的后世

如上所述，在丹麦甚至北欧国家，霍尔堡通常被视为现代意义上的文学——亦即独立于教会和皇权的文学——之父。哪怕有人认为这是一种简单化，但终究是一个无可置疑的事实：他的著作在文学和戏剧领域都留下了决定性的印记，尤其是在丹麦。恰是霍尔堡的幽默、现实主义和反讽，恰是它们在文学和戏剧画面中能够留下踪迹让我们追溯到这样一种程度，以至于我们能够恰如其分地说：丹麦人的民族认同、丹麦人的民族心态直接或间接地受到这一遗产的影响。从一开始，他的喜剧在民间就是被普通人广泛接受的流行读物。

一些人试图追随他的喜剧作品风格，尤其是18世纪晚期的夏洛塔·多萝西娅·比埃尔（Charlotta Dorothea Biehl），但从更广阔的视角来看，为后人留下了文学和精神烙印的，更多地是霍尔堡对现实而非对形式的眼光。浪漫主义在1800年前后对各种严格的表达形式的消解和对情感更大程度地扩展，与霍尔堡式的冷静和关于节制的理念构成了鲜明对比。然而，在几乎代表了这一时期丹麦人自我理解的浪漫主义戏剧，亚当·欧伦施莱格尔（Adam Oehlenschläger）的"东方"童话剧《阿拉丁》（*Aladdin*）之中，我们能够看见一些场景，其中对普通民间生活的描写有一种对"霍尔堡式的调子"的回响。1813年，欧伦施莱格尔写道："霍尔堡知道怎样去忠实地描绘他那个时代丹麦首都的市民生活，描绘得如此忠实，以至于即使这座城市沉入地下，到了几个世纪后，人们只要挖掘出霍尔堡的喜剧，就会像挖掘一座座完整的古罗马城市一样准确地得到对往昔的了解。"现在，霍尔堡的讽刺性描写或漫画式戏谑几乎就是真相！

19世纪上半叶，丹麦的国家艺术和文化史上出现了一个伟大时期，通常被称作"黄金时代"。在这一时期，有两位作家尤其凸显出来：诗人安徒生和哲学家索伦·克尔凯郭尔。安徒生出身于社会最底层的贫寒家庭。在他父亲不多的拥有物中也有着霍尔堡的喜剧著作，安徒生在回忆录《我的童话人生》（*Mit livs eventyr*, 1855年）的开头，用绘画的形式描绘了他母亲和她的新生儿躺在一张床上的情景，这张床是父亲自己用从一个贵族守灵人那里得到的木料做成的："1805年4月2日，四周满是鲜花和烛台，这里躺着的不是伯爵的尸体，而是一个活生生的、啼哭着的孩子，他就是我，汉斯·克里斯蒂安·安徒生。据说在最初的几天里，我的父亲一直坐在我母亲的床边，为她朗读《霍尔堡》，而我则尖声叫喊着。'你是要睡觉还是要安静地听'，我听说，他是开着玩笑地这样说。"他的父亲继续为这男孩朗读，而这男孩则渐渐把那些喜剧中的全部场景都背了下来。这对他后来的人生有着决定性影响，为他带来对戏剧的热爱、激发他作为剧作家的灵感（他改编了霍尔堡的一部喜剧）并赋予他幽默、描绘人的能力和写台词所需的机智。克尔凯郭尔是霍尔堡的热心读者，他引用霍尔堡几乎就与他引用古希腊哲学和基督教《圣经》一样频繁。在与读者理解力的不断互动中，反讽是克尔凯郭尔写作和思考的核心，这种反讽带着一种霍尔堡式的灵感一直延伸到他以一系列笔名和虚构作者身份进行的游戏之中。

然而，霍尔堡式的不具感伤性的喜剧在许多方面都与浪漫主义的情感格格不入。讽刺的肆无忌惮与当时深重的民族和宗教感情并不相符。它们在一场强烈的民众启蒙运动中得到了体现，从最深刻的意义上看，这场运动就是霍尔堡"将普通民众'塑造'成为负责任的公民——从而发展出人民政体"计划的延伸。

北欧戏剧中最核心的人物，挪威剧作家亨利克·易卜生承认自己从霍尔堡那里得到了启示，他在"对当代生活的批判性描写和对喜剧人物的刻画"方面显然追随了这位喜剧作家的足迹。瑞典最重要的剧作家奥古斯特·斯特林堡在20世纪初为他的小型私密剧院拟定剧目时，也将《山上的耶伯》列入其中。他在自己的计划中，围绕着梦境与现实间的流动关系展开哲学思考，而这部关于"一个农民散漫的意识状态"（用一句台词概括就是："我在做梦吗，还是醒着？"）的戏剧很自然地参与了进来。

但是，尤其是在丹麦戏剧中，霍尔堡的戏剧遗产首先在于坚实的现实主义和健康活泼的幽默的特殊结合，这种结合迄今为止一直是表演艺术和成功（并且是有争议的）剧作家的特征，而反过来，这种结合也意味着过于感伤悲情的戏剧难以在舞台上起到救赎作用或者在观众心中赢得共鸣。这一可以追溯到丹麦戏剧创立之初的特殊结合，随着时间的推移，也在丹麦电影和电视剧中留下了印痕。这些体裁在国际舞台上出现，往往就是依据这一特别的联结，恰恰就是在这一联结中，荒诞性与实在性对峙着。

2024 年 2 月 24 日

参考文献

Rossel, Sven Hakon, ed., *Ludvig Holberg: a European writer; a study in influence and reception*. Rodopi, Amsterdam-Atlanta 1994.（斯文·哈空·罗瑟尔编：《路德维·霍尔堡：一个欧洲作家；对于影响与接受的研究》，阿姆斯特丹-亚特兰大，罗多比出版社，1994 年。）

Holm, Bent, *Ludvig Holberg, a Danish Playwright on the European Stage: Masquerade, Comedy, Satire*. Hollitzer, Wien 2018.（霍尔姆·本特：《路德维·霍尔堡，一位在欧洲舞台上的丹麦剧作家：假面，喜剧和讽刺》，

维也纳,霍立策尔出版社,2018年。)

Holberg, Ludvig, *Plays* I-III, oversat og kommenteret af Bent Holm og Gaye Kynoch. Hollitzer, Wien 2020-2023.(路德维·霍尔堡:《戏剧集》1—3卷,本特·霍尔姆、伽耶·居诺克译注,维也纳,霍立策尔出版社,2020—2023年。)

译者的话

霍尔堡可以说是丹麦挪威两个国家共同的文学之父,他的喜剧作品在这两个国家是家喻户晓的。我自己则是通过对索伦·克尔凯郭尔的翻译才认识霍尔堡的。克尔凯郭尔在自己的著作中经常引用霍尔堡的名言、故事或典故。在中国已出版的从丹麦语翻译成中文的克尔凯郭尔著作中,《出自一个仍然活着的人的文稿》、《论反讽的概念》、《非此即彼》、《陶冶性的讲演集1843/44》、《畏惧与颤栗》、《重复》、《哲学片断》、《恐惧的概念》、《人生道路诸阶段》、《最后的、非科学性的附言》、《一篇文学评论》、《爱的作为》、《基督教讲演》、《致死的疾病》这些都有着对霍尔堡喜剧的引用和参考,好像只有一部是不涉及霍尔堡的,就是讲演著作《原野里的百合与天空中的飞鸟》。

2007—2008年,我作为丹麦儿童剧代表团的翻译,两次随同丹麦六七家儿童剧团到中国巡演,就开始了与丹麦戏剧的接触。2008年,我受邀到哥本哈根的丹麦皇家剧院学习戏剧并创作剧本,获得机会在皇家剧院看了很多戏,霍尔堡的《山上的耶伯》就是其中一部。自那以后我就开始留意霍尔堡的喜剧作品了。

2013年,在丹麦文版28卷《克尔凯郭尔文集》的发布会上,我遇上了丹麦国家艺术基金会的顾问索伦·贝尔托弗特(Søren

Beltoft)。索伦向我说起北京有一家出版社希望出版霍尔堡的喜剧，问我有没有兴趣翻译霍尔堡。我说我读到太多克尔凯郭尔著作中的霍尔堡典故，也确实很愿意翻译一些他的喜剧。于是就把这件事放在了心上。

2015年我通过丹麦戏剧家格丽特·乌尔达尔·杰森（Gritt Uldall-Jessen）认识了挪威卑尔根大学的戏剧教授克努特·欧维·阿尔恩岑。格丽特和克努特都有志于向中国推介北欧戏剧，希望我能够翻译一些丹麦和挪威的剧本。我马上就想到了霍尔堡和《山上的耶伯》。我们三个人坐下一起谈论霍尔堡并得出结论，《山上的耶伯》、《政治补锅匠》和《埃拉斯姆斯·蒙塔努斯》是我最应当翻译的霍尔堡喜剧。随后，我就翻译出了《山上的耶伯》和《政治补锅匠》。

作为剧作家，格丽特认为戏剧不应当仅仅是文本阅读，更应当让观众体验到舞台上的演出。如果我们暂时没有足够的资源向中国观众提供正式舞台演出，那么也应当让中国观众看见由中国演员来表演的剧本朗读。2017年秋天，格丽特申请了一些经费，组织开展到中国做介绍霍尔堡喜剧的剧本朗读活动，计划是由丹麦导演和中国演员合作演出《山上的耶伯》和《政治补锅匠》。她聘请了两位丹麦导演，但一位导演临时因事无法前来，于是就请中国导演蔡艺芸代替不在场的丹麦导演。演出地点是北京798艺术区丹麦文化中心的空间。我们得到了北京国际青年戏剧节的负责人、北京青年戏剧工作者协会会长邵泽辉导演的帮助，他为我们找来了中国传媒大学表演专业的一些学生作为朗读表演的演员。丹麦导演安娜·安德莱阿·马尔泽尔（Anna Andrea Malzer）执导

《山上的耶伯》，中国导演蔡艺芸执导《政治补锅匠》。演出是成功的。经丹麦国家艺术基金会顾问索伦的牵线介绍，我们也邀请到索伦所说的那家出版社的一位资深编辑来观看朗读表演。这位编辑看了觉得很好，于是我们就约了在出版社再见。

我去了出版社，了解到出版霍尔堡剧本的事情其实是出版社退休返聘的张老编辑向索伦提出的。张老编辑对我说，在他年轻时，他的老上级冯雪峰常说起霍尔堡，希望能够在中国出版霍尔堡剧本。他也提及中国有人曾从霍尔堡的俄语译本中翻译出版过一些，其中就有《山上的耶伯》，但剧名被译作"山民耶比"。我们聊得很好，张老编辑希望能够再有更多部喜剧被译出，一同结集出版。

回到丹麦，我约了和索伦再见，对他讲述了霍尔堡的两个喜剧剧本在中国朗读的情况。我说我打算翻译更多剧本。索伦向我推荐《忙碌不息的人》。然后，我又遇上挪威教授克努特，克努特则向我推荐了《忙碌不息的人》和《假面舞会》。这样，到2019年，我就翻译出了《埃拉斯姆斯·蒙塔努斯》、《忙碌不息的人》和《假面舞会》。剧作家格丽特再次申请了经费，打算组织第二次在中国介绍霍尔堡喜剧的剧本朗读活动。这次要朗读的是《忙碌不息的人》和《假面舞会》，计划是2020年与北京国际青年戏剧节合作，在北京的菊隐剧场做朗读演出。邵导甚至希望在那之后组织安排一届霍尔堡戏剧节。

然而这个计划却被接下来几乎切断了半个世界的联系的新冠疫情打断了。2020年不可能了。2021年冬天我到北京，又与出版社和邵导联系了。出版社的张老编辑已经完全退了。来看过《山上的耶伯》的资深编辑向我表示，她是希望能够与霍尔堡喜剧的演出同步出版《霍尔堡喜剧选》的。我回到丹麦后就把五个剧本发给了她。但后来我就没有再得到任何关于这家出版社出版霍尔堡剧本的消息了。

2022年，丹麦的戏剧人都在庆祝丹麦戏剧三百周年，——在三百年前，在霍尔堡的参与推动之下，丹麦有了自己的戏剧。霍尔堡的中译本若在这一年出版，对丹中戏剧交流会有很大意义。但是，这一年的出版机会错过了。然后，因为我一直没有得到出版方面的消息，考虑到那位资深编辑也到了退休年龄（她好像比我大一岁），而后面更年轻的编辑可能并没有想要出版霍尔堡的愿望，我有点沮丧，也就放弃了在这家出版社出版霍尔堡剧本的期待。

但与此同时，格丽特却促成了在2023年与北京国际青年戏剧节合作推出霍尔堡喜剧《忙碌不息的人》和《假面舞会》的剧本朗读表演。在筹备阶段我到了北京，顺便到商务印书馆做一些克尔凯郭尔著作翻译出版的准备工作。我也向商务印书馆说起了霍尔堡喜剧的事情，商务的编辑方婧之老师在阅读了五个剧本的译稿之后，认为商务也许可以出版。格丽特在丹麦找到了两位导演，执导《忙碌不息的人》的卡米拉·莫滕森（Kamilla Mortensen）和执导《假面舞会》的约翰·萨劳（Johan Kristian Sarauw）；负责北京国际青年戏剧节的邵泽辉以演员招募的方式协助两位导演找到了12位北京的演员（《假面舞会》：李佳欢、迪笛、罗罗、王迎、贺瞳瞳和周寅铭；《忙碌不息的人》：伍蓝莹、陈磊、杨帆、相安琪、胡泽宇和祁湘宗）。就这样，2023年12月，一方面两位丹麦导演和 12 位中国演员成功地在北京的小金鱼剧场完成了两部喜剧的朗读演出，一方面商务印书馆也决定出版《山上的耶伯：霍尔堡喜剧五种》。于是这本书的出版就不再只是期待，而是进入了实现阶段。

尽管我翻译了霍尔堡这五部喜剧，但毕竟不是专业的霍尔堡研究者。在我确定了这本书最终要在商务印书馆出版之后，就请卑尔根大学戏剧教授克努特·欧维·阿尔恩岑为这本喜剧集写一篇介绍霍尔堡的文章。但克努特只是挪威的霍尔堡专家，还缺少"丹麦元素"，因此格丽特又建议请丹麦的霍尔堡研究专家本特·霍尔姆博士也写一篇。我联系了本特，然后得到了他的文章。就这样，这里就有两篇关于霍尔堡及其著述的文章代替本书的序和跋了。我在此对两位研究者表示感谢。

在此我也要对"霍尔堡文集网页"上对霍尔堡剧本做注释的专家们表示感谢，本书中的大部分注释都是我根据他们在路德维·霍尔堡文集网页上对霍尔堡剧本的注释编译的。网页上的注释也不仅仅是对历史文化背景的注释，还有许多语言上的，尽管我没有把这些语言方面的注释翻译出来，但它们为我提供了极大帮助。霍尔堡的语言是 18 世纪的丹麦语，有许多词的词义不同于今天的丹麦语，如果没有这些专家们的注释，我就无法正确地理解这些剧本。霍尔堡文集网页（LUDVIG HOLBERGS SKRIFTER：http://holbergsskrifter.dk，2.12 版，更新于 2022 年 10 月 10 日）是由丹麦语言文学协会（Det Danske Sprog- og Litteraturselskab）设立的可供免费使用的霍尔堡著作与研究资源。

这本书中的五个剧本都直接译自丹麦文。以前张老编辑提及的从俄文本翻译出的霍尔堡剧本也是有成书的。2021年，侨居丹麦的中国专业演员徐卫向我说起，他在北京的图书馆中看见了作为戏剧学院学习参考书的《山上的耶伯》。于是我就在孔夫子旧书网查了一下，然后查到并买下了上海译文出版社1985年出版的由周柏冬、杨衍松从1957年的俄译本译出的《霍尔堡喜剧选》，其中有《让·德·法郎士》、《山民耶比》(《山上的耶伯》)、《六月十一日》和《贫穷与傲慢》。这个转译本也是质量很好的译本，读者若想在中文中对霍尔堡喜剧有更多了解，我也推荐使用这个转译本作为进一步的参考读物。

2015年开始将克尔凯郭尔作品翻译成中文以来，除了克尔凯郭尔著作或与克尔凯郭尔生平相关的书籍，我很少接手其他翻译工作，但霍尔堡的喜剧和约翰内斯·维·延森的《国王之败》是例外，因为我认为这些作品非常重要。霍尔堡的喜剧反映出丹麦民族的精神状态，比如说，比起高深的"道理"，做人更重要(《埃拉斯姆斯·蒙塔努斯》)。同时，霍尔堡喜剧中的幽默具有普遍人性的内涵，我相信中国观众会喜欢这类喜剧，就像莫里哀和果戈理已经融入了中国的文化生活一样。我不能说中国人作为个体能用霍尔堡的喜剧来达成什么，但我至少认为，中国的克尔凯郭尔读者在看过或读过霍尔堡的喜剧后，就会理解克尔凯郭尔为什么会喜欢引用和参考霍尔堡的喜剧。

在等待这本书出版的同时，邵导再次和我说起正式在剧场上演霍尔堡喜剧和举办霍尔堡戏剧节的事情。于是我又重新有了期待，希望这本书出版后会有由中国导演执导的霍尔堡喜剧在中国上演。但愿中国的克尔凯郭尔读者能够体验舞台上的霍尔堡，但愿这本书的读者能够体验舞台上的霍尔堡，最后也但愿中国所有知道或不知道霍尔堡的戏剧爱好者能够体验舞台上的霍尔堡。

　　本书的出版得到了丹麦基金会 Konsul George Jorck og Hustru Emma Jorck's Fond 的支持赞助，我在此感谢。而在此前，霍尔堡的剧本在北京的两次朗读则得到了丹麦国家艺术基金会（Statens Kunstfond）和丹麦范岁久基金会（S.C.Van Fonden）的支持赞助，我在此也再次向这些基金会表示感谢。

京不特
2024 年 3 月 10 日于上海

Konsul George Jorck

汉译文学名著

第一辑书目（30种）

伊索寓言	〔古希腊〕伊索著　王焕生译
一千零一夜	李唯中译
托尔梅斯河的拉撒路	〔西〕佚名著　盛力译
培根随笔全集	〔英〕弗朗西斯·培根著　李家真译注
伯爵家书	〔英〕切斯特菲尔德著　杨士虎译
弃儿汤姆·琼斯史	〔英〕亨利·菲尔丁著　张谷若译
少年维特的烦恼	〔德〕歌德著　杨武能译
傲慢与偏见	〔英〕简·奥斯丁著　张玲、张扬译
红与黑	〔法〕斯当达著　罗新璋译
欧也妮·葛朗台 高老头	〔法〕巴尔扎克著　傅雷译
普希金诗选	〔俄〕普希金著　刘文飞译
巴黎圣母院	〔法〕雨果著　潘丽珍译
大卫·考坡菲	〔英〕查尔斯·狄更斯著　张谷若译
双城记	〔英〕查尔斯·狄更斯著　张玲、张扬译
呼啸山庄	〔英〕爱米丽·勃朗特著　张玲、张扬译
猎人笔记	〔俄〕屠格涅夫著　力冈译
恶之花	〔法〕夏尔·波德莱尔著　郭宏安译
茶花女	〔法〕小仲马著　郑克鲁译
战争与和平	〔俄〕列夫·托尔斯泰著　张捷译
德伯家的苔丝	〔英〕托马斯·哈代著　张谷若译
伤心之家	〔爱尔兰〕萧伯纳著　张谷若译
尼尔斯骑鹅旅行记	〔瑞典〕塞尔玛·拉格洛夫著　石琴娥译
泰戈尔诗集：新月集·飞鸟集	〔印〕泰戈尔著　郑振铎译
生命与希望之歌	〔尼加拉瓜〕鲁文·达里奥著　赵振江译
孤寂深渊	〔英〕拉德克利夫·霍尔著　张玲、张扬译
泪与笑	〔黎巴嫩〕纪伯伦著　李唯中译
血的婚礼——加西亚·洛尔迦戏剧选	〔西〕费德里科·加西亚·洛尔迦著　赵振江译
小王子	〔法〕圣埃克苏佩里著　郑克鲁译
鼠疫	〔法〕阿尔贝·加缪著　李玉民译
局外人	〔法〕阿尔贝·加缪著　李玉民译

第二辑书目（30种）

枕草子	〔日〕清少纳言著	周作人译
尼伯龙人之歌	佚名著	安书祉译
萨迦选集		石琴娥等译
亚瑟王之死	〔英〕托马斯·马洛礼著	黄素封译
呆厮国志	〔英〕亚历山大·蒲柏著	李家真译注
波斯人信札	〔法〕孟德斯鸠著	梁守锵译
东方来信——蒙太古夫人书信集	〔英〕蒙太古夫人著	冯环译
忏悔录	〔法〕卢梭著	李平沤译
阴谋与爱情	〔德〕席勒著	杨武能译
雪莱抒情诗选	〔英〕雪莱著	杨熙龄译
幻灭	〔法〕巴尔扎克著	傅雷译
雨果诗选	〔法〕雨果著	程曾厚译
爱伦·坡短篇小说全集	〔美〕爱伦·坡著	曹明伦译
名利场	〔英〕萨克雷著	杨必译
游美札记	〔英〕查尔斯·狄更斯著	张谷若译
巴黎的忧郁	〔法〕夏尔·波德莱尔著	郭宏安译
卡拉马佐夫兄弟	〔俄〕陀思妥耶夫斯基著	徐振亚、冯增义译
安娜·卡列尼娜	〔俄〕列夫·托尔斯泰著	力冈译
还乡	〔英〕托马斯·哈代著	张谷若译
无名的裘德	〔英〕托马斯·哈代著	张谷若译
快乐王子——王尔德童话全集	〔英〕奥斯卡·王尔德著	李家真译
理想丈夫	〔英〕奥斯卡·王尔德著	许渊冲译
莎乐美 文德美夫人的扇子	〔英〕奥斯卡·王尔德著	许渊冲译
原来如此的故事	〔英〕吉卜林著	曹明伦译
缎子鞋	〔法〕保尔·克洛岱尔著	余中先译
昨日世界：一个欧洲人的回忆	〔奥〕斯蒂芬·茨威格著	史行果译
先知 沙与沫	〔黎巴嫩〕纪伯伦著	李唯中译
诉讼	〔奥〕弗兰茨·卡夫卡著	章国锋译
老人与海	〔美〕欧内斯特·海明威著	吴钧燮译
烦恼的冬天	〔美〕约翰·斯坦贝克著	吴钧燮译

第三辑书目（40种）

埃达	〔冰岛〕佚名著　石琴娥、斯文译
徒然草	〔日〕吉田兼好著　王以铸译
乌托邦	〔英〕托马斯·莫尔著　戴镏龄译
罗密欧与朱丽叶	〔英〕莎士比亚著　朱生豪译
李尔王	〔英〕莎士比亚著　朱生豪译
大洋国	〔英〕哈林顿著　何新译
论批评　云鬟劫	〔英〕亚历山大·蒲柏著　李家真译注
论人	〔英〕亚历山大·蒲柏著　李家真译注
亲和力	〔德〕歌德著　高中甫译
大尉的女儿	〔俄〕普希金著　刘文飞译
悲惨世界	〔法〕雨果著　潘丽珍译
安徒生童话与故事全集	〔丹麦〕安徒生著　石琴娥译
死魂灵	〔俄〕果戈理著　郑海凌译
瓦尔登湖	〔美〕亨利·大卫·梭罗著　李家真译注
罪与罚	〔俄〕陀思妥耶夫斯基著　力冈、袁亚楠译
生活之路	〔俄〕列夫·托尔斯泰著　王志耕译
小妇人	〔美〕路易莎·梅·奥尔科特著　贾辉丰译
生命之用	〔英〕约翰·卢伯克著　曹明伦译
哈代中短篇小说选	〔英〕托马斯·哈代著　张玲、张扬译
卡斯特桥市长	〔英〕托马斯·哈代著　张玲、张扬译
一生	〔法〕莫泊桑著　盛澄华译
莫泊桑短篇小说选	〔法〕莫泊桑著　柳鸣九译
多利安·格雷的画像	〔英〕奥斯卡·王尔德著　李家真译
苹果车——政治狂想曲	〔英〕萧伯纳著　老舍译
伊坦·弗洛美	〔美〕伊迪斯·华尔顿著　吕叔湘译
施尼茨勒中短篇小说选	〔奥〕阿图尔·施尼茨勒著　高中甫译
约翰·克利斯朵夫	〔法〕罗曼·罗兰著　傅雷译
童年	〔苏联〕高尔基著　郭家申译
在人间	〔苏联〕高尔基著　郭家申译
我的大学	〔苏联〕高尔基著　郭家申译

地粮	〔法〕安德烈·纪德著	盛澄华译
在底层的人们	〔墨〕马里亚诺·阿苏埃拉著	吴广孝译
啊，拓荒者	〔美〕薇拉·凯瑟著	曹明伦译
云雀之歌	〔美〕薇拉·凯瑟著	曹明伦译
我的安东妮亚	〔美〕薇拉·凯瑟著	曹明伦译
绿山墙的安妮	〔加〕露西·莫德·蒙哥马利著	马爱农译
远方的花园——希梅内斯诗选	〔西〕胡安·拉蒙·希梅内斯著	赵振江译
城堡	〔奥〕弗兰茨·卡夫卡著	赵蓉恒译
飘	〔美〕玛格丽特·米切尔著	傅东华译
愤怒的葡萄	〔美〕约翰·斯坦贝克著	胡仲持译

第四辑书目（30种）

伊戈尔出征记		李锡胤译
莎士比亚诗歌全集——十四行诗及其他	〔英〕莎士比亚著	曹明伦译
伏尔泰小说选	〔法〕伏尔泰著	傅雷译
海上劳工	〔法〕雨果著	许钧译
海华沙之歌	〔美〕朗费罗著	王科一译
远大前程	〔英〕查尔斯·狄更斯著	王科一译
当代英雄	〔俄〕莱蒙托夫著	吕绍宗译
夏洛蒂·勃朗特书信	〔英〕夏洛蒂·勃朗特著	杨静远译
缅因森林	〔美〕梭罗著	李家真译注
鳕鱼海岬	〔美〕梭罗著	李家真译注
黑骏马	〔英〕安娜·休厄尔著	马爱农译
地下室手记	〔俄〕陀思妥耶夫斯基著	刘文飞译
复活	〔俄〕列夫·托尔斯泰著	力冈译
乌有乡消息	〔英〕威廉·莫里斯著	黄嘉德译
生命之乐	〔英〕约翰·卢伯克著	曹明伦译
都德短篇小说选	〔法〕都德著	柳鸣九译
无足轻重的女人	〔英〕奥斯卡·王尔德著	许渊冲译
巴杜亚公爵夫人	〔英〕奥斯卡·王尔德著	许渊冲译
美之陨落：王尔德书信集	〔英〕奥斯卡·王尔德著	孙宜学译
名人传	〔法〕罗曼·罗兰著	傅雷译
伪币制造者	〔法〕安德烈·纪德著	盛澄华译
弗罗斯特诗全集	〔美〕弗罗斯特著	曹明伦译

弗罗斯特文集	〔美〕弗罗斯特著	曹明伦译
卡斯蒂利亚的田野：马查多诗选	〔西〕安东尼奥·马查多著	赵振江译
人类群星闪耀时：十四幅历史人物画像		
	〔奥〕斯蒂芬·茨威格著	高中甫、潘子立译
被折断的翅膀：纪伯伦中短篇小说选	〔黎巴嫩〕纪伯伦著	李唯中译
蓝色的火焰：纪伯伦爱情书简	〔黎巴嫩〕纪伯伦著	薛庆国译
失踪者	〔奥〕弗兰茨·卡夫卡著	徐纪贵译
获而一无所获	〔美〕欧内斯特·海明威著	曹明伦译
第一人	〔法〕阿尔贝·加缪著	闫素伟译

第五辑书目（30种）

坎特伯雷故事	〔英〕乔叟著	李家真译注
暴风雨	〔英〕莎士比亚著	朱生豪译
仲夏夜之梦	〔英〕莎士比亚著	朱生豪译
山上的耶伯：霍尔堡喜剧五种	〔丹麦〕霍尔堡著	京不特译
华兹华斯叙事诗选	〔英〕威廉·华兹华斯著	秦立彦译
富兰克林自传	〔美〕富兰克林著	叶英译
别尔金小说集	〔俄〕普希金著	刘文飞译
三个火枪手	〔法〕大仲马著	江城子译
谁之罪？	〔俄〕赫尔岑著	郭家申译
两河一周	〔美〕梭罗著	李家真译注
伊万·伊里奇之死	〔俄〕列夫·托尔斯泰著	张猛译
蓝眼盗	〔墨〕阿尔塔米拉诺著	段若川、赵振江译
你往何处去	〔波兰〕亨利克·显克维奇著	林洪亮译
俊友	〔法〕莫泊桑著	李青崖译
认真最重要	〔英〕奥斯卡·王尔德著	许渊冲译
五重塔	〔日〕幸田露伴著	罗嘉译
窄门	〔法〕安德烈·纪德著	桂裕芳译
我们中的一员	〔美〕薇拉·凯瑟著	曹明伦译
薇拉·凯瑟短篇小说集	〔美〕薇拉·凯瑟著	曹明伦译
太阳宝库 船木松林	〔俄〕普里什文著	任子峰译
堂吉诃德之路	〔西〕阿索林著	王军译
给一个青年诗人的十封信	〔奥〕里尔克著	冯至译

与魔的搏斗：荷尔德林、克莱斯特、尼采
　　　　　　　　　　　〔奥〕斯蒂芬·茨威格著　潘璐、任国强、郭颖杰译
幽禁的玫瑰：阿赫玛托娃诗选　〔俄〕安娜·阿赫玛托娃著　晴朗李寒译
日瓦戈医生　　　　　　　　　〔俄〕帕斯捷尔纳克著　力冈、冀刚译
总统先生　　　　　　　　〔危地马拉〕M.A.阿斯图里亚斯著　董燕生译
雪国　　　　　　　　　　　　　　　〔日〕川端康成著　尚永清译
永别了，武器　　　　　　　〔美〕欧内斯特·海明威著　曹明伦译
聂鲁达诗选　　　　　　　　〔智利〕巴勃罗·聂鲁达著　赵振江译
西西弗神话　　　　　　　　　　〔法〕阿尔贝·加缪著　杜小真译

图书在版编目（CIP）数据

山上的耶伯：霍尔堡喜剧五种 /（丹）路德维·霍尔堡著；（丹）京不特译. -- 北京：商务印书馆，2025. --（汉译世界文学名著丛书）. -- ISBN 978-7-100-24867-9

Ⅰ. I534.34

中国国家版本馆 CIP 数据核字第 2025GV0849 号

权利保留，侵权必究。

汉译世界文学名著丛书
山上的耶伯
霍尔堡喜剧五种
〔丹麦〕霍尔堡 著
京不特 译

商务印书馆出版
（北京王府井大街36号 邮政编码100710）
商务印书馆发行
北京市十月印刷有限公司印刷
ISBN 978 - 7 - 100 - 24867 - 9

2025年3月第1版　　开本 850×1168　1/32
2025年3月北京第1次印刷　印张 16⅝
定价：78.00元